读客三个圈经典文库

经典就读三个圈　导读解读样样全

凡尔纳过去是，现在仍然是科幻的代名词。他的作品充满科幻最本原的精神，以纯真和明丽的笔触，表现了对大自然的好奇心和探索的愿望，以及用新技术创造新世界的激情，成为一代又一代人科幻想象力起飞的地方。凡尔纳想象的未来技术大多已经变为现实，但他的科幻小说却经受住时间的考验，拥有越来越大的魅力。

2018.7.22

刘慈欣，中国科幻文学里程碑式的人物。

　　2015年8月23日，他凭借科幻小说《三体》获得第73届雨果奖最佳长篇故事奖，这是亚洲人首次获得雨果奖。

　　刘慈欣在采访中多次坦言凡尔纳是他科幻想象的起点，他读的第一本科幻小说，正是凡尔纳的《地心游记》。

凡尔纳科幻经典

海底两万里

[法] 儒勒·凡尔纳 著

金祎 译

读客三个圈经典文库

经典就读三个圈 导读解读样样全

江苏凤凰文艺出版社

JIANGSU PHOENIX LITERATURE AND
ART PUBLISHING, LTD

Vingt mille lieues sous les mers

Jules Verne

目 录

第一部

第二部

第一部

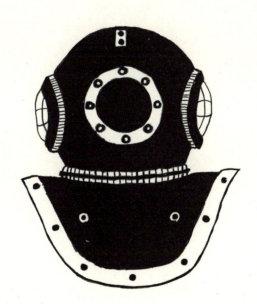

第一章

游走的暗礁

人们一定还记得发生在1866年的一桩离奇事件，这件怪事从来没人说得清，也根本没法说清。且不说这件事在当时的沿海居民中以及五湖四海的公众舆论里激起多大的喧嚣，就连那些海员都万分激动。欧美各国的批发商、船主和船长们，连同欧美两地各国的政府们，都对这件事给予了最高程度的关注。

事情其实是这样的：近来，好些船只在海上遇到了一个"庞然大物"，一个很长的纺锤形物体，时而还会闪现磷光，体积比鲸鱼大得多，行动起来也比鲸鱼迅速得多。

关于这个"庞然大物"的细节，不少航海日志的记录都极其相似——关于这个物体或者生物的结构，它运动起来惊人的速度，移动起来骇人的力量，还有它似乎与生俱来的奇特生命力。如果这是条鲸类生物，那么它的体积大大超过了目前科学对鲸鱼体积的界定。巴黎自然历史博物馆的生物学家们[1]都不会承认这样

1　1828年《鱼类自然史》作者乔治·居维叶，1788—1804年《鱼类自然史》及《鲸类自然史》作者贝尔纳·拉塞佩德，1865年《鱼类自然史》作者玛丽·杜梅里，还有几部海洋类著作的作者让·路易·阿尔芒·德·加特法日。（如无特别说明，本书中注释均为译注）

一种怪物的存在——除非他们亲眼看见，除非用他们专业人士的智慧之眼看见。

选取这些描述的中间值——丢开那些保守估计，比如说这个物体的长度只有200英尺长，也抛开那些夸张的说法，比如它有一英里那么宽，三英里那么长——可以肯定的是，如果这个奇特生物真的存在，那么它的体积远超过迄今为止鱼类学家们所承认的最大体积。

然而它一定是存在的，既然不能证明它不存在。那么可想而知，出于人类本能的好奇心，全世界人民对这样一种超自然物的出现，是怀有怎样一种激动的情绪。想把它说成荒谬的传说故事，那对人们来说，是绝对不可接受的。

事实上，1866年7月20日，加尔各答·布尔纳希汽船公司的锡金逊总督号，也在距澳大利亚东海岸五英里处，遇到了这个游动着的庞然大物。起初，巴克船长还以为这是一个未曾被发现的暗礁；正当他准备开始测量它的具体位置时，突然两道水柱从这个不明物体上方蓬勃而出，"唰"的一声飞溅到150英尺的高空。所以，除非这个暗礁上覆盖有间歇性喷泉，不然，锡金逊总督号遇上的就是某种迄今尚未被发现的海洋哺乳类动物，甚至还会从鼻孔里喷出带气泡的水柱。

同年7月23日，在太平洋海域，西印度—太平洋船运公司的克里斯托巴尔格朗号也碰上了同样的事情。由此可见，这条非凡的鲸鱼类生物可以以一种惊人的速度实现位移——仅仅三天的间隔，锡金逊总督号和克里斯托巴尔格朗号分别在两片相距700海里的海域都见到了它。

15天之后，在距太平洋海域2000古里[1]之外，国营轮渡公司的海尔维迪亚号和皇家邮轮公司的沙浓号在大西洋海域相遇时，在格林威治子午线以西，北纬42度15分、西经60度35分的地方，分别报告发现了这个大怪物。根据这次同步观察所得的结果，估计这头哺乳生物身长至少350英尺[2]，因为它比沙浓号和海尔维迪亚号加起来都要长，两船从船首到船尾，长达百米。然而，即便是最大的那些鲸鱼，比如那些常常出没在阿留申群岛[3]的鲸鱼，从来没有长度超过56米的，甚至还远不到这个长度。

　　相关报告接二连三地传来：佩莱尔号横渡大西洋时的几次最新观察报告，英曼航线的埃特纳号和这头大怪物的一次相撞，一份法国诺曼底号驱逐舰军官们撰写的笔录，还有海军准将菲茨·詹姆斯的参谋部在克利德勋爵号上所测定的精准方位。所有这些报告，都激起了公众的强烈反应。在那些生性幽默的国家，人们把这些事件当作茶余饭后的谈资笑料，而在那些天性严谨务实的国度里，比如英国、美国，还有德国，人们对这些骇人听闻的消息，则是非常担忧。

　　在各大城市的大街小巷，这个怪物已然成了人们的时髦话题。人们在咖啡馆里对它高谈阔论，在报章杂志上对它挪揄嘲讽，甚至还把它搬上了戏剧舞台。那些小报也终于逮着了好机会，捏造出各种五花八门的奇闻逸事来。在那些发行量不多的报纸上，人们又看到了那些想象中的巨大生物，从《白鲸记》中北极海里的大白鲸"莫比·迪克"，到硕大的挪威海怪"克拉

1　古里：法国古里，约合四千米。

2　差不多有106米。

3　居拉马克岛和兰居里克岛。

肯"——这种大鱼的触须可以缠住500吨重的巨轮，把它们拖到海底深处，可谓无奇不有。人们甚至还引经据典，搬出了亚里士多德和老普林尼的论调——因为他们也承认有这样的怪物存在；还有人搬出了彭托皮丹主教的《挪威自然历史》文摘，传教士保罗·埃纪德的游记，还有加斯蒂兰号船长哈灵顿先生的报告，他的忠诚毋庸置疑——1857年，他报告说在他的加斯蒂兰号上，看见过这条巨蛇，而这种巨蛇只在七月王朝统治时期[1]出现过。

于是，在学术圈和各类科学杂志上，轻信派和怀疑派就展开了没完没了的口诛笔伐。人们因为"怪物的问题"而异常亢奋。信奉科学和信奉神明的新闻记者们互不相让，在这场有着纪念意义的笔墨战役中肆意地挥洒。甚至还有人为此大打出手，因为话锋已经从大海蛇的问题转向了人身攻击。

这场论战持续了六个月的时间，还没有分出个胜负。不论是对巴西地理学院、柏林皇家科学院、布列塔尼学术联合会、华盛顿史密逊学院发表的权威论文，还是对《印度群岛报》、穆瓦尼奥神父的《宇宙》杂志、皮德曼的《消息报》，甚至还有国内外的重要科学期刊上发表的社论，小报作者们都怀着一种永不干涸的狂热，一一回击。那些信奉神明的作者，还戏谑地玩起文字游戏说：大自然不会制造没头没脑的生物。[2]他们还请求当代人，不要违背大自然，而相信什么"克拉肯"、大海蛇、"莫比·迪克"和那些神经兮兮的海员的胡言乱语。最后，在一篇极具讽刺意味的社论中，最受编辑喜爱的一位作者，像希腊神话里的巨

1　1830—1840年。

2　正如那些反对怪物的人，曾引用生物学家林奈的话：大自然不会没头没脑地制造生物。

人伊波利特一般，给了海怪最后一击，在众人的哄笑声中结束了它。神明战胜了科学。

1867年的最初两个月里，这个问题好像是入了土，看起来也不会再复活了，直到新的奇闻逸事又一次出现在公众的视野里。现在所涉及的，已经不再是一个有待解决的科学问题了，而是一个真正的危险，需要非常严肃地去避开它。问题展现出了完全不同的面貌。这个怪物重新变成了小岛、岩石、暗礁，但是一块游走的暗礁，让人难以捉摸，也无从捕捉。

1867年3月5日，蒙特利尔航海公司的莫拉维安号，夜间航行时，在北纬27度30分、西经72度15分的位置，右舷后侧撞上了一块岩石，然而任何一张地图上都没有记录过，有这样一块岩石出现在这一带的海域。由于风的助航和它自身400匹马力的推动，船速达到了每小时13海里。所幸船身质地优良，不然的话，这艘莫拉维安号铁定要带着它从加拿大载来的237名游客一起沉入海底了。

这起意外发生在差不多凌晨5点，天快要破晓的时候。船上值班的水手们匆匆赶到巨轮的后部。他们打起十二分精神开始勘探海面。然而他们什么都没有看见，除了一个大概600米宽的大漩涡之外。看样子水面一定是受到了强烈的冲击。他们准确地记录了事故地点的地形，莫拉维安号继续它的航行，似乎并没有受到什么明显的损失。它究竟是撞上了暗礁，还是撞上了什么海难的船只残骸呢？没有人说得清，但是后来，船的水下部分被拉去修理船舶的干船坞检查时，才发现船的龙骨有部分折断。

这事情本身已经是很严重的了，但还是可能像很多其他类似事件一样，被人们遗忘，要不是三个礼拜之后，同样的状况又一次发生。只不过这一次，由于受害船只的国籍和其所属航海公司的名声，事件引起了强烈反响。

　　说起英国船商古纳尔的鼎鼎大名，没有人会不知道。这位精明的工业界大佬，在1840年开通了一项贯穿于利物浦和哈利法克斯之间的邮政服务，他最初只有三艘400匹马力、载重1162吨的明轮木船。八年之后，公司的财产增长了，他拥有了四艘650匹马力、载重1820吨的大船，又过了两年之后，公司又多了两艘巨轮，无论是马力还是载重都是无与伦比的。1853年，古纳尔公司又继续取得了运输公函的特权，相继增添了一系列的大船：阿拉伯号、波斯号、中国号、斯哥提亚号、爪哇号、俄罗斯号，全部是当时航速最快、体积最大的船，继大东方号之后，海上还从未见过有这么厉害的船只通行。就这样，一直到1867年的时候，这家公司已经拥有了12艘船，其中8艘是明轮船，另外4艘是螺旋桨船。

　　我之所以有必要把细节简明扼要地罗列一下，是为了让各位更好地知道这家公司在海运行业的重要地位，由于精明得当的企业管理，它已是举世闻名。没有一家远洋运输公司能比它运营得更妥善了；也没有一家企业能比它享有更高的成就了。26年以来，古纳尔公司的船只在大西洋上来来往往2000次，没有一次航程未抵达目的地，也没有一次航程发生延误，甚至从来没有丢失过一封信、一个人，也没有损失过一艘船。因此，即便法国的公司们对它构成了强烈的竞争，但比起其他航线，乘客们始终更乐意选择古纳尔公司的航线，这一点，从最近几年的官方统计文件中就可以看出。说到这里，大家就不难理解，为什么当这家公司的一艘美轮美奂的大汽轮也遭遇这样的事故时，公众的反应会如此强烈了。

1867年4月13日，海面平和如画，微风顺着船只航行的方向吹拂着，斯哥提亚号航行到西经15度12分、北纬45度37分的位置。它在1000匹马力的推动下，以13海里43厘米每小时的速度前行着。船的转轮以完美的规律击打着海水。吃水深度6.7米，排水量6642立方米。

　　下午4点17分，乘客们正在大会客厅里享用冷餐酒会，斯哥提亚号遭遇了一场撞击，不算太严重，就在其船尾，左舷机轮后方。

　　与其说斯哥提亚号撞上了什么，不如说是它被什么东西给撞上了。撞击它的与其说是撞击器械，不如说是钻凿器械。这次撞击起初看来如此之轻微，船上的客人们都没有放在心上，直到货仓监装员们跑上甲板来大喊："船要沉啦！船要沉啦！"

　　最开始，旅客们惊慌失措，但是船长安德森先生很快就让大家平静了下来。他表示危险并不是那么迫在眉睫。斯哥提亚号由密封防水隔板分成七个舱，进来一点儿水流应该不会影响太多。

　　安德森船长立刻去了货舱。他发现海水涌入的是五号舱，从进水速度来看，窟窿应该不小。万幸的是，这个舱内并没有大锅炉，不会立刻导致熄火。

　　安德森船长立即下令停航，一位水手潜入水下，检查损失情况。没过多久，就检查到轮船的吃水线下有一个两米宽的洞。这么大的洞不可能就这样忽略，斯哥提亚号就这样转轮半淹着，继续它的航行。当时它距离克里尔海峡300海里，在令利物浦人焦虑了三天之后，它终于驶入了公司的船坞。

　　于是，斯哥提亚号被停放在干船坞上，工程师们开始着手进行检查。他们简直不敢相信自己的眼睛。在吃水线下两米半的地方，有一个很规则的裂口，是一个等腰三角形。铁皮的开裂非常干净利落，就算是打洞钳也不一定会做到这样妥帖。所以，产生这个裂口的钻探工具，应该经历过一种非同一般的淬火——在以惊人的力量把一块四厘米厚的铁皮穿透以后，它还以一个难以理解的倒退动作迅速撤离。

这就是最近发生的那件事，它让舆论又一次沸腾起来。从这时候开始，事实上，那些离奇蹊跷的海难就被记到了怪物的账上。这个怪物就这样背起所有海难的责任，而且数目非常巨大。因为在"真理办公室"[1]每年登记报废的3000艘船中，因为失去消息被算作连船带货都沉入海底的蒸汽船和帆船，数目不小于200艘！

然而不管公道不公道，这个"怪物"为那些船舶的消失承担起了罪名，也是由于它，各大陆之间的海运变得越来越危险。公众一致明确表示，要不惜一切代价把这头可怕的鲸类动物从海洋中清理出去。

1　Bureau-Véritas：法国国际船舶与航空分类公司。

第二章

赞成与反对

这些事件发生时，我正从美国内布拉斯加州的一次关于劣质土地的科学考察活动中归来。我是作为巴黎自然历史博物馆的客座教授，受法国政府之邀参加这次考察的。我在内布拉斯加州待了六个月，负责珍贵标本的采集，之后，在三月底左右，我来到纽约。动身回法国的时间定在五月初。在此期间，我忙于整理那些采集来的矿物、植物和动物，这时就发生了斯哥提亚号事件。

我对当下这个问题已经耳熟能详，我怎么能不熟悉呢？我反复翻阅了欧美所有的报纸，却依然没有什么进展。这个谜团令我着迷。因为我无法形成自己的观点，在两个极端之间摇摆不定。当时那里一定是有什么东西的，这一点不容置疑，那些不相信的人被邀请去亲自用手指触摸斯哥提亚号的伤口。

我到达纽约时，这个问题正闹得沸沸扬扬。漂浮的岛屿、游走的暗礁之类的假设只得到一些三流公知的支持，已经被彻底抛弃了。事实上，除非这个暗礁的肚子里有一部机器，不然它怎么可能以这样惊人的速度实现位移呢？

同样，存在一个漂浮的船体、一个巨大残骸的说法也被推翻了，原因依然是它飞快的移动速度。

所以这个问题就只剩下两个可能的答案，由此产生两派截然不同的拥护者：一方认为这是一个力量巨大的怪物，另一方认为这是一台动力极其强大的"潜水艇"。

然而这后一种假设，即便看起来没什么问题，却依然在欧美两大陆的调查面前站不住脚。个人拥有这样一台机器，看起来不太可能。他是在什么时候、在哪里，又是如何秘密建造这样一台机器的呢？

只有政府才有可能拥有一台破坏力如此强大的机器，在这样一个人们想方设法想要增强战争武器威力的多事之秋，有一个国家瞒着其他国家研制这么一个强大的机器也不是没可能的。在沙斯波枪[1]之后是鱼雷，鱼雷之后，是潜水羊角撞锤，然后就是——对抗。至少，我希望是这样。

但是战争机器的假设，在各国政府的申明面前依然没有站住脚。因为这涉及公众利益，越洋往来可能由此受到灾害，政府的坦诚应该不用受到质疑。此外，怎么可能制造这样一艘潜水战舰却不被公众发觉呢？在这种种情形的限制下，保守这样一个秘密对个人来说已经是很难的了，而对一个一切行动都受其强大对手监视的国家来说，就更是不可能的事情了。

因此，在对英国、法国、俄罗斯、普鲁士、西班牙、意大利、美国，甚至是土耳其进行过调查之后，潜水低弦重炮舰的假设被最终否决。

1　沙斯波枪：1866—1874年法国军队用的步枪。

于是怪物的说法又一次浮上水面，尽管不断有小报冷嘲热讽地玩笑，人们的想象力还是发展到了一种荒谬的梦呓——说是一种神奇的鱼类。

我到达纽约后，很多人赏脸向我咨询当下这个焦点问题。我在法国发表过一部两卷四开本的著作，书名是《大洋海底的奥秘》。这本书在学术界相当受重视，我也因此成为这个还未被科学照亮的自然历史领域的专家。我的观点也让我受到征询。只要我能否定这件事的真实性，我便始终保持绝对的否定态度。但没多久，我就被逼到墙角，不得不彻底给个交代。甚至巴黎博物馆尊敬的皮埃尔·阿洛纳克斯教授还被《纽约先驱报》邀请来发表一下他的看法。

我行动了起来，我说话是因为无法再保持沉默。我从各个方面论述了这个问题——政治方面、科学方面，这里我给出一篇内容翔实的文章节选。

"所以，"我写道，"在逐一分析了各种假设之后，所有其他猜想也都被排除了，自然就要承认一种极其强大的海底动物的存在。

"大洋的深处对我们而言，完全是一种未知。探测器抵达不了那里。在那神秘莫测的深渊，会发生什么？有什么生物能在海下12海里或者15海里生存呢？这种动物的构造如何？我们几乎无法推测。

"但是，要解决他们向我提的这个问题，涉及一个二难推理。

"要么，我们了解栖息在我们这个星球上所有的千差万别的生物；要么，我们不了解栖息在我们这个星球上所有的千差万别的生物。

"如果我们不是全都了解，如果自然在鱼类问题上对我们还存有秘密，那么，承认存在新种类的鱼或者鲸鱼，就是可以欣然接受的了，它们的构造基本上来说'过于硕大而沉重'，通常生活在探测器测不到的底层，只有发生什么意想不到的事情，或者说是一时任性，才会使它们越过深海来到靠近海洋表面的水域。

"如果相反，我们认识所有生物，那就必须在已经分类编目的海洋生物中寻找我们所讨论的这种生物，在这种情况下，我可以承认一种巨大的独角鲸的存在。

"普通的独角鲸或者独角豚，身长往往达到60英尺。设想5倍，甚至十倍于这样的尺寸，并给这头鲸鱼与这样的身形成比例的力量，再设想一下它更高级的进攻武器，您就得到了想要的动物。它会有沙浓号的官员们所测量出的体积，撞穿斯哥提亚号所需的工具，还有割破一艘轮船船体所必需的力量。

"事实上，独角鲸配备有一种象牙材质的长剑，根据一些博物学家的说法，这是一把戟。这是一颗主要的牙齿，有着钢铁的坚毅。已经有人发现过几颗这样的牙齿，插入了鲸鱼的体内，这些独角鲸总是能成功地袭击鲸鱼。另外，还有一些牙齿是从船体吃水线以下费力地拔出来的，船体被穿透了，就像钻头穿透一只木桶一样。巴黎医学院博物馆拥有这样一个长达2.25米的自卫武器，牙根宽度48厘米！

"那么！假设这种武器再强大个10倍，这种动物也再强大十倍，假设它以每小时20海里的速度出击，以它的重量乘以它的速度，你就可以得到这个能造成如此大劫难的冲击。

"所以，在搜集到更丰富的信息之前，我选择相信那是一头独角豚，体形硕大，武器不再是戟，而是真正的撞角，像是大型装甲舰的舰头撞角，或是战争中的公羊撞锤，因此它应该既有硕大的体积，又有无与伦比的驱动力。

"这种难以解释的现象只能如此解释——除非这整件事都是子虚乌有，尽管有人或远或近地看到过、反复感觉过——但也不是没有可能！"

这最后一句话暴露了我的懦弱，但是我只是想保留一点儿我作为教授的尊严，不要让美国人太过笑话了，他们可是很会取笑人的。我给自己留了个后路。说到底，我承认了有"怪物"。

我的文章引起了激烈的争论，反响热烈。它还积攒了一定数量的赞同者。毕竟，它所提出的答案，给了人想象力自由飞驰的空间。人类的头脑喜欢这种超自然生物的宏伟构想，而海洋恰好是它们最好的载体，也是唯一一个能够让这些巨型生物——在它们身边，大象或是犀牛这些大型陆地动物不过就是些侏儒——繁衍和发展的地方。海洋承载着已知的最大的哺乳动物，或许它还隐藏着体积无与伦比的软体动物，看起来怕人的甲壳纲动物，比如几百米长的龙虾，或是200吨重的螃蟹！为什么不呢？以前，各个地质时代的那些陆地动物、四足动物、四手动物、爬行动物、鸟类，都是按照大尺寸造出来的。造物主把它们扔进一个巨大的模子里，时间把这模子一点一点缩小了。当地核几乎从未停止过变动时，这片海洋几乎就从未改变，为什么它就不能在它被人忽略的深处保留旧年代里的各种生命标本呢？为什么在海洋深处不能隐藏最后的一些历经了几百上千年岁月的巨型物种呢？

但是我已经情不自禁地任由自己陷入了幻想！该停止这些不切实际的幻想了，对我来说，时间已经把它们变成了可怕的现实。我再重复一遍，舆论当时对这一现象的性质已达成一致，公众毫无异议地同意存在一种神奇的生物，它和传说中的海蛇毫无相同之处。

但是如果说有些人从中看到的只是一个有待解决的纯粹科学问题，那么另一些人，尤其是更讲求实际的美国人和英国人，他们主张把这个怪物从海洋环境中清理出去，以确保越洋往来的安全。工商业界的报章杂志主要也以这种观点来回应这个问题。《船商公报》《劳爱德船舶日报》《游轮报》《海事和殖民地杂志》，诸如此类，所有忠于扬言要提高保险费的保险公司的杂志，在这一点上都非常统一。

公众舆论已经表示过了，美利坚合众国是首先表态的。纽约已经做好了准备工作，要开展一场独角鲸的大追捕行动。一艘高速驱逐舰亚伯拉罕·林肯号已经可以随时起航。军火仓库向法拉古特船长打开，他积极催促着武装自己的战舰。

恰如常常会发生的那样，正当人们决定追捕怪物，怪物却不再出现了。两个月内，没有人再议论它，没有哪艘船遇上它。看起来这只独角鲸已经知悉了针对它策划的阴谋。人们早先对它大谈特谈，甚至还通过海底电缆谈论它！所以有人开玩笑说，这个调皮的家伙早已半路拦截了什么电报，并且充分利用了它。

所以，武装完备还配有超强渔具准备远洋围捕的驱逐舰，现在不知道要往哪里去。焦躁情绪日益增长，直到7月2日，有人得知从加利福尼亚州的旧金山开往中国上海的一艘轮船，三个星期之前，在北太平洋上，又看到了这头动物。

这条消息引起了极大的骚动。法拉古特船长一天都不得耽误了。他的粮食装备已经装上了船，燃料舱里堆满了煤，船员名册上的人也都齐了。现在只差点儿燃锅炉，加热，起航！人们不会原谅他半天的延误！况且，法拉古特船长除了出发，一无所求。

亚伯拉罕·林肯号离开布鲁克林码头之前三小时，我收到一封信，这样写着：

巴黎博物馆教授阿洛纳克斯先生，

第五大道酒店

纽约

先生：

如果您愿意加入亚伯拉罕·林肯号的远征，美利坚合众国政府将欣然看到您代表法国加入这项事业。法拉古特船长已经为您准备了一间舱室。

致以最真切的敬意！

海军部秘书

J.B.霍布森

第三章

先生高兴就好

在收到J.B.霍布森的信前一秒，我想得更多的还是穿越美国西北部，而不是追捕独角兽。而这一秒，看完尊敬的海军部秘书来信，我终于明白了，我真正的使命，我此生的唯一目的，就是驱逐这令人不安的怪物，把它从这世界上清理出去。

但是，我刚从一趟艰苦的旅行归来，精疲力竭，渴望休息。我只想重新见到我的祖国，我的朋友们，我植物园里的小宅子，还有我亲爱的珍贵收藏！但没有什么能阻止我。我忘了一切，疲惫、朋友、收藏，我不假思索地接受了美国政府的邀请。

"再说，"我想，"条条大路通欧洲，独角兽一定会相当讨人喜欢地把我带回法国的海岸线！这神奇动物将会在欧洲的海域里让人捕获——为了让我高兴——我带回自然历史博物馆的独角兽象牙戟一定不能短于半米。"

但在此期间，我必须在北太平洋寻找这独角鲸，这与回到法国正是南辕北辙的。

"康赛议！"我用焦急的声音喊道。

康赛议是我的随从。一个忠诚的小伙子，在我所有的旅途中都陪伴着我；一个正直的弗拉芒人，我喜欢他，他也对我投桃报李；他生性冷静，很有原则，为人热情，平日里处变不惊，他有着一双灵巧的双手，干什么都很麻利，虽然他的名字听起来像"给建议"，但他从不给人建议——不过别人也不问他要建议。

由于常常和我们植物园小圈子里的人接触，他也终究学了一些东西。我把他当成一个专家，对自然历史分类很在行，能像杂技演员一般灵巧地把门、纲、亚纲、目、科、属、亚属、种、变种的等级数一个遍，但是他的学问也就到此为止了。分类，就是他的生活，他也不会知道更多了。他精通分类理论，却不善于实践，我想他应该连抹香鲸和鲸鱼都分不清吧！但他终究是个正直高尚的小伙子！

至今已经10年，康赛议跟着我到处去进行科学考察。他从不在意旅程的时间有多长，或者有多么劳累，不论哪个国家，中国还是刚果，不论有多遥远，他总是毫无异议地扣上箱子就走。他从不事先多问，对他来说去哪里都一样。此外，他还身强体壮，百病不侵；肌肉发达，但并不过分活跃，至少表现得不是——至于精神面貌，还是可以的。

小伙子30岁，和他主人的年纪比起来，相当于15比20。请大家原谅我以这样的方式来说我已经40岁了。

只不过，康赛议有一个缺点：过分拘泥礼节到了令人恼火的地步——他对我说话从来都用第三人称表示尊敬。

"康赛议！"我又喊了一声，一边兴奋地着手做出发的准备工作。

当然，我对这个忠心耿耿的小伙子很有信心。平常情况，我从不问他是不是方便和我一起开启旅程，但这一次，是要去长途跋涉，还不能确定归期，追逐一头能将驱逐舰撞沉，就像敲碎一颗核桃一般轻而易举的动物，这是一项需要冒险的大工程！即便是世上最沉着的人，也是要考虑一下的！康赛议会说什么呢？

"康赛议！"我第三次喊道。

康赛议来了。

"先生叫我吗？"他进来时说。

"是的，我的好小伙儿。给我准备一下，你自己也准备一下。我们两小时后动身。"

"先生高兴就好。"康赛议平静地回答。

"一分钟都不要耽误了。把我所有旅行用品都塞进我的旅行箱里，外套、衬衫、袜子，不用数了，能带多少就带多少，赶紧！"

"先生的收藏品呢？"康赛议问。

"回头再说吧。"

"什么！先生那些原始兽类、始祖马、高齿羊、原始猪，还有其他动物骨骼标本都不管了吗？"

"我们把它寄存在宾馆里。"

"先生，那头活鹿豚呢？"

"我们不在的时候会有人给它喂食的。另外，我会吩咐下去让人把笼子里的动物们送回法国去。"

"我们不回巴黎了吗？"康赛议问。

"回的……当然回……"我含糊不清地回答，"但是要绕个弯儿。"

"先生高兴怎么绕就怎么绕。"

"噢！没什么大不了的事情！只是路不那么直，如此而已。

我们坐亚伯拉罕·林肯号。"

"先生觉得合适就好。"康赛议和气地说。

"你知道,我的朋友,这关系到那个怪物……那头著名的独角鲸……我们要把它从海里清除出去!……两卷四开本的《大洋海底的奥秘》的作者不能回避同法拉古特船长一起登船。这是个光荣的任务,但……也危险!我们不知道要去向哪里!这种野生动物可能会是极度任性的!但我们还是要去!我们的船长毫无畏惧!"

"先生做什么,我就跟着做。"康赛议回答。

"你好好考虑一下!我不想对你隐瞒什么。这可能会是一趟有去无回的旅程!"

"先生高兴就好。"

一刻钟之后,我的几个行李箱就全备好了。康赛议转眼之间就打理好了,我很确信什么都不缺,因为这个小伙子把衬衫和外套分类,就像他把鸟类和哺乳类区分开来一样娴熟。

宾馆的电梯把我们送到中二层的宽敞前厅。我下了几级台阶,来到了底楼。我在总是围满了人的大柜台结了账。我让人把我那一包包塞满干草的动物标本和干枯植物寄往巴黎。我开出一笔足够饲养鹿豚的经费,就跳上了马车,康赛议跟随着我。

20法郎跑一趟的马车带着我们,经过百老汇直到合众国广场,再沿着第四大道一直到鲍厄瑞街的十字路口,拐进卡特琳大街,然后停在了第三十四号码头。那里,卡特琳号渡轮把我们连人带马和车运到布鲁克林。布鲁克林是纽约的大郊区,在东河的左岸。几分钟后,我们就到了亚伯拉罕·林肯号停泊的码头,驱逐舰的两个烟囱吐着滚滚的黑烟。

我们的行李立马就被转到了驱逐舰的甲板上。我抓紧时间登了船，询问法拉古特船长在哪里。一位水手领我到了船尾，我看到一位面目和善的军官向我伸出手。

"皮埃尔·阿罗纳克斯先生？"他问我。

"正是在下。"我回答，"您是，法拉古特船长吗？"

"是我。欢迎您，教授先生。您的客舱已经为您准备好了。"

我向他行了军礼便告辞了，让船长先生忙着处理他的起航工作。我被带到那间为我准备的客舱。

亚伯拉罕·林肯号被精心挑选出来，重新整修了一番，准备迎接新任务。这是一艘高速驱逐舰，配置有蒸汽过热器，能使蒸汽压强达到七个大气压。在这样的气压下，亚伯拉罕·林肯号平均时速能达到18.3海里，这是相当高的时速了，但是比起那头巨大的鲸类动物，还是不够的。

驱逐舰的内部是根据这次航海需求来改装的。我在自己的船舱里，觉得很满意，这个客舱在船尾，正对着高级船员的休息室。

"我们在这儿会很不错。"我对康赛议说。

"先生听了别不高兴，"康赛议回答，"就像寄居蟹待在蛾螺壳里一样舒坦。"

我让康赛议把我们的箱子固定稳妥，自己登上了甲板，想看看他们做开航的准备工作。

这时候，法拉古特船长让人把拴住亚伯拉罕·林肯号在布鲁克林码头上的最后几根缆绳解开了。可以说，迟到个一刻钟，甚至不到一刻钟，这艘驱逐舰就会抛下我而起航，我便会错过这次神奇绝妙、难以置信的远征。像这样的远征，即便是最真实的记录，也总会有那么些人不信。

但是法拉古特船长一天、一小时都不想耽搁，一心想着尽快杀回那片刚刚报告了独角鲸出现的海域。他叫来自己的工程师。

"压强够了吗？"他问工程师。

"够了，先生。"工程师回答。

"Go ahead.[1]"法拉古特船长高声说。

命令通过压缩空气装置传到机舱，机械师们听到命令，就让机轮开始运转。蒸汽呼啸着冲进半开的进气阀。水平排列的长活塞咿咿呀呀，推动着主轴的连杆。螺旋桨的叶片加速拍打着水面，亚伯拉罕·林肯号在跟随它的上百条载满乘客的渡轮和小船的簇拥下，庄严地前行。

布鲁克林码头和整片东河沿岸的纽约地区，都挤满了好奇围观的人。欢呼声从50万人的胸口相继迸发出来。成千上万条手帕在密集的人群上方挥动，向亚伯拉罕·林肯号致敬，一路将它送到哈得孙水域入口，也就是构成纽约长岛的顶端。

我们的驱逐舰沿着新泽西州海岸行驶，哈得孙河的右岸风景秀美，布满了别墅，驱逐舰一路从那些炮台之间穿梭而过，大家都用最大的加农炮向它致敬。亚伯拉罕·林肯号升降三下后桅斜桁上的美国国旗，作为回礼，旗帜上的39颗星星熠熠生辉。然后驱逐舰改变了航向，驶入了标着航标的航道，航道在桑迪·胡克海角的内湾拐成弧形，它驶过长舌形的沙滩岬角，几千名看客再一次向它欢呼致敬。

1　原文为英语，意为"前进"。

护送的轮船和汽艇一路紧紧跟着驱逐舰，直到看到信号船那标志着纽约航道入口的两盏信号灯才离开。

　　这时下午3点的钟声敲响了。领航员下了大船，登上自己的小艇，朝停在下风处的双桅纵帆小帆船驶去。火烧得越来越旺，螺旋桨加速拍打着水面；驱逐舰沿着长岛黄色的低海岸行驶，晚上8点，在法尔岛的灯光被抛在了西北方之后，它便开足马力，全速行驶在大西洋昏幽的海面上了。

第四章

尼德·兰德

　　法拉古特船长是一名优秀的水手，完全配得上他所指挥的这艘驱逐舰。他的船和他可谓浑然一体，而他也是船的灵魂。关于鲸类动物的问题，他的脑袋里从没有过任何怀疑，他不允许任何人在他的船舰上讨论这头动物是否存在。他相信它的存在就像有些老实人家的妇女相信《圣经》中的海怪利维坦的存在——出于信仰，而不是出于理性。这个怪物一定是存在的，必须把它从海域中清理出去，他曾如此发过誓。他就像一个罗德岛的骑士，像戈松岛那个"屠龙者"迪厄多内，英勇迎战那条践踏自己的巨蟒。不是法拉古特船长杀死独角鲸，就是独角鲸弄死法拉古特船长。没有折中的可能。

　　船上的海员们对他们长官的意见都表示赞同。他们总是在谈论、探讨、争辩、计算着和怪物可能的相遇情形，他们也经常对辽阔的海面进行观测。不止一个海员抢着要去上桅帆值班，这种苦差放到平常任何情况，都是要引发满腹牢骚的。只要太阳没落下，船桅边上总是挤满了水手，即便甲板热得烫脚，让人站都站不住！其实，亚伯拉罕·林肯号离可疑的太平洋海域还远得很。

至于那些船员，他们一心只想着遇到那个独角兽，用鱼叉逮住它，把它拖到船上，把它碎尸万段。他们全神贯注地凝望海面。另外，法拉古特船长还说他准备了2000美元的赏金，不论是见习小水手还是正式水手，不论是海军上士还是高级军官，只要是报告了这个怪物的动向，就能得到这笔奖金。大家可以想象，亚伯拉罕·林肯号上的一双双眼睛，就更加忙碌了。

至于我，我也不想欠他们的，每天的观察我也是亲自完成，从不找人代劳。驱逐舰有千百个理由叫阿尔格斯号[1]。所有人之中，只有康赛议和别人不同，对于大家都热衷的这个话题，他表现出一种无动于衷，和船上普遍的热情氛围很不相称。

我说过，法拉古特船长仔细地给他的驱逐舰装备了能够捕捉巨大鲸类的设备。一条捕鲸船也不会比这装备得更好。我们拥有一切已知的设备，从用手投射的鱼叉，到发射倒钩箭的铳，再到打野鸭的开花弹。首楼上架着一尊改进过的大炮，可以从炮闩装弹，板壁很厚，炮膛很窄，这尊炮的原型应该出现在1867年的世界博览会上。这件珍贵的武器是美国制造的，能毫不费劲地发射四千克重的锥形炮弹，平均射程可达16千米。

因此，亚伯拉罕·林肯号不缺任何一种毁灭性武器。它甚至还有更好的武器。它拥有捕鲸之王——尼德·兰德。

尼德·兰德是个加拿大人，身手矫健，在他艰险的职业生涯中，从未遇到过能与自己匹敌的对手。他敏捷又冷静，勇敢又狡猾，而且把这些品质发挥到了炉火纯青的地步，必须是非常狡猾的鲸鱼，或是极其机敏的抹香鲸，才有可能逃过他的鱼叉。

1　原文"argus"，希腊语的意思是"明察秋毫的"，所以用这个词来命名希腊神话中的百眼巨人。

尼德·兰德差不多40岁。身材高大——超过六英尺——魁梧健硕，神情严肃，不爱与人打交道，有时候甚至有些暴躁，有人把他惹恼时，他还会变得暴跳如雷。他的身形总是引人注目，尤其是他那如炬的目光，更是奇特地凸显出他的面容。

我相信法拉古特船长把这个人招上船来是明智的。就从眼力和臂力来说，他一个人抵得上全体船员。我觉得他就像一架高能望远镜，同时又是一架随时准备发射的大炮，我找不到比这更好的比喻了。

说他是加拿大人，也可以说是法国人，即便他不爱与人打交道，我还是得承认，他对我有某种好感。可能是我的国籍对他有吸引力。这是一个机会，对他来说，可以说古老的拉伯雷[1]时期的法语，对我来说也可以听这样的法语，这种古老的法语如今在加拿大的几个省还在使用。这位捕鲸手的家乡在魁北克，在这个地区还属于法国的时候，已经出了一批豪迈的捕鲸手。

逐渐地，尼德有了谈话的兴趣，我也喜欢听他讲他在极地海域里的冒险故事。他以一种自然而然的诗意讲述他的捕鱼和搏斗故事。他的叙述采取的是史诗的形式，我感觉自己在听加拿大版的《荷马史诗》，吟唱着极北地区的《伊利亚特》。

我现在描绘着这位勇敢的同伴，好像他当下就在我眼前一般。因为我们已经变成了老朋友，那是一种被艰苦环境催生和巩固起来的坚不可摧的友谊！啊！勇敢的尼德！我只愿再活100年，好让我更长久地追忆你！

那么现在，尼德·兰德是如何看待这个海洋怪物的问题的

---

1 拉伯雷（1483—1553），法国文艺复兴时期作家，著有《巨人传》。

呢？我不得不承认，他并不是很相信这头独角兽，船上只有他一人，和大家有不同的信念。他甚至回避谈这个话题，我想总有一天得试图说服他。

7月30日，也就是我们出发后的三个星期，美妙的黄昏傍晚之际，驱逐舰来到布朗角同一纬度的海域，在巴塔哥尼亚海岸下风30海里处。我们已经过了南回归线，麦哲伦海峡就在不到700海里的南方。用不了八天，亚伯拉罕·林肯号便要在太平洋上乘风破浪了。

尼德·兰德和我一起坐在艉楼甲板上，一边聊东聊西，一边望着这片神秘无垠的汪洋——它的深度至今还是人类无法一窥究竟的。很自然地，我把话题转向了这头巨大的独角鲸上，分析了我们这次远征成功或者失败的各种可能。接着，发现尼德只是一言不发地听着我说，我便更加直接地要听他的想法。

"尼德，"我问他，"您怎么会不相信我们追逐的那头鲸类动物是存在的呢？您这样怀疑是有什么特别的理由吗？"

捕鲸手没有立马回答，而是看了我一会儿，用一个习惯姿势拍了拍他宽大的前额，闭上眼睛，像是在沉思。终于，他说：

"或许有吧，阿洛纳克斯先生。"

"但是，尼德，您是一位职业捕鲸手，熟悉大型海洋哺乳类动物，您的想象力应当很容易就使您接受巨型鲸类动物的假设，在这样的情况下，您是最不该怀疑的人啊！"

"教授先生，这您可就搞错了，"尼德回答，"一般的人会相信有划过天际的特殊彗星，或者相信有住在地球内部的史前时代的怪兽的存在，这也就算了，但不论是天文学家，还是地质学家，都不会认可这类荒唐的无稽之谈。对捕鲸手来说也是一样。

我追捕过许多的鲸鱼，我也用鱼叉叉过不少，我也杀死过几条，可是不论它们力量有多强大，爪牙有多强悍，它们的尾巴或是长牙，都不可能弄坏一艘汽船的钢板。"

"尼德，可是真的有人发现过独角鲸的牙齿把船板凿穿。"

"木船，那是可能的，"这个加拿大人回答，"不过，就是这样的事情，我也没亲眼见过。所以，在没有证据之前，我不能承认鲸鱼、抹香鲸或是独角鲸可以造成这样一个后果。"

"您听我说，尼德……"

"不，教授先生，什么都可以听您的，除了这件事。或许是一头巨大的章鱼吧……"

"那就更不对了，尼德。章鱼不过就是一种软体动物，从它的名字来看，就知道它的肌肉组织并不坚实。就算它有500英尺长，章鱼也不可能属于脊椎动物，它对斯哥提亚号和亚伯拉罕·林肯号也是绝不可能造成什么伤害的。所以对于'克拉肯'之类的北欧海怪的壮举，我们还是当作天方夜谭听听就好了。"

"那么，博物学家先生，"尼德·兰德带着一点儿挖苦的语气，又说，"您还是坚持相信有巨鲸的存在咯？"

"是的，尼德，我再说一遍，我之所以相信，是基于事实基础的。我相信有这样一种哺乳动物的存在，躯体组织十分坚实，属于脊椎动物门，正如鲸鱼、抹香鲸和海豚一样。拥有一个角质的长牙，穿透力异常强大。"

"嗯！"这位捕鲸手哼了一声，同时他摇摇头，一副谁都别想说服他的样子。

"请您注意，我尊敬的加拿大人，"我继续说，"如果有这样的一个动物存在，如果它住在大洋深处，如果它经常出没于海面下几千米的水层，它就必须拥有无与伦比的坚实体格。"

"为什么要这样强大的机体呢？"尼德问。

"因为要在很深的水层生活，必须有一种难以估量的巨大力量，来抵抗水的压力。"

"真的吗？"尼德挤了挤眼，看着我。

"真的，一些数字就能毫不费力地证明给您看。"

"噢！数字！"尼德反驳道，"只要人们乐意，想要什么数字就有什么数字！"

"做生意可以，尼德，但数学上不行！您听我说。我们假设，一个大气压力等于32英尺高的水柱压力。实际上，水柱的高度还不会有那么高，因为我们现在讲的是海水，它的密度大于淡水的密度。那么，尼德，您跳到海里，您的上方有多少倍32英尺的水，您的身体就要顶住同等倍数的大气压，也就是说，每平方厘米的身体就要顶住同等倍数千克的压力。由此推出，在320英尺深处的压力是10个大气压，在3200英尺的深处就是100大气压，在32,000英尺深处，也就是约两里半的深处，就是1000个大气压。这就等于是说，如果您能够潜入这样的海洋深度，您身上每平方厘米的面积上，就要承受上千千克的压力。可是，我勇敢的尼德，您知道您身上有多少平方厘米的面积吗？"

"我没有考虑过，阿洛纳克斯先生。"

"大概有17,000平方厘米的面积。"

"这么多吗？"

"事实上，1个大气压比每平方厘米2千克的重量还多一些，现在，您身上17,000平方厘米的面积就顶着17,568克的压力。"

"我怎么一点儿都不觉得呢？"

"您一点儿都不觉得。您之所以不被这样大的压力压扁，是因为进入您身体中的空气也有相同的压力。因此，内部压力和外部压力得以达到平衡，它们互相抵消了，所以您可以毫不费力地顶起这压力。但在水中，可就是另一回事了。"

"好吧，我明白了，"尼德回答，同时他变得认真起来，"因为水在我周围，而不会穿透我的身体。"

"就是这样，尼德。所以，这样算来，在海底32英尺的地方，您要受到17,568千克的压力；在海底320英尺，再乘以10，也就是175,680千克的压力；在海底3200百英尺，乘以100，也就是1,756,800千克的压力；最后，在海底32,000英尺，则是乘以1000，也就是17,568,000千克的压力；也就是说，您要被压扁了，就像有人刚刚把您从水压机的平板下拉出来似的！"

尼德大喊一声："真见鬼！"

"那么，我尊敬的捕鲸手，如果那些身长好几百米，体形宽大的脊椎动物生活在这样的海底深处，它们的身体表面积有几百万平方厘米，那么就要用几百万吨来计算它们所受的压力了。您自己算算吧，要承受这样大的压力，它们的骨架和机体，得有多大的抵抗力啊！"

"那它们得是用八英寸厚的钢板铸成，跟装甲战舰一样才行。"尼德·兰德回答。

"尼德，就像您说的，现在您想想一个如此庞大的物体，以快速列车的速度冲向船体，会造成怎样的破坏呀。"

"是的……的确……或许是这样。"这个加拿大人回答，显然他被以上那些数字撼动了，但还不乐意马上认输。

"那么，您是被我说服了吗？"

"博物学家先生，在这一点上，我被您说服了，那就是，如果海底真的存在这样的动物，它们一定要如您所说的那样强大。"

"但是如果它们不存在——固执的捕鲸手啊——您要如何解释斯哥提亚号所遇到的事件呢？"

"这或许是……"尼德迟疑了。

"或许是什么呢！"

"因为……这本来就不是真的！"这位加拿大人回答，他不自觉地重复了一句阿拉戈[1]的名言。

不过这个回答除了证明捕鲸手的固执以外，什么也证明不了。那天我没有进一步逼他。斯哥提亚号事件是不可否认的。那个洞也切实存在，需要填补，当然我并不认为一个洞的存在就能把问题毫不含糊地解释通透了。可是这个洞并不是毫无理由就莫名出现的，它如果不是由海底礁石或者海底武器造成的，那就必然是什么动物的穿洞工具造成的。

那么，依我看，鉴于以上全部理由，我认为这个动物属于脊椎动物门，哺乳动物纲，鱼目，说到底是鲸鱼目。至于它属于什么科，鲸科、抹香鲸科还是海豚科，又属于哪个种，这就留待日后来弄清楚了。要解决这个问题，我们必须解剖这个未知动物，要解剖它就必须先捉住它，要捉住它就得先叉住它——这就是尼德·兰德的事情了；要叉住它就必须先看到它——这就是全体船员的事情了；而要看到它，就得先和它相遇——这就全凭一种偶然了。

---

1 雅克·阿拉戈（1790—1854），法国作家，著有《环球旅行》。

第五章

瞎折腾！

这些天，林肯号航行平稳，没有遭遇任何意外。但是出现过一件事，显示出了尼德·兰德的超群技能，也说明了他值得大家信任。

6月30日，在马尔维纳斯群岛[1]外海，我们的驱逐舰与美国多艘捕鲸船取得联络，我们得知，这些捕鲸船也没有任何关于那头独角兽的消息。但是，其中门罗号捕鲸船的船长得知尼德·兰德在亚伯拉罕·林肯号上，请求他帮忙追捕一条已经被发现了的鲸鱼。法拉古特船长也想看看尼德·兰德的本事，就允许他登上门罗号捕鲸船。我们的加拿大人运气特别好，他捕获的不是一条鲸鱼，而是一连两下叉上了两条。一条直直刺入鲸鱼的心脏，追了几分钟后，另一条也被捕获了。

毫无疑问，如果怪物遇上尼德·兰德的鱼叉，那它也凶多吉少了。

驱逐舰沿着美洲东南海岸飞速行驶。7月3日，我们到达麦哲

1　马尔维纳斯群岛：福兰克群岛，英国海外领土，位于大西洋南面。

伦海峡口，与处女岬在同一纬度。但是法拉古特船长不愿意绕弯路，他操作驱逐舰绕过了霍恩岬。

全体船员一致赞成他的主张。的确，这么狭窄的海峡里，我们能遇到那头独角鲸吗？很多水手都认为那怪物不可能通过，"这海峡对它来说太小了！"

7月6日，下午3点左右，亚伯拉罕·林肯号在南边15海里处，绕过这座孤岛。这是一块隐匿在美洲大陆最南端的大岩石。荷兰水手们把自己家乡城市的名字给了它，称为霍恩岬。船向西北方向行驶，第二天，驱逐舰的螺旋桨终于拍击着太平洋的海水了。

"睁大眼睛！睁大眼睛！"亚伯拉罕·林肯号的水手们一再喊道。

他们都把眼睛瞪得滚圆。说真的，那些眼睛和望远镜片好像都有点儿眩晕了，因为那2000美元奖金的前景，大家一刻也不休息。日日夜夜，大家时刻都留神着海面，那些患有昼盲症的人在黑暗中的视力增加了50%，这对他们拿到这笔奖金是个绝大的优势。

至于我，金钱的诱饵对我起不了太大作用，但我也是毫不偷懒地注意观察海面。我只花几分钟吃饭，几小时睡眠，不论日晒雨淋，我都不离开甲板。时而伏在船头的舷墙，时而倚在船尾的栏杆，我用充满热望的目光注视着棉絮般的航迹在海面上阵阵泛起，直至一望无际的天边！多少次，当一头任性的鲸鱼把它黑乎乎的背脊露在波涛之上时，我和全体船员一同分享这激动人心的时刻。驱逐舰的甲板一下挤满了人，水手们和高级船员们一下从油布罩下蜂拥而出。他们个个气喘吁吁、眼神恍惚，关注着鲸鱼的动向。我看着看着，看得视网膜都快脱落而成瞎子了，然而康赛议却始终非常冷静，用平静的语气反复对我说：

"如果先生愿意不把眼睛睁得那么大，也许会看得更清楚！"

一场空欢喜！亚伯拉罕·林肯号改变航线，向发现的动物冲去，原来只是一条普通的鲸鱼或者普通的抹香鲸，不久就消失在一片咒骂声中。

可是天气很好。船在良好的情况下航行。这正是南半球恶劣的季节，因为这个地区的七月相当于欧洲的一月，但是海面还是平静的，视野辽阔。

尼德·兰德始终坚定不移地表现出不肯轻信的态度，他甚至在他值班以外的时间装作毫不在意海面——至少在没有发现鲸鱼的时候。但他绝佳的视力本该可以帮上大忙。可是，12小时里有8小时，这个固执的加拿大人都窝在自己的舱室看书或者睡觉。多少次，我责备他的冷漠。

"啊！"他回答，"阿洛纳克斯先生，什么都没有。即使有什么动物，我们就有运气看到它吗？我们不是在瞎折腾吗？据说有人在太平洋北部海域中又看到了这头怪物，我也很愿意相信这件事。但是，自从这次遇见之后，两个月已经过去了，再想想您的这头独角鲸的秉性，它可不喜欢长期留在同一片海域！它生来就有极强的移动能力。教授先生，您应该比我更清楚，大自然不可能做不合逻辑的事情，它不可能让一个生性缓慢的生物拥有如此快速的移动能力，因为它并不需要这种能力。所以，如果这种动物存在的话，它早已经跑远了！"

听了他这话，我不知道该如何回答。很明显，我们的行动是有些盲目了。但是，有什么别的方法吗？我们的机会的确很有限。然而，还没有人怀疑这件事情终将成功，船上没有一名水手敢打赌说这头怪物不存在，或者说它不会再次出现。

7月20日，我们从东经105度线上越过了南回归线，同月27日，我们又从东经110度过了赤道。测定方位之后，驱逐舰便一直向西驶去，向太平洋中心海域进发。法拉古特船长想得没错，应该去深水区看看，远离大陆和小岛，这些地方似乎是这头动物总是回避不去的地方，"可能是因为那里对它来说没有足够的水！"水手长这样说。驱逐舰穿过柏摩图群岛、马尔济斯群岛、夏威夷群岛，从东经132度线上穿过了北回归线，向中国海驶去。

我们终于来到这头怪物最近撒欢的地方了！说真的，我们在船上的日子简直熬不下去了。心跳总是太剧烈，说不定未来会患上无药可救的动脉瘤。全体船员都极度紧张，那种程度无法形容。大家都不吃饭、不睡觉。因为瞭望的水手估计出错或者观察出错而引起恐慌，这种情绪每天重复20次，使我们保持一种极度亢奋，以至于接下来的反应几乎可以说是不可避免的。

事实上，这种反应很快就发生了。三个月来，一天漫长得像是一个世纪！亚伯拉罕·林肯号跑遍了太平洋北部所有的海面，有时直接向着看到的鲸鱼冲去，有时忽然离开航线，有时突然掉转船头，有时一下子停住……它冒着弄坏机器的风险，从日本海岸到美国海岸都搜个遍。但是什么都没有！不过就是浩瀚如沙漠一般的浪花！至于什么巨大的独角鲸，潜在水中的海岛，沉没的破船，或是游走的礁石之类的神秘东西，倒是都没有看见！

于是情况起了变化。首先是大家非常失望，然后便有了怀疑。一种新的情绪在船上产生，这种情绪里带有三分羞愧和七分恼怒。大家觉得自己"太蠢了"，居然被一头空想中的怪物牵着鼻子走，但羞愧之外，更多的是愤怒！一年来积累起来的坚若磐石的理由，一下子全崩塌了。大家只想着好好吃一顿、睡一觉，来弥补愚蠢的自己牺牲了的时间。

由于人类天性的易变，我们总是从一个极端跑到另一个极端。当初最狂热拥护这次远征的人，现在却变成最激烈的反对者。这次反向从舱底发生，从司炉辅助工的岗位传到高级船员休息室。毫无疑问，如果不是法拉古特船长特别坚持，驱逐舰早就掉头往南开了。

但是，这种徒劳的搜索再也不能拖更久了。亚伯拉罕·林肯号没有什么可自责的，它已经尽了最大努力。美国海军部派到这只船上的人员，从没有表现过那么大的耐心和热情，失败并不能怪到他们头上，现在也只有回航了。

关于回航的建议交给了船长。船长固执己见。水手们开始不再隐藏自己的不满，船上事务因此受到了影响。我不想说船上出现了造反，但是在水手们顽强抵抗了一段时间之后，法拉古特船长就像从前的哥伦布一样，要求耐心地等三天。如果三天期满，怪物还不出现，舵手就把舵转三圈，亚伯拉罕·林肯号就向欧洲海岸进发。

这个保证是在11月2日做出的。它的效果首先是重振了一下船员们疲惫的心。大家又开始注意海面。人人都想最后再看一眼海洋，作为这次远征最后的纪念。望远镜一刻不停地被使用。这是对巨大独角鲸的最后挑战。对于这次"出庭"的传票，它绝没理由视而不见了。

两天过去了。亚伯拉罕·林肯号以低速慢慢前进。在可能碰到这个动物的海面上，人们想尽方法唤起它的注意或者刺激它迟钝的神经。人们把大块大块的腊肉拖在船后——我不得不说，是为了让鲨鱼们感到最大限度的满足。亚伯拉罕·林肯号停航时，小艇就朝四面八方散开去，不放过一处海面。但是到了11月4日夜幕降临时，这个海底的秘密还是没有显露出来。

第二天，11月5日正午，规定的期限就要到了。过了这一刻，法拉古特船长作为一个信守诺言的人，就要下令驶往东南方向，最终放弃太平洋的北部海域了。

驱逐舰这时正在北纬31度15分，东经136度42分。日本列岛正在我们下风处200海里处。黑夜降临了。晚上8点钟刚刚敲过。大块乌云遮住了上弦月，大海在驱逐舰的船首下舒展着平静的波纹。

这时候，我正倚在驱逐舰的前部，右舷舷墙上。康赛议守候在我身旁，望向前方。船员们爬在帆索上，仔细考察着渐渐缩小和暗淡了的天际。军官们拿着他们的夜用望远镜，向着越发黑暗的海面搜索。月光不时从云缝之间射出一道光，使原本昏暗的海面闪闪烁烁，随即又隐没于黑暗之中。

我观察着康赛议，发现这个勇敢的小伙子多少受到大家的情绪影响。至少我觉得是。也许，他的神经第一次在好奇心的激发下震动了起来。

"来吧，康赛议，"我对他说，"要拿到2000美元，这是最后的机会了。"

"请先生允许我对您说句实话，"康赛议回答，"我从来没指望过获得这笔奖金，美利坚合众国政府可以答应给10万美元，它也并不会因此就穷了。"

"你说得对，康赛议。总之，这是一件愚蠢的事情，我们加人进来还是太轻率了。浪费了那么多时间,白费了那么多感情!我们要是当时回到法国,已经有六个月了……"

"在先生的小房子里!"康赛议接着我的话说,"在先生的博物馆里!我早已经把先生的化石分类了!先生的鹿豚早已经安置在了植物园,吸引了首都所有好奇的人!"

"正如你所说,康赛议,我想,还没算上别人对我们的嘲笑呢!"

"确实如此,"康赛议平静地回答,"我想人们一定会嘲笑先生您的。还有,我不知道该不该说……"

"你说下去,康赛议。"

"好吧,先生这是咎由自取!"

"的确!"

"一个人如果有幸成为先生这样的学者,他不会贸然让自己受牵连……"

康赛议没有说完他的恭维话。在一片寂静中,一个声音响了起来。这是尼德·兰德的声音,尼德·兰德在喊:"看哪!我们找的那个东西,就在下风,就在我们眼前呢!"

第六章

全速前进

听到这喊声，全体船员都朝捕鲸手跑去，船长、军官、水手长、水手、见习水手，还有离开机器的机械师和扔下锅炉的锅炉工。停航的命令已经下达，驱逐舰只是凭着惯性继续前行。

这时天已经漆黑了，不管加拿大人的眼神有多好，我还是纳闷他是怎么看见的，还有他看到的究竟是什么东西。我的心脏在剧烈地跳动，快要炸裂了。

但是尼德·兰德没有弄错，所有人都看到了他用手指着的那个东西。

在离亚伯拉罕·林肯号右舷后面两链[1]处，海水似乎从下面被照亮了。这不是个简单的磷光现象，这一点上，没有人会搞错。这头怪物浸没在水面之下几托阿斯[2]，发出这种极强的、难以解释的光，好几位船长的报告里都提到过这种光。这种美妙的辐射光应该是由一个强大的光源产生的。光亮部分在海面上绘出一个巨大又狭长的椭圆形，中间凝聚成一个灼热的焦点，锐不可当的光

1　链：旧时计量距离的单位，约合200米。
2　托阿斯：法国旧长度单位，相当于1.949米。

亮向外扩散，逐渐减弱。

"这不过是一些磷分子的堆积！"一位军官大声说。

"不，先生，"我信心满满地反驳道，"海笋和海鞘不可能产生这样的强光。这种光最重要的性质，是电……另外，你们看，你们看！它在动！它在前后移动！它向我们冲来了！"

驱逐舰上发出一阵惊叫。

"安静！"法拉古特船长说，"上风舵！满舵！倒航！"

水手们冲向舵柄，机械师们冲向他们的机器。一个急刹车，亚伯拉罕·林肯号向左转，在海面上画了一个半圆。

"右转！向前！"法拉古特船长喊道。

命令得到执行，驱逐舰迅速离开光源。

我错了。驱逐舰是想离开，可是那神奇的动物以驱逐舰两倍的速度追了过来。

我们上气不接下气。惊讶远远超过了恐惧，让我们待在原地一声不吭。动物戏弄着追上了我们。它绕着驱逐舰转了一圈，驱逐舰正以每小时14海里的速度前行，以一种像发光粉尘一般的一片电光包围住驱逐舰。然后这头动物远离了两三海里，留下一条发着磷光的痕迹，就像那种高速列车火车头所喷出的气团。怪物在天际线的昏暗处蓄力，突然间以惊人的速度冲向了亚伯拉罕·林肯号，在离驱逐舰舷侧顶列板20英尺处又猝然停了下来，灭了光——并没有沉到水下，因为它的光并不是逐渐减弱的——而是一下全熄灭，仿佛耀眼的光源一下枯竭了！接着它又在驱逐舰的另一侧出现了，要么是绕过去的，要么是从船底下滑过去的。相撞随时可能发生，这对我们，将会是致命的。

然而，驱逐舰的行动让我相当惊讶。它选择了逃跑，而不是攻击。它本该去追逐的，如今却反过来被追逐，我这么对法拉古特船长说。他的表情，平时总是沉着冷静的，而眼下却露出了难以名状的惊讶。

"阿洛纳克斯先生，"他回答我，"我目前不知道我们是在和一头怎样可怕的动物过招，我不愿意在这样的黑暗中贸贸然地拿我的驱逐舰去冒险。另外，如何攻击这个陌生的动物，又如何防御呢？等天亮吧，角色会互换的。"

"您对这动物的属性没有任何疑惑了吧，船长？"

"没有了，先生，这显然是一头巨大的独角鲸，但也是一头通电的独角鲸。"

"或许吧，"我又多加了一句，"我们和它的距离不能比和电鳗或者电鳐的距离更近！"

"的确是这样！"船长回答，"如果它体内具有雷电般的力量，无疑它就是出自造物主之手最可怕的生物了。这就是为什么，先生，我得保持谨慎。"

全体船员整宿严阵以待。没有人想要睡觉。亚伯拉罕·林肯号在速度上无法比拼，索性降低航速，低速行驶。而独角鲸，也模仿着驱逐舰，尽管在波浪中摇摇晃晃，却没有要离开这搏斗的舞台的意思。

然而，差不多午夜的时候，它消失了，更确切地说，它像一只巨大的萤火虫，突然"熄灭"了。它是逃跑了吗？这应该是我们所害怕而不是希望的。但在差七分钟就到凌晨1点的时候，传来了震耳欲聋的呼啸声，像是以极大的力量排出的水柱所产生的声音。

法拉古特船长、尼德·兰德和我，我们当时在艉楼上，将充满热望的目光投向浓重的黑暗。

"尼德·兰德，"船长问他，"您经常听到鲸鱼的叫声吗？"

"经常听到，先生，但不是这种一看到就能赚上2000美元的鲸鱼。"

"确实，您有权得到这笔奖金。但是，告诉我，这难道不是鲸鱼类动物通过鼻孔喷水发出的声音吗？"

"是同样的声音，先生，但是这次的声音要无可比拟地大得多。也因为这样，我们不会搞错。我们面前的海里的东西无疑是一条鲸鱼类的动物。请您允许我，先生。"这位捕鲸手又说，"明天天亮时，我跟它说两句话。"

"只要它有这样的心情听您讲话，兰德师傅。"我用将信将疑的口气回答他。

"只要我离它四鱼叉之远，"加拿大人反驳，"它就得好好听我说话！"

"但是要接近它，"船长说，"我得给您派一艘捕鲸小船吧？"

"当然是要一只的，先生。"

"坐小船岂不是拿我的人员的生命在冒险？"

"还有我的！"捕鲸手简单直白地回答。

凌晨2点钟左右，这光源又出现了，发出同样强烈的光，依然在亚伯拉罕·林肯号的上风五海里处。虽然隔着距离，虽然有风声和浪声，我们还是清楚地听到那动物尾巴的搅水声，并且听到它的喘息声。这只巨大的独角鲸到海面上来呼吸时，空气进入它的肺中，就像水蒸气涌入2000马力机器的大圆筒里面去那样。

"嗯！"我想，"这强大得像一队骑兵的鲸鱼，一定是一条漂亮的鲸鱼！"

大家一直保持警戒到天亮，每个人都在准备战斗。各种捕鱼器械都在舷墙边摆放好了。大副吩咐将能射出鱼叉一海里的喇叭口短铳和打野鸭的长筒猎枪装上火药，这种长筒猎枪的爆炸弹有致命的杀伤力，即便是对最强大的动物也不例外。尼德·兰德只是在那里磨他的鱼叉，就是他手里那可怕的武器。

早上6点，天色亮了起来，随着晨曦的展露，独角鲸的电光被淹没了。早上7点，天色已经完全亮了，但浓厚的晨雾缩小了视野，即使是最好的望远镜也无法将这雾气穿透。因此，大家又开始失望和愤怒了。

我一直爬上桅杆顶。有几位军官早就在桅杆顶上站着了。

早上8点，浓雾沉沉地在海面上涌动着，它那巨大的气团渐渐散开。天际也渐渐漫开，渐渐明朗起来。

突然，像前夜一样，尼德·兰德的声音响了起来。

"那东西，在左舷后面！"捕鲸手喊道。

大家的眼光都转向他手指的方向。

那里，距离驱逐舰1.5海里左右，一条长长的黑色身躯浮出了水面1米。它的尾巴，剧烈地摆动着，搅起一个极大的漩涡。从来没有任何东西的尾部能以这样的力量击打水面。这个动物游过的地方，后边都拖着一条极大的航迹，白得耀眼，画出了一个长长的弧形。

我们的战舰靠近了这头鲸鱼类动物。我随意地观察了一下。沙浓号和海尔维迪亚号的报告对它的体积有一些夸张，我估计了一下它的长度，应该不过250英尺长；至于宽度，我很难估量。但总的来说，在我看来，这个动物在长宽高上的比例相当匀称。

当我观察这只神奇动物的时候，两道蒸汽和水从它的鼻孔喷出来，直喷到40米的高度，这使我关注起它的呼吸方式。我最终推断，这动物属于脊椎动物门，哺乳纲，唯一豚鱼亚纲，鱼类，鲸鱼，至于属……到这里，我便不能继续说了。鲸鱼目包含三科：鲸鱼科、抹香鲸科和海豚科，而这头独角鲸应当归在最后一科。每一科分为好几个属，属又分为种，种又有变种。变种、种、属、科，我还不知道，但我毫不怀疑，借助上帝和法拉古特船长的帮助，我可以完成对于这头动物的分类。

船上人员焦急地等待着他们首长的命令。船长悉心观察了这头动物之后，叫来了机械师。机械师跑来了。

"先生，"船长说，"气压足了吗？"

"足了，先生。"机械师回答。

"好。增大火力，全速前进！"

大家欢呼了三声来迎接这个命令。战斗的号角吹响了。过了一会儿，驱逐舰上两个烟囱吐出滚滚黑烟，甲板在锅炉的颤抖下也震动了起来。

亚伯拉罕·林肯号在强大的螺旋桨的推动下，径直朝那动物冲去。这动物无动于衷地任凭驱逐舰接近到半链远的地方；于是，这动物不屑于沉没到海里，只是微微避让了一下，以保持这样的距离。

这场追逐持续了45分钟左右，驱逐舰就连多接近这条鲸鱼两托阿斯都不可能。所以，很明显，这样追下去，我们永远也追不上。

法拉古特船长恼火地捻着他下巴那撮浓密的胡子。

"尼德·兰德！"他喊道。

这个加拿大人应声跑了过来。

"好了，兰德师傅，"船长问，"现在您还建议我把小艇放到海里去吗？"

"不，先生，"尼德·兰德回答，"因为这头畜生若不是自己甘愿被抓，我们是拿它无能为力的。"

"那怎么办呢？"

"先生，如果可以，就全速前进。至于我，当然要首先得到您的允许，我在船头斜桅的支索上守着，等我们到了鱼叉够得着的距离，我就把鱼叉投出去。"

"去吧，尼德·兰德。"法拉古特船长回答。"机械师，"他喊道，"加大压力！"

尼德·兰德跑去了自己的岗位。火烧得更旺了；螺旋桨每分钟转43圈，蒸汽通过阀门喷出。已经抛出的测程仪显示，亚伯拉罕·林肯号以每小时18.5海里的航速行驶着。

可是这该死的动物，也是以每小时18.5海里的速度游动着。

驱逐舰又以这样的速度行驶了一小时，可是却连一托阿斯都没有靠近它！这对美国海军速度最快之一的战舰来说，简直是一种耻辱。船员们都生起了闷气。水手们咒骂着那怪物，而怪物呢，却懒得理睬他们。法拉古特船长已经不再满足于捻他的山羊胡子，而是开始用嘴去咬。

他又把机械师叫过来。

"您已经把压力加到最大限度了吗？"船长问道。

"是的，先生。"机械师回答。

"阀门都充满蒸汽了吗？"

"都加到了6.5个大气压。"

"把它们加到10个大气压。"

这简直可以说是一道美国式的命令了。就算是在密西西比河上，为了甩开一个"竞争者"，也不会做得比这更好了！

"康赛议，"我对待在我身边忠心耿耿的随从说，"你知道我们可能很快要跳船吗？"

"先生开心就好！"康赛议回答。

好吧！我不得不承认，如果有这个机会，我倒愿意去冒冒这个险。

阀门都充满了蒸汽。锅炉里也加满了煤。鼓风机在炭火上吹出一团团空气。亚伯拉罕·林肯号加快了速度。桅杆连着底座在那里颤抖，因为滚滚的浓烟几乎不能通过太狭窄的烟囱排出去。

测程仪又一次抛了下去。

"怎么样，舵手？"法拉古特船长问。

"19.3海里，先生。"

"加大火力。"

机械师执行了命令。压力表显示了10个大气压。但是，那头鲸鱼类的动物大概也"加大了火力"，因为它毫不费力地也以每小时19.3海里的速度游动起来。

好一场追捕！不，我没法描述我当时浑身上下的激动。尼德·兰德守着他的岗位，手里握着捕鱼叉。有几次，这动物故意让人接近它。

"我们追上它了！我们追上它了！"加拿大人喊。

可是，在他准备投鱼叉时，这头鲸鱼又立马以至少30海里每小时的速度逃跑了。甚至，在我们达到最大速度时，它居然绕着驱逐舰游了一圈来嘲笑我们！愤怒的吼声从每个人的胸膛中迸发出来！

正午时分，我们还是和早上8点一样，毫无进展。

法拉古特船长决定采用更为直接的方法。

"啊！"他说，"这动物比亚伯拉罕·林肯号跑得还快！好吧！那我们就来看看，它是不是快过我们的锥形炮弹。水手长，派人到船头的炮边。"

船头的加农炮立刻被装上了炮弹，瞄准了目标。炮弹发射了出去，那鲸鱼当时距离驱逐舰有半英里的距离，炮弹就这么从它头顶上几英尺的地方飞了过去。

"找个打得准的！"船长喊道，"谁能打中这该死的畜生，就奖赏他500美元！"

一位胡子花白的老炮手——他的模样我现在还历历在目——目光平静，面容沉着，走到大炮前，摆好姿势，瞄准了好久。轰隆一声炮响了，炮声夹杂着全船人员的欢呼声响彻天际。

炮弹击中了，它打到了怪物，但打得不正，而是从它滚圆的表面滑了过去，落在两海里以外的海里。

"啊！这！"老炮手怒气冲冲地说，"这浑蛋身上一定是装配了六英寸厚的铁甲！"

"该死！"法拉古特船长大声喊。

追逐又开始了，法拉古特船长俯身对着我说：

"我要一直追到我们的船爆炸为止！"

"是，您做得对！"我回答。

我们指望这动物精疲力竭，它总不能像蒸汽机那样永不疲倦。但它就是这么不知疲倦。几小时过去了，它没有露出一点疲惫的迹象。

不过，亚伯拉罕·林肯号坚持不懈的战斗精神，是值得称颂的。我估计，在11月6日这个倒霉日子里，它跑了至少500千米！夜幕降临了，阴影笼罩了波涛汹涌的海面。

这时候，我以为我们的远征结束了，我们永远不会再和这个神奇的动物见面了。然而我错了。

晚上10点50分，电光又亮了起来，在驱逐舰上风三海里处，和前夜的电光一样纯净又强烈。

独角鲸看起来似乎一动不动。可能是白天游得太累了，这会儿在海浪的起伏中入睡了。这是个机会，法拉古特船长决定好好利用。

他下了命令。亚伯拉罕·林肯号放慢了速度，小心谨慎地前行，生怕把它的对手唤醒了。在大海上遇到熟睡的鲸鱼，成功击中它们，这并不罕见，尼德·兰德就不止一次在鲸鱼熟睡时捕获它们。这个加拿大人回到了他的岗位——船头斜桅的支索。

战舰悄无声息地缓缓前进，在离对手差不多400米的地方停了下来，靠着惯性向前移动着。船上静得连呼吸声都听不见。甲板被沉沉的寂静笼罩着。我们离灼热的光源不到100英尺，光越来越强，让人眼花缭乱。

与此同时，我伏在船头的栏杆上，望见在下方的尼德·兰德。他一手拉着支索，一手挥动着他锋利的鱼叉，距离那头纹丝不动的怪物还不到20英尺。

突然一下，他的手臂使劲一伸，鱼叉投了出去。我听到了像是武器发出的响亮声音，像是撞上了一个坚硬的躯壳。

电光倏然熄灭了，两股巨大的水柱，像是龙卷风一般，向驱逐舰的甲板席卷而来，从前甲板冲到后甲板，掀翻了人群，冲断了备用艇的绳索。

接着是狠狠的一下撞击，我来不及站稳，就从栏杆上方被抛了出去，落到了海里。

第七章

一条未知种类的鲸鱼

尽管因为这次意外落水震惊了，但我仍然对自己的感觉记忆犹新。

我先是下沉到差不多20英尺深的海水里。我是游泳好手，虽然不能达到拜伦[1]和埃德加·爱伦·坡[2]那样的游泳健将级别——尽管沉入水中，但我的头脑始终保持着清醒。脚后跟使劲蹬了两下，便又浮出了海面。

我第一件关心的事情，就是用目光寻找驱逐舰在哪里。船员们有没有发现我消失了？亚伯拉罕·林肯号是不是改变方向了？法拉古特船长是不是放下了一只救生艇？我还有没有希望得救呢？

夜幕沉沉。我隐约看见一大团黑东西渐渐在东方消失，上面的航行灯也远远地熄灭了。就是我们的驱逐舰。我觉得自己没救了。

"救命！救命！"我大声喊着，绝望地挥动手臂，朝着亚伯

---

1 乔治·戈登·拜伦：19世纪英国浪漫主义诗人，曾在1810年横渡全长1008米的赫勒斯滂海峡（今达达尼尔海峡）。
2 埃德加·爱伦·坡：19世纪美国作家，根据法国诗人波德莱尔记录，爱伦·坡曾在少年时赢过一场令人难以置信的游泳赌注。

拉罕·林肯号游动。

我身上的衣服很碍事。海水使衣服贴在我的身上，让我无法动弹。我在下沉！我感到窒息……

"救命！"

这是我发出的最后呼声，我的嘴里满是海水。我挣扎着，被拖入深渊……

突然我的衣服被一只很有力的手拉住了，我感到自己被猛地一下托出水面，我听到，是的，我的确听到耳边响起了话语声：

"如果先生愿意把手搭在我的肩膀上，先生游起来会轻松一点儿。"

我用一只手抓住我忠实的康赛议的手臂。

"是你啊！"我说，"是你！"

"是我，"康赛议回答，"听先生吩咐。"

"是刚才那一撞把你和我一起撞到海里来了吗？"

"不是。但为了服侍先生，我就跳下来了！"

这个高尚的小伙子觉得这样做是理所当然的！

"战舰呢？"我问他。

"战舰！"康赛议转过身来回答，"我觉得先生还是不要再指望它了。"

"你说什么？"

"我说我跳入海里的时候，我就听见舵边上有人在喊：'螺旋桨和舵都被撞碎了。'"

"撞碎了？"

"是的！被那怪物的牙齿咬碎了。我想，亚伯拉罕·林肯号本身只受到这点儿损伤。但对我们来说，情况就糟透了，因为船没法掌控方向了。"

"所以，我们完蛋了！"

"或许吧，"康赛议平静地回答，"不过，我们还能支撑几小时，几小时里可以做很多事儿呢！"

康赛议的沉着冷静鼓舞了我的士气。我更用力地游了起来，但我的衣服像一层铅皮一般牢牢裹住我，我觉得自己举步维艰。康赛议看出来了。

"请先生允许我割开你的衣服。"他说。

他拔出小刀，伸进我衣服下面，从上到下迅速一刀划开。然后，他敏捷地帮我脱掉衣服，而我一边游一边托着他。

轮到我了，我也帮康赛议把衣服脱了，我们继续肩并肩地"航行"。

然而局势并没有好转。或许船上并没有人发现我们消失了，即使有人发现了，驱逐舰也没办法顶着风回来这边救我们，因为它的舵坏了。因此，我们只能指望它的救生艇了。

康赛议对这个假设进行了冷静的推理，并按此提出了他的计划。令人震惊的天性！这个小伙子冷静得跟在自己家里似的！

所以我们确定了，现在我们唯一的生路是被亚伯拉罕·林肯号的救生艇搭救，我们就应该计划一下，以便尽可能久地撑到它们来。于是我决定把我们的力气分开使用，以免同时耗尽体力，我们商量好的方法就是：一个人朝天躺着不动，双臂交叉，两腿伸直，另一个人就游泳，推着前一个人前进。这种牵引者的角色不能持续超过10分钟，我们就这样轮番着游，这样我们就能浮在水上几小时，或许还能支撑到天亮。

希望如此渺茫！可是希望又是如此倔强地扎根在人们心中！

何况，我们还是两个人相互为伴。最后，我可以肯定——尽管这看起来不太可能——即使我努力想摧毁心中的幻想，即使我想"绝望"，我也办不到！

驱逐舰和鲸鱼的相撞差不多发生在夜里11点。所以我估计我们要游八小时才能等到日出。两个人轮流游，绝对是可行的。海面风平浪静，我们也不算太累。有时候，我试图用目光穿透这浓重的黑暗，却只能看到我们的动作所引起的磷光。我看着发光的海浪在我手上层层破碎，海面波光粼粼泛着点点银光，我们感觉自己像是浸泡在了一个水银浴场里。

将近凌晨1点钟的时候，我感到极度疲惫。我的四肢因为剧烈痉挛而变得僵硬。康赛议不得不撑住我，保全我们两个人性命的重任全落到他一个人的身上。我很快就听到这可怜的小伙子气喘吁吁——他的呼吸变得急促。我知道他也支撑不了太久。

"别管我了！别管我了！"我对他说。

"抛下先生！绝不！"他回答，"我已经准备好在先生之前沉下去！"

这时，一大片云朵被风吹走，月亮从云层的缝隙中展露出来。海面在月光下闪闪发亮。这月光来得恰是时候，我们重新打起了精神。我重新抬起脑袋，目光扫过四面八方的天际。我看见了驱逐舰。它在离我们五海里的地方，只呈现出黑乎乎的一团阴影，几乎隐没不见。至于救生艇，根本一个都没有！

我想要呼喊。可是离得这么远，喊了又有什么用！我肿胀的嘴唇发不出一点儿声音来。康赛议还能咕哝出几个字来，我听见他好几次说道：

"救救我们！救救我们！"

我们的动作暂停了一会儿，侧耳细听。虽然耳朵因为充血而嗡嗡作响，我还是觉得有人对康赛议的呼喊做了回应。

"你听到了吗？"我嘶哑着说。

"是的！是的！"

康赛议又向着天空发出一声竭力的呼喊。

这一次，不可能有错！一个人的声音在回答我们的呼喊！这是另一个因为驱逐舰的撞击而不幸被抛入无际汪洋的受难者的声音吗？更确切地说，是驱逐舰的一只救生艇上的人，在茫茫夜色中呼唤我们吗？

康赛议使出全身力气，撑着我的肩膀，而我还在和刚刚发生的痉挛顽抗着，他半个身子探出水面，又精疲力竭地倒了下去。

"你看见什么了？"

"我看见……"他嘶哑着，"我看见……我们还是别说话了……保存住我们所有的力气吧！"

他看见了什么？这时，不知道为什么，我的脑海里第一次想起了怪物的事！可是这个声音呢？如今已经不再是约拿[1]藏身在鱼腹中的年代了！

可是，康赛议还是往前推着我。他时不时地抬起头，望向前方，发出一声咔嚓，有个声音越来越近，对他做出了回应。我几乎听不见那个声音。我已经精疲力竭；我的手指无法并拢；我的手连握拳的力气都没有；我的嘴，痉挛地张开着，灌满了咸涩的海水；寒冷侵入了我的身体。我最后一次抬起头来，然后，我便沉了下去……

---

1 约拿：《圣经》中的先知，违背神的旨意而遭遇海上风浪，并被众人抛入海中。神派鲸鱼吞他入腹，躲藏三天，逃过一劫。约拿最终悔过，完成了神的旨意。

这时，一个坚硬的躯体撞上了我。我抓住了它。随后，我感到有人在拽我，把我重新托到水面上，我的胸脯瘪了下去，我晕厥过去……

我确定自己很快就恢复了过来，因为我感到有人剧烈地给我摩擦身体。我微微睁开眼睛……

"康赛议！"我嗫嚅着嘴唇。

"先生叫我吗？"他回答道。

这时候，月亮沉到了地平线，借着最后几缕月光，我看到了一个人影，并不是康赛议，但我立刻认了出来。

"尼德！"我叫道。

"正是我，先生，追着奖金跑的那个人！"这个加拿大人回答。

"您是在驱逐舰受到撞击时被抛到海里的吗？"

"是的，教授先生，但我比你们幸运一点儿，我几乎立刻就在一座浮岛上站稳了脚。"

"一座浮岛？"

"或者更确切地说，在我们巨大的独角鲸上。"

"请您解释一下，尼德。"

"只不过，我很快就理解了为什么我的鱼叉不能伤它丝毫，反而还在它的皮肤上磨钝了。"

"为什么？尼德，为什么？"

"因为这头畜生，是钢板制造的！教授先生！"

说到这里，我必须重振精神，激活回忆，重新审视我以前的断言。

加拿大人的最后一句话像是在我脑子里掀起一场突如其来的

地震，颠覆我之前的观点。那个成了我们的避难所的生物或者说物体，半露在海面上，我很快爬到了它的顶部。我用我的脚感觉了一下，这显然是一个穿不透的坚硬物体，而不是形成大型海洋哺乳动物的软体。

但是这个坚硬的物体可能是甲壳，如同太古时期的那些动物，我有理由把它归为两栖类爬行动物，比如说龟，或者鼍。

但是不对！这托住我的黑乎乎的脊背光滑、平坦，没有鳞片。敲击之下，它发出金属的响声，不管多么令人难以置信，它看起来，怎么说呢，好像是由螺栓固定在一起的金属板制成的。

没什么可怀疑了！这个引起整个学术界惊奇的动物，这个颠覆并蛊惑了全球海员的想象力的怪物，这个自然界奇观，其实，不得不承认，是一种更为令人惊讶的奇观，是一种人造奇观。

迄今发现的最令人难以置信的、最为神秘的动物都不会像它这样震撼我的理性。神奇的东西出自造物主，这再正常不过了。但突然在我眼皮底下，发现这样一种人造的神奇生物，这就让我摸不着头脑了！

但是我也没有什么可犹豫的。我们躺在一种潜水艇的背上，就我判断来看，它呈现出一条钢铁巨鱼的形状。尼德对此提出了自己的看法，我和康赛议只能赞成。

"所以，"我说，"这个装置内部有一个动力机械系统，还有一组工作人员去操作它咯？"

"显然是，"捕鲸手回答，"不过，我待在这个浮岛上已经有三小时了，它还没有显出一点儿生命迹象呢。"

"这艘船没动过？"

"没有，阿洛纳克斯先生。它任凭海浪颠簸，始终岿然不动。"

"可是，我们知道，它天赋异禀，速度极快，这一点不容置疑。然而产生这样的速度，必须要有一台机器，还要有一个机械师来操纵这台机器，我得出结论……我们得救了。"

"哼！"尼德·兰德有所保留地哼了一声。

就在这时，仿佛要给我的论点提供"支持"似的，这神奇装置后面掀起了一阵浪花，它的推进器显然是螺旋桨，此刻它开始运行了。我们只来得及抓住它浮出水面的大约80厘米的顶部。幸亏它的速度不是很快。

"只要它保持在水平面航行，"尼德·兰德含糊地说，"我就没有什么要说的了。但是如果它要任性地往下沉，我也就不要我这条贱命了！"

情况比加拿大人所说的还要糟糕。所以当务之急，是和这部机器内部的随便什么人员取得联系。我在机器表面寻找一个开口，一个舱盖，一个"人员出入口"——这是专业叫法，但是，在钢板连接处，有一排螺栓牢牢地钉死在上面，排列得整齐划一。

与此同时，月亮又隐没了，我们又被抛入了一片沉沉的黑暗里。必须等到天亮，才能想办法进入潜水艇内部。

因此，我们是否能得救，全靠这机器里神秘的舵手了，而且如果他们决定下沉的话，我们就全完蛋了！除了这种情况，我还相信能和他们取得联系。事实上，只要他们不是自己制造空气，他们就必须时不时浮出海面，更新他们赖以呼吸的分子供给。所以，必须要有一个开口，让船的内能和外部空气流通。

至于法拉格特船长会来搭救我们的想法，必须彻底放弃。我们被带往西边，我估计我们的速度平稳地维持在每小时12海里。螺旋桨机械地拍打着海面，不时地露出水面，把磷光闪闪的水花溅得很高。

早晨4点钟左右，这部装置的速度加快了。海浪如同鞭子一般抽打在我们身上，我们艰难地抵抗着这令人眩晕的拖行。幸好，尼德的手往下摸到了一个大大的系缆环，那环固定在钢板船背的顶端，我们牢牢地抓住了它。

终于，这个漫长的夜过去了。我们的记忆不完全，无法记下所有的印象。只有一个细节回到我的思绪。在海浪和风都平静下来的时候，我觉得自己听到了几次模糊的声音，有一种和谐的、转瞬即逝的和弦声从远方传来。这让全世界胡乱猜测的海下航行，它背后的秘密，究竟是什么呢？什么人会生活在这奇怪的船里呢？是怎样的机械力使它以这样神奇的速度行驶呢？

天亮了。晨雾笼罩着我们，但很快就散开了。这艘船的顶部像个平台，正在我想要仔细观察船体的时候，我感到它逐渐下沉。

"欸！见鬼了！"尼德·兰德大叫，用脚蹬着钢板发出轰响声，"你们这些不好客的航海家，开门啊！"

但在螺旋桨震耳欲聋的拍打声中，他的声音很快被淹没了。幸运的是，下沉的动作停止了。

突然，船的内部传出猛烈推动铁板的声音。一块钢板掀了起来，一个人出现了，怪叫了一声，又立即消失了。

过了一阵，八个高大魁梧的蒙面男子出现了，一言不发，把我们拖进了他们那可怕的机器里。

第八章

动中之动

这起绑架干得如此粗暴，以迅雷不及掩耳的速度完成。我和我的伙伴们完全没有时间搞清楚状况。我不知道他们被俘虏进这个浮动的监狱是怎么想的，但是，对我来说，一阵突如其来的寒战使我皮肤冰凉。我们是惹上什么人了？可能是一些新兴的海盗吧，他们正以他们自己的方式在海上劫掠吧。

狭窄的舱盖刚在我头顶关上，沉沉的黑暗便将我笼罩起来。我的眼睛，由于在外面的光线下暴露太久，这会儿什么都看不见。我感觉自己赤裸的双脚踩在一个铁梯子上。尼德·兰德和康赛议被牢牢抓住，跟在我后面。在楼梯底下，一扇门打开了，马上又在我们身后轰隆一声合上。

只剩我们三人。这是哪里？我说不上来，几乎连想象都想象不出。周围一片漆黑，伸手不见五指，甚至是几分钟后，我的眼睛依然没有抓住哪怕一缕散落在浓黑中的飘忽不定的微光。

但是尼德·兰德气不过他们这种粗暴的方式，大发雷霆。

"见鬼！"他吼道，"这些人的待客之道简直胜过克里多尼亚人[1]！就差吃人了！就算他们吃人，我也不会觉得吃惊，但我发誓我绝不会坐以待毙！"

"冷静一点儿，我的朋友，尼德，冷静一点儿，"康赛议平静地回答，"先别急着发火。我们还没进烤炉呢！"

"进烤炉，不会的，"加拿大人反驳说，"但一定是在炉子里！这里那么黑。幸亏，我的布伊刀没有离身，用起刀来我总是看得很清楚。这些强盗中谁第一个对我下手……"

"尼德，不要生气，"我对捕鲸手说，"不要把大家牵累到无用的暴力里边。谁知道他们是不是在偷听我们说话呢！我们不如想办法弄清楚我们到底在哪里吧！"

我摸索着走动起来。五步之后，我撞到了一面铁墙，这墙是用螺栓钉起来的。于是，我转过身来，又撞上了一张木桌，桌子边上摆着几张凳子。这间牢房的地板上，铺着新西兰麻编织的厚席子，能够消除脚步声。光秃秃的墙上没有任何门窗的痕迹。康赛议朝反方向转了一圈，又来到我身边，我们回到这间舱室中间，舱室差不多20英尺长，10英尺宽。至于高度，尼德·兰德这样高大魁梧的个头，也够不着顶。

半小时过去了，情况却没有任何变化，就在这时，突然之间，我们的眼睛从漆黑中一下子过渡到强烈的光线中。我们的牢房突然变得光明敞亮，确切说来，它被一个散发着强光的东西填满了，这光非常刺眼，一开始我根本受不了。鉴于它白如昼日，强烈刺眼，我认出就是那种电光，就是它，在潜水艇周围产生磷光一般的壮阔奇观。我不由自主地闭上眼，然后又睁开，我看到

---

1 克里多尼亚人：是今天的苏格兰人祖先。

光是从舱室顶部一个磨砂半球体中发散出来的。

"终于看清楚了！"尼德·兰德大声说，他手里拿着刀，摆出防卫的姿态。

"是的，"我回答，但是冒险提出了一个相反的看法，"但是情况依然晦暗不明。"

"先生耐心一点儿吧。"康赛议还是一副淡定的样子。

这船舱突然光明敞亮，让我能够看清最小的细节之处。屋里只有一张桌子和五张椅子。我看不见门，应该是密封了。我们听不到任何声响。这艘船的内部一片死寂。它在行驶吗？它会漂浮在海面上还是潜入海底呢？我猜不透。

可是，这发光的球体不可能无缘无故地亮起。我希望船员能赶紧出现。如果他们想忘掉我们，那又何必把地牢照亮呢。

我没有搞错。门闩声响了起来，门开了，出现两个人。

一个小个子，肌肉发达，虎背熊腰，头发茂密乌黑，胡须浓厚，目光活跃犀利，整个人充满了法国南部普罗旺斯人特有的活力。狄德罗[1]说得太对了，人的动作有隐喻性，这个小个子男人无疑是这种论断的生动证明。可以感觉出来，在他的日常用语中，他是那种会用大量拟人、借代和倒装的人。但是，我从来没有验证过，因为在我面前，他总是使用一种古怪的、令人极度费解的方言。

第二个陌生人值得更详尽的描述。他的相貌对生物学学生或者哲学学生来说，都可以说是一本活的教科书。我可以一下认出他的主要品质：自信，因为他的脑袋在他肩膀线条形成的弧线上

1　狄德罗（1713—1784），法国启蒙时代哲学家。

高傲地凸显在那里，他的黑眼睛冷静从容地看着我们；冷静，因为他的皮肤苍白而不带血色，表明着他血流的平缓；刚毅，他眉间的肌肉迅速收缩，把这一特点明显地刻画了出来；最后还有，勇敢，因为他深沉的呼吸体现了他旺盛的生命力。

我还要补充的是，这个男人相当骄傲，他的目光坚定而平静，像是反映了他思想的高度，从他整个人身上，从他的身体举止和面部表情的一致中，从对他身形的观察中，我看到的是毋庸置疑的坦率。

因为他的在场，我感到"不由自主地"放心了，我预感到我们的见面会得到好的效果。

这个人在35岁到50岁之间，我不能确定。他身材高大，脑门宽阔，鼻子挺直，嘴巴轮廓鲜明，一口好牙，双手细腻、修长，用看手相的行话说起来，非常"通灵"，就是说能为一个高尚而热情的心灵效力。这个男人一定是我见过的人之中，最令人敬佩的典范了。特殊的细节之处，在于他的眼睛，他的眼间距比较宽，差不多能同时看到四分之一的地平线。这个功能——后来我证实了——使他的视力比尼德·兰德的还要好。当这个陌生人盯着一样东西看的时候，他的眉毛便皱起来，他的宽眼皮又互相接近，控制瞳孔，这样来缩小视野宽度，然后他就死死盯住！这是如何的目光啊！好像他能把因为远离而缩小的事物重新放大！好像他能看穿你的灵魂！好像他能穿透我们肉眼看不透的海水，直到海洋的最深处！两个陌生人，头戴海獭皮贝雷帽，脚穿海豹皮防水靴，身上的衣服也是特殊材质的，非常贴身地勾勒出身线，让人行动起来非常自由。

那个大个子——显然是船长——他极其仔细地观察我们，一声不吭。然后他转向他的伙伴，用一种我听不懂的语言和他交流，这种方言声音洪亮、和谐、柔软，元音的重音好像有很多变化。

另一个用点头来回答，外加两三个我完全听不懂的字，然后他像是在用目光直接询问我。

我用纯正的法语回答说我完全听不懂他们的语言，但他看起来并不能理解我说的话，情境变得有点儿尴尬。

"先生就把我们的经历告诉他们吧，"康赛议对我说，"这两位先生或许能听懂几个字。"

我又开始讲述我们的历险，每个音节都发得格外清晰，一点儿细节都没有遗漏。我说出我们的名字和才能；然后，介绍了我们各自的身份：阿洛纳克斯教授、他的随从康赛议、捕鲸手尼德·兰德。

目光柔和平静的那个男人静静地听着我说话，甚至彬彬有礼、聚精会神，但是他的表情中丝毫没有表现出他听懂了我们的遭遇。我说完之后，他一言不发。

还有个办法，那就是说英语。或许这种几乎全球通用的语言，他们能听懂。我懂英语，也懂德语，能够流利地阅读，但说起来还不太流利。但是这里，必须得说清楚，让他们听懂。

"来吧，轮到您了，"我对捕鲸手说，"轮到您了，兰德师傅，请把盎格鲁-撒克逊人讲得最好的英语拉出来遛遛，尽量做到比我走运一点儿。"

尼德不等人再请一遍，把我的叙述又讲了一遍，我几乎都听懂了。内容是一样的，但形式不同。加拿大人因为性格的原因，说得生动热切。他强烈抱怨了被囚禁的事，抱怨他们蔑视人权，质问他们这样拘留他有什么法律依据，他还援引了《人身保护令》[1]，威胁要追究非法监禁他的人，他非常激动，手舞足蹈，大喊大叫，最后他以一个准确无误的姿势让他们明白了，我们饿得要命。

这是千真万确的，但是我们差点儿就忘了。

令捕鲸手惊讶的是，他的话好像不比我的好让他们理解。我们的来访者连眉都不皱一下。很显然，他们既不理解阿拉戈[2]的语言，也不懂法拉第[3]的语言。

"如果先生允许，我用德语和他们说说看。"

"什么！你会德语？"我喊道。

"作为一个弗拉芒人，这是自然的，先生别不高兴。"

"恰恰相反，我很高兴。说吧，我的好小伙儿。"

于是康赛议便用他平静的声音第三次叙述了我们的曲折经历。但是，尽管叙述者用了优雅的表达方式和得当的语调，德语也没有奏效。

最后，我们无计可施，我只好搜肠刮肚，把我当初所学的一点拉丁语拼凑起来讲述我们的经历。西塞罗[4]如果听到一定会捂住自己的耳朵，并把我赶去厨房，然而我好歹还是说了出来。即便结果一样是徒劳的。

这最后一次尝试也以失败告终，两个陌生人用我们无法理解的语言交流了几句，便离开了，甚至连一个世界通用的、使人放心的手势都没留下。门重新合上了。

1　《人身保护令》：伦敦议会1679年投票通过的法令，保证每个英国公民的人身自由。
2　阿拉戈（1786—1853），法国前总理。
3　法拉第（1791—1867），英国物理学家。
4　西塞罗（公元前106—公元前43），古罗马著名政治家、演说家、雄辩家、法学家、散文家和哲学家。

"无耻之徒！"尼德·兰德嚷嚷起来，他又一次怒气冲天。

"我们对他们把法语、英语、德语还有拉丁语都说遍了，这些流氓，居然没有一个人哪怕出于礼貌地来回答一句！"

"冷静一点儿，尼德，"我对暴跳如雷的捕鲸手说，"生气并没有什么用。"

"但是，教授先生，您难道不知道，"我们这位易怒的同伴说，"我们在这个铁笼子里，是真的会饿死的吗？"

"嘿！"康赛议说，"想开一点儿，咱们还能支撑好一阵子呢！"

"朋友们，"我说，"用不着绝望。更糟糕的情况我们也遇到过。我看我们还是等一下吧，不要急着对这艘船的船长和船员过早下判断。"

"我的判断早就下定了，"尼德·兰德反驳说，"这就是一群流氓……"

"好吧，那是哪国人呢？"

"流氓国！"

"我的好尼德，这个国家在世界地图上还没有标出来呢，我承认，这两个陌生人的国籍很难确定！既不是英国人，也不是法国人，还不是德国人，只能判断到这里了。但我想斗胆猜测一下，这个船长和他的副手，生在低纬度地区。他们身上有南方人的特征。但他们究竟是西班牙人、土耳其人、阿拉伯人或是印度人，我从他们的体形上就看不出来了。至于他们的语言，我也是完全不懂。"

"这就是不能通晓所有语言的麻烦之处了，"康赛议回答说，"或者说是没有一种统一语言的不利之处！"

"说这些有什么用！"尼德·兰德回答说，"你们看不出来吗？这些人有他们自己的语言。这种语言被创造出来，是为了让想要吃晚饭的好人绝望！但是，在地球上任何国家，张开嘴巴，移动上下颌，咬牙切齿，嗫嚅嘴唇，这难道还不够明白吗？在魁北克也好，在波莫图群岛也好，在巴黎也好，或者在任何一个地方，这难道不都在表示：我饿！请给我吃饭！"

"哦！"康赛议说，"有些人就是这么笨！"

他正说着这些话，门打开了。一个侍卫走了进来。他给我们送来了衣服，是海上穿的上装和裤子，都是用一种我不认识的料子做成的。我赶紧穿上，我的伙伴们也跟着我一起穿上衣裤。

其间，侍者一言不发，也可能是聋的，他摆好了桌子，放上了三套餐具。

"看上去还真有模有样的，"康赛议说，"这是个好兆头。"

"嗬！"捕鲸手耿耿于怀地说，"在这种地方你指望吃到什么好东西？龟的肝、鲨鱼脊肉、海狗排骨！"

"我们一会儿看看！"康赛议说。

菜盘扣着银罩子，对称地摆在台布上，我们入了座。很显然，我们是在和文明人打交道，要不是被电光笼罩着，我可能会以为自己正在利物浦的艾德尔菲酒店，或者是巴黎的大酒店里吃饭呢。不过，我不得不说，完全没有面包和酒。水是清澈干净的，但只是水——不合尼德·兰德的口味。在给我们上的几道菜中，我认出有不同种类的鱼，烹调精美。但有些盘子上的菜虽然也很好，我却叫不出名字，我甚至不知道它们属于植物界还是动物界。至于服务，高雅的品位，堪称完美。每样器皿：勺子、叉子、刀、碟子，都带着一个有题铭的纹章图案，就像下面这个原样复制：

动中之动！这个题铭用在这台潜水机器上相当贴切，因为里面的介词用的是英语里的"in"，也就是"在……之中"，而不是"在……之上"。N一定是这个深海的神秘指挥者名字的第一个字母！

尼德和康赛议没有想那么多。他们狼吞虎咽，我很快也和他们一样吃了起来。另外，我也对我们的命运放心了，很显然，我们的主人并不想让我们活活饿死。

然而，在这人间没什么是永远的，一切都会过去，哪怕是15小时没吃饭的饥饿，现在也过去了。我们的胃口得到了满足，睡意就向我们席卷而来了。在和死神没完没了地搏斗了一夜之后，这是非常自然的反应。

"说真的，我要睡了。"康赛议说。

"我呢，我也睡了。"尼德·兰德回答说。

我的两个伙伴躺在船舱的地毯上，很快就沉沉地睡去了。

　　至于我，我可没有那么容易就向这强烈的睡意妥协。我的脑子里集聚了太多的想法，太多得不到回答的问题挤在那里，太多的画面让我的眼皮半开半合着！我们在哪儿？是什么神奇的力量控制着我们？我感觉——或者更确切地说是我以为我感觉——这部机器正潜入海底最深处。这一切如同梦魇一般纠缠着我。在这个神秘的庇护所，我隐约看见一群我叫不出名字来的动物，这艘潜水艇像是它们的同类，活生生地游动着，像它们一样骇人听闻！接着，我的脑袋平静下来，我的想象融化在模糊的睡意之中，我很快也沉入死寂一般的睡眠之中。

第九章

尼德·兰德的愤怒

这一觉睡了多久，我已经顾不上了，但应该是很久，因为我们完全从疲惫之中恢复了过来。我第一个醒来，我的伙伴们还是一动不动，躺在他们的角落里像是死物一般。

我刚从不算太硬的卧铺上坐起来，便感到头脑清爽、思路清晰，于是我便开始仔细观察我们这间牢房。

里面的陈设丝毫没变。牢房还是牢房，囚徒还是囚徒。只是那个侍者利用我们沉睡之际，收拾了桌子。没有什么迹象表明这种情况接下来会有什么变化，我认真地问自己，我们是不是注定要无限期地待在这个笼子里了。

我的脑袋刚刚从昨夜的梦魇中解放出来，此刻将被终生囚禁的想法就让我更加难以忍受，我感觉胸口沉闷得很诡异。我的呼吸变得困难。沉闷的空气已经不足以供我的肺呼吸。尽管牢房很大，但也很显然，我们已经消耗完了里面大部分的氧气。事实上，每个人在一小时内要消耗100升空气中所含的氧气，并且这空气中一旦有几乎等量的二氧化碳，人就无法呼吸了。

所以当务之急是更新我们牢房里的空气，当然，也是这艘潜水艇里的空气。

这时，我脑子里闪过一个问题。这个浮动居所的指挥是如何进行换气的呢？他是用化学方法，通过加热把钾碱氯酸盐中的氧气释放出来，并用苛性钾把碳酸吸收掉吗？如果是这样，那他应该和大陆保持着某种联系，以便获得这种操作必需的物质。还是说，他仅仅局限于用高压储存空气，然后再根据船员的需要，把空气释放出来呢？或许是吧。或者，采取更方便、更经济，因而也更可行的办法，那就是回到水面上去换气，像条鲸鱼一般，每隔24小时浮出水面换一次气？不论是以上哪种方式，我觉得保险起见，我们不能再耽搁，得赶紧换换气了。

事实上，我已经不得不加快几倍呼吸频率，为了汲取这个牢房里少得可怜的一点儿氧气。这时，突然有一股清新而带有盐味的气流吹进了牢房，我顿时感觉神清气爽。这是海风，沁人心脾，还带着碘味！我张大了嘴巴，我的肺里盛满了新鲜的氧气分子。与此同时，我感到一阵摇摆，是一次幅度不大的倾斜，但可以明显地感觉到，那是一次倾斜。这艘船，这头钢铁怪物显然是浮上了海面，像鲸鱼那样呼吸。所以这艘大船的换气模式也就这样得到了确认。

我一边大口地呼吸新鲜空气，一边寻找通气管，或者说"通气孔"，这个让有益的气体通向我们的气孔，我很快就找到了。门上方有一个通气孔，能让新鲜空气涌进来，更新牢房里的浑浊空气。

我正在那里观察着，尼德和康赛议就在使人焕然一新的空气刺激下，几乎同时醒了过来。他们揉了揉眼睛，伸了伸胳膊，立刻站了起来。

"先生睡得好吗？"康赛议照旧用他文质彬彬的语气问我。

"非常好，我的好小伙儿，"我回答道，"您呢，尼德·兰德师傅？"

"相当好，教授先生。但我不知道是不是我搞错了，我好像感觉嗅到了一阵海风？"

一个水手在这方面是不会搞错的，我把刚刚他们睡着时发生的事情告诉了加拿大人。

"好吧！"他说，"这就完美地解释了，我们在亚伯拉罕·林肯号上看到那头所谓的独角鲸时，听到的吼声。"

"就是这样，兰德师傅，这是它的呼吸！"

"只不过，阿洛纳克斯先生，我搞不清现在是什么时候了，莫非要吃晚饭了？"

"要吃晚饭了，我尊敬的捕鲸手？这样说吧，至少是午饭时间了，因为我们的确是从昨天一直睡到今天。"

"这说明，"康赛议回答，"我们睡了24小时。"

"我也觉得是。"我回答。

"我并不想反驳你们，"尼德·兰德回嘴说，"但是不论是晚饭还是午饭，侍者是受欢迎的，不管他端来什么饭。"

"两种都端来吧。"康赛议说。

"说得对，"加拿大人回答说，"我们有权吃两顿，对我来说，我向这两顿饭致敬。"

"行了！尼德，我们等等吧，"我回答，"很明显这群陌生人并无意把我们饿死，因为这样的话，昨天那顿晚饭就毫无意义了。"

"除非是要把我们喂肥了！"尼德回答。

"我不同意，"我回答，"我们绝对不是落到了野蛮的食人族手里！"

"一顿饭不能说明什么，"加拿大人严肃地回答，"谁知道这些人是不是很久没有吃到鲜肉了，在这种情况下，三个体格健壮而结实的人，像教授先生、他的随从和我……"

"不要有这样的念头，兰德师傅，"我回答捕鲸手，"尤其不要因为这个想法对我们的主人们动怒，这只会使情况更糟。"

"不管怎么说，"捕鲸手说，"我饿得前胸贴后背，而晚饭或者午饭，什么饭都没端来呢！"

"兰德师傅，"我反驳他，"我们必须适应船上的规矩，我想我们的肚子跑在船上厨师领班的钟点前面了。"

"好吧！那我们就调整一下我们的胃吧。"康赛议回答说。

"我算是认清您了，康赛议老弟，"加拿大人不耐烦地反驳，"你从来就不会有什么恼火的时候！总是那么淡定！您可以还没念餐前祝福就对上帝说感恩祈祷，然后活活饿死也绝不抱怨吧！"

"可是发火有什么用呢？"康赛议问。

"至少可以发泄一下！这已经很管用了。如果这些海盗——我说海盗是客气的，为了不让教授先生生气，他不允许别人叫那些家伙食人族——如果这些海盗以为，把我们关在这闷死人的笼子里，还想不挨我一顿骂，那他们就搞错了！依您看，阿洛纳克斯先生，老实说，您觉得他们会一直把我们关在这个铁盒子里吗？"

"实话说，尼德老兄，我不比您知道更多。"

"但说到底，您是怎么猜想的呢？"

"我认为，我们不小心知道了一个重大的秘密。如果这艘船上的船员必须死守这个秘密，如果这个秘密的重要性比我们三人的性命还大，恐怕我们的生命是危在旦夕了。如果情况反过来，那么一有机会，这个把我们吞了的怪物就会把我们送回我们的同类居住的陆地。"

"要不就把我们编入船员之中，"康赛议说，"把我们这样扣住……"

"直到有一天，"尼德·兰德接着说，"一艘比亚伯拉罕·林肯号更快、更灵活的驱逐舰占据这个海盗巢穴，把船员和我们赶到桅桁顶端上去，做最后一次呼吸。"

"推论得很棒，兰德师傅，"我回答他，"但就我所知，他们目前还没有向我们提出过这样的建议。所以我们现在讨论到时候应该站在哪一边，似乎也没什么用。我再重复一遍，咱们就这样等着，看情况再说，现在什么都别干，因为也没什么可干的。"

"恰恰相反！教授先生，"捕鲸手回答，他不想妥协，"必须做点儿什么。"

"那，做什么呢，兰德师傅？"

"咱们越狱。"

"从一座陆地上的监狱里越狱通常已经很难了，而从海底监狱逃出去，在我看来就更不可能了。"

"说说吧，尼德老兄，"康赛议问道，"您对先生的反对怎么看呢？我不会相信一个美洲人也会词穷！"

捕鲸手显然很尴尬，沉默不语。逃跑，从我们现在不小心落入的处境中，绝对是不可能的了。但是一个加拿大人是半个法国人，尼德·兰德师傅以自己的回答让大家清楚地看到了这一点。

"因此，阿洛纳克斯先生，"他沉思了一会儿，然后又说，"您猜不出不能从监狱里逃出去的人应该如何做吗？"

"不，我的朋友。"

"很简单，必须想法子在里面活下去。"

"那是当然！"康赛议说，"待在里面总比待在上面或者下面好！"

"但是，得先把狱卒、看守和侍卫都踢出去。"尼德·兰德补充说。

"什么，尼德？您真的考虑要夺取这艘船吗？"

"非常认真地考虑过。"加拿大人回答。

"这不可能。"

"为什么不可能，先生？可能会出现一些有利时机，我也看不出有什么会妨碍我们去利用这些机会。如果这船上只有二十来人，他们是不可能击退两个法国人和一个加拿大人的，我觉得是这样！"

与其和他继续讨论下去，不如直接接受捕鲸手的提议。因此，我只是回答："咱们等机会来临吧，兰德师傅，看看再说。但是，到那时候之前，我请您还是耐心点儿。我们只能智取，动怒是不可能带来好机会的。所以答应我，接受现状，不要太过愤怒。"

"我答应您，教授先生，"尼德·兰德回答，语气并不怎么令我放心，"我不会再说一句粗暴的话，不会再做一个粗俗的举动，不管能不能准时吃上饭。"

"说话算话，尼德。"我对加拿大人说。

然而，谈话中断了，我们每个人都各自陷入了沉思。我必须承认，在我看来，尽管捕鲸手信誓旦旦，我依然不抱有任何幻想。我不觉得会有任何尼德·兰德所说的有利机会。为了确保运作，潜水艇必然需要很多船员，所以一旦打斗起来，我们面对的将是非常强大的敌人。另外，首先必须获得的是自由，而我们恰恰没有。我甚至看不出有什么方法可以逃出这座如此密封的钢板牢房。只要这个奇怪的船长若是真的有一个秘密需要保守——至少现在看来是极有可能的——他就不会让我们在他的船上自由行动。现在，他是会用暴力来摆脱我们，还是会把我们扔到地面上随便什么地方呢？这正是我无从得知的。所有的假设在我看来都是有可能的，只有捕鲸手这样的人，才会指望能重获自由。

另外，我还知道尼德·兰德的想法会随着占据他头脑的沉思而变得越发激烈。我渐渐听到在他喉咙深处低沉的咒骂声，我看到他的动作又变得咄咄逼人。他站起来，像是一头困在笼子里的猛兽一般打着转，对着墙壁拳打脚踢。时间一点一点流逝，饥饿越来越让人难以忍受，而这一次，侍者没有出现。即使他们对我们的确存有善意，他们可能也早已经把我们遇难的处境忘得一干二净了。

痉挛不断折磨着尼德·兰德强健的胃，他情绪越来越外露，尽管他发过誓，我还是担心他在面对任何一位船上工作人员时会大爆发。

两小时过去了，尼德·兰德的怒气终于遏制不住地爆发了。这个加拿大人大吼大叫起来，但也只是徒劳。钢板墙是隔音的。我甚至听不到船里有任何声音，一片死寂。它一动不动，如果它动起来，我会明显感觉到船体在螺旋桨驱动下的震动。它一定是沉到了深水之渊，和陆地失去了关联。这阴沉沉的寂静令人毛骨悚然。

至于把我们抛在一边，单独囚禁在这个牢房里，我不敢估计这会持续多久。和船长见面之后我曾抱有的希望，也渐渐烟消云散。那个男人温柔的目光、慷慨的神情、高贵的仪表，这一切从我的记忆中消失了。我又看到那个谜一般的人物，他一定是个无情的、残忍的人。我觉得他已丧失人性，没有丝毫同情心，是他同类的冷酷敌人，他对他们必然抱着不灭的仇恨！

但是，这个男人，他就准备把我们关在这个狭窄的牢笼里，任由我们因为凶残的饥饿滋生出欲念，直至饿死吗？这个可怕的念头在我脑海里越发强烈，在想象力的支持下，我觉得自己就要发狂了。康赛议还是一如既往地保持平静。尼德·兰德暴跳如雷。

正在这时，外面传来了声响。金属板上响起了脚步声。锁打开了，门也开了，侍者出现了。

我还没来得及阻止，加拿大人就立刻向这个可怜人扑了过去。他把侍者推翻在地，卡住他的喉咙。侍者在他有力的手下透不过气来。

康赛议竭力从捕鲸手的手下拽出那个已经憋得半死的可怜人，我正要上前去帮他，突然这时，我听到几句法语，被吓得钉在原地不得动弹："消消气吧，兰德师傅，还有您，教授先生，请听我说！"

第十章

水中之人

　　这样说话的是船长。

　　听到这话，尼德·兰德突然站了起来。那个侍者几乎窒息，看到他主人的手势后，跌跌撞撞地走了出去。但是船长在这里就像是一位君王，以至于那位侍者完全没有对加拿大人流露出一点儿本应有的怨念。康赛议，不由自主地受到感染，我则是呆呆地矗立在那里，我们静静地等着这个场面的发展。

　　船长倚在桌角上，双臂交叉抱着，聚精会神地观察着我们。他在犹豫要不要说话吗？他是后悔刚才用法语和我们说话了吗？可以这样以为。

　　过了一阵，我们中间没有人想要打破这种沉默。

　　"先生们，"他用一种平静而又有震慑力的声音说，"我能说法语、英语、德语和拉丁语。我原本是可以在我们第一次见面时就同你们交谈，但我想先了解你们，然后思索一下。你们叙述了四遍的故事，听起来的确毫无出入，这使我确认了你们的身份。现在我知道了，被这次意外推到我面前的，是身负外国科学考察重任的巴黎博物馆自然史教授——皮埃尔·阿洛纳克斯先生、他的随从——康赛议，还有美利坚合众国国家海军驱逐舰亚伯拉罕·林肯号的捕鲸手，加拿大人——尼德·兰德。"

我带着赞同的神态欠了欠身。船长并没有向我提出任何问题。因此，我也没有必要回答什么。这个人表达起来非常自如，没有丝毫口音。他的句子明晰、用词准确、讲话非常流利。然而，我却"感觉"不出他是我的同胞。

他接着说了下面这番话：

"先生，你们可能也发现了，我迟疑了很久才来和你们进行这第二次会面。那是因为你们的身份得到了确认以后，我想考虑成熟，应该如何处置你们，我着实非常犹豫。以最令人不悦的情形把你们带到我的船上，而我，已经决意与人类断绝关系。你们的到来扰乱了我的生活……"

"我们也是无意的。"我说。

"无意的？"陌生人回答，提高了一点儿声音，"亚伯拉罕·林肯号也是无意地在各大洋追逐我吗？你们登上那艘驱逐舰，也是无意的？你们的炮弹打到我的船身上，也是无意的？尼德·兰德的鱼叉攻击我，也是无意的？"

从他这番话中，我感觉出一股怨气。但是对他的非难，我想到了一个合理的回答，我也这么回答了。

"先生，"我说，"您一定是不知道在美洲和欧洲对您有过的议论。您不知道，您这艘潜水艇的撞击，引起了多起事故，这在欧美两大陆的公众舆论中可谓一石激起千层浪。人们做了无数假设，我就不一一细说了。对于这种异常现象，人们寻求解释，而只有您，掌握了这个现象的秘密。可是要知道，亚伯拉罕·林肯号追逐您一直到太平洋的浩瀚海域，是因为它觉得它正在追逐一头强大的海洋怪物，想不惜一切代价，把它从海域里清除出去。"

船长的唇上展露出一丝若有似无的笑意，然后，他以一种更为平静的语气回答。

"阿洛纳克斯先生，"他回答，"您敢确定你们的驱逐舰不会像对付一头怪物那样，追逐并炮轰一艘潜水艇吗？"

这个问题把我难住了，因为很显然，法拉古特船长是丝毫不会犹豫的。他会相信摧毁一艘如此的机器，和摧毁一头巨大的独角鲸一样，是他的职责。

"先生，所以您应该理解，"陌生人继续说，"我有权把你们当作敌人看待。"

我无言以对，原因不言而喻。当强权能够摧毁最中肯的观点时，讨论这样的主张又有什么意义呢？

"我犹豫了很久，"船长继续说，"我没有什么义务热情款待你们。如果我能和你们就此别过，我也没有任何意愿再次见到你们。我把你们放回这艘船的平台上，就是你们刚刚用来作为避难所的地方。我潜入海里去，就此忘记你们曾经存在过。这难道不是我的权利吗？"

"这也许是一个野蛮人的权利，"我回答，"但这不是一个文明人的权利。"

"教授先生，"船长立刻反驳道，"我不是您所谓的什么文明人！我和整个社会已经决绝，个中缘由只有我一个人有权评判。因此我绝不会屈服于社会的准则，所以我奉劝您也永远不要在我面前提那些准则！"

这些话说得斩钉截铁。一道夹杂着愤怒与蔑视的闪光照亮了陌生人的眼睛，在这个陌生人的生命中，我隐约看到一段不同寻常的过往。他不仅把人类的法律置之度外，而且还使自己独立于人类之外，使自己绝对自由，不受任何约束。既然他能击败任何在海面上试图攻击他的人，那么还有谁敢在海底追逐他呢？什么样的船只抵挡得住这艘潜水艇的撞击呢？什么样的铁甲——就算再厚，能经受得住它的冲角呢？世间没有任何一个人能让他交代清楚他的杰作。如果他相信上帝，如果上帝有良心，那么只有上帝的良心，是他唯一能指望的法官。

这些想法迅速掠过我的脑海，这时候，那个奇怪的人保持沉默，全神贯注，像是自我封闭了起来。我既恐惧又饶有兴味地观察着他，可能就像俄狄浦斯观察着斯芬克斯[1]那样。

经过相当长的沉默之后，船长又说话了。

"所以我犹豫，"他说，"但是我想，我还是赞同普遍人类与生俱来的怜悯心的。既然命运把你们抛到了我的船上，你们就待在这里吧。你们会是自由的，但是，为了交换这种相对的自由，我只对你们提出一个条件。你们说一声服从，我就别无他求了。"

"您请说，先生，"我回答，"我想，这个条件是任何正直的人都能接受的吧？"

"是的，先生，条件就是：有可能会出现一些意想不到的事情，我将迫不得已地把你们关在你们的舱室里几小时，或者几天，具体得看情况。我希望永远不要使用暴力，所以，我希望你们在这种情况下无条件服从。这样的话，我将对你们负责，我完

---

1 参见让·奥古斯特·多米尼克·安格尔的油画《俄狄浦斯和斯芬克斯》。

全免除你们的责任，因为我将负责，让你们看不到你们不该看到的东西。您接受这个条件吗？”

所以这么看来，船上至少要发生一些奇特的事情，是尚未置身社会法律之外的人绝不该看到的！与后来我遇到的惊讶相比，这一次应该是微不足道的。

“我们接受，”我回答，“只是，先生，请允许我提一个问题，就一个。”

“说吧，先生。”

“您说过我们在您的船上是自由的，对吗？”

“完全自由。”

“我想问您，您是怎么理解这种自由的。”

“到处走来走去的自由，到处看看，甚至观察在这里发生的一切的自由——除了几个很少的例外——总之是我们享受到的自由，我和我的同伴们。”

很明显，我们之间并没有互相理解。

“对不起，先生，”我又说，“但是这样的自由，不过是囚徒在监狱里转悠的自由而已！这对我们来说是不够的。”

“可是，这对你们来说，应该是足够的！”

“什么！那我们要永远放弃重见我们的祖国、我们的朋友和我们的父母亲人吗！”

“是的，先生。但是，人们相信地面上难以承受的枷锁是自由，放弃重新戴上这样的枷锁，或许也没有你们想的那么痛苦！”

“比如说，”尼德·兰德大叫起来，“我永远不会承诺放弃逃跑的自由！”

"我并不要求您做出承诺，兰德师傅。"船长冷冷地回答。

"先生，"我说，不由自主地生起气来，"您滥用自己的有利局面来对付我们！这是暴政！"

"不，先生，这是宽厚！我们有过交战，你们是我的战俘！我一句话就可以把你们重新沉入海底，而我却把你们收留了下来！你们攻击过我！你们来到这里，发现了一个世上任何人都不该刺探到的秘密，那就是我全部的生活的秘密！你们以为我会把你们送回到不应该再知道我的陆地上！绝不！我收留你们，我要保护的并不是你们，而是我自己！"

船长这番话，说明他心意已决，任何反对都无济于事。

"因此，先生，"我又说，"您给我们的选择，只是生存或者毁灭？"

"只是这样。"

"我的朋友们，"我说，"对于这样提出的一个问题，我们没有什么可以回答的。我们也不用对这位船长做出什么承诺。"

"不用，先生。"陌生人回答。

然后他用一种更为柔和的声音说："现在，请允许我把我要对你们说的话说完。我认识您，阿洛纳克斯先生。您应该和您的同伴不一样，您不应该太过抱怨，这样的偶然把您和我的命运联系在一起。您发表过一部关于海底的著作，这是对我研究有帮助的书中，我最喜爱的书之一。我经常读它。您的作品已经被您推到了陆地科学目前所允许您做到的极致。但您并非已经了解一切，也没有看到一切。因此，教授先生，请让我告诉您，您不会后悔即将在我船上度过的时光。您将会漫游到各种奇妙国度，您可能会习惯于感到惊奇和惊愕，目不暇接的风景绝不会使您太快生厌。我会在我新一次的海底之旅中——谁知道呢，也许是最后一次——再看看我这么多次周游海底过程中，所能研究的一切，您将是我的研究伙伴。从今天起，您将进入一个新的环境，你将看见迄今为止没有任何一个人看见过的东西——因为我和我的同伴们不算在人类范围内，由于我的缘故，我们的星球将把它最后的秘密展现在您的眼前。"

我无法拒绝他，船长这番话对我产生了强烈的效果。它们抓住了我的软肋，让我一时间忘记了为了欣赏这些美妙的东西，我要失去的是自己的自由，这并不真的值得。另外，我打算将来再解决这个严肃的问题。所以，我仅仅是回答："先生，虽然您已经和人类断绝了来往，但我仍然相信，您并没有断绝所有人类情感。我们是被您仁慈地收留在船上的海难者，我们不会忘记您的恩情。至于我，我不否认，如果我对科学的热忱超过了我对自由的需求，那么我们的相遇的确给了我莫大的补偿。"

我以为船长会向我伸出手来，表示缔结这项协议。可是，他没有任何动作。我为他感到惋惜。

"最后一个问题。"我说。这时，那个难以理解的人似乎想抽身走掉。

"说吧，教授先生。"

"我该怎么称呼您?"

"先生，"船长回答，"对您来说，我只是尼莫[1]船长，您的同伴和您，对我来说只是鹦鹉螺号的乘客。"

尼莫船长喊了一声，一个侍者出现了。船长用那种我不能理

1　Nemo：源于拉丁语，相当于英语中的nobody，意为"没有人"或是"无名小卒"。

解的奇怪语言给他下达了命令。然后他回过头来对着加拿大人和康赛议说："饭菜已经准备好，在你们的舱室等着你们，"他对他们说，"请跟着这个人走。"

"我不拒绝！"捕鲸手回答。

康赛议和他终于走出了这间牢房，他们在里面已经关了30多小时。

"现在，阿洛纳克斯先生，我们的午餐已经准备好了。请允许我给您带路。"

"听您的吩咐，船长先生。"

我跟在尼莫船长的后头，一出舱门就走进了一条被照得亮晃晃的走廊，像是船上的那种长廊。走了十来米，第二道门在我面前打开。

于是我走进一间餐厅，装潢和家具都透露着一种肃穆。两个橡木质的高高的餐具柜，镶嵌着黑黝黝的乌木装饰，矗立在餐厅的两端，在餐具柜的格子里，呈波浪形摆放着价值不菲的彩陶、瓷器和玻璃器皿，全都泛着光泽。明亮的天花板上装饰着精细的油画，投下来的光线经过色彩的过滤，变得柔和下来，平底餐具在光线中闪闪发亮。

餐厅中间是一张已经摆放好的餐桌。尼莫船长指引我入了座。

"请坐，"他对我说，"饿惨了吧，多吃点儿。"

午餐有几道菜，但都只是海鲜，有几道菜我都不知道是什么东西，也不知道它们从哪里来。我得承认，这些菜很好吃，但都有一股特别的味道，我很快也就习惯了。这些菜在我看来都富含磷，我想它们应该都出自海里。

尼莫船长望着我。我什么也没问他，但他已经看透了我的想法，主动回答了我迫切想问他的问题。

"大部分菜您都不认识，"他对我说，"但是您可以放心食用。它们都很干净，并且营养丰富。我已经很久不吃陆地上的食物了，身体也没有不好。我的船员也都精力充沛，他们吃的和我并没什么不同。"

"这么说来，"我说，"所有这些食物都是海产品啦？"

"是的，教授先生，海洋满足了我所有的需求。有时候，我放下我的渔网，收网的时候它们都快要撑破了。有时我潜入人类似乎无法接近的海域去捕猎，制服那些潜藏在我的海底森林中的猎物。我的畜群们，也像罗马神话里的海神这位老牧人的畜群一样，毫无畏惧地啃食着海洋里的浩瀚草原。我在那里开垦了广袤的海洋资源，造物主的手在那里播种下万物。"

我带着一点儿震惊望着尼莫船长，回答他说：

"先生，我非常理解，您的渔网为您的餐桌提供了绝美的鱼类；我不是很理解的是您如何在海底森林追捕水生猎物；我完全不能理解的是您盘中的那一小片肉，尽管它真的很小。"

"先生，正因为如此，"尼莫船长回答我，"我从来不吃陆地动物的肉。"

"但是这个。"我又说，边说边指着一只盘子，上面还有几片里脊肉。

"教授先生，您以为是肉的东西，其实只是海龟的脊肉。这儿同样的，是海豚的肝，您可能当作是炖猪肉了。我的厨师做菜灵巧，善于保存各种各样的海产品。尝尝所有这些菜吧。这是个海参罐头，有个马来人说是好吃到举世无双；这是一种奶油，奶是鲸鱼的乳汁；糖是由北海的墨角藻提供的；最后，请允许我给您一点儿海藻酱，能与最美味的果酱媲美。"

我一边品尝这些食物，出于好奇多过嘴馋，一边听尼莫船长给我讲述他那些令人难以置信的故事。

"但这大海，阿洛纳克斯先生，"他对我说，"这神奇的、取之不尽的母乳，她不仅供我吃喝，她也供我衣着。您身上这些衣料，是某种贝壳动物的足丝织成的，染色用的是古时候的绛红色，又加入了一些我从地中海海兔身上提取的一种紫罗兰色。您在舱室卫生间里找到的香水，是从海洋植物中蒸馏出来的。您的床是用海洋里最软的大叶藻铺成的。我会用一根鲸须给您做笔，您的墨水则是乌贼或者枪乌贼分泌的汁液。现在我所有的一切都来自大海，有一天，它们也都会返回大海。"

"船长，您热爱大海。"

"是的！我热爱它！大海是一切！它覆盖着地球的十分之七。它的呼吸是如此纯净又健康。它漫无边际，而人在其中却不会孤独，因为人感到生命在他身边颤动。大海只是一个载体，承载着超自然的神奇生物；它只是运动和爱；它是生生不息的无限，正如你们的诗人们[1]所说。教授先生，毕竟，大自然的三大界——矿物界、植物界和动物界，都在其中得到了展现。动物界由四个植形动物类、三个纲的节肢动物、五个纲的软体动物、三个纲的脊椎动物[2]充分体现。大海是大自然的一个大水库。可以说地球是从大海开始的，谁知道会不会也以大海结束呢！那里，

---

1 诗人指儒勒·米什莱，他在著作《大海》的卷一第五章中写过这样一句话："大海啊，生生不息的无限，她创造又毁灭着亿万的生命，昼夜不息。"之后，这个表达也被多位诗人引用。

2 哺乳类、爬行类和数不胜数的鱼类——鱼类是无限多种的动物，超过1,3000种，其中只有十分之一生活在淡水中。

是极致的静谧。大海不属于暴君。在海面上，暴君还能行使极不公正的权力，在那里互相征战、互相吞噬，把陆地上的各种恐怖转移到海上来。但在海面以下30英尺的地方，他们的权力就停止了，他们的影响力熄灭了，他们的力量消失无踪！啊！先生，在大海的怀抱里生活吧！独立只存在于这里！我不承认这里有什么主人！这里，我是自由的！"

尼莫船长的热忱从内心深处迸发而出，继而，戛然而止。他感到放任自己打破了一贯的克制吗？他说太多了吗？好一阵子，他走来走去，躁动不安。然后，他的神经平静了下来，他的表情恢复了往日的冷淡，转身对我说："教授先生，现在，"他说，"如果您想参观鹦鹉螺号，我悉听尊便。"

第十一章

鹦鹉螺号

　　尼莫船长起身，我紧随其后。设在餐厅后面的一道双扇门打开了，我走进一个和餐厅面积差不多的房间。

　　这是一个图书馆。高高的黑檀木镶铜书架，宽宽的架子上放着许多统一精装的书。书架沿着墙壁围了一圈，底下是宽大的长沙发，栗色皮面，弧度让人非常舒适。轻便的活动小桌，能自如地分开或者合拢，让人摆放正在阅读的书籍。房间中央放着一张大桌子，上面摆满了小册子，几张旧报纸夹杂其中。电灯光线充满了整个和谐的空间，光线是从四个半嵌入天花板涡形装置的磨砂玻璃球形灯射下来的。我看着这个布置得如此独具匠心的房间，发自内心地赞赏，简直不敢相信自己的眼睛。

　　"尼莫船长，"我对我的主人说，而他刚刚在一张长沙发上躺下，"这座图书馆足以为陆地上的宫殿增光添彩，想到它随着您来到海底最深处，简直太让我惊叹了。"

　　"还有哪里能比这里更孤独、更清净的呢，教授先生？"尼莫船长回答，"您的博物馆工作室能给您更完美的休息吗？"

"不能，先生，我还得加一句，比起您这儿，它的确是太简陋了。您这儿有六七千册书……"

"是1,2000册，阿洛纳克斯先生。这是我和大陆的唯一联系。但是在我的鹦鹉螺号第一次下水的那天起，这个世界对我来说已经结束了。那一天，我买下最后一批书，最后一些小册子，最后几张报纸，从那时候开始，我宁愿相信人类不再思考、不再写作。教授先生，这些书，受您支配，您可以自由享用。"

我谢过尼莫船长，走近书架。书架上摆满了科学类书籍、伦理学书籍还有文学书籍，用各国语言写成，可是我看不到一本政治经济学的书，像是被严格从船上排除出去了。有一个奇怪的细节，所有这些书，不论用什么语言写成，都没有明确的分类，这种杂乱表明，鹦鹉螺号的船长不论随手抽出哪本书，都能流畅地阅读。

在这些著作中，我注意到一些古代和现代大师的杰作，就是说人类在历史、诗歌、小说和科学方面创作的所有最美的作品，从荷马[1]到维克多·雨果[2]，从色诺芬[3]到米什莱[4]，从拉伯雷[5]到乔

1　荷马（约公元前9—公元前8世纪），相传为古希腊的游吟诗人，生于小亚细亚，失明，创作了史诗《伊利亚特》和《奥德赛》，两者统称《荷马史诗》。
2　维克多·马里·雨果是一名法国浪漫主义作家。他是法国浪漫主义文学的代表人物和19世纪前期积极浪漫主义文学运动的领袖，法国文学史上卓越的作家。雨果几乎经历了19世纪法国的所有重大事变。一生创作了众多诗歌、小说、剧本、各种散文和文艺评论及政论文章。代表作有《巴黎圣母院》《九三年》和《悲惨世界》等。
3　色诺芬（约公元前431—公元前355），雅典人，军事家，文史学家。他以记录当时的希腊历史、苏格拉底语录而著称。
4　米什莱（1798—1874），出生于法国巴黎，为法国历史学家，被誉为"法国史学之父"。
5　弗朗索瓦·拉伯雷（1493—1553），法国文艺复兴时期人文主义作家。著有主要作品《巨人传》。

治·桑[1]。但是这个图书馆里耗资最多的，是科学类书籍：机械学、弹道学、水文学、气象学、地理学、地质学，等等。占据的位置不亚于自然史，我想这些应该是船长的主要研究领域。我在那儿看到洪堡[2]全集、阿拉戈[3]全集，还有傅科[4]、亨利·圣克莱尔·德维尔[5]、米歇尔·沙勒[6]、米尔纳·爱德华[7]、卡特尔法热[8]、廷德尔[9]、法拉第[10]、贝特洛[11]、西奇神父[12]、彼得曼[13]、莫里船长[14]、阿加西斯[15]等人的著作，还有科学院的论文集、各家地理学会的通

---

1 乔治·桑（1804—1876），原名阿曼蒂娜·露西·奥萝尔·杜班，是19世纪法国女小说家、剧作家、文学评论家、报纸撰稿人。她是一位有影响力的政治作家，著有68部长篇小说，50部各式著作，其中包括中篇小说、短篇小说、戏剧和政治文本。乔治·桑的爱情生活、男性着装和1829年开始使用的男性化的笔名在当时引起了很多争议。

2 弗里德里希·威廉·克里斯蒂安·卡尔·费迪南·冯·洪堡（1767—1835），德国学者、政治家和柏林洪堡大学的创始者。

3 弗朗索瓦·让·多米尼克·阿拉戈（1786—1853），出生于佩皮尼昂，法国数学家、物理学家、天文学家和政治家，曾任法国第25任总理。

4 莱昂·傅科（1819—1868），法国物理学家，他最著名的发明是显示地球自转的傅科摆。除此之外他还曾经测量光速，发现了涡电流。他虽然没有发明陀螺仪，但是这个名称是他起的。在月球上有一座以他命名的撞击坑。

5 亨利·爱丁·圣克莱尔·德维尔（1818—1881），法国化学家。

6 米歇尔·沙勒（1793—1880），法国数学家。他是巴黎埃菲尔铁塔上所列"七十二贤"之一，曾获科普利奖章。

7 米尔纳·爱德华（1800—1885），著名法国动物学家。

8 卡特尔法热（1810—1892），法国生物学家、动物学家、人类学家。

9 廷德尔（1820—1893），爱尔兰物理学家。

10 法拉第（1791—1867），英国物理学家、化学家，也是著名的自学成才的科学家，出生于萨里郡纽因顿一个贫苦铁匠家庭，仅上过小学。1831年，他做出了关于电力场的关键性突破，永远改变了人类文明。

11 皮埃尔·欧仁·马赛兰·贝特洛（1827—1907），法国著名化学家。

12 西奇神父（1818—1878），耶稣会神父，意大利天文学家。

13 彼得曼（1822—1878），德国地图绘制家。

14 莫里船长（1806—1873），美国海洋学家，著有《海洋自然地理》。

15 阿加西斯（1807—1873），美国博物学家，著有《化石鱼类研究》《冰川研究》《冰川体系》《美国自然史》等。

报，等等。我的两大卷拙作被摆在显著的位置，这或许就是为什么尼莫船长会对我相对宽厚地接待吧。在约瑟夫·贝特朗[1]的著作中，他的那本《天文学的奠基者》甚至给了我一个确切的日期；因为我知道它是1865年出版的，由此我可以得出结论，鹦鹉螺号的修建不可能早于这一年。所以三年来，最多三年，尼莫船长一直都在海底生活。另外，我也希望更近的作品能帮我推测出更确切的时间，但是我有的是时间来做这个研究，现在我不想耽搁我们参观这艘神奇的鹦鹉螺号的行程。

"先生，"我对船长说，"感谢您让我使用这个图书馆。这里有科学的瑰宝，我会好好利用的。"

"这个房间不仅仅是一个图书馆，"尼莫船长说，"也是一间吸烟室。"

"一间吸烟室？"我嚷道，"所以在船上能吸烟咯？"

"当然了。"

"那么，先生，我不得不相信，你和哈瓦那保持着联系。"

"毫无联系，"船长回答，"请您接受这支雪茄，阿洛纳克斯先生，尽管它不是来自哈瓦那，如果您是内行，您一定不会感到失望的。"

我接过他递给我的雪茄，它的形状让人想起那种专销伦敦的雪茄，但这支看起来是用金箔卷成的。我在一个装了高雅的青铜支架的小火盆上把雪茄点燃了，赶紧像一个爱抽烟的人两天没抽烟了一样，心醉神迷地吸了几口。

"上好的烟，"我说，"但这不是烟草。"

1　约瑟夫·贝特朗（1822—1900），法国数学物理学家、法兰西科学院院士。

"不错，"船长回答，"这种烟既不来自哈瓦那，也不来自东方。这是一种藻类，富含尼古丁，是大海给我提供的，但也得精打细算。先生，您很怀念那些专销英国的雪茄吧？"

"船长，从今天起，我对这些烟嗤之以鼻。"

"您就随心所欲地抽吧，不用再去想它来自哪里。任何专卖局都没对它进行检测过，但我想它们的质量不会因此就差一点儿的。"

"恰恰相反，它们只会更优质。"

这时，尼莫船长打开了一扇门，这扇门正对着刚刚去图书馆的路上经过的那间屋子，我进入一间宽敞的客厅，灯火通明。

这是一间四边形的客厅，长10米，宽6米，高5米，墙面是倾斜的。明晃晃的天花板上装饰着轻巧的阿拉伯纹饰，向集聚在这个博物馆中的所有珍宝投射出明亮而柔和的光。因为这真的是一个博物馆，一只智慧而慷慨的手把大自然和艺术的瑰宝通通聚集到了这里，加上一点儿艺术家的随性，使之成了美术馆。

30多幅大师油画装饰着墙壁，墙壁上还挂有绣着庄重图案的挂毯。这些油画配有统一样式的画框，由闪闪发亮的盾形板隔开。我看到一些价值不菲的绘画，大多都是我在欧洲的私人收藏和画展中欣赏过的。历史上不同流派的大师们都有代表作：拉斐尔[1]的圣

1　拉斐尔（1483—1520），意大利画家、建筑师，与达·芬奇、米开朗琪罗合称"文艺复兴艺术三杰"。

母像，达·芬奇[1]的圣母像，科雷吉欧[2]的仙女，提香[3]的女人像，委罗内塞[4]的礼赞，牟利罗[5]的圣母升天图，霍尔拜因[6]的肖像画，委拉斯开兹[7]的修士，鲁本斯[8]的主保瞻礼节，特尼耶[9]的两幅弗兰德风景画，吉拉尔·德奥[10]、梅蒂绥[11]、保卢斯·波特[12]的三幅风俗小画，席

1　列奥纳多·达·芬奇（1452—1519），意大利文艺复兴时期的一个博学者。在绘画、音乐、建筑、数学、几何学、解剖学、生理学、动物学、植物学、天文学、气象学、地质学、地理学、物理学、光学、力学、发明、土木工程等领域都有显著的成就。
2　安东尼奥·科雷吉欧（1489—1534），通常被叫作科雷吉欧，意大利画家。他是文艺复兴时期帕尔马画派的创始人，并且创作了一些16世纪最蓬勃有力和奢华的画作。他的画风酝酿了巴洛克艺术，而其优美的风格又影响了18世纪的法国。
3　提香（1488—1576），意大利文艺复兴后期威尼斯画派的代表画家。
4　保罗·委罗内塞（1528—1588），意大利文艺复兴时代的画家。著作《迦纳的婚礼》现藏于卢浮宫。
5　巴托洛梅·埃斯特万·牟利罗（1618—1682），巴洛克时期西班牙画家。
6　汉斯·霍尔拜因（约1497—1543），德国画家，最擅长油画和版画，属于欧洲北方文艺复兴时代的艺术家，他最著名的作品是许多肖像画和系列木版画《死神之舞》。
7　委拉斯开兹（1599—1660），文艺复兴后期、巴洛克时代、西班牙黄金时代的一位画家，对后来的画家影响很大，哥雅认为他是自己的"伟大教师之一"。
8　彼得·保罗·鲁本斯（1577—1640），弗兰德画家，巴洛克画派早期的代表人物。鲁本斯的画有浓厚的巴洛克风格，强调运动、颜色和感官。鲁本斯以其反宗教改革的祭坛画、肖像画、风景画以及有关神话及寓言的历史画闻名。
9　大卫·特尼耶（1582—1649），弗兰德画家。
10　吉拉尔·德奥（1613—1675），荷兰画家。
11　加布里尔·梅蒂绥（1629—1667），荷兰黄金时代画家，工于历史画、风俗画、肖像画和静物画等诸多绘画类别。
12　保卢斯·波特：1625年出生在恩克赫伊森，是荷兰著名的专注于动物和风景画的画家。他不幸在28岁死于肺结核，生前创作了超过100幅作品。

里柯[1]和普吕东[2]的两幅画，巴克赫伊森[3]和韦尔内[4]的几幅海洋画。现代画家的作品中，有署名德拉克拉瓦[5]、安格尔[6]、德·坎普[7]、特鲁瓦永[8]、梅松尼尔[9]、多比尼[10]等画家的油画。在这座壮观的博物馆的角落里，有几座大理石或者青铜的雕像矗立在它们的基石之上，都是根据古代最美的雕塑缩小而成的。鹦鹉螺号的船长所预言的那种惊叹，已经开始占领我的头脑。

"教授先生，"这时候，那个奇怪的人说话了，"请您原谅我接待您时的不拘礼节和这个厅堂的杂乱无章。"

"先生，"我回答道，"我不知道您是何方神圣，但可否允

1　泰奥多尔·席里柯（1791—1824），法国著名浪漫主义画家，出生在法国北部诺曼底卢昂的一个律师家庭。从师于卡尔·韦尔内。代表性作品为《梅杜莎之筏》。

2　皮埃尔·保罗·普吕东（1758—1823），法国大革命时期极具浪漫气息的、独树一帜的画家，他用自己的眼去观察世界，他以自己的心去感悟艺术，他是古典主义风格画家，同时也是浪漫主义的先驱。主要作品有《心灵的强暴》（*The Rape of Psyche*）、《惩治罪恶的正义与复仇》（*Justice and Vengeance Pursuing Crime*）和《约瑟芬皇后的肖像》（*Portrait of the Empress Josephine*）。

3　卢多尔夫·巴克赫伊森（1631—1708），荷兰风景画家，作品多以海景为主题。

4　克劳德·约瑟夫·韦尔内（1714—1789），又译作吉尔内，法国风景画画家，以15幅民俗组画《法国海港》（*Les Ports de France*）著称。

5　欧仁·德拉克拉瓦（1798—1863），法国著名浪漫主义画家。著名作品《自由领导人民》影响了浪漫主义作家维克多·雨果，30年后写成著名的文学作品《悲惨世界》（1862）。

6　让·奥古斯特·多米尼克·安格尔（1780—1867），法国画家，新古典主义画派的最后一位领导人，他和浪漫主义画派的杰出代表欧仁·德拉克罗瓦之间的著名争论震动了整个法国画坛。安格尔的画风线条工整、轮廓确切、色彩明晰、构图严谨，对后来许多画家如德加、雷诺阿，甚至毕加索都有影响。著名作品《土耳其浴女》《瓦平松的浴女》《大宫女》等现藏于卢浮宫。

7　约瑟夫·柔德芬·德·坎普（1858—1923），美国印象派画家。

8　康斯坦·特鲁瓦永（1810—1865），法国画家，也是巴比松画派的主要成员之一。

9　欧内斯特·梅松尼尔（1815—1891），法国画家。

10　夏尔·弗朗索瓦·多比尼（1817—1878），法国巴比松派的风景画家，被认为是印象派的重要先驱之一。

许我把您看成一位艺术家呢？"

"最多是个艺术爱好者，先生。我以前喜欢收藏一些精美的手工艺品。我曾是个狂热的追寻者，一个不知疲惫的搜索者，我能以高价收集一些作品。陆地对我来说已经死去，这是我对它的最后一些纪念。在我眼中，你们现代的艺术家已经是古人，存在了两三千年，他们在我的脑子里已经混在一起。大师是没有年龄的。"

"那这些音乐家呢？"我问，一边指着韦伯[1]、罗西尼[2]、莫扎特[3]、贝多芬[4]、海顿[5]、梅耶贝尔[6]、埃罗尔德[7]、瓦格纳[8]、奥柏[9]、古诺[10]和其他许多音乐家的乐谱，它们散落在一架大型管风琴上，这架琴占据了大厅的一面墙。

"这些音乐家，"尼莫船长回答我说，"是俄耳浦斯[11]的同时

1　卡尔·马利亚·弗里德里希·恩斯特·冯·韦伯（1786—1826），德国作曲家。

2　焦阿基诺·安东尼奥·罗西尼（1792—1868），意大利作曲家，他生前创作了39部歌剧以及宗教音乐和室内乐。

3　沃尔夫冈·阿马德乌斯·莫扎特（1756—1791），出生于奥地利大公国萨尔茨堡，逝世于维也纳，是欧洲最伟大的古典主义音乐作曲家之一，他也是一位共济会会员。

4　路德维希·范·贝多芬（1770—1827），集古典主义大成的德国作曲家，也是钢琴演奏家。贝多芬对后世影响深远，被尊称为"乐圣"。

5　弗朗茨·约瑟夫·海顿（1732—1809），奥地利作曲家。海顿是继巴赫之后又一位伟大的器乐作曲家，是古典主义音乐的杰出代表。被誉称"交响曲之父"和"弦乐四重奏之父"。

6　贾科莫·梅耶贝尔（1791—1864），德国作曲家。梅耶贝尔虽然出生于德国的柏林，但却是19世纪法国式大歌剧的创建人和主要代表人物。

7　路易·约瑟夫·费迪南·埃罗尔德（1791—1833），法国作曲家。

8　威廉·理查德·瓦格纳（1813—1883），德国作曲家、剧作家，以其歌剧闻名。

9　丹尼尔·弗朗索瓦·埃斯普雷特·奥柏（1782—1871），法国作曲家。

10　夏尔·弗朗索瓦·古诺（1818—1893），法国作曲家，代表作是歌剧《浮士德》。

11　俄耳浦斯：根据古希腊神话传说的描述，古希腊色雷斯有个著名的诗人与歌手叫俄耳浦斯，他的父亲便是太阳、畜牧、音乐之神阿波罗，母亲是司管文艺的缪斯女神卡利俄帕。这样的身世使他生来便具有非凡的艺术才能。俄耳浦斯凭着他的音乐天赋，在英雄的队伍里建立了卓越的功绩。

代人，因为时代的差别而在逝者的记忆中消失——而我是个已死之人，教授先生，和您那些长眠地下的朋友一样！"

尼莫船长停了下来，看起来像是陷入了一场深沉的遐思。我情绪激动地端详着他，默默分析他表情中的奇特之处。他手臂支在有镶嵌画的珍贵桌子上，不再看我，像是忘记了我的存在。

我尊重这种沉思，继续浏览这装点了满屋子的奇珍异宝。

在这些艺术品边上，天然的珍品占据了一个重要的位置。主要是一些植物、贝壳和其他海产品，它们应该是尼莫船长的私人发现。客厅中间是一个喷泉，被电光照亮，水回落到只由一只砗磲做成的盛水盆里。这是最大的无头软体动物的贝壳，周长大约六米，边缘被精细打磨成齿状.所以它就体形来说，已经超过了威尼斯共和国馈赠给弗朗索瓦一世[1]的那些美丽砗磲，后来被巴黎的圣絮尔佩斯教堂[2]用来做成两个巨大的圣水盆了。

这个盛水盆周围，在铜架子固定住的精致玻璃柜下，分门别类并贴上标签的，是那些最为珍贵的海产品，哪怕是一个博物学家都没见过这些生物。

动物形植物门的两个群——珊瑚虫和棘皮动物，分别都有奇特的标本。在珊瑚虫一群中，有笙珊瑚、扇状柳珊瑚、叙利亚软海绵、马鲁古群岛[3]的海木贼、海鳃、挪威海里可爱的逗点珊瑚、各种各样的伞状珊瑚、八射珊瑚，还有一系列石珊瑚，我的老师米尔

1　弗朗索瓦一世（1494—1547），1515—1547年在位的法国国王。即位前通常称昂古莱姆的弗朗索瓦，又称大鼻子弗朗索瓦，骑士国王，被视为开明的君主、多情的男子和文艺的庇护者，是法国历史上最著名也最受爱戴的国王之一。在他统治时期，法国繁荣的文化达到了一个高潮。
2　圣絮尔佩斯教堂：坐落于巴黎第六区的一座天主教教堂。
3　马鲁古群岛：印度尼西亚的群岛。

纳·爱德华兹对这些珊瑚进行过谨慎的分类，我在其中发现了绝妙的扇状珊瑚、波旁岛[1]眼状珊瑚、安地列斯群岛的"海神战车"、各种各样奇妙的珊瑚虫，最后是各类奇形怪状的珊瑚骨，它们汇聚起来便形成了一个个小岛，这些小岛总有一天会变成大陆。在以外皮多刺著称的棘皮动物门里，有海盘车、海星、五角海百合、海百合、流盘星、海胆、海参等，代表这个群的个体的完整收藏。

更多的玻璃柜里分门别类地陈列着软体动物标本，一个稍稍有些神经质的贝类专家，面对这些玻璃柜时准会吓晕过去。我在那里看到的收藏价值无法估量，我也没时间全部描绘出来。在这些制品中，仅仅根据记忆，我列出这一些：印度洋优美的锤蛎——红棕色的壳上鲜明地凸显出规律的白点；一枚色泽鲜艳的帝王海菊蛤，浑身长满了刺，即使是欧洲的博物馆都罕有这样的标本，我估计能值两万法郎；一个新荷兰[2]海里的锤头双髻鲨，很难弄到手；塞内加尔异域风情的贝唇，双瓣的白色贝壳非常容易碎裂，似乎一口气就能把它像肥皂泡一般地打散；爪哇岛的多种喷水壶状贝类，像有钙质的管子，边缘镶有叶状褶皱，在收藏家中非常抢手；一系列的马蹄螺，有些黄绿色，是从美洲海域捕获的，有些是红棕色的，时常出没在新荷兰海域，有些来自墨西哥海湾，以鳞状贝壳著称，还有部分星形贝壳，是在南部海域找到的，还有最为罕见的新西兰马刺状贝；另外，还有令人赞叹的硫黄质樱蛤，珍贵品种的帘蛤和维纳斯贝，特伦克巴尔海的网状钟面贝，带有发光珍珠质地大理石般的蝾螺，中国海的绿色鹦鹉螺，锥形贝中几乎不为人知的芋螺，在印度和非洲被用作货币的

1　波旁岛：今留泥汪岛，法国大革命前名为波旁岛。
2　新荷兰：澳大利亚曾叫新荷兰。

各种各样的宝贝[1]螺，东印度洋最珍贵的贝类"大海的荣耀"；最后是滨螺、燕子螺、锥螺、紫螺、卵形贝、螺旋贝、斧蛤、笔螺、冠螺、荔枝螺、蛾螺、竖琴螺、骨螺、法螺、蟹守螺、长辛螺、风螺、蜘蛛螺、帽贝、水晶贝、棱形贝，都是些精巧易碎的贝类，科学界赐予了它们精致迷人的名字。

除此以外，在一些特别的格子里，摆着一串串美不胜收的珍珠，电灯光一点又一点地落在上面。粉红色珍珠来自红海的江珧，绿色珍珠来自鲍鱼虹膜，黄珍珠、蓝珍珠、黑珍珠，这些来自不同海域的不同软体动物的产物，还有来自北方水系的产物，最后还有一些价值难以估量的标本，以最罕见的珠母蒸馏而成。这些珍珠中有几颗比鸽子蛋还大，价值抵得上，甚至超过旅行家塔维尼埃以300万法郎卖给波斯国王的那颗珍珠，而且超过马斯卡特[2]的伊玛目[3]的另一颗珍珠，我想那颗珍珠是举世无双的。

因此，这项收藏的价值可以说是无法估计的了。尼莫船长为了得到这么多不同的标本必然得花费几百万法郎，正当我寻思他有什么财政来源满足他这收藏癖，就被这些话打断了思路："教授先生，您在观察我的贝壳标本。的确，它们能引起博物学家的兴趣，但是，对我来说，它们还有另一种魅力，因为它们是我亲手收集的，地球上没有一片海洋漏过了我的搜索。"

"我明白，船长，我明白在这么丰富的收藏中漫步是何等的乐趣。您自身就是一座宝库。欧洲没有一座博物馆能拥有这样多的海洋产品收藏。但是如果我对这项收藏赞叹不已，那我对承载

1　宝贝：一种海洋软体动物。
2　马斯卡特：阿曼首都。
3　伊玛目：某些伊斯兰国家元首的称号。

它们的这艘潜水艇又该用什么溢美之词呀！我丝毫没有要窥探您的秘密的意思！然而，我还是得承认，这艘鹦鹉螺号的原动力，使它能够运转的机器，推动它的如此强大的动因，这一切都激起了我最大的好奇心。我看到大厅的墙上挂着一些工具，我不知道它们有什么用途。我可以知道吗？……"

"阿洛纳克斯先生，"尼莫船长回答我，"我对您说过，您在我的船上是自由的，因此，鹦鹉螺号上没有什么地方对您是禁止的。所以您可以仔细参观，我也很乐意当您的向导。"

"我不知道该如何感谢您，先生，但我不会滥用您的好意。我只想问你这些仪器的用途是什么……"

"教授先生，同样的仪器在我房间里也有，到那里我会给您解释它们的用途。但在这之前，请您来参观一下为您预备的舱室。您必须知道您将怎样在鹦鹉螺号上安身。"

我跟着尼莫船长，经过客厅的另一扇门，来到了长廊。他领着我向前走，我在那里发现的不是一间舱室，而是一间雅致的房间，有床、卫生间和不同家具。

我对我的主人心怀感激。

"您的房间和我的相连，"他对我说，一边打开一扇门，"我的房间就通向您刚刚离开的大厅。"

我走进船长的房间。它看起来朴实无华，甚至有点儿像修道士的房间。一张小铁床，一张办公桌，几件洗漱用具。房间里光线昏幽。没有任何舒适的东西。仅仅是严格意义上的必需品。

尼莫船长指给我一个座位。

"请坐。"他对我说。

我坐了下来，他便开口说话。

第十二章

一切都用电

"先生，"尼莫船长一面说着一面指着他房间墙上的那些挂着的仪器，"这是鹦鹉螺号航行所需要的。在这里就像在大厅里一样，我总是注意着它们，它们时刻告诉我在海洋中的准确位置和方向。有些仪器您是知道的，比如指出鹦鹉螺号内部温度的温度计；测出空气重量和预报天气变化的气压计；指明大气干湿度的湿度计；风暴预测计——玻璃瓶里的混合物一分解，就预示暴风雨的来临；指南针——用来引导我的航向；六分仪——通过测量太阳高度帮我测算纬度；测量经度的经线仪；最后是白天和夜里使用的望远镜，在鹦鹉螺号浮出水面后，能让我仔细勘探整个视野中的洋面。"

"这是航海家的常用仪器，"我回答，"我知道怎样使用。但是这里肯定还有几种其他仪器，是专门用来满足鹦鹉螺号的特殊需要的。我看到的这个表盘有个活动的指针，是不是气压计？"

"确实是气压计。它和水相连，指出外部压强，同时也告诉我潜艇所处的深度。"

"这是新型探测器吗？"

"这是温度探测器，测出不同水层的温度。"

"其他那些我猜不出用途的仪器呢？"

"这里，教授先生，我要给您一些解释，"尼莫船长说，"请听我说。"

他沉默了一会儿，然后说："有一种动力，强大、听话、快捷、方便，怎样使用都行，在我的船上，它统治一切。一切都是由它实现的。它为我照明，给我供热，它是我所有机械的灵魂。这个动力，就是电。"

"电！"我相当吃惊地喊道。

"是的，先生。"

"可是，船长，您拥有极快的移动速度，这和电不相称啊！迄今为止，电的动能是非常有限的，只能产生很小的力量！"

"教授先生，"尼莫船长回答，"我的电不是大家所用的电，我所能告诉您的就这些了。"

"我不再追问了，先生，我只是对这样的结果很惊讶。我只想提一个问题，如果太过冒昧，您可以不回答。为了产生这种神奇的动力，您所用的元素应该消耗得很快吧。比如说锌，既然您与陆地再无联系，您用什么来替代它呢？"

"您的问题很好回答，"尼莫船长回答，"首先，我会告诉您，海底有锌矿、铁矿、银矿、金矿，开采是可行的。但是我完全没有借用这些陆地金属，我想只向大海寻求发电的方法。"

"向大海寻求？"

"是的，教授先生，我不缺少办法。事实上，我可以把沉到不同深度的金属线连成一个圈，通过它们接收到的不同温度来发电，但我更偏好另一种更实用的方法。"

"什么办法？"

"您了解海水的成分。从1千克的海水中，可以提取96.5%的水，大约2.66%的氯化钠，还有少量的氯化镁、氯化钾、溴化镁、硫酸镁、硫酸钙和碳酸钙。因此您看到，氯化钠占有很大的比重。我从海水中提取的正是这种钠，用它组成我所使用的元素。"

"钠？"

"是的，先生。和汞混在一起，就构成了汞合金，能够代替煤气灯电池里的锌元素。汞是取之不竭的。只有钠会消耗掉，而大海为我提供钠。另外，我还可以告诉您，钠电池应当被视作能量最强的电池，它的电动能是锌电池的两倍。"

"船长，我明白在您的处境中，能够找到钠是再好不过的。大海中含有钠——很好——但是还需要把它制造出来，一句话，把它提取出来。您是如何提取的呢？您的电池显然可以用来帮助这种提取，但是，如果我没有搞错，那些电器所消耗的钠会超过所提取的量。因此，就会出现这种情况：您为了制造钠反而消耗了更多的钠！"

"所以，教授先生，我不通过电池去提取钠，我只用地下煤的能量。"

"地下的？"我强调说。

"如果您愿意，就说海底的煤吧。"尼莫船长回答。

"您能够开采海底的煤矿吗？"

"阿洛纳克斯先生，您会看到我们开采的。我只请您耐心一点儿，因为您有足够的时间保持耐心。您只要记得这一点：我的一切都依赖于大海，它产出电，电给鹦鹉螺号热量、光、动力。一句话说，电给了鹦鹉螺号生命。"

"但是没有您呼吸的空气。"

"噢！我能制造我需要消耗的空气，但是这也是用不着的，因为我高兴的话，就可以浮出水面呼吸。然而，虽然电不给我提供呼吸的空气，但它至少能启动强大的泵，把空气储存在特殊的储气舱中，只要我愿意，就能在需要时延长在深水层的时间。"

"船长，"我回答，"我只能称羡。您显然已经找到了人类有一天可能会找到的真正电力动能了。"

"我不知道他们是不是会找到，"尼莫船长冷冷地回答，"不论如何，您已经了解了我所发明的第一个使用这种珍贵动能的机器。它均匀地、持续地给我们供能，这是阳光所做不到的。现在，请您看看这座钟，它是电动的，走得很准，可以和最好的精密计时器媲美。我把它分成24小时，像意大利的钟那样，因为对我来说，没有黑夜和白天，没有太阳和月亮，只有我带到海底的人造光！您看，现在是上午10点钟。"

"千真万确。"

"电还有其他用途。挂在您眼前的这个仪器，是用来表示鹦鹉螺号的速度的。一条电线把它和测程仪连接起来，它的指针告诉我潜水艇的真正速度。您看，我们现在正以中速行驶，每小时15海里。"

"太棒了，"我回答，"船长，我明白了，您用这种动能来代替风、水和蒸汽，真是太机智了！"

"我们还没看完呢，阿洛纳克斯先生，"尼莫船长站起来说，"如果您愿意跟我走，我们就去参观鹦鹉螺号的后部。"

确实，我已经了解了潜水艇的整个前部，从中间部位到艇首，准确的分隔如下：一个5米长的餐厅，被一块密封的或者说不透水的隔板和图书馆隔开，图书馆有5米长；10米长的大厅，被第二道密封的隔板和船长的房间隔开了，船长的房间也是5米长，我的房间2.5米长，最后是一个7.5米长的储气舱，一直延伸到艇首。总共35米长。密封隔板上开有门，用橡胶密封着，万一出现水管漏水，这些隔板墙能保证鹦鹉螺号安然无恙。

我跟随着尼莫船长，穿过一条条长廊，来到了潜水艇的中心部位。那里有一个像井一样的装置，开在两道密封隔板墙中间。隔板上固定着一架铁质的梯子，通到顶端。我问船长，这个梯子有什么用途？

"它通到小艇。"他回答。

"什么！您还有一条小艇？"我相当惊讶地反问。

"当然。一条出色的小艇，很轻，不会沉没，可以用来兜风和钓鱼。"

"所以说，您想坐小艇的时候，就不得不回到海面？"

"完全不。小艇附在鹦鹉螺号艇身的上部，在一个安放它的洞穴里。小艇用甲板完全密封，绝对防水，用结实的螺丝钉固定住。这架梯子通往开在鹦鹉螺号艇身的出入口，与开在小艇侧翼的出入口相连。我就是通过这个双重开口登上小艇。有人替我关上鹦鹉螺号的出入口，我用气压螺旋器关上另一个，也就是小艇的出入口；我松开螺旋器，小艇就飞速升到海面。于是我打开直到此刻仍然完全密封着的甲板舱盖，支起桅杆，升起船帆，或者拿起桨来，就能开始兜风。"

"但是，您要怎么回到潜水艇上来呢？"

"我不回来，阿洛纳克斯先生，是鹦鹉螺号回到我身边。"

"听从您的命令！"

"听从我的命令。一根电线让我和潜水艇相连，我只要发出一个电报，就可以了。"

"的确，"我说，眼前这等奇观让我沉醉，"没什么比这更简单了。"

穿过通往平台的梯井之后，我看见一间两米长的舱室，康赛议和尼德·兰德在里面大快朵颐，狼吞虎咽。随后，一扇门打开了，朝向一个长三米的厨房，位于宽敞的食品储藏室中间。

电比煤气能量更大，也更听话，因此也被用在烹饪上。电线引到灶炉下，把热传到铂绒，这种热发散均匀，非常规律。它同样加热蒸馏器，通过蒸馏提供优质饮用水。厨房边上是一间浴室，布置得非常舒适，水龙头随时可以提供冷热水。

紧接着厨房的是船员舱室，长五米。但是门是关着的，我看不到里面的布置，不然或许我可以确定操作鹦鹉螺号需要多少人手。

最靠里边耸立着第四道防水墙，把这个舱室和器械舱室隔开。一扇门打开了，在这个舱室里，我发现了尼莫船长所安置的动力器械——他无疑是位一流的工程师。

这个机舱照得灯火通明，长度不少，20米。它被自然地分成了两部分：第一部分安置电力设备，第二部分放置把电力传送到螺旋桨的设备。

我首先对充满这个舱室的sui generis[1]的气味感到惊讶。尼莫船长看到了我的表情。

1　拉丁语，独特的。

"这是使用钠而流溢出来的一些气体，但这只不过是一些轻微的弊端，"他对我说，"而且每天早上，我们都用强风来净化艇内的空气。"

但我仍然带着可想而知的兴趣，来观察鹦鹉螺号里边的机器。

"您看到了，"尼莫船长对我说，"我使用的是本生[1]发电装置，而不是路姆考夫[2]发电装置。后者可能功率不够大。本生装置件数不多，但是强大有力，经验证明它更好用。产生的电送到后面，通过大块的电磁铁，作用在由杠杆和齿轮组成的特殊系统，再由这个系统把力传送到螺旋桨轴上。螺旋桨的直径是6米，桨距是7.5米，每分钟的转速可以达到120转。"

"那么您得到的航速呢？"

"50海里每小时。"

这是个谜，但是我没有执意去了解。电怎么能够以这么大的能量去运作呢？这个几乎无限大的力量来自哪里呢？是来自新式线圈的极度压力呢，还是来自一个能够无限增大的不为人知[3]的杠杆体系的传送呢？这是我所无法理解的。

"尼莫船长，"我说，"我看到了这些结果，我也不寻求解释。我见过鹦鹉螺号在亚伯拉罕·林肯号面前是怎么运转的，现在我知道它为什么速度如此之快了。但是，航行还不够。关键要看去哪里。它必须能右能左，能上能下！您怎么到达那么深的海

1　本生灯：科学实验室常用的高温加热工具之一。该工具以德国化学家罗伯特·威廉·本生的名字命名。

2　路姆考夫（1803—1877），德国著名科学家，他发明的路姆考夫线圈灯曾荣获5万法郎的奖金，由拿破仑三世亲自授予。

3　恰好有人说到一个此类的发现，一种新式的杠杆运作能够产生巨大能量。难道发明家和尼莫船长见过面吗？——原注

底，承受越来越大的气压直到几百个大气压呢？您又是怎么回到海面的呢？最后，您是如何保持在合适您的地方的呢？我这样问您是不是有些唐突？"

"完全不会，教授先生，"船长稍微迟疑一下后回答我，"既然您应该永远不会离开这艘潜水艇，请您到客厅来。这是我们真正的工作室，在那里，您会获得关于鹦鹉螺号您所应当知道的一切！"

第十三章

一些数据

没过多久，我们坐在客厅的一张沙发上，嘴里叼着雪茄。船长把一张图放在我眼前，上面有鹦鹉螺号的平面图、剖面图和立视图。然后他开始描述："阿洛纳克斯先生，这是承载你的这艘船的各项尺寸。这是一个狭长的圆柱体，末端呈锥形。它明显地有着雪茄的形状，这种形状已经被伦敦好几艘同类船舶采用过了。这个圆柱体的长度，从这头到那头，正好70米，而它的宽度，最宽则是8米。所以，它不完全像你们的蒸汽船一样是按照1比10的比例建造，但它的长度已经足够长，铸造得相当狭长，水流很容易滑过去，绝对不会妨碍它的行驶。

"这两个尺寸能使您通过简单的计算，得出鹦鹉螺号的面积和尺寸。它的面积是1011.45平方米，体积是1502立方米——这就是说，完全潜入海里后，它的排水量或者说重量，是1500立方米或者1500吨。

"我为这艘潜水艇画草图时，想让它在水中保持平衡，下潜十分之九，仅仅有十分之一浮出水面。因此，在这种情况下，它的排水量只有体积的十分之九，即1356.48立方米，也就是说，它的重量只有同样数目的吨数。所以，在按照上述尺寸建造时，我必须不让它超过这个重量。

"鹦鹉螺号由两层壳组成，一层在里面，另一层在外面，用T形铁连接，起到极好的加固作用。事实上，由于这种蜂窝状结构，它像一个整体那样有抵抗力，内部像是实心的一般。船的壳板不会折断，它靠的是自身的附着力而不是靠铆钉拧得紧。由于部件组装得好，构造均匀，它能够扛得住最狂浪的海面。

"这两层壳板都是用钢板制造的，钢板密度是水的十分之七八。第一层壳的厚度不少于5厘米，重394.96吨。第二层壳，龙骨高50厘米，宽25厘米，自重62吨，加上机器、压舱物、各种附属设备、装备、隔板和内部支撑物，重达961.62吨，加上394.96吨，总共是1356.48吨。清楚了吗？"

"清楚。"我回答。

"因此，"船长继续说，"在这种条件下，鹦鹉螺号待在水中时，它露出十分之一。可是，如果我设置一些相当于这十分之一容积的蓄水池，即150.72吨，如果我在蓄水池中装满水，于是船的排水量就是1507吨，或者船有这些重量，那么就会完全沉没。实际情况就是这样，教授先生。这些蓄水池放在鹦鹉螺号底层侧翼。我打开水龙头，它们就满了，加固了的船就会沉到与水平面持平。"

"很好，船长，但我们遇到真正的困难了。我能够理解，您可以使鹦鹉螺号沉没到与海面持平，但是如果更低，沉到水平面以下，您的潜水艇不就要遇到压力了吗？而且还要遇到自下而上的浮力，大概是每30英尺1个大气压，也就是每平方厘米大约1千克的压力吧？"

"完全正确，先生。"

"所以，除非您把鹦鹉螺号整个装满水，否则我看不出您怎么能把它带到海面下。"

"教授先生，"尼莫船长回答，"不要把静态和动态混为一谈，否则我们会犯严重错误。要沉到大洋底部并不那么费事儿，因为物体总有一种下沉到底的倾向。请您听听我的推理。"

"我洗耳恭听，船长。"

"当我想要确定增加的重量好让鹦鹉螺号沉没时，我只要关注随着水层的加深，海水体积的缩小就可以了。"

"这很明显。"我回答。

"然而，即便水不是绝对不能压缩的，它至少也是压缩得很少的。实际上，根据最新的计算，在1个大气压下，或者深度每增加30英尺，水的压缩不过是0.000436。如果下潜1000米，那么我想海水的压缩如同受到1000米水柱的压力一样，也就是说100个大气压。这时候的压缩将是0.436。因此我要增加的重量是使潜艇的总重量达到1513.77吨，而不是1507.2吨。结果是只增加6.57吨。"

"只？"

"只，阿洛纳克斯先生，这个计算很容易验证。我增加了几个蓄水池，能装100吨水。这样我能下潜到相当大的深度。当我想重新浮上水面并保持同一水平时，我只要放掉这些水，如果我想让鹦鹉螺号露出十分之一，我就得把蓄水池清空。"

这推理有数据支撑，我也没什么可反驳的。

"我同意您的计算，船长，"我回答，"我也没有什么可反对的，因为每天的经验都证明了其正确性。但是我当下预感到一个真正的难题。"

"是什么难题呢，先生？"

"您在深度1000米的时候，鹦鹉螺号的隔板承受的压力是100个大气压。所以如果这时候您想要清空附加的蓄水池，减轻潜水艇的重量，使潜水艇浮出水面，您的水泵就必须要克服这100个大气压的压力，也就是每平方厘米100千克。因此，需要的力量……"

"只有电能够给我提供，"尼莫船长急着说，"我再重复一遍，先生，我的机器的动力几乎是无限的。鹦鹉螺号的水泵有惊人的力量，您应该看到过的，水柱像激流一样向亚伯拉罕·林肯号冲去。另外，我只在潜到1500米至2000米的深度时，才会动用附加的蓄水池，这是为了爱惜设备。因此，当我心血来潮，想去看看水下两三千米的大洋深处时，我会使用更慢的操作方法，是不会达不到目的。"

"船长，是什么方法呢？"我问。

"这就顺便让我来告诉您，鹦鹉螺号的操作方法。"

"我迫不及待地想知道。"

"为了控制潜艇右转、左转，为了掉转方向，一句话，我用通常固定在船尾柱上，以轮子和滑轮组启动的宽舵板，沿着水平面行驶。但是我也能让鹦鹉螺号从下到上、从上到下地垂直运动，其方法是利用附在艇身两侧吃水线中央的两块斜板，斜板很灵活，能够变换各种位置，并以强有力的杠杆从艇内操纵。斜板和潜艇保持平行，潜艇便能水平方向行驶。斜板倾斜时，鹦鹉螺号根据倾斜度和螺旋桨推进的程度，要么沿着我控制长度的对角线下沉，要么沿着这个对角线上升。如果我想更快地回到水面，我甚至接通螺旋桨，水压就会使鹦鹉螺号犹如氢气球一般垂直上升，浮出水面。"

"太棒了！船长，"我大声说，"但是，舵手怎么能按照您在水中指给他的路线前进呢？"

"舵手待在一个玻璃驾驶室里，驾驶室凸起在鹦鹉螺号艇身的上部，配有透镜玻璃。"

"玻璃能承受得住这样大的压力吗？"

"完全可以。水晶在受到撞击时容易破碎，但有巨大的抗压力。1864年在北海进行过一场电灯光下捕鱼的试验，人们看到过这种水晶板，只有7毫米的厚度，却抵挡得住16个大气压，同时能让不均匀地发出热量的强大炙热光线通过。我使用的玻璃，中心部位不少于21厘米，就是说是那种水晶板的30倍。"

"我完全同意，尼莫船长，但是为了能够看见，必须让光亮驱逐黑暗，而我想不明白，在海水的一片黑暗中，要如何……"

"我在驾驶室后面放了一个强大的电光反射器，能照亮500米海水的距离。"

"啊！太好了，简直是好极了！船长。我现在明白那所谓的独角兽发出的磷光是怎么回事了，它曾经让那么多学者疑惑不解！对了，我想问您，鹦鹉螺号和斯哥提亚号相撞，当时反响巨大，是偶然相遇的结果吗？"

"纯粹是偶然的，先生。相撞发生时，我正在水面下两米的地方航行。不过我并没有看到任何麻烦的后果。"

"完全没有，先生。但是关于您和亚伯拉罕·林肯号的相遇？……"

"教授先生，我为此感到遗憾，这是英勇的美国海军最好的战舰之一，但是它攻击我，我不得不自卫！但我仅仅是做到让驱逐舰处于不能损害我的状态——它到最近的港口修补一下损失并不会太费事儿。"

"啊！船长，"我坚定不移地大声说道，"您的鹦鹉螺号真是一艘神奇的潜水艇！"

"是的，教授先生，"尼莫船长情绪激动地回答，"我爱它就像爱我的亲身骨肉一样！待在你们那些在大海里被偶然操纵的船上，一切都是危险，来到这片大海上，第一个感觉就是如临深渊，就像荷兰人詹森说的那样，但在海面下，在鹦鹉螺号里边，人的心中就再也没有恐惧。不用担心船身变形，因为这艘潜艇的双重船身有着钢铁般的坚毅；没有帆缆索具，前后左右的摇摆颠簸就不会使之疲惫；没有风帆，它就不会随风漂泊；没有锅炉，蒸汽就不会使它炸裂；不用担心火灾，因为这艘潜水艇是用钢板而不是木材制造的；不怕耗尽了煤，因为它的机械动力是电；不用担心相撞，因为它是孤独地在深水中航行；无须与暴风雨搏斗，因为在水下几米的地方能找到绝对的平静！先生，就是这样。这是艘精妙绝伦的船！如果说在对船的信心这件事上，工程师大过造船者，造船者又大过船长，那么您就会明白我对我的鹦鹉螺号是有多么绝对的信赖，因为我既是船长，又是造船者，还是工程师！"

尼莫船长说得激情昂扬，引人入胜。他目光如火，手势激昂，像是变了个人。是的！他爱自己的潜水艇，就像父亲爱自己的孩子！

但是有一个问题，可能有些鲁莽，但它就这样自然而然地冒了出来，我忍不住要问他。

"所以您是工程师咯，尼莫船长？"

"是的，教授先生，"他回答我，"我以前还是陆地居民的时候，曾在伦敦、巴黎、纽约学习过。"

　　"可是您是如何秘密地制造出这艘令人称羡的鹦鹉螺号的呢？"

　　"阿洛纳克斯先生，这艘潜水艇的每个部件，都是从世界各地收集过来的，而且隐瞒了用途。它的龙骨是在法国中部的勒克勒佐地区制造的，螺旋桨轴是在伦敦的庞尼公司制造的，船身的钢板是利物浦的利尔德厂制造的，螺旋桨是在格拉斯哥的斯科特厂制造的，蓄水池是巴黎的卡伊公司制造的，发动机是普鲁士的克虏伯制造的，艇首冲角是瑞典的莫塔拉工厂制造的，而精密仪器是纽约的哈特兄弟的产品，等等。每一位供应商收到我不同署名的图纸。"

　　"但是，"我又说，"这样生产的部件，必须组装、调试吧？"

　　"教授先生，我在大洋之中的一个荒岛上建立了我的工作室。在那里，我的工人们，也就是说经过我指导和培训的忠实伙伴们，和我一起完成我们的鹦鹉螺号。工程结束后，我们一把火烧掉了我们在这个岛上留下的所有痕迹，如果可以，我会让人把这座岛给炸了。"

　　"那么，我应该可以相信这艘潜水艇的成本价一定是极度高昂了？"

　　"阿洛纳克斯先生，一艘钢船的造价是每吨1125法郎。鹦鹉螺号的吨位是1500吨。所以，它的成本是1,687,000法郎，加上装修费也就是200万法郎，连同船上的艺术品和收藏品，总共是500万法郎。"

“最后一个问题，尼莫船长。”

“说吧，教授先生。”

“所以您很富有咯？”

“富可敌国，先生，我可以毫无困难地支付法国的100亿法郎欠债！”

我死盯住这个如此对我说话的怪人。他是不是滥用了我的信任？未来会告诉我的。

第十四章

黑 河

　　据估计，地球被水占去的部分约为383,255,800平方千米，即超过3800万公顷。这片海水的体积为22亿500万立方海里，可以形成一个直径为60古法里[1]，重300亿亿吨的球体。为了理解这个数字，应该设想，100亿亿与10亿相比，就如10亿与1相比，就是说，在10亿里面有多少个1，在100亿亿里面就有多少个10亿。而海水的总量，差不多就是陆地上所有河流在4万年里流到海里的全部的水。

　　在漫长的地质年代里，火纪之后是水纪。起初，海洋铺天盖地。然后，渐渐到了志留纪，山顶形成了，一些岛也浮出水面，局部洪水时期，山顶和岛消失重新显露出来，连成一片，形成大陆，最后，大陆就从地理上定型为我们今天所看到的样子。地球的固体从液体中获得了37,657,000平方海里，也就是129亿1600万公顷的面积。

　　大陆的形状把海洋分成五大部分：北冰洋、南冰洋、印度

_____

1　古法里：约合四千米。

洋、大西洋和太平洋。

太平洋从北极圈伸展到南极圈，从西到东是在亚洲和美洲之间，横跨经度145度。它是最平静的海域，水流宽阔缓慢，浪潮平稳，雨水充沛。我的命运最早召唤我跨越的就是这片大洋，还是在最奇怪的条件下。

"教授先生，"尼莫船长对我说，"如果您愿意，我把我们的确切方位记录下来，定位这次旅程的起点。现在是正午差15分钟。我就要回升到海面。"

船长按了三次电铃。水泵开始排出蓄水池里的水，气压计的指针由于压力不同表现出鹦鹉螺号的上升，然后停住不动。

"我们到达水面了。"船长说。

我走向通往平台的中央梯子，爬上金属梯，通过打开的舱盖，到达了鹦鹉螺号的顶部。

平台只浮出水面80厘米。鹦鹉螺号从前到后的形状呈纺锤形，就好比一根长长的雪茄。我发现潜艇的钢板有些呈鳞状，酷似覆盖在陆地大型爬行动物身上的鳞片。因此，我自然明白了，为什么即便是用了最好的望远镜，潜水艇却还是总被当作一头海兽。

大约在平台中部，半插进艇身的小艇，形成一个小鼓包。前后升起两个不算很高的外罩，壁面倾斜，部分由厚厚的透镜玻璃封闭：一个用来给舵手操纵鹦鹉螺号，另一个里面闪耀着强电力的导航灯。

海面美不胜收，天空清澈纯净。狭长的潜水艇只感到大洋宽广的浪潮。轻柔的东风吹皱了水面。云开雾散，极目远眺便望见了天际。

尼莫船长手里拿着六分仪，在测量太阳的高度。

1869年至1870年《海底两万里》连载于《教育与娱乐杂志》（*Magasin d'Éducation et de Récréation*）；第一、二卷的单行本分别出版于1869年10月28日和1870年6月13日（无插图）；插图本出版于1871年11月16日，幅插图由Edouard Riou和Alphonse de Neuville绘制。由于年代久远，原版插图大多无法达到印刷标准，本书精选了最具观赏价值的8幅进行细描。

我们什么也望不到。没有礁石，没有小岛，也没有亚伯拉罕·林肯号，像是一片无垠的荒漠。

尼莫船长手里拿着六分仪，在测太阳的高度，因此应该能够指出他所在的纬度。他等了几分钟，让太阳与地平线持平。观测时，他的肌肉没有一丝颤抖，仪器在他那大理石般坚实的手上，十分平稳。

"正午，"他说，"教授先生，您想不想？……"

我最后看了一眼靠近日本那边有点泛黄的大海，然后回到大客厅里。

在那里，船长测定位置，精密计算了鹦鹉螺号所处的经度，与之前观察到的时角记录进行核对。然后他对我说："阿洛纳克斯先生，我们眼下位于西经137度15分……"

"以哪条子午线为准？"我紧接着问，希望船长的回答能给我指明他的国籍。

"先生，"他回答我，"我有好几架经线仪，分别以巴黎、格林尼治和华盛顿的子午线为准。但是，出于对您的致敬，我会使用以巴黎子午线为准的经线仪。"

这个回答没有透露给我任何信息。我鞠了个躬，船长又说："在巴黎子午线以西的西经37度15分，北纬30度7分，就是说，在距离日本海岸约300海里的地方。今天是11月8日，现在是正午，我们在海下的探索之旅正式开始。"

"愿上帝保佑我们！"我回答。

"现在，教授先生，"船长又说，"我先走一步，您做您的研究吧。我确定的航向是东北偏东，下潜50米。这里有大体的航海图，您在上头可以看到我们的航线。客厅供您使用，恕我失陪。"

尼莫船长向我行了个礼，留下我独自沉浸在自己的思绪之中，可我思考的都是关于这个鹦鹉螺号的船长的。这个怪人自诩不属于任何国家，我最终能不能知道他究竟是哪国人呢？他对人类的仇恨，是否会让他寻求可怕的报复呢？又是谁挑起的这种仇恨呢？他是那种被埋没的学者之一吗？是那种照康赛议的说法——"被世人伤透了心"的天才之一吗？一位现代伽利略，或者是一位像美国科学家莫里[1]那样，一生的事业被政治革命粉碎了的人？我还不能确定这一点。我是刚刚被命运的偶然抛到了他船上的，我的命在他手上，他对我态度冷淡，却又招待周到。只是，他从来没有握过我伸给他的手，也从来没有伸手给我。

整整一小时，我沉浸在这样的思索之中，试图解开这个对我来说饶有兴味的谜团。然后我的目光定在了摊在桌上的一大张地球平面球形图，我把手指放在观测得到的经纬度交叉点上。

大海像大陆一样，也有河流。这是一些特别的水流，可以根据温度和颜色来识别，其中最值得注意的是众所周知的墨西哥湾暖流。在地球上，科学已经确定了五条主要水流的流向：第一条在北大西洋，第二条在南大西洋，第三条在北太平洋，第四条在南太平洋，第五条在南印度洋。甚至有可能有第六条水流，曾经存在于北印度洋，那里的里海和咸海与亚洲的大湖汇聚在一起，形成一片汪洋大海。

在地球平面球形图上标出的那个点，有其中一条水流经过，日本人称为黑潮，也就是黑色河流。它发源于孟加拉湾，被回归

1　莫里（1806—1873），美国海洋学家，因为美国内战结束和联军的失败而流亡他国。

线垂直的阳光晒热，穿过马六甲海峡，沿着亚洲海岸延伸出去，绕北太平洋一圈直到阿留申群岛，卷着樟木和其他土生的产物，以温热暖流的靛蓝色和太平洋的浪潮区分开来。鹦鹉螺号走的就是这条水流。我用目光追随它，看到它消失在浩瀚的太平洋中，我感觉自己也被它一起带走了，这时，尼德·兰德和康赛议一起出现在了客厅门口。

我那两个正直的好伙伴看到这堆砌如山的珍宝时都惊呆了。

"我们这是在哪里？我们这是在哪里？"加拿大人说，"在魁北克的博物馆里吗？"

"如果先生乐意，"康赛议反驳说，"不如说是在索莫拉尔[1]的府邸呢！"

"我的朋友们，"我一边回答一边做手势让他们进来，"你们既不是在加拿大，也不是在法国，而是在鹦鹉螺号的船上，在海平面之下50米的地方。"

"既然先生如此肯定，那就应该相信先生，"康赛议说，"但是说实话，这个客厅布置得连我这样的弗拉芒人都惊奇。"

"你就惊奇吧，我的朋友，看啊，对你这样一个有功底的分类学家来说，这儿可有好些事儿干了。"

不等我鼓励，康赛议这个正直的小伙子已经俯身看向玻璃橱窗，用博物学家的语言自言自语起来：腹足纲、蛾螺科、宝贝属、马达加斯加蚧蛤种，等等。

这时候，对贝科学不太了解的尼德·兰德问我和尼莫船长会面的情况。我有没有搞清楚他是谁？从哪儿来？或者到哪儿

---

1 索莫拉尔（1779—1842），法国考古学家、收藏家，曾把他收集的众多中世纪及文艺复兴时期艺术珍宝汇聚在巴黎克鲁尼中世纪博物馆中。

去？要把我们带到多深的海底？总之，是我根本没时间回答的上千个问题。

我把自己所知道的情况，或者说得更准确一点，我把自己不知道的情况都告诉了他，问他从中听到了什么，看到了什么。

"什么也没看到，什么也没听到！"加拿大人回答，"我甚至没有看到船员。有没有可能，碰巧，船员也是通电的？"

"通电的！"

"相信我！真有人会相信的。但是您，阿洛纳克斯先生，"尼德·兰德问，他总有自己的想法，"您能告诉我船上有多少人吗？10个？20个？50个？100个？"

"我无法回答您，兰德师傅。另外，相信我，目前来说，夺取或者逃离鹦鹉螺号的念头，都是应当抛弃的。这艘船是现代工业的一项杰作，要是没有见过它，我会遗憾的！很多人会接受我们当下的处境的，哪怕只是为了在这些珍宝中逛一圈。所以，淡定一点，尽力看看周围的事物吧。"

"看看！"捕鲸手叫嚷道，"但是什么也看不见，在这个钢铁牢房里什么都看不到！我们像瞎子一样走路和航行……"

尼德·兰德说完最后几个字，突然黑暗就降临了，真正是伸手不见五指。天花板的光熄灭了，那么迅速，我的眼睛感到一阵疼痛，就像相反情况下，从漆黑中突然转到耀眼的光亮中一样。

我们沉默不语，一动不动，不知道等待我们的是惊喜还是惊悚。不过，有滑动的声音。好像是鹦鹉螺号的侧板在活动。

"这下可真完了！"尼德·兰德说。

"水母目！"康赛议低声说。

忽然之间，光从客厅的每一侧通过两个椭圆形的开口射进来。海水被电光照得通明透亮。我先是瑟瑟发抖，想着这个易碎的玻璃板可能会爆裂，但是坚固的青铜支架支撑着它，给了玻璃板极为强大的抵抗力。

在鹦鹉螺号周围一海里的范围内，大海清晰可见。多么壮观的景象啊！任何笔墨都无法描绘这种美！谁能把光线透过水纹的效果以及海水由深层到表层的光线渐变描绘出来呢！

大家知道海水的透明度。众所周知，海水的透明度要比从岩石里冒出来的水还要高。海水里悬浮着的矿物质和有机物，甚至还增加了它的透明度。在海洋的某些部分，在安地列斯群岛，145米的水里，沙床惊人地清晰可见，阳光的穿透力可以达到300米的深处。但是，在鹦鹉螺号穿越这片海域时，电灯光是从海浪中产生的。这不再是发光的水，而是流动的光。

埃伦伯格[1]认为海底有磷光，如果承认他的假设，大自然一定是把它最为壮观的景色之一留给了海洋生物，我可以在这里通过光千变万化的游戏做出判断。客厅的每一边都有一扇窗，开向未曾探索的深渊。客厅的昏暗反而使外面更亮，我们望出去，仿佛这纯净的水晶是一个巨大水族馆的玻璃。

鹦鹉螺号看起来一动不动，是因为没有参照物。不过，有时候，被艇首冲角分开的水线，在我们眼前疾速地划过。

我们倚在窗玻璃前，赞叹不已，没有人打破这种惊诧的静默，直到康赛议说：“您不是想看吗，尼德老兄，那您就看吧！”

“稀奇！稀奇！”加拿大人说，他受到无法抗拒的吸引，已经完全忘了他的愤怒和逃跑计划，“为了看到这样的奇观，就是

1　Christian Gottfried Ehrenberg（1795—1876），德国博物学家。

再远，我也要来！"

"啊！"我嚷道，"我明白这个人的生活了！他为自己开辟了另一个世界，把最惊人的奇观留给了自己！"

"可是鱼呢！"加拿大人指出，"我看不到鱼！"

"这在您有什么要紧，尼德老兄？"康赛议回答，"反正您也不认识那些鱼。"

"我！一个捕鱼的会分不清吗！"尼德·兰德大喊。

为此，两个朋友之间掀起一番争论，因为他们认识鱼，但是两人的方式大相径庭。

众所周知，鱼类构成脊椎类动物的第四纲，也就是最后一纲。对鱼类的定义非常明确：双循环的冷血脊椎动物，用鳃呼吸，生活在水中。它们包括两个不同的系列：硬骨鱼，也就是说脊椎是硬骨的，还有一个系列是软骨鱼，也就是说脊椎是软骨的。

加拿大人或许知道这个分类，但是康赛议知道得更多，而现在，他虽然和尼德结下了友谊，但他不能承认知道得不如对方多。所以他说："尼德老兄，您是个杀鱼的，是个捕鱼能手。您捕到过大量这种有意思的动物，但是我打赌，您不知道如何给鱼分类。"

"知道，"捕鲸手严肃地回答，"我们把它们分成可以吃的鱼和不可以吃的鱼！"

"这是贪吃鬼的分法，"康赛议说，"请告诉我，您知道硬骨鱼和软骨鱼之间的差别吗？"

"可能还真知道，康赛议。"

"这两大类鱼再细分呢？"

"我并不怀疑。"加拿大人回答。

"好啦，尼德兄弟，您好好听着，好好记住吧！硬骨鱼分为六个目：第一种，棘鳍目，上颌骨完整，能活动，两腮像梳子的形状。这一目包括15个科，就是说包含四分之三已知的鱼。典型的是河鲈。"

"相当好吃。"尼德·兰德回答。

"第二种，"康赛议接着说，"腹肌目，肚子下面悬有鳍，在胸鳍后面，不附着在肩胛骨上.这一目又分成五个科，包括大部分淡水鱼。典型是：鲤鱼和白斑狗鱼。"

"呸！"加拿大人有点蔑视地说，"这些淡水鱼！"

"第三种，"康赛议说，"短鳍目，腹鳍附着在胸鳍下面，紧挨着肩胛骨悬着。这一目包括四个科。典型是：鲽鱼、欧洲黄盖鲽、大菱鲆、菱鲆、龙利等。"

"味道好极了！味道好极了！"捕鲸手大声说，他只想着从食用的角度来看待鱼。

"第四种，"康赛议从容不迫地继续说，"无鳍目，体长，无腹鳍，通常是黏糊糊的——这个目只有一科。典型是鳗鱼，电鳗。"

"一般！一般！"尼德·兰德说。

"第五种，"康赛议说，"总鳃目，上下颌完整灵活，但是鳃是由一小束、一小束组成的，成对地沿着鳃弓分布。这一目只有一科。典型是海马、海天狗。"

"蹩脚！蹩脚！"捕鲸手说。

"最后是第六种，"康赛议说，"固颌目，颌骨牢牢地固定在颚间骨一侧，形成上颌，但是，腭骨的弓和头骨啮合，使颌不能动。这类鱼没有真正的腹鳍，分为两个科。典型是单鼻豚和翻车豚。"

"拿来糟蹋锅子就最适合不过了！"加拿大人大喊。

"您明白了吗，尼德兄弟？"博学的康赛议问。

"一点儿都不明白，康赛议老弟，"捕鲸手回答，"不过您继续说吧，因为您说得太有意思了。"

"至于软骨鱼，"康赛议沉着地继续说，"只有三个目。"

"好极了。"尼德说。

"第一种，圆口目，颌连成一个活动的圆环，几个鳃张开，上头有许多洞，这个目只有一个科。典型是七鳃鳗。"

"应该喜欢这种鱼。"尼德·兰德说。

"第二种，横口亚目，鳃和圆口鱼的鳃相像，但下颌是活动的。这是软骨鱼中最重要的一个目，包括两个科。典型是鳐鱼和鲨鱼。"

"什么！"尼德·兰德嚷道，"鳐鱼和鲨鱼是一个目的！那么，康赛议老弟，为了鳐鱼着想，我建议您不要把它们放在同一个鱼缸里！"

"第三种，"康赛议回答，"鲟鱼目，鳃通常只张开一条缝，鳃旁长着鳃盖骨。这个目分四个科。典型是鲟鱼。"

"啊！康赛议老弟，您把最好的东西放到最后——至少我是这么看。就这些了？"

"是的，我正直的尼德，"康赛议回答，"请注意，即便知道了这些，还是什么都不知道，因为科要分成属、亚属、种、变种……"

"那么，康赛议老弟，"捕鲸手说着俯向舷窗，"游过去的就是一些变种！"

"是啊！都是鱼，"康赛议大声说，"真以为是在水族馆前呢！"

"不，"我回答说，"因为水族馆不过是一个笼子，而这些鱼可是自由的，就像天空里的飞鸟。"

"那么，康赛议老弟，说出它们的名字吧！"尼德·兰德说。

"我啊，"康赛议回答，"我说不出来！这是我主人的事！"

事实上，正直的康赛议确实是个狂热的分类迷，但绝对不是一个博物学家，我不知道他是否能区分金枪鱼和地中海舵鲣。一句话，他和加拿大人相反，尼德·兰德能毫不犹豫地叫出这些鱼的名字。

"这是一条鳞鲀。"我说。

"一条中国鳞鲀！"尼德·兰德回答。

"鳞鲀种，硬皮马勃属，固颌科。"康赛议小声说。

很显然，尼德和康赛议结合起来，准能造就一位杰出的博物学家。

加拿大人没有搞错。一群地中海舵鲣，身体压得扁平，皮肤像鸡皮疙瘩，背上长着一根刺，在鹦鹉螺号周围嬉戏，摆动着尾巴两侧竖起的四行刺。没有什么比它们的皮肤更好看的了，上面是灰色的，下面是白色的，金色的斑点在海水的漩涡中闪闪发光。它们之间有一些鳐鱼在起伏游动，好像迷失在风中的一块桌布。在这些鳐鱼中，令我高兴的是，我看到了一条中国鳐鱼，上半身淡黄色，肚子底下浅玫瑰色，眼睛后面长着三根刺；这是一种稀有的鱼，18世纪的法国博物学家拉塞佩德那会儿，甚至怀疑它的存在；拉塞佩德只是在日本的一本画册中见过这种鱼。

两小时里，一整支水族大军给鹦鹉螺号护航。它们在嬉戏、跳跃中，竞相媲美，互相攀比着亮光和速度，我区分出绿隆头鱼，身上有两条黑色纹路的海绯鲷，尾巴浑圆、通体洁白、背上布满紫斑的虾虎鱼，日本海银色脑袋蓝色身子的美丽的青花鱼，名字就给人美感、身上有条纹、蓝黄两色鳍的闪光鲷鱼，身上有不同颜色横纹、尾巴有一条黑带的真鲷，身上有六条带子、像优雅地穿上紧身塔的鲷鱼，嘴长得极像笛子的海龙鱼，有些身子长达一米的鹬嘴鱼，日本有尾鱼，海鳝，身长六英尺、眼睛小而灵活、嘴阔而有利牙的海蛇，等等。

我们的赞赏始终保持在最高点。惊叹连续不断。尼德报出鱼名，康赛议给出分类，我呢，面对着这些活泼灵动、形态美丽的鱼，十分着迷。我从来没有见过在自然环境中生活、自由自在的生物。

我们被搞得眼花缭乱，日本海和中国海的各种鱼都在游动，我不能一一列举。鱼群纷纷涌来，这些鱼比天上的鸟还多，想必是受到电灯光闪亮的光源所吸引。

突然，客厅里一片光亮。钢板重新合上了。迷人的景致消失。但久久地，我仍在遐想，直至我的目光落定在墙上挂着的那些仪器上。罗盘始终指着东北偏北方向，气压计表明有5个大气压，与50米的浓度相应，电航速表指明每小时行驶15海里。

我等待着尼莫船长，但是他没有出现，时钟指着晚上5点。

尼德·兰德和康赛议回到他们的舱室，我也回到了自己的房间。我的晚餐已经准备好了。汤是用最嫩的玳瑁做的，一盘白色羊鱼，稍稍切成了片状，一边的羊鱼肝味道鲜美，金鲷鱼的脊肉，我觉得味道比三文鱼好。

　　晚上我都在阅读、写作和思考。然后我困了，就躺在铺着大叶藻的床上，酣然入睡，与此同时，鹦鹉螺号穿过黑河的激流前行。

第十五章

邀请信

第二天，11月9日，我睡了12小时才醒来。康赛议来了，照他的习惯，想知道"先生晚上睡得怎么样"，然后伺候先生。他把他的加拿大朋友留在舱室，像是知道他准备一辈子这样睡下去。

我任由这好小伙儿随性地唠叨着，不太回答他。我关心的是昨晚我们观赏海景时尼莫船长没有露面，我希望今天能再见到他。

我很快又穿上了我的牡蛎足丝衣裳。衣服的质地引起了康赛议多次的议论。我告诉他，这衣服是用"江珧"吐在岩石上又细又亮的丝制成的，江珧是一种贝壳，盛产在地中海沿岸。从前的人用它来织出漂亮的料子、袜子、手套，因为这种丝非常柔软又保暖。鹦鹉螺号的船员可以穿着物美价廉的衣服，用不着去请求陆地上的棉纺工人，也用不上绵羊和蚕宝宝。

我穿好衣服，来到大客厅。里面空无一人。

我沉迷于研究堆积在玻璃柜里的贝类珍宝。我也看大本的植物标本集，里面都是最珍贵的海洋植物，即便它们已经干了，但依然保留着鲜艳的色泽。在这些水生植物中，我发现轮生海苔、孔雀团扇藻、葡萄叶藻、粒状水马齿、猩红色的柔软海草、扇形海菰和压得很扁的蘑菇状菌盖——很长时间以来被列为动物形植物，最后是一系列海藻。

整个白天过去了，尼莫船长不肯赏脸来看我。客厅的护板没有打开过，也许是不想让我们对这些好看的东西心生厌倦。

鹦鹉螺号的航向保持在东北偏东，航速12海里，深度在50米至60米之间。

第二天，11月10日，同样的不闻不问，同样的孤独。我没有见到任何一位船员。尼德、康赛议和我一起度过了白天的大部分时间。他们对船长难以解释的缺席感到诧异，这个怪人是生病了吗？他是想改变处置我们的计划吗？

不论如何，照康赛议看来，我们享受了一整天的自由，还有精美而丰盛的食物。我们的主人遵守了他的条约。我们没什么可抱怨的，再说，我们奇特的命运给了我们这么好的补偿，以至于我们没有权利去指责它。

这一天，我开始写关于这场探险的日记，我用最谨慎的、精准的语言把它们记录下来。一个有意思的细节是，我是写在大叶藻制作的纸上的。

11月11日，一大清早，鹦鹉螺号中弥漫的新鲜空气告诉我，我们回到海面上更新储存的氧气了。我朝中央楼梯走去，登上平台。

这时是早上6点。我看到天色阴沉沉的，大海灰蒙蒙的，但风平浪静。我心心念念想见到的尼莫船长，他会来吗？我只看见被困在玻璃驾驶室里的舵手。我坐在小艇形成的凸出处，惬意地呼吸着有海腥味的空气。

早晨的雾气在阳光的作用下逐渐消散。明晃晃的太阳突破东方的天际。大海在阳光的照射下，像是一条燃烧起来的粉末带。浮云分散在高空，色彩绚丽，变幻莫测，许多"猫舌云"[1]预示着整个白天都有风。

可是，鹦鹉螺号连暴风雨都不怕，风再大又算得了什么呢！

于是我欣赏起这日出的美景，那么喜气洋洋，那么生机盎然，这时，我听到有人登上平台。

我准备向尼莫船长致意，但出现的是他的大副——我已经在船长第一次拜访时见过他了。他朝平台走来，像是没发现我的存在。他把高倍望远镜放在眼睛上，聚精会神地探索天际线的四面八方。然后，勘探完毕，他靠近舱盖，说了一句话。我准确记下了这句话，我把它记了下来，因为每个早晨，他总会在同样的情况下重复这句话。这句话是这样的：

"Nautron respoc lorni virch."

至于这是什么意思，我说不上来。

说完这句话，大副就走下去了。我想，鹦鹉螺号要回到海面下航行了。于是我重新走到舱盖那里，通过纵向通道，回到了我的房间。

五天就这样过去了，情况没有一点儿变化。每天早上，我登上平台；同样的人说出同样的句子。尼莫船长照旧不出现。

我打定主意，不再想着见他，这时，我同尼德和康赛议一起回到我的房间，我看到桌上有一张写给我的便条。

1　猫舌云：小块白云，轻盈，四周呈齿状。——原注

我急不可待地打开它。上面的字体潇洒而清晰，但是有一点哥特式的瘦长，使人想起德语文体。

这张字条上写着这几句话：

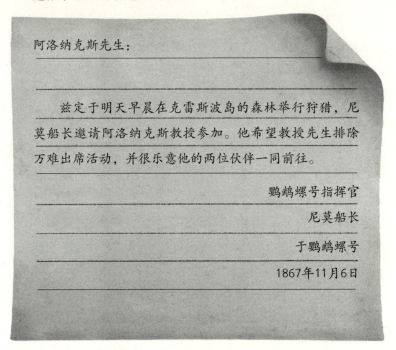

阿洛纳克斯先生：

　　兹定于明天早晨在克雷斯波岛的森林举行狩猎，尼莫船长邀请阿洛纳克斯教授参加。他希望教授先生排除万难出席活动，并很乐意他的两位伙伴一同前往。

鹦鹉螺号指挥官

尼莫船长

于鹦鹉螺号

1867年11月6日

"狩猎！"尼德喊道。

"而且是在克雷斯波岛的森林里！"康赛议补充说。

"所以他是要上陆地去了？"尼德·兰德又说。

"我觉得这上面说得很明白。"我重读了一遍信说道。

"好吧！必须接受，"加拿大人说，"一旦踏上陆地，我们就要考虑做一个决定。而且能吃上几块新鲜野味，我也不会不高兴的。"

尼莫船长毫不掩饰对于陆地的讨厌和邀请到森林狩猎之间的

矛盾，我没有考虑如何调和，我只是回答："我们先看看克雷斯波岛在哪儿吧。"

我去看地球平面球形图，在北纬32度40分、西经167度50分的地方，我找到一个小岛，是克雷斯波船长在1801年发现的，以前的西班牙地图上标的名字是罗卡·德·拉普拉塔，意思是"银色岩石"，距离我们的出发点约有1800海里。鹦鹉螺号航向稍有改变，正朝东南方向行驶。

我向伙伴们指出这个被隐没在太平洋的小"岩石"。

"即使尼莫船长有时候会去陆地上，"我对他们说，"他会选择绝对荒无人烟的小岛！"

尼德·兰德点点头，没有回答，然后康赛议和他离开了。我吃完那个沉默而无动于衷的侍者端来的晚饭，怀着心事睡着了。

第二天，11月17日，醒来时我觉得鹦鹉螺号一动不动。我迅速穿上衣服，走进大客厅。

尼莫船长在那里。他在等我，见到我便站起身来，向我打招呼，问我是否方便陪伴他同行。

由于他绝口不提这八天的消失不见，我也避免和他谈起，仅仅回答他，我的伙伴们和我准备好与他同行。

"只不过，先生，"我加了一句，"我想冒昧问您一个问题。"

"说吧，阿洛纳克斯先生，如果我能回答，我会回答的。"

"好吧，船长，既然您已经和陆地断绝一切关系了，您怎么在克雷斯波岛拥有森林的呢？"

"教授先生，"船长回答我，"我拥有的森林不需要太阳的光亮和热量。没有狮子、老虎、豹子，也没有任何四条腿的动物出没。这片森林只有我一个人知道，只为我一个人生长。这完全不是一片陆地森林，而是海底森林。"

"海底森林！"我大声说。

"是的，教授先生。"

"您就是要请我去那里？"

"正是。"

"走着去？"

"甚至连鞋都不会沾湿。"

"去打猎？"

"去打猎。"

"手里拿着枪？"

"手里拿着枪。"

我望着鹦鹉螺号的船长，没有一点儿谄媚他的神态。

"他一定是脑子有毛病，"我想，"他这次犯病持续了八天，看来还要持续下去。真遗憾！我宁愿他只是怪人，而不是疯了！"

这个想法清晰地流露在我的脸上，但是尼莫船长仅仅是邀请我跟随他，我像个逆来顺受的人，跟在他后面。

我们来到餐厅，早餐已经准备好了。

"阿洛纳克斯先生，"船长对我说，"我邀请您和我共进早餐，不要客气。我们边吃边聊。虽然我答应了您到森林里散步，但我可不保证那里能有餐厅。所以您得饱餐一顿，可能后面要很晚才有饭吃。"

我津津有味地吃起来。早餐是由几种鱼、几片海参和美味的动物形植物构成的，都是用非常开胃的海藻调制的，比如青红片海藻和苦乳味海藻。饮料是清水，我学船长的样子，在水里加了几滴发酵的液体，这是根据俄罗斯勘察加人的方法，从一种名为"掌上蔷薇"的海藻中提取出来的。

起先，尼莫船长光吃饭，一声不吭。然后，他对我说："教授先生，我请您到我的克雷斯波森林去打猎，您会以为我自相矛盾吧。当我告诉您这是一座海底森林时，您会以为我疯了吧。教授先生，绝对不该这样轻率地判断人。"

"但是，船长，请相信……"

"请听我说完，您再判断是否该指责我疯了或者自相矛盾。"

"您请说吧，我洗耳恭听。"

"教授先生，您和我都一样清楚，人只要戴着氧气设备，便能在水下生活。工人在海底作业时，身穿防水衣，头戴金属罩，通过压力泵和送气控制器，获得外界的空气。"

"这是潜水服。"我说。

"确实，但在这样的条件下，人是不自由的。他和通过橡皮管给他供气的泵连在一起，这是条真正的链子，把人和陆地相连接。如果我们要这样被拴在鹦鹉螺号上，我们就走不了多远。"

"有办法获得自由吗？"我问。

"用卢凯罗尔·德奈鲁兹1856年设计出的潜水服就可以了，这是您的两个同胞发明的，我使用的时候做了改进，它能让您在新的身体条件下去探险，而保证您的五脏六腑不受任何伤害。它有一个厚钢板制作的罐子，我用50个大气压输入空气。这个罐子用背带固定在背上，就像是士兵的背包一样。罐子的上部是个盒子，在送气机械的控制下，空气只会在正常压力下才从盒子里溢

我们来到一个侧室，靠近机房，我们要在那里穿上在水中行走的衣服。

出。在卢凯罗尔的装置中，两根橡胶管子从盒子里伸出，一直通到把使用者的鼻子和嘴都封住的喇叭罩里；一根管子用来吸气，另一根用来排气，舌头根据呼吸的需求来堵住其中一根或者另一根。但我面对的是海底的巨大压力，不得不把我的脑袋封闭在潜水服那样的铜头盔里，那两根吸气和呼气的管子也是通到这个头盔里。"

"好极了，尼莫船长，您带着的空气应该很快会用完，一旦空气中只剩下15%的氧气，我们就无法呼吸了。"

"毫无疑问，但我对您说过，阿洛纳克斯先生，鹦鹉螺号的泵能使我在巨大的压力下往罐里装气，在这种条件下，装置的罐子能提供九至十小时的可呼吸空气。"

"我没有别的异议了，"我回答，"船长，我只问您，您如何在海底照亮道路呢？"

"用路姆考夫的装置，阿洛纳克斯先生。刚刚说的第一种装置是背在背上的，那么这第二种装置则是挂在腰间的，用的是本生电池，我不是用重铬酸钾，而是用了钠。一个感应线圈接收发出来的电，把电输送到一盏特制的灯里。在这灯里有一盏蛇形玻璃管，管里只容纳一点儿煤气。灯一开，煤气就亮起来，发出持续不断的白光。这样装备好，我既能呼吸，又能看路。"

"尼莫船长，对我提出的问题，您都给出了毋庸置疑的回答。但是，尽管我不得不接受卢凯罗尔和路姆考夫的装置，但对于您要把我武装起来的那支枪，我还是希望您三思。"

"但这根本不是一支火药枪。"船长回答。

"这么说是一支气枪了。"

"当然。既没有硝石，也没有硫黄，还没有炭，您要我怎么在我的船上制造火药呀？"

"况且，"我说，"在水里射击，在比空气密度大855倍的水里射击，需要克服巨大的抗力。"

"这不能成为理由。有些枪，在经过美国机械师富尔顿改进之后，又经过英国人菲利普·科尔和伯利、法国人富尔西、意大利人兰迪的改进，具有一套特别的封闭装置，能够在水中射击。但是，我再说一遍，因为没有火药，我用高压空气代替，鹦鹉螺号的泵给我提供大量的压缩空气。"

"但是这种压缩空气很快就会用完。"

"是啊！我不是有一只卢凯罗尔罐子，在我需要时可以给我提供氧气嘛。为此，只需要一个专门的阀门就可以了。何况，阿洛纳克斯先生，您会亲自看到，在海底打猎时，费不了多少空气和子弹。"

"但是我觉得，在这种半明半暗的水下，在比空气密度更大的密度中，枪不能打得很远，也很难有杀伤力吧？"

"先生，恰恰相反，用这种枪，枪枪致命，而且只要有动物被击中，不论伤势多么轻微，它立刻就倒地身亡。"

"为什么？"

"因为这种枪射出去的不是平常的子弹，而是一种小玻璃囊——这是奥地利化学家莱尼布洛克发明的——我有充足的供应。这些玻璃囊，覆盖着一层钢套，有一层铅底加重，是真正的小莱顿瓶[1]，里面的电压非常高。轻轻一碰，就会爆炸，动物不管多么凶猛，也要暴毙。我还要补充一点，这些玻璃囊不比四号子

1　莱顿瓶：储存静电的装置，18世纪在荷兰莱顿试用。

我们一直在海底漫步，沙地的广阔平原看起来无边无际。

弹大，一支普通的枪，能装十粒。"

"我不再有疑问了，"我回答着从桌边站起来，"我只有拿枪了。另外，您去哪里，我跟着就是了。"

尼莫船长带着我朝鹦鹉螺号的后面走去，经过尼德和康赛议的舱室时，我叫上了我的两个同伴，马上跟我们走。

我们来到一个侧室，靠近机房，我们要在那里穿上在水中行走的衣服。

第十六章

平原漫步

　　这间屋子，确切地说，是鹦鹉螺号弹药库和更衣室。一打潜水设备挂在墙上，等着到海底漫步的人。

　　尼德·兰德看到这些装备时，表现出明显的抗拒。

　　"可是，我正直的尼德，"我对他说，"克雷斯波岛森林只是海底森林！"

　　"这下好了！"捕鲸手看到他吃鲜肉的梦想幻灭了，懊恼地说，"您呢，阿洛纳克斯先生，您要穿这样的衣服吗？"

　　"必须穿，尼德师傅。"

　　"这是您的自由，先生，"捕鲸手耸耸肩回答，"至于我，除非强迫我穿，我绝不钻到里面去。"

　　"没有人强迫您，尼德师傅。"尼莫船长说。

　　"康赛议要冒险试试吗？"尼德问。

　　"先生去哪儿，我就去哪儿。"康赛议回答。

　　在船长的一声招呼下，两名水手过来帮我们穿上了这沉重的防水服，这衣服是用橡胶做的，不是缝制的，能承受巨大的压力，好像是既灵活又有承受力的骨架。裤子和上衣连在一起。裤子底下是厚底鞋，鞋底是沉沉的铅。上衣有铜片支撑，构成护胸甲，保护胸部抵抗水压，好让肺自由呼吸；袖子底端是柔软的手套，确保手部活动自如。

可以看出，这件经过改进、堪称完美的潜水服和那些难看的衣服，比如18世纪发明并受到吹捧的软木护身衣、火枪手穿的无袖长上衣、海洋服和潜水箱等相比，还真是大相径庭。

尼莫船长，和他的一个同伴——一个叫赫丘利[1]的，应该是力量惊人——康赛议和我，我们很快就穿上了潜水服。就剩下将脑袋伸进金属头盖里。但在此之前，我恳请船长给我看看要发给我们的枪。

鹦鹉螺号上的一个工作人员递给我一支普通的枪，钢制的枪托是空心的，空间很大，用来储存压缩空气，由扳机来操作阀门，把压缩空气送进金属枪管里。枪托里有一盒子弹，20多颗电子弹，利用弹簧子弹可以自动跳入枪膛中。打出一发后，另一发便自动就位。

"尼莫船长，"我说，"这件武器太完美了，而且操作简便，我真想试一试。可是，我们怎么到达海底呢？"

"教授先生，目前鹦鹉螺号正停在离海底10米之处，我们这就出发。"

"可是，我们怎么出去呢？"

"您就会看到了。"

尼莫船长把头伸进圆帽里。康赛议和我，我们也跟着做，只听到加拿大人对我们抛出一句充满讽刺的"打猎愉快"。我们潜

1　Hercule：罗马神话里的英雄人物，男性的杰出典范。希腊神话中的对应人物叫赫拉克勒斯。

水服的上端是一个有螺丝的铜领子，金属头盔就用螺丝固定在上面。三个洞由厚玻璃保护住，只要在帽子里转动脑袋，就可以看到各个方向。一戴上头盔，背上的卢凯罗尔装置便开始运转，我便觉得呼吸顺畅。

我的腰上挂着路姆考夫灯，手里拿着枪，准备出发。但是，说实话，囚禁在这身沉重的衣服里，脚下被铅底鞋钉在甲板上，我简直寸步难行。

但是，这种情况是意料之中的，因为我觉得有人把我推进了一个和更衣室相连的小房间里。我的同伴们同样被人拖着，跟随着我。我听到一扇密封的门在我们身后关上，周围一片漆黑。

几分钟后，一声尖厉的哨声传到我耳朵里。我感到一阵凉意从脚底升到胸口。很明显，阀门正在从船的内部打开，外面的水漫进来，把我们浸没，这个房间很快就被灌满了水。开在鹦鹉螺号侧面的第二道门打开了。微光照亮了我们。顷刻之间，我们的脚踩到了海底。

现在，我怎样才能把这次海底漫步给我留下的印象描写出来呢？语言在叙述这些奇观的时候，真是苍白无力！连画笔都不能表现水的特殊效果，文字又怎能把它再现呢？

尼莫船长走到前面，他的同伴在我们后面几步紧跟着。康赛议和我，我们紧挨着，仿佛通过我们的金属外罩可以用语言交流。我已经感觉不到我的衣服、鞋子、空气罐和厚头盔的沉重，我的脑袋在头盔里就像杏仁在壳里晃动。所有这些东西，在水里失去了相当于其排水量的重量。我清楚地体会到了阿基米德发现的这条物理规律。我再不是惰性物体，我活动的自由度相对大了。

阳光能够照到水面下30英尺的地方，它的强度使我震惊。光线轻而易举地穿过这片海水，使海水失去颜色。我能清晰地分辨出100米开外的东西。再远，海底就产生了青色渐弱的细微变化，然后在远处呈现出蓝色，最后消失在一片模糊的黑暗之中。确实，包围着我的海水只是一种空气，比陆地上的空气更稠密，但几乎是一样的透明。在我头顶上，我看到平静的海面。

我们走在一片平坦的细沙上，细沙不像海滩那样保留波浪的痕迹。这耀眼的地毯，是真正的反射镜，以令人吃惊的强度，把阳光反射回去。由此，这广袤的反射便深入所有的液体分子中。如果我断定在这30英尺的深处，我看东西像在光天化日之下一样清楚，会有人相信我吗？

我在这片亮晶晶的沙地上走了一刻钟，沙地上散布着一层纤细如粉的贝壳。鹦鹉螺号的船体就像一块长长的暗礁，逐渐消失，但是它的舷灯，在夜幕笼罩着海水的时候，投射出非常清晰的光芒，能方便我们回到船上。对只在陆地上见过这样突显出来的白茫茫一片海水的人来说，这是很难理解的。陆地上的空气充斥着灰尘，使得海面看上去像是一片发着光的雾霭，但在海上和海底，电灯光非常纯净，可以毫无阻碍地传递出去。

然而我们一直在走，沙地的广阔平原看起来无边无际。我用手分开水帘，它又在我身后合拢了，我的脚印在水的压力下迅速消失。

很快，有什么东西，模模糊糊在远处出现。走近了看发现是岩石，上面覆盖了一层最美的动物形植物，这个地方首先给我留下了一个特殊的印象。

这时是上午10点钟。阳光斜照在海面上，被折射分解，就像穿过棱镜，花、岩石、胚芽、贝壳和珊瑚虫，在边沿上产生阳光的七色变化。这种色彩的混杂，构成真正的万花筒，绿色、黄色、橙色、紫色、靛蓝色、蓝色，总之，像是一个痴狂的画家的整块调色板，真是令人大饱眼福！我怎么能对康赛议传达这种涌入脑海的鲜明感受，并且和他竞相发出赞叹呢？我也不知道怎么像尼莫船长和他的同伴那样，用说好的手势来交换我的想法！因此，没有更好的方法，我只能对自己说话，我在套住我脑袋的铜盔里喊叫，或许这些废话消耗了里面更多的空气。

面对这样的美景，康赛议和我一样停下来。很显然，这个好小伙儿看到这些动物形植物和软体动物的样本，就开始分类并且停不下来了。满地都是珊瑚虫和棘皮动物。各类的叉形虫；孤立存活的角形虫；过去被称为白珊瑚的完整无损的复眼珊瑚；蘑菇状的有刺的菌生虫；用吸盘附着地上的银莲花，这一切形成一个花坛，点缀着环状的、天蓝色的触角的红花石疣；散布在沙上的海星；瘤状的海盘车，就像仙女刺绣的精细花边，在我们走过时泛起的微波中荡漾。地上盖满了成千上万软体动物的绝佳标本，我踩在上面真是心疼，其中有同心扇贝、槌贝，有水叶甲——那是真正能够蹦跳的贝类——马蹄螺、红冠螺、天使翅、龙卷风螺、叶纹螺，以及这取之不尽的大海里其他不胜枚举的产物。但必须往前走，于是我们往前走着，一路上成群的僧帽水母在我们头上漂游，拖着天青石色的触角；乳白色的或者淡粉色的伞膜、天蓝色边饰的水母，遮住了我们头上的阳光，暗处还有浮游生物，在我们经过的路上，洒满了磷光！

这些美妙奇观，我都是在四分之一海里内模模糊糊看见的，我几乎没有为此停下，跟着尼莫船长，他向我打手势。很快，脚下土壤的质地变了。在沙地平原之后，是一层黏稠的淤泥，美洲

几步之外，一只可怕的海蜘蛛，高一米，斜着眼睛看我，准备向往扑来。虽然我的潜水服相当厚，可以抵挡这只动物的进攻，我还是禁不住做了一个恐吓的动作。

人称之为"乌兹"[1]，完全是由硅和石灰构成的。然后我们走过一片海藻地，这种深海植物还没有被海水冲掉，生长迅猛。这片由密密麻麻的海藻铺成的草坪，脚感柔软，可以媲美手工编织的最柔软的地毯。但绿茵在我们脚下伸展的同时，并没有忘掉我们的脑袋。一道轻盈的海洋植物绿廊在海面上交错而成，都是些茂盛的藻类，我们可以认出2000多种。我看到墨角藻的长带子，有球形的，也有管状的；我也看到红花藻、叶子纤细的苔藓、很像仙人掌的掌状蔷薇藻。我观察到绿色植物更接近海面，而红色植物占据中等深的地方，海洋的深层则留给黑色或棕色的水生植物，让它们形成花园或草坪。

海藻真是造物主的奇迹，植物世界的奇观之一。这个科同时拥有地球上最小和最大的植物。因为我们可以在5平方毫米的地方，数出4万个难以察觉的胚芽，也可以采集到长度超过500米的墨角藻。

我们离开鹦鹉螺号已经有一个半小时左右。快到中午了。我发现太阳光是直射的，不再折射。色彩的变幻逐渐消失，绿宝石和蓝宝石的细微差别也在我们头顶消失了。我们步履均匀地走着，脚步在地上发出惊人的回响。最小的声音也会飞速地传出，在陆地上待久了的耳朵一时习惯不了。事实上对声音来说，水是比空气更好的载体，声音在水里传播比在空气里传播快四倍。

这时，地面出现明显的坡度，向下延伸。光线的色调变得单一。我们到达了100米的深度，要忍受10个大气压，但我的潜水服适应这种情况，我丝毫不感到压力。我只感到手指关节有些妨

1　原文为误拼的英语oaze，应该是ooze，意为淤泥。

碍，而且这种不适应很快就消失了。至于走两小时路，还穿着这么沉、这么不习惯的衣服，我应该感到疲倦，却一点儿都没有。由于水的助力，我反而感觉行动自如。

到达300英尺的深度时，我还看见阳光，不过很微弱。耀眼的阳光转而成了淡红色的黄昏，衔接着白天与黑夜。但我们还足以看清前路，还不需要用路姆考夫装置来照明。

这时，尼莫船长停住了脚步。他等我赶上他，用手指给我看一片黑乎乎的东西，在不远处的黑暗中显现出来。

"这就是克雷斯波岛的森林。"我想。果然，我没有搞错。

第十七章

海底森林

　　我们终于到达森林边缘，无疑这是尼莫船长广袤领土中最美的之一。他把它看作自己的森林，自认为对它有着创世之初第一批人类拥有的治理权。再说，谁会跟他争夺这片海底产业的所有权呢？还有哪个更大胆的先驱者，会大刀阔斧地来开发这片阴暗的树林呢？

　　这片森林由巨大的乔木组成，一走进它广袤的拱顶，我的目光立刻就被枝叶奇特的排列方式震惊了——因为我到那时为止，还没有见过这种排列方式。

　　地面上寸草不生，灌木枝条既不依附，也不蜷曲，更不向水平方向延伸。而是每一根都向着海面伸展。没有细枝条，没有带状枝叶，灌木不管多细，都像铁丝一样笔直。墨角藻和藤本植物，受到海水密度的控制，都垂直地向上生长。这些植物一动不动，我用手一拨，枝干就马上恢复原状。这里是垂线的王国。

　　很快，我习惯了这种奇特的排列，也习惯了包围着我们的昏暗环境。森林的土地布满了尖石块，很难躲开。这里的海底植物在我看来相当齐全，甚至比北极地区或者热带地区还要多。但是，在几分钟里，我无意中混淆了它们所属的界，把动物形植物看成了水生植物，把动物看成了植物。谁不会搞错呢？在这个海底世界，动物界和植物界靠得这么近！

我观察到，所有这些植物界的产物，都只是由表面的厚块和地面相连。它们没有根，只要是固体，不论是沙子、贝壳、甲壳还是鹅卵石，都可以支撑它们，它们只要求有一个支撑点，而不是生命力。这些植物都只源于自身，它们存在的要素，在于这支撑它们、滋养它们的水。它们大都没有叶子，取而代之的是一些形状随性的小薄片，颜色有限，只有玫瑰色、胭脂红、绿色、橄榄色、浅黄褐色和棕色。我在这里又看到在鹦鹉螺号上看到过的标本——但这些可不是干枯的标本——像是会撩起和风的孔雀开屏般的孔雀团扇藻、猩红色的瓷贝、拖着可食用嫩芽的片形贝、高达15米的弯曲纤细的古铜藻、茎在顶端变大的一丛丛瓶形水草，还有许多其他深海植物，全都不开花。"稀奇的反常现象，奇特的环境，"一位风趣的博物学家说过，"在这里，动物界开花，植物界不开花！"

在这些大得像温带植物的各种灌木中，在它们的潮湿阴影下，汇聚盛开着布满曲折条纹的脑珊瑚，触角透明的淡黄色石竹珊瑚，长成丛草一样的石花珊瑚——为了补全想象——蝇鱼在树枝间飞舞，就像一群蜂鸟，而颌骨翘起、有尖鳞的黄色囊虫鱼、飞鱼和单鳍鱼，好像一群沙锥从我们脚下升起来。

将近1点钟，尼莫船长示意休息。我对这个信号相当满意，我们躺在海藻的绿廊下，海藻的细长带子像箭一样竖起。

我觉得这段休息时间十分惬意，只可惜我们不能交谈。既然不可能说话，也就更不可能回答。我只能把我偌大的铜头盔靠近康赛议的头。我看到这个好小伙儿高兴得眼睛放光，这是满意的表示，他在空气罩里做着极其滑稽的表情。

这样走了四小时以后，我很惊讶竟然感受不到强烈的进食需求。胃的这种状态是怎么回事，我也说不清楚。但相反地，我感到一阵难以克服的睡意，所有的潜水者都有这种感觉。因此，我的眼睛不久就在厚玻璃后面闭上了，坠入了难以战胜的昏睡中，只有保持行走才能与之抗衡。尼莫船长和他强壮的同伴躺在这水晶般透明的水中，给我们做出睡觉的示范。

我无法估计陷入这种半昏睡状态有多久，但醒来时，我觉得太阳沉向地平线。尼莫船长已经起来了，我开始舒展四肢，这时出现了一样意想不到的东西，使我猛然站了起来。

几步以外，一只可怕的海蜘蛛，高一米，斜着眼睛看我，准备向我扑来。虽然我的潜水服相当厚，可以抵挡这只动物的进攻，我还是禁不住做了一个恐吓的动作。康赛议和鹦鹉螺号的水手这时醒了过来。尼莫船长向他的同伴指了指这可怕的甲壳动物，马上一枪就把它撂倒了。我看到怪物吓人的爪子在剧烈的痉挛中抽搐。

这次遭遇使我想到，别的更可怕的动物可能也会在这阴暗的海底出没，而我的潜水服不能保护我抵御它们的攻击。到那时为止，我都不曾想过这个问题，于是我决定有所戒备。另外，我以为这次休息是我们漫步的终点，但我搞错了，尼莫船长不仅没有回到鹦鹉螺号，反而继续进行他大胆的旅行。

地面始终下斜，坡度更加明显，把我们引向深处。眼下差不多下午3点，我们来到一个狭窄的山谷，两边是高高的山壁，位于海底150米。凭借着我们完善的装备，大自然似乎至今给人类设下的海底旅行深度的极限，我们凭借着完善的装备，超过了90米。我说是150米，尽管没有任何设备使我估计出这段距离。但是，我知道，即使是在最清澈的水中，阳光也不能穿透得更深。然而，恰在此时，黑暗变得更深邃了。在十步开外，什么也看不见。于是我摸索着前进，突然，我看见一道相当强烈的白光。尼莫船长刚刚打开了电灯。他的同伴模仿他。康赛议和我也照他们的样子做。我拧了一下螺丝，将线圈和蛇形玻璃管接通，在25米的范围内，海水被我们四盏灯照亮。

尼莫船长继续深入昏暗的森林深处，灌木越来越少。我观察到，植物的生命消失得比动物快。深海植物已经放弃变得贫瘠的土地，多得惊人的动物，比如动物形植物、节肢动物、软体动物和鱼，却还在这里大量繁殖。

我一边走一边想，我们的路姆考夫设备必然会吸引这些阴暗水层的一些生物。但是如果它们接近我们，至少也会和我们这些猎人保持令人懊恼的距离。有好几次，我看到尼莫船长停下来，举枪瞄准；观察了一会儿，他又站起来，重新前进。

最后，将近下午4点钟，这次神奇的旅行结束了。一堵壮观的、巍然耸立的墙挡在我们面前，这是巨大的石块堆砌起来的，巨大的花岗岩峭壁，昏暗的岩洞，却没有任何可以攀登的上坡道。这是克雷斯波岛的陆架坡折，也就是陆地了。

船长突然停住。他打了一个手势，让我们停下，尽管我是很想穿越这堵墙，但也不得不停住了脚步。这里，尼莫船长的领地终止了。他不想超越。再远，就是地球上他不该踏入的部分了。

返程开始了。尼莫船长又走在这支小队伍的前头，毫不犹豫地往前挺进。我觉得我们不是按原路返回鹦鹉螺号。这条新路非常陡峭，于是我们走得特别艰难，但很快就接近了海面。但要回到最上面的水层却并不那么快，水的减压也不会那么快，否则会给我们的五脏六腑带来严重的损害，对潜水员会造成致命的内伤。光亮很快又出现并且增强了，由于太阳已经落到天际线，折射重新给各种物体罩上一圈七色光环。

在10米深的地方，我们行走在一群品种繁多的小鱼中间，鱼比空中的飞鸟还多，也更灵活，但我们眼前还没有一只值得我们开枪的水生野味出现。

这时，我看到船长急忙端起枪，瞄准荆棘丛中一只活动的东西。枪响了，我听到一声微弱的喘息声，一只动物在几步远的地方暴毙。

这是一只漂亮的海獭，是唯一专门生活在海里的四足动物。这只海獭长150厘米，应该很值钱。它的皮，上面是栗褐色，下面是银白色，在俄罗斯和中国市场上，应该是非常抢手的珍贵皮毛之一；它的毛细腻而有光泽，至少能值上2000法郎。我非常赞赏这种珍奇的哺乳动物——圆脑袋、短耳、圆眼、像猫一样的白胡子、蹼足带趾，尾巴的毛浓密。这种珍贵的食肉兽，受到渔民的追逐和围猎，变得极其罕见，主要都跑到太平洋的北极圈内躲藏起来，但是这种动物在那里确实也很快会灭绝的。

尼莫船长的同伴走过去把猎物捡起来，扛到肩上，大家重新上路。

在一小时里，我们面前展开一片平坦的沙地。经常上升到高出海面两米不到。于是我看我们的形象清晰地被反映出来，不过是倒影，我们的头顶上，出现一群相同的人，重现我们的动作和姿态。一句话，除了走路时头朝下，脚朝上，其他都一模一样。

另外一种现象也值得记下来。就是厚厚的云层掠过，形成一团，又很快消失。但是经过思索，我明白了，这些所谓的云彩，只不过是由于海底的长浪不断变化厚度。我甚至发现泛着泡沫的浪花儿，波顶粉碎之后又纷纷洒到水面上，我看到它们迅速掠过海面的情景。

在这种情况下，我目睹了能打动猎人心弦的好枪法。一只大鸟，展开宽阔的双翼，清晰可见，飞近了我们。就在它飞到离浪涛只有几米的地方时，尼莫船长的同伴瞄准了，然后开枪。大鸟暴毙，它坠落时正好经过灵巧的猎人触手可及的地方，他一把抓住。这是一只品种最美的信天翁，是一种令人赞叹的、能飞越重洋的鸟。

我们并没有因为这件事而停下来。两小时内，我们时而走在平坦的沙地上，时而走在海藻地上，艰难地穿行着。说实话，我走不动了，这时我看到半海里处有朦胧的光，冲破了海水的黑暗。这是鹦鹉螺号的舷灯。不到20分钟，我们就应该回到了艇上，到那里，我便能自由呼吸了，因为我感觉到我的储气罐只有十分可怜的一点点氧气了。但是我没料到又遇到一件事，多少耽误了我们的抵达时间。

我落后二十来步，这时我看到尼莫船长突然向我转过来。他一只手强有力地把我按倒在地，与此同时，他的同伴也这么对待康赛议。起先，我对这袭击觉得莫名其妙，但我看到船长也这么躺在我身边一动不动，便放心下来。

于是我就这么躺在地上，正好被一丛海藻挡住，我抬起头来时，看到几个庞然大物，身子闪着磷光，呼啦啦地经过。

我的血液在血管里冻住了！我认出那威胁着我们的，是可怕的角鲨。这是一对火鲛，是极其可怕的鲨鱼，尾巴硕大，目光暗淡而呆滞，口鼻周围的一些孔里散发出带磷的物质。它们就像着了火的丑陋飞虫，用它们的血盆大口把人生吞活剥了！我不知道康赛议是否有心思把它们归类，但我呢，我在观察它们银色的肚子，它们壮观的嘴巴，里边牙齿根根竖起，这种观察没什么科学性，与其说作为一个博物学家，不如说作为受害者。

万幸的是，这些贪婪的动物看不清楚。它们没发现我们就游了过去，只用淡褐色的鳍扫到我们一点儿，于是我们奇迹般地脱了险。这种危险肯定比在森林里遇到老虎更大。

半小时之后，在电灯光的指引下，我们到达了鹦鹉螺号。潜艇外侧的门始终是打开的，我们一走进第一间小屋后，尼莫船长就把门关上了。然后他按了一个按钮。我听到潜水艇内水泵操作的声音，周围的水在下降，不一会儿，小屋的水完全排干了。这时里面的门打开了，我们走进更衣室。

在更衣室里，我们脱下了潜水服，的确费了不少劲儿。我累极了，又饿又困地回到自己房间，对这次海底惊人的旅行赞叹不已。

第十八章

太平洋下4000海里

　　第二天，11月18日早晨，我从前夜的疲惫中完全恢复了过来，正当鹦鹉螺号的大副说出平日那句话，我登上了平台。这时我灵光一现，这句话应该与海面情况有关，或者更确切地说，应该表示："我们视野范围内一片开阔。"

　　事实上，洋面上确实空空荡荡。地平线上没有一片帆影。克雷斯波岛的高处在夜间已经消失不见。大海吸收了折射出来的色彩，除了蓝光，向四面八方反射，具有令人赏心悦目的靛蓝。浪花闪烁，波澜壮阔，在起伏的波浪上规则地呈现。

　　我正欣赏着大洋的美景，这时尼莫船长出现了。他似乎没有看到我，开始了一系列的天文观察。观察完之后，他走过去倚在舷灯灯罩上，目光消失在洋面上。

　　鹦鹉螺号上的二十来个水手，个个精力旺盛、身强力壮，登上了平台。他们是来拉起夜里放下水的渔网的。这些水手显然来自各个国家，尽管他们看起来都像是欧洲人。我不会弄错，认出有爱尔兰人、法国人、几个斯拉夫人、一个希腊人或者克里特岛人。此外，这些人少言寡语，他们之间用的是那种奇怪的方言，我猜不出是哪里话。所以我不得不放弃询问他们。

网被拖到艇上。这种拖网和诺曼底沿岸的拖网相似，几个大网袋由一根浮动桁木和一条连接在下边网眼中的链子半撑开。这些网袋就这样拖在铁钩上，扫过海底，收集所过之处的一切海洋生物。这一天，他们网到这片渔区一些有意思的鱼：海蛙鱼，动作滑稽，赢得了小丑的称号。还有长触须的黑鲽鱼、浑身是红带子的皱皮鳞豚、毒性极易渗透的月牙形箱豚、橄榄绿的七鳃鳗、长满银色鳞片的海豹鱼、身上电多如电鳗和电鳐的旋毛鱼、有褐色横条纹的鳞片纹翅鱼、浅绿色的鳕鱼、不同种的鰕虎鱼，等等。最后是几种更大个儿的鱼，一种头上凸起的加朗鱼，长一米，几条漂亮的鲣鱼，有蓝色和银色的装饰，还有三条美丽的金枪鱼，尽管游得快，却逃脱不了拖网。

我估计，这一网鱼有1000多磅，十分可观，但并不算太过惊人。事实上，这些网拖在后面几小时，就能网到一大批水产。鹦鹉螺号的高速和它的电灯光的吸引力，能够不断更新，我们应该不会缺少高质量的食物。

这些不同的海产品，立即经过舱盖，滑入食品储藏室，有些是立即要吃的，有些是要储藏的。

捕鱼结束，空气得到更新，我想，鹦鹉螺号要重新开始海底航行了。我准备返回房间，这时，尼莫船长转向我，开门见山地说："教授先生，请看这片大洋，难道它没有被赋予真正的生命吗？难道它没有愤怒和温柔吗？昨天，它像我们一样沉睡，过了平静的一夜，现在又醒过来了！"

既不道早安，也不道晚安！这个怪人难道不想和我继续这已经开始的谈话吗？

"您看，"他又说，"在太阳的爱抚下，它醒来了！它要重新开始白昼的生活了！追踪它的集体活动，是很有意思的一项研究。它有脉搏、动脉，它有它的痉挛，我觉得那位法国学者莫里说得对，他在大洋里发现一个循环系统，和动物身上的血液循环一样真实。"

显然尼莫船长并没有期待从我这里得到任何回答，我觉得没必要对他说"显然""肯定是""您说得对"之类的话。他在自言自语，每两句话之间是长时间的停顿。他以一种大声说话的方式在思考。

"是的，"他说，"大洋拥有一种真正的循环系统，为了让它运作起来，创造万物的造物主只要在里头加上热量、盐和微生物。事实上，热量产生不同密度，会带来海流和逆向海流。北极地区几乎不会蒸发，而赤道地区却蒸发活跃，因此导致热带地区的海水与极地地区的海水不断对流。另外，我发现这些自上而下和自下而上的海流，形成了海洋真正的呼吸现象。我看到海水分子在表面晒热以后，向海底回落，一直回落到零下2摄氏度密度最大的地方，然后冷却，变得更轻，然后回升。在极地，您会看到这种现象造成的结果，便会明白为什么在有先见之明的大自然的法则下，结冰永远只在水的表面产生！"

尼莫船长说完这话，我想："极地！难道这个大胆的人想把我们带到那里去吗！"

然而，船长沉默了，看着这被他彻底地、不断地研究过的海水。然后又说："盐，在大海里是非常充沛的，教授先生，如果您把溶解在海水里的盐都提炼出来，就能堆成一座450万立方海里的山，铺在整个地球上，就会形成10米多高的一层。不要以为存在这么多盐是大自然任意为之。不是的。盐使海水不易蒸发，使风不能把太多的海水的水蒸气带走，不然，太多的水蒸气会化成水把温带地区淹没。盐的作用是巨大的，在地球的整体和谐中，盐具有制衡的作用！"

尼莫船长停了下来，甚至站起来，在平台上走了几步，回到我身边说："至于纤毛虫，这些几十亿的微生物，一小滴水里就有几百万个，80万个才有一毫克重量，但它们的作用也非同小可。它们吸收水里的盐分，吸收水里的固体物质，是石灰质大陆的真正制造者，它们生产珊瑚和石珊瑚！水滴要是缺乏矿物养料，就会变轻，升上海面，在那里吸收蒸发后留下的盐，变重后，又沉下去，给微生物带去可以吸收的新元素。这样，就产生了双重的水流升降，不断运动，不断创造生命！生命比在陆地更加激烈，更加旺盛，更加无穷无尽，在海洋的所有部分都生机盎然。有人说，海洋，对人来说是死亡，而对数不胜数的动物来说，却是生命——对我来说，也是一样！"

尼莫船长这样说话的时候，像是变了一个人，也激起了我内心异乎寻常的激动之情。

"因此，"他又说，"这才是真正的存在！我将设计建立一些海洋城市，一些海底居民区，它们像鹦鹉螺号一样每天早晨回到海面上换气。如果可能，就建立一些自由城市，独立的城市！而且，谁知道会不会有什么暴君……"

尼莫船长以一个激烈的手势结束了自己的话。然后，他直接对我说，仿佛要驱散一个不祥的想法一样："阿洛纳克斯先生，"他问我，"您知道大海有多深吗？"

"船长，至少我知道几次重大测量为我们提供的数据。"

"您能给我列举吗？让我在必要时核对一下。"

"我记得一些，"我回答，"如果我没有搞错，北大西洋的平均深度是8200米，地中海的平均深度是2500米。最了不得的几次测量是在南纬35度的南大西洋进行的，测到的深度分别是12,000米、14,091米和16,049米。总之，有人估计，如果海底被弄平，它的平均深度约为7000米。"

"很好，教授先生，"尼莫船长回答，"我希望我们会给您提供更准确的数据。至于太平洋这部分地区的平均深度，我要告诉您，只有4000米。"

说完，尼莫船长就朝仓盖走去，消失在楼梯处。我跟随着他，回到大客厅。螺旋桨立刻运转起来，航速表显示，航速为每小时20海里。

接下来的好几天、好几个礼拜里，尼莫船长都很少来拜访。我很少见到他。他的大副有规律地观测方位，这些位置我在航海图上都能找到，所以我能准确指出鹦鹉螺号的航线。

康赛议和兰德长时间和我待在一起。康赛议向他的朋友叙述了我们这次跋涉见到的奇观，加拿大人就开始后悔没有和我们一起去。但是我希望还有机会去探索海底森林。

几乎每天，都有那么几小时，客厅的舷窗都是打开的，我们不知疲倦地渴望用目光洞透这片神秘的海底世界。

鹦鹉螺号的大方向是东南，深度维持在100米到150米之间。然而，有一天，不知道为什么，它心血来潮地依靠着侧翼斜面板，沿着对角线沉下海去，一直到达2000米深的水层。温度计指出的温度是4.25度，在这样的深度，看来所有纬度的温度都是相同的。

11月26日，凌晨3点钟，鹦鹉螺号从西经172度的地方越过北回归线。27日，望见了桑威奇群岛[1]，1779年2月14日，大名鼎鼎的库克就是在那里遇害的。此时，我们从起点开始，已经航行了4860海里。这天早上，当我来到平台时，在下风两海里处看到了夏威夷，那是夏威夷群岛七个岛中最大的一个。我清晰地看到它已开发地带的边缘，几条和海岸线平行的山脉，还有那凌驾于莫纳克亚山的火山群，海拔5000米。在这片海域的其他海产中，渔网还达到了孔雀扇状珊瑚，这是一种被压得扁平的、形状可爱的珊瑚虫，为这片海域所特有。

鹦鹉螺号维持在东南航向。12月1日，从东经142度处穿过赤道，同月4日，经过几天快速而顺利的航行，我们望见了马贵斯群岛[2]。离我们三海里处，南纬8度57分，西经139度32分，我看到努库希瓦的马丁岬角，这是法属群岛中的主要海岛。因为尼莫船长不喜欢靠陆地太近，我只看到地平线上呈现的草木繁盛的群山。那里，渔网拉上来好多种的鱼：科里芬鱼，天蓝色的鳍，金黄色的尾巴，肉质鲜美，举世无双；裸鱼，几乎没有鳞片，但味道鲜美；颌骨是硬骨的骨鳃鱼；淡黄色的塔萨鱼，能和金枪鱼媲美。所有这些鱼都值得好好分类，储存到船上的配膳室里。

离开这些迷人的法属海岛以后，从12月4日到11日，鹦鹉螺号航行了大约2000海里。途中特别的事情是遇到了一大群枪乌贼，这是一种很有意思的软体动物，接近墨鱼。法国渔民叫它们枪乌贼，它们属于头足纲，双鳃科，同属于这个科的还有墨鱼和船蛸。古代博物学家专门研究过这类动物，如果生活在罗马皇帝加

1　桑威奇群岛：英国航海家詹姆斯·库克在1778年1月18日发现夏威夷时，对当地所起的名称。从19世纪晚期开始，此名称不再被广泛使用。
2　马贵斯群岛：是法属波利尼西亚的一部分。

连[1]之前的希腊医生阿泰那[2]的话是可信的，那么这种动物为古代希腊政治集会广场上的演说提供了许多打暗喻的素材，同时也是一些富有公民的美味盘中餐。

那时是12月9日至10日的夜里，鹦鹉螺号遇到了这群格外爱在夜间出没的软体动物。它们数以百万计。它们沿着鲱鱼和沙丁鱼的路线，从温带地区向更热的地方迁徙。我们透过厚厚的水晶玻璃，看着它们迅速倒退着，以它们的动力管运动着，追逐着鱼和软体动物，吃掉小的，再被大的吃掉，在一片难以描述的混乱中，晃动着大自然给它们安在头上的10只足，活像玩具充气蛇的头发。鹦鹉螺号，尽管它航速很快，但在这群动物之间，也行驶了好几小时，渔网打到了好些枪乌贼，其中，我看到了法国自然历史学家阿尔西德·道比尼分类的九种太平洋品种。

这次航行中，我们看到海洋不断变幻出各种奇妙场景，无穷无尽。它时刻更迭着布景和场面，让我们赏心悦目，使我们不仅能欣赏造物主在海洋中的杰作，还让我们洞悉大洋中最可怕的秘密。

12月11日一整个白天，我一直在大客厅里埋头看书。尼德·兰德和康赛议通过半打开的舷窗板观看被照亮的水。鹦鹉螺号一动不动。它的储水罐装满了水，潜艇停在1000米的深处，这是大洋中少有生物栖息的地方，只有一些大鱼偶尔出现。我当时正在读让·马赛[3]的一本非常吸引人的书叫《胃的奴仆》，我正津津有味地品读

1　罗马皇帝加连：公元218—公元268年。

2　此处作者似乎搞错了生活在公元2世纪—3世纪的希腊修辞学家、语法学家阿泰那和生活在公元1世纪的罗马的希腊医生阿泰那。

3　让·马赛（1815—1894），法国教育家、出版家，创建法国教育联盟。

着书中机敏的教训，这时康赛议过来打断了我的阅读。

"先生，愿意过来一下吗？"他用一种古怪的声音对我说。

"怎么了，康赛议？"

"先生，来看看吧。"

我起身，走过去靠在弦窗前，往外看去。

在明亮的电灯光中，一个黑黢黢的庞然大物一动不动，悬在水中。我仔细观察它，努力想要认出这条巨大的鲸鱼是什么属性的，但是一个想法突然掠过我的脑海。

"一条船！"我喊道。

"是的，"加拿大人回答，"一条失去控制直沉海底的船！"

尼德·兰德没有搞错。我们面对的是一艘船，断了的帆索还挂在铁链上。它的船身看起来状态完好，沉没应该只有几小时。三根桅杆在甲板上面两英尺的地方被砍断，表明这艘船在倾斜时被迫放弃了桅杆。但是，已经侧倒的船灌满了水，还在向左舷倾斜。沉没在海里的船惨不忍睹，更惨烈的是甲板上还有几具尸体，被绳索缠绕着，还躺在那里！我数了一下，有四具——四个男人，其中一个在舵旁站着——还有一个女人，一半露出在艉楼甲板天窗外，怀里还抱着一个孩子。这个女人很年轻。借着鹦鹉螺号的灯光，我能看得出来她的脸，海水还没有使之腐烂。她使出最大的力气，把孩子高举过头顶，可怜的小家伙用手臂紧抱住母亲的脖子！四个水手的姿态看起来很可怕，他们在痉挛中扭作一团，做着最后努力，要摆脱把他们和船束缚在一起的绳索。只有舵手最为冷静，面容清晰而严肃，花白的头发贴在前额上，痉挛的手紧握住舵轮，似乎依然驾驶着沉没了的三桅帆船，穿越大洋深处!

　　多么惨烈的场面!我们默默无言,只听到自己的心跳,面对这海难的现场,确切地说是海难的最后一分钟的定格影像!我已经看到,在这人肉诱饵的吸引下,一大群红着眼的大鲨鱼游了过来!

　　而鹦鹉螺号围着沉船绕了一圈,往前驶去,刹那间,我看到船后面的牌子:

桑德兰,佛罗里达

第十九章

瓦尼科罗群岛[1]

　　这可怕的场景，揭开了鹦鹉螺号在之后的航程中，要遇到的一系列海难。自从鹦鹉螺号沿着船只往来更加频繁的海面行驶以来，我们经常看到海水中腐烂的沉船，更深的地方甚至还有大炮、炮弹、锚、铁链和千百种各种各样的铁器，都布满了铁锈。

　　其时，我们总是被鹦鹉螺号带着走，在艇上过着与世隔绝的生活。12月11日，我们看到了波莫图群岛，从前叫布干维尔，被认为是个"危险的群岛"，有500海里的范围，从东南偏东延伸到西北偏西，在南纬13度30分到23度50分之间，西经125度30分到151度30分之间，也就是从杜西岛到拉扎雷夫岛为止。这个群岛的面积有370平方法里，由60多群海岛组成，其中我们认出了钢比耶群岛，属于法国保护范围。这些海岛都是石灰质珊瑚岛。在珊瑚虫的作用下，海岛缓慢但不断地隆起，总有一天，会连成一片。然后，新岛又和附近的群岛连成一块，第五个大陆就会从新西兰和新喀里多尼亚延伸到马贵斯群岛。

1　瓦尼科罗群岛：在大洋洲，属于所罗门群岛。

那天，我在尼莫船长面前展开这个理论时，他冷冷地回答我："地球上需要的不是新大陆，而是新人类！"

鹦鹉螺号正好驶向克莱蒙特·托内尔岛，群岛中最有趣的一个岛，是在1822年由米奈尔维号的贝尔船长发现的。于是我对构成大洋上的这些岛屿的石珊瑚体系进行了研究。

必须小心，不要把石珊瑚和一般珊瑚搞混，石珊瑚有一层石灰硬壳覆盖着，它的结构变化使我的名师米尔纳·爱德华先生把它们分为五种。那些分泌出珊瑚树的微生物，数以十万计地生活在它们的细胞中。正是石灰质的沉淀物变成了岩石、暗礁、小岛和海岛。这里，它们形成一个圆圈，围绕着一个潟湖，或者小小的内湖，湖的缺口与海相通。那里，它们形成一些礁坝。在其他地方，比如留尼旺和毛里求斯，它们筑起一些礁石，像陡峭的高墙，附近的海水深不可测。

从克莱蒙特·托内尔暗礁延伸出几链远的地方，我赞叹这些微生物劳动者达成的浩大工程。这些墙是千孔珊瑚、滨珊瑚、星珊瑚和脑珊瑚这些造礁珊瑚的特殊杰作。这些珊瑚虫在海水表面的动荡水层繁衍特别好，因此，它们是从上部开始构建的，和支撑着的残余分泌物逐渐往下延伸。至少，这就是达尔文的理论，他就运用这个理论解释了珊瑚岛的形成。还有一种理论，认为沉入海面几英尺的山顶或火山顶是珊瑚礁的基础。依我看，还是达尔文的理论略胜一筹。

我可以就近观察这些奇特的高墙，因为从陡墙下探，测得水深超过300米，我们的电灯光把这发亮的石灰质照得越发光亮。

康赛议问我这些巨大的礁坝形成时间有多长，我回答他，学者估计一世纪增长八分之一英寸，使他大为吃惊。

"所以，要建起这些高墙，"他对我说，"需要……"

　　"192,000年，我的好小伙儿康赛议，这就将《圣经》所说的日子神奇地拉长了。再说，煤炭的形成，也就是说比被大洪水卷入泥潭的森林的矿化，需要的时间还要多得多。但是，我要补充一点，《圣经》所说的天数只是一些时期，而不是两次日出之间的间隔，因为根据《圣经》，太阳不是从创世的第一天就有的。"

　　鹦鹉螺号重新回到海面以后，我可以全方位饱览这个低洼又多树的克莱蒙特·托内尔岛。很明显，珊瑚石在龙卷风和风暴的作用下，变成了沃土。某一天，一颗从邻近地区刮来的种子落在石灰质的泥土层，和泥土里腐烂的鱼和海草混合，形成腐殖土。一只椰子，被海浪推着，来到这片新海岸。胚芽生了根。小树长大了，阻止了水汽蒸发。小溪诞生了。植物越来越茂盛。一些攀附在被拔起的树干上的微生物、蠕虫、昆虫，随风飘到岛上。海龟来这里产卵。鸟儿到年轻的树上筑巢。就这样，动物的生活在这里发展起来，人受到绿树和沃土的吸引，也出现了。这些海岛就这样形成了，它们是微生物浩大的作品。

　　将近傍晚，克莱蒙特·托内尔岛在远处消融不见了，鹦鹉螺号的航线也发生了明显变化。在东经135度处抵达南回归线以后，潜水艇朝西北偏北方向驶去，回到热带地区。尽管夏日的骄阳似火，我们却不感到一丝热气，因为在水下30米至40米，温度不超过10摄氏度到12摄氏度。

　　12月15日，我们从东面掠过诱人的社会群岛[1]和太平洋上的女王岛屿——迷人优雅的大溪地。早上，我在下风几海里处看到这

1　社会群岛：位于南太平洋的岛群，法属波利尼西亚群岛中居民最多的海岛。

个岛高耸的顶峰。那片海域给潜艇上提供优质的鱼，有鲭鱼、金枪鱼、白化鱼，还有一些被称作鳗鱼的海蛇。

鹦鹉螺号已经航行了8100海里。汤加·塔布群岛[1]是阿尔戈号、王子港号和波特兰公爵号遇难的地方，航海家群岛是拉·白鲁斯的朋友，朗格勒船长丧生的地方。接着，我又望到了维提群岛[2]，岛上的野蛮人曾经屠杀过团结号的水手和指挥可爱约瑟芬号的南特人布罗船长。

这个群岛所占的面积从北至南为100里，从东向西是90里，位于南纬6度至2度，西经174度至179度之间。它由很多岛屿、小岛和暗礁组成，其中可以认出维提·勒乌岛、瓦努阿·勒乌岛和康杜邦岛。

塔斯曼[3]是在1643年发现这个群岛的。同一年，托里切利[4]发明了气压计，路易十四登上了王位。我让读者自己去想哪一件事对人类最有益。随后，库克在1714年、昂特勒卡斯托[5]在1793年、杜蒙·杜维尔[6]在1827年，搞清了这个群岛混乱的地理状况。鹦鹉螺号驶进威利亚湾，这是英国迪荣船长进行可怕冒险的舞台，是他第一个弄清拉佩鲁兹海难的秘密。

这个海湾盛产上好的牡蛎，我们捕捞了好几次。我们按照塞内卡[7]的告诫，在桌子上撬开了就吃，尽情享用。这类软体动物

1　汤加·塔布群岛：太平洋南部汤加王国南部的岛群。

2　维提群岛：位于南太平洋，是斐济主岛。

3　塔斯曼（1603—1659），荷兰航海家。

4　托里切利（1608—1647），意大利物理学家。

5　昂特勒卡斯托（1737—1793），法国航海家。

6　杜蒙·杜维尔（1790—1841），法国航海家。

7　塞内卡（公元前4年—公元65年），古罗马悲剧作家、哲学家，是暴君尼禄的老师，最后自杀而亡。

以薄壳牡蛎的名字著称，在科西嘉岛上很常见。威利亚湾应该很大，很显然，要不是多种原因的破坏，牡蛎将会充斥海湾，因为有人计算过，一只牡蛎就会产200万颗卵。

如果说尼德·兰德师傅这次没有因为贪食而后悔，那是因为牡蛎是唯一不会引起消化不良的食物。事实上，满足一个人一天315克的含氮营养物质，用不着吃16打这种无头软体动物。

12月25日，鹦鹉螺号在新赫布里底群岛[1]之间航行，基罗斯[2]在1606年发现了这个群岛，布干维尔[3]在1768年进行了开发，库克给了它现在的名字。这个群岛由9个岛组成，在南纬15度至2度，东经164度至168度之间，构成一条从西北偏北到东南偏南的120法里长的带子。我们从奥鲁岛附近经过，这时正是中午，这个岛看起来像一大片翠绿的树林，一座山峰俯瞰其上。

这一天是圣诞节，我觉得尼德·兰德非常留恋庆祝圣诞，这是真正的家庭节日，对此那些新教徒非常热衷。

我已经有一个多星期没有见到尼莫船长了，12月27日早上，他走进大客厅，神态一如往常——总是像五分钟前才见过你的样子。我正忙着在地球平面球形图上确认鹦鹉螺号的航行路线。船长走过来，一根手指指着地图的一个点，只说了一句："瓦尼科罗。"

这个名字有一种魔力。这是拉佩鲁兹的船队失事处的一些小岛的名字。我倏地一下站起来。

"鹦鹉螺号会把我们载到瓦尼科罗岛吗？"

1　新赫布里底群岛：今称瓦努阿图群岛，位于夏威夷和澳大利亚之间的南太平洋群岛。

2　佩德罗·费尔南德斯·德·基罗斯（1570—1615），文艺复兴时期葡萄牙航海家。

3　布干维尔（1729—1811），法国航海家，巴布亚新几内亚的布干维尔岛由他得名。

"是的，教授先生。"船长回答。

"我能看看这些有名的岛吗？罗盘号和星盘号就是在那里撞毁的。"

"您乐意的话，教授先生。"

"我们什么时候能到达瓦尼科罗群岛？"

"我们已经到了，教授先生。"

我踏上了平台，尼莫船长跟在后面，从那里，我目光贪婪地巡视着海面。

东北方向有两个大小不等的火山岛，被周长40海里的珊瑚礁环绕着。瓦尼科罗群岛就在我们眼前了，确切来说，我们眼前的岛屿，被杜蒙·杜维尔命名为探索岛，正对着瓦努小港，它位于南纬16度4分，东经164度32分。岛上好像披着绿装，从海滩到岛内的山顶，高达476托阿斯的卡博格峰凌驾其上。

鹦鹉螺号经由一条狭窄航道，穿过岩石组成的外环带，来到防波堤内，那里的海水深30英寻[1]至40英寻。在葱绿的红树树荫下，我看到几个土著人，对于我们的靠近极为吃惊。看到这个在水面上前行的黑黝黝的狭长身躯，他们一定是以为见到了一条巨大的鲸鱼，应该保持警惕吧？

这时，尼莫船长问我是否知道拉佩鲁兹海难的情况。

"只知道大家都知道的那些情况，船长先生。"我回答。

"您能告诉我大家都知道了些什么吗？"船长用一种讽刺的口吻问我。

"那还不容易嘛。"

1　英寻：测水深单位，约1.83米。

我把杜蒙·杜维尔最后的著作所披露的那些情况告诉了他，简略说来如下。

　　拉佩鲁兹、他的大副、朗格勒船长，1785年受命于路易十六，完成一次环球旅行。他们登上罗盘号和星盘号三桅帆船，结果一去就不复返了。

　　1791年，法国政府对两条三桅帆船的命运感到担忧，装备了两条大运输舰——探索号和希望号，在布吕尼·德·昂特勒卡斯托的指挥下，于9月28日，离开了布雷斯特[1]。两个月后，从阿伯玛尔号船长，一个叫鲍恩的人那里得知，沉船的残骸在新乔治亚岛[2]的海岸被发现了。但是德·昂特勒卡斯托不知道这个消息——况且也不可靠——向着海军部群岛[3]驶去，在亨特船长的一份报告中，这被指定为拉佩鲁兹遇难的地方。

　　他的寻找是徒劳的。希望号和探索号甚至经过瓦尼科罗岛也没停留，总之，这次航行非常不幸，因为它使德·昂特勒卡斯托、他的两个副手和好几个水手付出了生命。

　　第一个找到遇难者踪迹的，是一位太平洋航线的老手，迪荣船长，这点毋庸置疑。1824年5月15日，他的船圣帕特里克号经过新赫布里底群岛中的蒂克比亚岛。一个印度水手，驾着一只独木舟靠近他，卖给他一把银柄剑，上面有刀子刻着的字迹。这个印度水手还声称，六年前，他在瓦尼科罗岛住过，看见两个欧洲人，他们的船只多年前撞上这个岛的暗礁。

　　迪荣推测，这与拉佩鲁兹的船有关，它们的失踪曾经震惊全

1　布雷斯特：法国布列塔尼的西端港口。

2　新乔治亚岛：所罗门群岛之一。

3　海军部群岛：在太平洋西南，由40个岛组成。

世界。他想前往瓦尼科罗岛，据印度水手说，那里有很多沉船的残骸，但是风向和水流妨碍着他。

迪荣回到加尔各答。在那里，他成功地让亚细亚公司和印度公司对他的发现感兴趣。于是他得到一条名为探索号的船，并在一个法国官员的陪同下，于1827年1月23日出发。

探索号在太平洋的几个地方停泊过之后，于1827年7月7日，又在瓦努科罗岛前停靠，就在此刻鹦鹉螺号所停泊的这个瓦努港口。

他在这里搜集到不少沉船遗物，有铁质的厨房用具、锚、滑车绳索、几门臼炮、一颗十八号圆炮弹、天文仪器残片、一段船尾栏杆、一口铜钟，上面刻着这句题词："巴赞制造"，表明这是布雷斯特海军造船厂在1785年左右制造的。这点没什么可怀疑的了。

迪荣还为了了解情况，一直在出事地点待到了10月。然后，他离开了瓦尼科罗岛，驶往新西兰。1828年4月7日，在加尔各答停靠，再返回法国，受到查理十世的热情接待。

但这时，杜蒙·杜维尔不知道迪荣的作为，已经出发了，去寻找别的海难地点。实际上，人们从一条捕鲸船的报告得知，在路易西亚德群岛和新喀里多尼亚的土著人手中找到一些勋章和一枚圣十字架。

星盘号船长杜蒙·杜维尔就这样出了海，在迪荣离开瓦尼科罗之后两个月，他在霍巴特城[1]停靠。在那里，他得知迪荣获得的成果，另外，他获悉加尔各答的团结号上，一位名叫詹姆斯·霍布斯的大副，曾经在位于南纬8度18分、东经156度30分的一个岛

1　霍巴特城：澳大利亚塔斯马尼亚的港口。

上登陆，看到过这一带海域的土著使用的铁条和红色衣料。

杜蒙·杜维尔相当困惑，不知道是否要相信那些不可信的报纸上的报道，决定去追寻迪荣的踪迹。

1828年2月10日，星盘号出现在蒂克比亚，请了一个待在岛上的逃兵当向导和翻译，驶向瓦尼科罗岛。2月12日，他们看到了这个岛，沿着暗礁航行到14日，20日才在瓦努避风港抛锚。

23日，几个官员在岛上转了一圈，带回来几件不太重要的遗物。土著人一问三不知，含糊其词，拒绝带他们去出事地点。这种行为，十分可疑，让人相信他们虐待过遇难者。事实上，他们的确担心杜蒙·杜维尔是来替拉佩鲁兹和他不幸的同伴们报仇的。

但在26日，土著人收到礼物，明白了不用担心任何报复，他们便决定带领大副雅吉诺先生去往沉船地点。

到了那儿，在帕库和瓦努暗礁之间三四英寻的水下，躺着锚、大炮、压舱的铁块和铅块，都黏在结块的石灰中。星盘号的小船和捕鲸小艇划向这个地方，船员们费了好大的劲儿，才把一只重900千克的锚、一尊八号口径的铁铸大炮、一块压舱铅和两门铜臼炮捞上来。

杜蒙·杜维尔还从土著那里打听到，拉佩鲁兹在这个岛的暗礁上失去两条船后，造了一条较小的船，第二次又沉没了……在哪里，没有人知道。

星盘号船长于是让人在一丛红树下立了一个碑，纪念这位著名的航海家和他的同伴。这是一个简单的四角金字塔形建筑，坐落在一个珊瑚礁座上，上面没有任何金属，不然怕是引起土著的贪婪之心。

然后，杜蒙·杜维尔打算起航；可是他的船员们都染上了这些不卫生的海岸的热病，他自己也病得厉害，直到3月17日才预备起航。

但法国政府担心杜蒙·杜维尔不知道迪荣的工作，便将勒果阿郎·德·特罗默兰指挥的巴约纳兹号三桅帆船派到瓦尼科罗。这艘船正停在美洲西海岸。巴约纳兹号在星盘号出发后几个月才停靠在瓦尼科罗，只证实了土著人尊重拉佩鲁兹的陵墓。

这就是我对尼莫船长讲述的故事的主要内容。

"这么说来，"他对我说，"还不知道那些海难幸存者在瓦尼科罗岛建造的第三条船在哪里失事？"

"不知道。"

尼莫船长什么也没说，示意让我跟他到大客厅。鹦鹉螺号潜入海面下几米的地方，舷窗板打开了。

我冲向玻璃窗，珊瑚石上布满了菌类植物、管状植物、翡翠海草、石竹小草，无数奇妙的鱼穿游而过：魹鱼、条纹鱼、卿筒鱼、颅骨鱼、金鲷鱼等，透过所有这一切，我认出了一些拖网无法打捞上来的残骸，有铁镫、锚、大炮、炮弹、绞盘配件、一根首柱，所有的东西都来自海难船只，如今长满了活生生的植物。

正当我注视着这些凄凉的残骸时，尼莫船长用严肃的声音对我说："拉佩鲁兹船长是在1785年12月7日率领罗盘号和星盘号出发的。他首先停泊在博特尼湾[1]，访问了友爱群岛[2]，新喀里多尼

---

1 博特尼湾：又称植物学湾，澳大利亚东南部太平洋岸小海湾。
2 友爱群岛：汤加群岛，属于大洋洲，位于南太平洋西部，国际日期变更线西侧，是全球最早进入新一天的国家。

亚岛，再转向圣克鲁斯群岛[1]，在哈派群岛[2]中的纳穆卡岛停靠。然后，这条船来到瓦尼科罗岛无人知晓的暗礁。罗盘号行驶在前头，在南岸搁浅。星盘号赶来救援，同样搁浅。第一艘船几乎立刻被摧毁了。第二艘船在下风的沙滩上搁浅，坚持了几天。土著们给了遇难者相当好的款待。遇难者被安顿在岛上，用两条大船上的残留物建造了一条较小的船。有几名水手自愿留在瓦尼科罗岛上。其余人，体弱的、生病的，跟着拉佩鲁兹走了。他们前往所罗门群岛[3]，在这个群岛主岛西岸的失望岬和满意岬之间，船毁人亡！"

"您怎么知道的？"我大声问。

"我这里有最后出事现场找到的东西！"

尼莫船长指给我看一只打着法国军队印记的白色铁匣子，已经完全被盐水腐蚀。他打开匣子，我看到一捆发黄的纸，但还看得清上面的字。

这是海军部长给拉佩鲁兹的指示，旁边空白处有路易十六的御批！

"啊！对海员来说，这也是死而无憾了！"尼莫船长说，"这座珊瑚墓是一座安静的坟墓，上天保佑，愿我的同伴和我，我们永远不会有别的坟墓！"

1　圣克鲁斯群岛：在西南太平洋，属于英国。

2　哈派群岛：太平洋岛国汤加的群岛。

3　所罗门群岛：是南太平洋的一个岛国，位于澳大利亚东北方，巴布亚新几内亚东方，是英联邦成员之一。

第二十章

托雷斯海峡[1]

12月27日至28日夜里,鹦鹉螺号以高速开离瓦尼科罗海域。它往西南方向前行,三天内,穿越了750法里,从拉佩鲁兹遇难的海岛来到了巴布亚的东南角。

1868年1月1日,一大清早,康赛议就到平台上和我相会。

"先生,"这个正直的小伙子对我说,"您是否允许我祝您新年好?"

"怎么,康赛议,就像我在巴黎植物园中的办公室一样啊。我接受你的祝愿,谢谢你。只是,我得问你,在眼下我们所处的环境里,'新年好'究竟意味着什么?是说这一年会结束我们的囚禁,还是说这一年我们奇怪的旅行会继续下去?"

"说实在的,"康赛议回答,"我不太清楚怎么对先生说。我们的确是看到了很新奇的东西,两个月来,我们没时间去烦恼。最近的离奇事件也是最惊人的,如果这样继续下去,我不知道会怎样结束。我的看法是,我们永远不会遇到这样的机会

---

1 托雷斯海峡:是位于澳大利亚与新几内亚的美拉尼西亚岛之间的水体,海峡最窄处约阔150千米。欧洲首个在托雷斯海峡航行的人是葡萄牙海员托雷斯。

了。"

"永远不会，康赛议。"

"另外，尼莫先生确实证明了他的拉丁文名字的含义，他存不存在，对别人都无关紧要。"

"正如你说的，康赛议。"

"因此，我想，尽管先生可能会不乐意，请您别见怪，新年好是预祝这一年让我们什么都看看……"

"什么都看看，康赛议？时间可能太长了。尼德·兰德怎么想呢？"

"尼德·兰德想的恰恰与我相反，"康赛议回答，"他有务实精神，胃口很大。光是看鱼和总是吃鱼不能满足他。没有酒、面包和肉，这完全不适合一个真正的撒克逊人，他习惯吃牛排，一定量的白兰地和金酒也完全不会吓倒他！"

"对我来说，康赛议，折磨我的绝不是这个，我很习惯潜艇的饮食制度。"

"我也一样，"康赛议回答，"我想留下来，就像尼德师傅想逃跑一样。因此，如果刚开始的这一年对我来说不见得好，那么对他来说就是好的，反过来也一样。这样，总会有个人是满意的。总之，我祝先生万事如意。"

"谢谢，康赛议。不过我请你以后再说新年礼物的事情，暂时以握手来代替吧。我现在只有这个能给你。"

"先生可从来没有这么慷慨过。"康赛议回答。

说完，好小伙子走了。

1月2日，从日本海的出发点算起，我们已经行驶了11,340海里，或者说5250法里。鹦鹉螺号的首柱前面，延伸着澳大利亚的东北海岸，珊瑚海的危险海域。我们的潜艇往前行驶，离这可怕的暗礁有几海里，1770年6月10日，库克的那些船险些在那里失事。库克的船撞上一块岩石，但没有沉没，是因为被撞下来的那块珊瑚，正好插进了被撞开的船身中。

我渴望亲眼目睹这个360法里长的暗礁。始终汹涌澎湃的海水，撞到暗礁上，发出雷鸣般的轰响。但这时，鹦鹉螺号的斜面板把我们带往深处，我根本看不到这些高耸矗立的珊瑚。我只好满足于观看拖网捕获上来的各种各样的鱼。其中，我看到有白金枪鱼，这是一种像金枪鱼一样的青花鱼，腹部两侧淡蓝色，身上有横纹，直到鱼生命的尽头才消失。这种鱼成群地跟着我们，为我们的餐桌提供了无比鲜美的肉食。我们也打捞上来大量的青花鲷，半米长，味同剑鱼。还有一种飞鱼，是真正的海底燕子，在阴暗的夜里，带着磷光轮流地飞到空中和海水中。还有一些软体动物和动物形植物，我在拖网的网眼里看到各种海鸡冠目的海产，有海胆、双壳贝、马刺螺、盘形贝、蟹守螺和玻璃贝。植物主要有美丽的漂浮海藻、昆布和巨藻，都附着从导管里渗出来的黏液。我从中挑出一种美妙的胶质海藻，那是足以列入博物馆的自然珍品。

穿越珊瑚海两天后，1月4日，我们看到了巴布亚海岸。此时，尼莫船长告诉我，他想通过托雷斯海峡去印度洋。他告诉我的信息就此为止。尼德高兴地看到，这条航路将使他重新接近欧洲海域。

托雷斯海峡被看作是危险地带，有耸立的暗礁，居住在那里的土著人常常出没在海岸上。这个海峡将新荷兰[1]和巴布亚的一个名叫新几内亚的大岛分开。

巴布亚长400法里，宽130法里，面积40,000平方法里，位于南纬0度19分到10度2分，西经128度23分到146度15分之间。中午，大幅测量太阳高度时，我望见了阿尔法勒克斯的顶峰，高处有平地，几座尖峰收尾。

葡萄牙人弗朗西斯科·赛拉诺在1511年发现了这片土地。之后堂何塞·梅内赛斯在1526年，西班牙航海家歌利亚尔瓦在1527年，西班牙将军阿瓦尔·德·萨福德拉在1528年，朱伊戈·奥尔泰兹在1545年，荷兰人苏顿在1616年，尼古拉·斯吕伊克在1753年，荷兰航海家塔斯曼、英国航海家丹皮埃、福梅尔、卡特雷、爱德华、布干维尔、库克、弗雷斯特、马克·克吕埃、昂特勒卡斯托在1792年，法国水手杜佩雷在1823年，杜蒙·杜维尔在1827年相继来过这里。"占据整个马来西亚的是黑人家庭。"德·里昂奇这么说过。我并不怀疑，这次航行说不定会把我带到可怕的安达曼人[2]面前。

鹦鹉螺号来到地球上最危险的海峡入口，这是连最大胆的航海家都不太敢穿越的海峡，路易·帕兹·德·托雷斯从南边的大海回来时，在美拉尼西亚[3]面对的就是这个海峡。1840年，杜蒙·杜维尔的轻巡洋舰在那里搁浅，船毁人亡。鹦鹉螺号虽然超越了海上的一切危险，但就要见识见识这些珊瑚暗礁了。

托雷斯海峡约宽34法里，被无数的海岛、小岛、岩礁和岩石

1　新荷兰：澳大利亚的欧洲用旧名之一。

2　安达曼人：居住在孟加拉湾安达曼群岛上的居民。

3　美拉尼西亚：太平洋三大岛群之一，意为"黑人群岛"。

阻挡，使得航行几乎不可能。因此，尼莫船长要小心翼翼地通过。鹦鹉螺号在海面上航行，中速前进。螺旋桨像条鲸鱼尾巴，悠悠地拍打着海水。

为了充分利用这种局面，我的两个同伴和我，待在始终空无一人的平台上。我们面前凸起的是舵手的驾驶室，没有人在里头。要么是我搞错了，要么尼莫船长其实在里面，亲自驾驶着鹦鹉螺号。

我眼前有几幅极好的托雷斯海峡图，是河海测量工程师万桑东·杜莫兰和海军中尉库旺·德布瓦测量、绘制的；杜蒙·杜维尔最后一次环球旅行时，这两个人都属于他的参谋。再加上金船长的地图，这就是弄清这个狭窄通道的复杂地形最好的地图了。我聚精会神地审视这些地图。

在鹦鹉螺号周围，大海卷起层层巨浪。海水从东南向西北以每小时两海里半的速度流去，拍击着四处露出海面的珊瑚礁。

“这可是真正凶险的大海！”尼德·兰德对我说。

“确实恶劣至极，”我回答，“连鹦鹉螺号这样一艘潜艇也够呛。”

“这个该死的船长，”加拿大人又说，“得对航线非常熟悉才行，因为我看到那边有一堆堆珊瑚礁，只要撞上了，就会把艇身撞成碎片！”

确实，情势潜伏着巨大的危险，但是鹦鹉螺号仿佛有魔法一般，在这些艰险的珊瑚礁中穿梭自如。他没有完全按照星盘号和泽莱号的航线行驶，就是这条航线当时要了杜蒙·杜维尔的命。它更往北走一些，沿着穆雷岛，返回西南，向肯博兰通道驶去。我以为它要直接通到那里，这时，它又往西北上溯，穿过一大群不知名的海岛和小岛，朝着同德岛和莫韦海峡驶去。

我正在寻思，尼莫船长是不是已经鲁莽到发疯的地步，是否想把他的潜艇驶入杜蒙·杜维尔的两条三桅船到过的那条通道。这时，他第二次改变航向，笔直往西，朝格博罗阿尔岛驶去。

这时是下午3点。海浪澎湃，潮水几乎涨满。鹦鹉螺号接近这个岛，岛上那片引人注目的七叶兰，我至今仍然历历在目。我们沿岛航行不到两海里。

突然，一下撞击把我掀翻。鹦鹉螺号刚刚触到一个暗礁，它一动不动了，有点儿向左倾斜。

我站起来时，在平台上看到尼莫船长和他的大副。他们察看潜艇的情况，用他们那令人难以理解的方言交谈了几句。

情况是这样的：在右舷两海里处，是格博罗阿尔岛，岛的海岸从北到西呈弧形，像一条巨大的手臂。在南面和东面，几处珊瑚礁顶端因为退潮而露出。我们在正当中搁浅，在一片潮水不大的海域里，这对鹦鹉螺号的脱浅来说，是令人头疼的状况。但潜艇没有遭到任何损坏，艇身十分坚固。虽然它不会沉底，也不会裂开，但它有可能会永远搁浅在暗礁上，那么尼莫船长的这个海底设备也就完了。

我这样思索着，这时尼莫船长走了过来，冷静而沉着。他总是有很强的自控力，看起来既不显得激动，也不显得气恼。

"一次事故？"我问他。

"不，小事而已。"他回答我。

"可是，"我反驳说，"这件小事可能会把您重新变成您想逃离的这片陆地上的居民吧！"

尼莫船长神情古怪地看着我，做了一个否定的手势。这是相当明确地告诉我，什么也不能让他把脚重新踩上陆地。他继续说："再说，阿洛纳克斯先生，鹦鹉螺号并没有遇险。它还会把您载到海洋的奇妙世界之中。我们的航行才刚刚开始，我不希望这么快就失去和您做伴的荣幸。"

"但是，尼莫船长，"我又说，没有回击他句子中讽刺的表达方式，"鹦鹉螺号在海水涨潮的时候搁浅。而太平洋的潮水并不大，如果您不能减轻鹦鹉螺号的负重，那在我看来潜艇是不可能脱浅了。"

"太平洋的潮水是不大，您说得对，教授先生，"尼莫船长回答我，"可是，在托雷斯海峡，在涨潮和退潮之间却有一米半的落差。今天是1月4日，过五天月圆。如果这个乐于助人的卫星不让海水升得足够高，不帮我这个忙，我反倒会觉得奇怪。我只想得到卫星的帮助。"

说完，尼莫船长又下到鹦鹉螺号里面，他的大副跟着他。至于潜艇，则不再前行，一动不动，仿佛珊瑚虫已经用它们坚不可摧的黏合剂把它们黏住了一样。

"先生，怎么样？"尼德·兰德在船长走后靠近我问。

"就这样，尼德好伙伴，我们就这么静静等待9日的海潮吧，因为看来月亮会好意地让我们重新漂浮起来。"

"就这么简单？"

"就这么简单。"

"船长难道不会在大海里抛锚，调整导航系统，千方百计脱离险境吗？"

"因为靠涨潮就足够了！"康赛议简简单单地回答。

加拿大人看着康赛议，然后耸耸肩。他是以水手的身份在说话："先生，"他反驳说，"您可以相信我，我告诉您吧，这个铁家伙再也航行不了了，不管是海面上还是海面下，只能论斤卖掉。因此，我想和尼莫船长不辞而别的时候到了。"

"尼德老弟，"我回答，"我不像您那样对这坚挺的鹦鹉螺号感到绝望，再过四天，我们就会知道太平洋的海潮是什么样了。再说，要是能够看到英国或者普罗旺斯的海岸，逃跑的建议还算是适当的。但是，在巴布亚的海域，这就是另一回事儿了。如果鹦鹉螺号不能脱浅——我觉得这是个严重事件，那再走这种极端也来得及。"

"至少我们可以探探路吧？"尼德·兰德又说，"这儿是一个岛，岛上有树，树下有陆地动物，那么就有排骨和烤牛排，我很想打打牙祭。"

"这倒是被尼德老兄说对了，"康赛议说，"我赞成他的意见。先生能不能让他的朋友尼莫船长把我们送到陆地上去呢？就当是不让我们忘掉脚踏实地的习惯吧。"

"我可以去要求，"我回答，"但是他会拒绝的。"

"先生大胆试试吧，"康赛议说，"我们好知道船长究竟有多好心。"

让我吃惊的是，尼莫船长竟然同意了我的请求，并且是以一种慷慨热情的态度，甚至没有要求我们承诺回到潜水艇上。可是，要穿越新几内亚这块地方逃跑实在是危险重重，我不会建议尼德·兰德尝试的。宁愿做鹦鹉螺号的囚徒，也不要落在巴布亚的土著人手里。

第二天早上，小艇已经为我们准备好。我没有追问尼莫船长是不是陪我们同行。我甚至觉得船员中没有一个人会陪我们去的，只有尼德·兰德驾驶小艇。再说，陆地最多两海里远，对加拿大人来说，在这对大船来说充满致命暗礁的海里，驾驶这只轻舟不过就跟玩儿似的。

第二天，1月5日，小艇被去掉了罩子，从安放它的地方取下来，从平台投到了海里。做这件事，两个人就够了。桨就在艇里，我们只需要找地方坐好。

早上8点，我们带着枪和斧头，从鹦鹉螺号上下来。大海风平浪静。微风吹拂着陆地。康赛议和我，坐在桨边上，我们使劲划起来，尼德掌舵，在岩礁之间的狭窄通道间穿梭。小艇很好掌控，速度很快。

尼德·兰德的喜悦溢于言表，像个越狱成功的囚犯，丝毫没有想自己必须回去。

"有肉啊！"他不断重复着，"这么说我们就要吃到肉了，多好的肉啊！真正的野味！可惜没有面包！我不是说鱼不是好东西，但不能总是吃鱼啊，弄一块新鲜野猪肉，放在炽热的炭火上烤一烤，好好改善一下我们的日常伙食。"

"真馋！"康赛议回答，"说得我都流口水了。"

"还得了解一下，"我说，"这些森林里是不是有很多猎物，还有这些猎物是不是会大得可以反过来追捕猎人。"

"好吧！阿洛纳克斯先生，"加拿大人回答，他的牙齿就像磨快了的斧子，"要是这个岛上没有别的四脚动物，我就吃老虎，吃老虎腰上的肉。"

"尼德老兄真叫人担心。"康赛议说。

"无论如何，"尼德·兰德又说，"凡是四条腿、没有羽毛的动物，或者两条腿、带羽毛的动物，就要吃我第一枪。"

"好吧！"我回答，"兰德师傅的鲁莽又要开始了！"

"别担心，阿洛纳克斯先生，"加拿大人回答，"使劲划吧！我用不了25分钟，就能给您端上我做的菜。"

愉快地越过环绕格博罗阿岛的一圈珊瑚礁以后，早上8点半时，鹦鹉螺号的小艇轻轻地停靠在一片沙滩上。

第二十一章

陆地上的几天

踏上陆地时，我心潮澎湃。尼德·兰德用脚试探着踩地，像是要把这块土地占为己有。我们作为鹦鹉螺号的乘客已经有两个月了，但这只是按照尼莫船长的说法。实际上，我们就是船长的囚徒。

在几分钟内，我们离海岸已有一枪射程的距离。土地几乎完全是石珊瑚质的，但是一些干涸的河床里散布着花岗岩碎石，说明这个岛原始时期就形成了。地平线完全被遮挡在怡人的树林屏障后面。参天大树的枝干有时候达到200英尺，一团团藤萝把它们连接在一起，这是真正的天然吊床，在微风中荡漾。这里有合欢树、榕属植物、林麻黄属植物、柚树、木槿属植物、班达树和棕榈树，大量混杂在一起。在绿荫穹顶的覆盖下，在巨大的树干根部，生长着兰科植物、豆科植物和蕨类植物。

但是，加拿大人不注意所有这些巴布亚植物的美丽样品，他宁愿放弃好看的，而追求实用的。他看到一棵椰子树，打下几只椰子，把它们砸碎，喝里面的椰子汁，吃椰子肉，带着一种满意的神情，像是对鹦鹉螺号日常伙食的抗议。

"好极了！"尼德·兰德说。

"美妙绝伦！"康赛议回答。

"我想，"加拿大人说，"你们的尼莫不会反对我们带些椰子回他的船上吧？"

"我想不会，"我回答，"但他不会想尝一口。"

"那对他来说真是可惜了！"康赛议说。

"对我们来说可是好事！"尼德·兰德回了一句，"那样会剩下更多。"

"我只说一句话，兰德师傅，"我对捕鲸手说，他正准备去骚扰另一棵椰子树，"椰子是好东西，但是，在装满小艇之前，确认一下这个岛是不是出产同样有用的东西，我看是明智之举。新鲜蔬菜会大受鹦鹉螺号厨房欢迎的。"

"先生说得对，"康赛议回答，"我建议在我们小艇上留出三个位置，一个放水果，一个放蔬菜，一个放野味，但我连半个猎物都还没看到呢。"

"康赛议，没必要失去希望。"加拿大人回答。

"那么我们继续探索吧，"我又说，"但要时刻警备着。尽管这个岛看上去荒无人烟，但也有可能隐藏着什么东西，对于野味可不比我们那么挑剔！"

"嘿！嘿！"尼德·兰德说，嘴巴做了个意味深长的动作。

"怎么啦，尼德？"康赛议大声问。

"我的天，"加拿大人回答，"我开始明白吃人肉的魅力了！"

"尼德！尼德！您在胡说些什么！"康赛议反驳他，"您，吃人肉！我在您边上是不会安全了，我可还要和您住在同一个船舱啊！我会不会有一天醒来时，已经被您吃掉一半了？"

"康赛议老弟，我非常喜欢您，除非万不得已，不然我是不会把您吃掉的。"

"我不相信，"康赛议回答，"打猎去吧！绝对必须打到猎物，来满足这个吃人肉的家伙，不然哪天早上，先生就只能找到他仆人的碎片，不能伺候他了。"

我们边说着话，边走进树林阴暗的穹顶下。两小时里，我们跑遍了树林的四面八方。

我们如愿以偿地找到了能吃的植物，热带地区最实用的产品之一，给我们提供了一种船上缺乏的珍贵食物。

我想说的是面包树，在格博罗阿岛非常丰富，我主要注意到这种无籽的品种，马来语叫"里马"。

这种树不同于其他树的地方在于其树干笔直，高40英尺。树冠是优美的圆形，大叶子裂成几片，在博物学家眼里，足以证明这是"面包果"，在马斯克林群岛[1]已经成功移植。从浓密树叶中露出球形的大果实，直径有10厘米，外表凹凸不平，呈六边形。这是大自然赐予缺乏小麦地区的一种有用植物，对培植没有要求，一年有八个月结出果实。

尼德·兰德很熟悉这些果实。他在无数次旅行中已经吃过，知道怎么去准备里面可食用的东西。因此，看到这种果实，他的食欲便被激发起来，急不可待。

"先生，"他对我说，"如果我尝不到一点儿这面包树的果实，还不如去死算了！"

1　马斯克林群岛：印度洋上的群岛，马达加斯加以东洋面上的一个火山岛群，由留尼旺、毛里求斯和罗德里格斯岛等岛屿组成。

"尝吧，尼德老弟，尽情尝尝吧。我们来这儿就是尝试的，那就尝尝吧。"

"时间不会长。"加拿大人回答。

他用凸透镜点燃一堆枯枝，枯枝欢快地噼啪作响。这时，康赛议和我，我们选择了最好的面包树果实。有些果实还没有熟透，厚皮覆盖着白色的果肉，但纤维很少。其他一些，数量很大，淡黄色，呈胶质，只等着采摘时机的到来。

这些果实没有任何内核。康赛议捧了一沓给尼德·兰德。尼德把果实切成一片片厚片，放在炭火上，一边做，一边反复说："您看着吧，先生，这种面包可好吃了！"

"尤其是很久没有吃到过的时候。"康赛议说。

"甚至这不再是面包，"加拿大人补充说，"这是一种美味的糕点。先生，您从来没有吃过吗？"

"没有，尼德。"

"那好！您准备尝尝这佳肴吧。如果您不想再吃，我就不再是捕鲸王！"

过了几分钟，果实放在炭火上的部分完全炭化了。里面出现白色的面团，像柔软的面包心，有一种朝鲜蓟的味道。

必须承认，这种面包很好吃，我吃得津津有味。

"可惜，"我说，"这种东西不能保鲜太久，我看没必要大量采摘到潜艇上去。"

"恰恰相反，先生！"尼德·兰德大声说，"您以一位博物学家的身份说话，而我，以一个面包师傅的身份行动。康赛议，您再去采摘一些这种果实吧，我们回去的时候带走。"

"您怎么储存它们呢？"我问加拿大人。

"用果肉做成发酵面团，可以长期保存，不会腐烂。我想吃的时候，就在艇上的厨房里煮一下，尽管它的味道有点儿变酸，您还是会觉得很好吃。"

"那么，尼德师傅，有了这种面包，我看就什么都不缺了……"

"不，教授先生，"加拿大人回答，"还缺水果，至少还缺些蔬菜！"

"那我们就去找些水果和蔬菜吧。"

摘完面包果，我们前去补充一下这顿"陆地"餐。

我们没有白费力气，临近中午，我们摘到了大量的香蕉。这种热带地区的美味产品，一年四季都会成熟，马来人把它叫作"皮桑"，意思是生吃，不用煮。采摘香蕉时，我们还采摘了味道很刺激的巨大的雅克果、美味的芒果、大得难以置信的菠萝。这些收获占据了我们大量的时间，但也没什么可后悔的。

康赛议始终在观察尼德。捕鲸手走在前头，他穿过树林的时候，单手稳健地采摘鲜美的水果，以补全他的储藏。

"总之，"康赛议问，"尼德老兄，您什么都不缺了吧？"

"哼！"加拿大人发出这个声音。

"怎么！您还有什么抱怨的？"

"这些水果怎么能构成一顿饭，"尼德回答，"这只是饭后甜点。而汤呢？烤肉呢？"

"确实，"我说，"尼德答应我们吃上牛排，我觉得很成问题。"

"先生，"加拿大人回答，"打猎不仅没有结束，甚至还没开始呢。耐心点儿嘛！我们最终会遇到一只飞禽或者走兽，在这里遇不到，在别的地方总会遇到的……"

"今天碰不到，明天也会碰到的，"康赛议补充说，"因为咱们不应走得太远。我甚至建议回到小艇上去。"

"什么！这么快！"尼德大喊。

"咱们应该在天黑前回去。"我说。

"现在几点啦？"加拿大人问。

"至少下午2点。"康赛议回答。

"在坚实的陆地上时间过得真快！"尼德·兰德师傅喊道，惋惜地叹了一口气。

"上路吧。"康赛议回答。

我们于是穿过树林往回走，又得到了一些新食物，因为我们临时又采摘了棕榈果，这种果子必须去树冠上摘，我认出马来人叫作"阿布鲁"的四季豆和一种质量上乘的薯蓣。

我们到达小艇时，已经超负载了，但是尼德·兰德还是觉得没有采集足够的食物。不过命运眷顾他。登船的时候，他看到几棵树，高25至30英尺，属于棕榈科。这些树和面包树一样珍贵，正确地被列入马来西亚最有用的植物之中。

这是些西谷椰子，一种野生植物，像桑树一样，靠自身的根和种子繁殖。

尼德·兰德知道对待这些树的方法。他拿起斧子，拼命抢起来，不久就将两三棵西谷椰子树撂倒在地上，从散布在叶子上的白色粉末来看，可以断定树已经成熟。

我望着尼德砍树，与其说是以一种博物学家的目光，不如说是用一个饥肠辘辘的人的目光。他开始去掉每棵树厚一英寸的一长条树皮，树皮覆盖着网状长纤维的东西，形成分不开的结，黏合成一种胶状的粉末。这种粉末就是可食用的西谷米，美拉西尼亚人主要以这种东西为食。

尼德·兰德这时仅仅把树干砍成一段一段，就像他烧柴火时那样，留着之后再取出粉末，用布过滤，把粉末和纤维韧带分开，放在太阳下晒干，再放在模子里压实。

最后，下午5点钟时，我们满载而归，半小时后，小艇停靠在了鹦鹉螺号边上，就在当初离开的地方。我们到达的时候没有人出现。巨大的钢板圆锥形艇身似乎空无一人。食物被搬上了潜艇，我们下到我们的房间。我看到我的晚餐已经准备好了，吃过饭后就睡下了。

第二天，1月6日，潜艇上没有什么新鲜事。潜艇里头鸦雀无声，没有一点儿生命的迹象。小艇靠着船停着，就在原来我们停靠的地方。我们回到格博罗阿岛。尼德·兰德希望在打猎方面，运气能比昨天好，他希望能去看看树林的另一边。

我们在日出时上路。小艇被波浪带往陆地，不一会儿就到达海岛。

我们上了岸，认为最好是相信加拿大人的直觉，我们跟着加拿大人走，他的长腿把我们之间的距离拉开。

尼德·兰德往西海岸走，然后涉水蹚过了几条湍急的小河，来到高处的茂密树林环绕的平地。几只翠鸟沿着河流盘旋，但是不让人靠近。它们小心翼翼，表明这些飞禽知道跟我们这种两条腿动物打交道会招致怎样的结局。于是我断定，这个岛即使没有人居住，也会常有人迹出没。

穿过一片相当肥沃的草地后，我们来到一片小树林边上。大群的鸟在歌唱、飞舞，热闹非凡。

"还是只有鸟。"康赛议说。

"不过，有些鸟可以吃！"捕鲸手回答。

"根本没有，尼德老兄，"康赛议说，"因为我只看到普通的鹦鹉。"

"康赛议老弟，"尼德严肃地回答，"鹦鹉，对没别的可吃的人来说，就是野鸡。"

"我要补充一句，"我说，"这种鸟只要烹调得当，还是值得一尝的。"

在这树林厚厚的叶子下，确实有一大群鹦鹉在树枝间飞来飞去，等待着细心的调教，好学会说人类的语言。眼下，雄鹦鹉正围着五颜六色的雌鹦鹉和一本正经的白鹦，咕嗒咕嗒叫个不停。白鹦看起来像是在做哲学沉思。而那些鲜红的丝舌鹦，犹如一块被微风吹起来的薄纱。有簌簌响地飞翔的白鹦、有天蓝色变化细微的巴布亚鹦鹉，还有各种各样迷人但不能吃的飞禽掠过。

但有种此地特有的鸟，却没有在这些岛中出现。这种鸟从来不会飞出阿鲁群岛和巴布亚群岛的范围。不过，很快，命运就让我欣赏到了这种鸟。

我们穿过一片不太浓密的矮树林，又遇到一片荆棘丛生的平地。于是我看到一群美丽的鸟飞腾起来。它们的长羽毛排列特殊，使得它们不得不逆风飞翔。它们上下起伏地飞行，在空中形成优美的曲线，斑驳的色彩夺人眼球、令人目眩神迷。我轻而易举地就认出了它们。

"极乐鸟！"我喊道。

"鸣禽目，直肠亚科。"康赛议回答。

"是小山鹑属吗？"尼德·兰德问。

"我想不是，兰德师傅。不过，我指望着您的灵巧，打下一只热带大自然的迷人物种之一！"

"试试看吧，教授先生。尽管我比起用枪，更习惯用捕鱼叉。"

马来人用极乐鸟和中国人进行大宗交易，不择手段地捕获这种鸟，而我们却无法使用那种方法。有时，他们在极乐鸟喜欢待的树顶上下套，有时用黏性很强的粘鸟胶，使鸟动弹不了。他们甚至在极乐鸟常去的泉水中下毒。至于我们，我们不得不在它们飞行时射击，这使得我们很少有机会射中它们。事实上，我们确实用尽了一部分装备。

将近上午11点，我们翻过这个岛中央山脉的第一道山梁，却一只鸟也没有打死。我们饥饿难忍。我们这些猎人原来踌躇满志能打到猎物，可显然是错了。然而幸运的是，出乎康赛议的意料，他一箭双雕，保证了我们的午餐。他打下一只白鸽和一只野鸽，我们灵巧地将鸽子去毛，穿在铁杆子上，在枯枝点燃的一堆旺火上烤起来。在烤着两只美味动物的时候，尼德准备面包树果实。随后，白鸽和野鸽被狼吞虎咽，只剩骨头。大家都说味道好极了。这些鸟平时爱吃肉豆蔻，使得它们的肉很香，成了一道美味。

"这就像用松露养肥的小母鸡。"康赛议说。

"现在，尼德，您缺什么？"我问加拿大人。

"一只四条腿的野味，阿洛纳克斯先生，"尼德·兰德回答，"所有这些鸽子都不过是冷盘和开胃菜！因此，只要我还没有打到有排骨的动物，我就不会满足！"

"我也同样，尼德，要是我逮不到一只极乐鸟的话，我也不满足。"

"那么咱们继续打猎吧，"康赛议回答，"不过要在回海边的路上打了。我们已经到达山的前几道斜坡，我想我们最好是回到树林地区。"

这是明智的主意，大家接受了。经过一小时的步行，我们到达了一片真正的西谷椰子林。几条不具攻击性的蛇从我们脚下溜走。极乐鸟在我们靠近时就躲了起来，逮不到它们我实在是失望。这时，走在前面的康赛议突然弯下了腰，发出一声胜利的喊声，回到我身边，带着一只美丽的极乐鸟。

"啊！棒极了！康赛议！"我大声说。

"先生过奖了。"康赛议回答。

"不，我的好小伙儿，你真能干。活捉了一只极乐鸟，而且是徒手活捉！"

"如果先生凑近观察一下，就会发现我没有什么了不起的。"

"为什么，康赛议？"

"因为这只鸟醉了，就像一只鹌鹑一样。"

"醉了？"

"是的，先生，它在豆蔻树下吃了太多豆蔻，就醉了。我就是在那儿逮到它的，您看，尼德老兄，无节制地贪食后果有多可怕！"

"见鬼！"加拿大人反驳说，"两个月来我只喝了一点儿金酒，没必要责备我！"

其间，我观察这只奇怪的鸟。康赛议没有骗我。极乐鸟被这上头的汁液迷醉了，处于浑身无力的状态。它飞不起来了，只是勉强能走。这并不使我担心，我会让它醒酒的。

这种鸟是巴布亚和附近群岛八种鸟中最美的。这是"大翡翠"极乐鸟，最罕见的一种，身长30厘米，相对来说头比较小，眼睛靠近喙，也很小。但是它通身色彩变幻又统一，喙是黄色的，脚爪是棕色的，翅膀是浅褐色，但尖端是紫红色，脑袋和颈后淡黄色，脖子是碧绿色，肚子和前胸是深栗色。两根角质、毛茸茸的网状物竖起在尾巴上，轻巧的、极其精细的长羽毛拖在尾巴上，这些颜色和羽毛使这种神奇的鸟儿整体完美无缺，当地人诗意地取名为"太阳鸟"。

　　我非常希望能把这个美丽的极乐鸟样品带回巴黎，赠送给植物园，那里一只活的极乐鸟都没有。

　　"这确实很罕见吗？"加拿大人问，用的是极少从艺术角度去评价猎物的猎人的口气。

　　"很罕见，我正直的同伴，尤其很难捉到活的。即使死了，这种鸟仍然是很重要的非法交易物。因此，当地人想办法造假，就像造假珍珠和钻石那样。"

　　"什么！"康赛议嚷道，"有人制造假的极乐鸟？"

　　"是的，康赛议。"

　　"先生知道当地人的造假方法吗？"

　　"知道得一清二楚。在季风时节，极乐鸟尾巴周围的美丽羽毛要脱落，博物学家把这种羽毛称为副翅羽。造假鸟的人搜集这些羽毛，把它们灵巧地插入事先被拔掉尾巴毛的可怜的虎皮鹦鹉身上。然后将缝合的地方染色，加以粉饰，再把这种用特殊工艺加工的产品卖给欧洲的博物馆和收藏家。"

　　"真厉害！"尼德·兰德说，"即使不是那种鸟，但总是它的羽毛。只要那种东西不是拿来吃的，我看不出有什么太大的坏处！"

但即便我的愿望因为拥有这只极乐鸟而得到了满足，加拿大人的愿望却仍然得不到满足。幸亏下午2点左右，尼德·兰德击倒一只肥壮的野猪，当地人称为"巴里·乌汤"。这畜生来得正好，很受欢迎，让我们得到了真正的四条腿动物的肉。尼德·兰德对他那一枪扬扬得意。野猪被电光弹击中，直挺挺地倒在地上死了。

加拿大人把它剥皮，把内脏掏干净，剔除半打排骨，准备烤好了当晚饭。接着，我们重新开始打猎，尼德和康赛议的战绩仍然值得关注。

两个朋友拍打着灌木丛，惊扰了一群袋鼠，只见它们靠着有弹性的矫健双腿一蹦一跳地逃散开去。但这些动物逃得再快，还是被电光雷管击倒在了逃亡途中。

"啊！教授先生，"尼德·兰德大喊，打猎的狂热已经袭上他的脑袋，"多么美妙的野味啊，尤其是炖熟了！对鹦鹉螺号来说，这是多好的储备啊！两只！三只！地上有五只！我们要吃光这些肉，而船上那些蠢货一点儿都吃不到，光是想想就满足啊！"

我相信，在这种极度的兴奋中，加拿大人要不是滔滔不绝地说话，真的会把整群袋鼠都杀光！但是他仅仅打死了12只这种有趣的有袋类动物。这些动物属于无胎盘哺乳类动物中的第一目——康赛议这样告诉我们。

这些动物体形很小。这是一种"兔袋鼠"，习惯睡在树洞，速度极快。即便它们体形不算大，但它们至少能提供相当可观的肉食。

我们对打猎的成果非常满意。喜笑颜开的尼德提议第二天再到这个迷人的岛屿，他想把全部可吃的四条腿动物吃光。但是他没想到会出事。

傍晚6点，我们回到海滩上。我们的小艇停在原来的地方。鹦鹉螺号好像一长条暗礁，在离海岸两海里的地方露出海面。

尼德·兰德毫不耽搁，忙着准备晚饭。他对于做饭已经驾轻就熟。"巴里·乌汤"的排骨在炭火上烤着，不久就散发出香味，熏香了空气！

但是我发现我也在步加拿大人的后尘。在烤新鲜野猪排面前也被迷住了！请原谅我，就像我为了同样的理由，原谅兰德师傅那样。

说到底，这顿饭味道好极了。两只野鸡使这非同一般的菜单更加完美。西谷椰子粉做的面条，面包果做的面包，几个芒果，半打菠萝，一些椰子的发酵汁，简直让我们喜上眉梢。我甚至感觉我的两个好伙伴有些晕乎了。

"今晚我们不回鹦鹉螺号了吧？"康赛议说。

"我们永远不回去了吧？"尼德更进一步。

就在这时，一块石头落到我的脚边，打断了捕鲸手的提议。

第二十二章

尼莫船长的雷击

　　我们望着树林那边，没有站起来。我往嘴里塞东西的手停在了半路，尼德·兰德的手还是完成了送食动作。

　　"一块石头不会莫名其妙从天而降，"康赛议说，"要么可以说是陨石。"

　　第二块石头，磨得圆圆的，从康赛议手上把一只美味的野鸡腿打掉了，更是给他的判断增加了分量。

　　我们三个人都站了起来，举起枪，准备回应一切攻击。

　　"难道是猴子？"尼德·兰德大声说。

　　"差不多，"康赛议回答，"是野蛮人。"

　　"上船！"我边说边朝海边走去。

　　确实应该且战且退，因为二十来个土著带着弓箭和投石器，把右边的地平线遮住了，离我们也就100步左右的地方，出现在一片矮树林边上。

　　我们的小艇停在离我们10托阿斯远的地方。

　　土著人向我们逼近，没有奔跑，但是来势汹汹。石头和箭头如雨点般向我们砸来。

尼德·兰德不想抛弃他的食物，尽管非常危险，他还是一边夹着野猪肉，一边夹着袋鼠肉，动如脱兔。

两分钟内，我们抵达沙滩。把食物和武器装上小艇，把它推到海里，拿好两支桨，这只是一刹那的事。我们还没有划出两链远，100个野蛮人已经大喊大叫，手舞足蹈，蹚水到了及腰深的地方。我观察着他们的出现是不是引起了鹦鹉螺号平台上船员的注意。但是没有。巨大的机器就躺在公海上，绝对没有人影。

20分钟以后，我们登上潜艇。盖板是开着的。把小艇系好以后，我们就回到了鹦鹉螺号里头。

我下到客厅，里面传出几声琴声。尼莫船长在里面，屈身在他的管风琴上，沉醉在他的音乐之中。

"船长！"我对他说。

他没听见我说话。

"船长！"我又说，用手碰了碰他。

他哆嗦了一下，转过身来："啊！是您，教授先生？"他对我说，"打猎尽兴吧？成功地采集了植物标本吧？"

"是的，船长，"我回答，"但不幸的是，我们招惹来了一群两条腿动物，与他们为邻让我觉得不安。"

"什么两条腿动物？"

"野蛮人。"

"野蛮人！"尼莫船长用讽刺的口气回答，"教授先生，您踏上地球上的一块陆地，您在那里遇到野蛮人，有什么好惊讶的呢？野蛮人，哪儿没有呢？再说，您称之为野蛮人的人，他们比其他人更坏吗？"

"不过，船长……"

"对我来说，先生，我到处遇到野蛮人。"

"好吧，"我回答，"如果您不想在鹦鹉螺号上接待他们，您最好多留个神。"

"放心吧，教授先生，没什么好操心的。"

"但这些土著人，人数众多。"

"您数过有多少吗？"

"百来个吧，至少。"

"阿洛纳克斯先生，"尼莫船长回答，他的手指放回了琴键上，"即使巴布亚所有的土著民都聚集到这片海滩上，鹦鹉螺号也丝毫用不着害怕他们的攻击！"

船长的手指于是在琴键上飞跑起来，我注意到他只弹黑色键，这使他的旋律带有一种苏格兰式的基调。很快，他忘记了我的存在，沉入了梦幻之中。我也不再试图驱散他的遐思。

我又登上平台。黑夜已经降临，因为在这样的低纬度地区，太阳落得很快，没有黄昏。我只能隐约地看到格博罗阿岛的影子。但海滩上点燃了许多火把，表明土著人并不想放弃进攻。

我就这样独自待了几小时，一会儿想着这些土著——不过并不是惧怕他们，因为船长不可动摇的信心感染了我，使我不一会儿就把他们忘记，来欣赏这热带地区壮美的夜。我的思绪又飞向了法国，因为黄道带的星星再过几小时就要照耀法国。月亮在天顶的星空中熠熠生辉。于是我想，这颗忠诚又乐于助人的卫星后天会回到同一个位置，掀起波涛，将鹦鹉螺号从珊瑚礁上摆脱出来。临近午夜，我看到昏暗的波涛，岸边树丛下一切鸦雀无声。我回到自己的舱室，平静地睡下了。

一晚上过去，没有发生不幸的事。只看到有只怪物停在海岸，巴布亚人一定是害怕了，因为舱盖是敞开的，这是给他们提供机会，他们可以轻而易举地进入鹦鹉螺号。

1月8日早晨6点，我又登上平台。晨雾散去了。不久，岛露了出来。透过消散的雾，先是海滩，然后是山顶。

土著民始终在那里，人数比昨天更多——也许有五六百人。有些人利用退潮，前进到珊瑚礁顶上，离鹦鹉螺号不到两链。我轻而易举就看清了他们。这些是真正的巴布亚人，个头魁梧，是优秀的人种，天庭饱满，鼻子虽大，但不扁平，牙齿雪白。羊毛一般的松软卷发，染成红色，身体黝黑发亮，跟努比亚人[1]一样，衬托得红发更加耀眼。耳垂割开，紧绷，吊着骨串。这些野蛮人一般赤身裸体。在他们中间，我注意到几个女人，从胯部到膝盖，穿着草编的女裙，用一条植物腰带系着。有些首领脖子上戴着月牙形饰物和红白两色玻璃珠项链。几乎所有人都拿着弓、箭和盾牌，肩上挎着一种网袋，里面装着圆石，他们的投石器能够灵巧地把石头投射出去。

首领之一相当靠近鹦鹉螺号，并仔细观察着它。他应该是地位很高的"玛多"，因为他披着一张用香蕉叶做成的席子，边上呈锯齿形，鲜艳的颜色使之显得突出。

这个土著离我很近，我可以轻而易举地把他击倒，但我想最好还是等他先真正表现出敌对行为，我再进行自卫还击。在欧洲人和野蛮人相遇时，欧洲人最好不要攻击，而是以还击为好。

在退潮的整段时间里，这些土著在鹦鹉螺号附近徘徊，但是他们没有吵吵闹闹。我听到他们不断重复着一个词"阿塞"。从

---

1 努比亚人：东北非沙漠地区的居民。

他们的手势我明白了，他们邀请我到陆地去，不过我想还是拒绝为好。

所以，这一天，小艇没有离开潜水艇。这令不能补充食物的兰德师傅非常扫兴。这个灵活的加拿大人利用他的时间，准备好他从格博罗阿岛带回来的肉和粉。至于野蛮人，他们在上午11点左右回到陆地，这时珊瑚礁的顶部开始消失在涨潮的波涛下面。但是我看到海滩上的人数明显增多了，他们有可能来自附近的岛，或者来自巴布亚本岛。可是，我没有看到一条土著的独木舟。

海水非常清澈，能让人看到大量的贝壳、动物形植物和深海植物。我就想着可以在这水中捕捞贝壳，反正也没有什么更好的事情可做。况且，如果鹦鹉螺号第二天能在涨潮时漂浮起来，就像尼莫船长所承诺的那样，那这就是我们在这片海域度过的最后一天了。

于是我把康赛议叫来。他给我拿来了一张轻巧的小网，和捕捞牡蛎那种网差不多。

"这些野蛮人会怎样啊？"康赛议问我，"先生别见怪，在我看来他们并不那么坏啊！"

"这些人可是会吃人肉的啊，我的好小伙儿。"

"他们可以吃人，又可以很正直，"康赛议回答，"就像可以贪吃，但也诚实一样。两者并不互相排斥。"

"好！康赛议，我同意你的话，他们是正直地吃人肉，就让他们正直地吞噬他们的俘虏吧。但说实话，我并不想被他们吞噬，即便是正直地吞噬。我还是要严加防备，因为鹦鹉螺号的船长好像没有采取任何预防措施。现在，咱们干活儿吧。"

我们的捕捞卖力地进行了两小时但没有抓到任何稀罕的东

西。小网装满了米达鲍鱼、竖琴螺、黑贝，特别是一些我之前都没有见过的漂亮的槌贝。我们也捞到一些海参、珍珠牡蛎和一打小海龟，都准备送到潜艇上的配菜室。

可是，就在我最料想不到的时候，我的手摸到一样珍宝，更准确地说摸到了十分罕见的天然变形贝。康赛议刚撒下一网，拉上来的网装满了各种各样相当普通的贝壳。突然，他看见我蓦地把手伸进网里，取出一只贝壳，发出一声贝类学者的喊叫，也就是说，人的喉咙所能发出的最尖厉的叫声。

"啊！先生怎么了？"康赛议非常吃惊地问，"先生被什么东西咬了？"

"没有，我的好小伙儿，不过，我宁愿用我的一根手指去交换我的发现！"

"什么发现？"

"就是这个贝壳。"我亮出了我的战利品。

"但这只不过是个斑岩虎蛤啊，斧蛤属，斧蛤目，腹足纲，软体动物门……"

"是的，康赛议。但这个斧蛤的螺纹不是从右向左转，这个斧蛤的螺纹是从左向右的！"

"这可能吗！"康赛议嚷嚷。

"是的，我的好小伙儿，这是一只左旋斧蛤！"

"一只左旋斧蛤！"康赛议重复一遍，心怦怦直跳。

"你看看它的螺塔吧！"

"啊！先生可以相信我，"康赛议边说边用颤抖的手拿起珍贵的贝壳，"我可是从来没有这么激动过！"

他的确有理由激动！众所周知，确实像博物学家指出的那样，右旋是大自然的一种规律。天体和它们的卫星，无论是公转还是自转，都是从右到左。人更多也是用惯右手，而不是左手，因此，人的工具和器械、扶梯、锁、钟表的法条等，都是以使用起来从右到左这样一种原则来安排的。大自然通常也遵循这条规律来安排贝壳螺纹的旋转方向。除了罕见的例外，贝壳的螺纹都是右旋的。偶尔碰上螺纹左旋，收藏家会以黄金的价格来购买。

康赛议和我，沉浸获得珍宝的喜悦中，我打算用它来丰富自然博物馆。不幸的是，正在这时，一块土著民扔过来的石头砸碎了康赛议手中的宝物。

我发出绝望的喊声！康赛议扑向他的枪，瞄准一个离他10米远，正在摆弄投石器的野蛮人。我想阻止他，但是他已经开枪了，打碎了土著胳膊上吊着的附身手环。

"康赛议！"我大声叫道，"康赛议！"

"怎么！先生没看到这个吃人的野蛮人已经开始进攻了吗？"

"一个贝壳不值一条人命！"我对他说。

"啊！无赖！"康赛议喊道，"我宁愿他打碎的是我的肩膀！"

康赛议是真挚的，但我不同意他的想法。可是情况已经变化好一会儿了，只是我们没有察觉。20多条独木舟已经把鹦鹉螺号团团围住。这些独木舟是由掏空了的树干制成的，体形狭长，构造适宜行驶，靠浮在水面上的两根竹竿子保持平衡。划船的人半裸而灵巧，看到他们划过来我不免担心。

很明显，这些巴布亚人已经和欧洲人有来往，他们认识欧洲人的船。但是，这长长的钢铁圆柱体停在海湾，没有桅杆，没有烟囱,他们会怎么猜想呢?反正不是什么好猜想,因为他们起先避而远之。但看到它一动不动,他们逐渐恢复了信心,试图同它亲近。然而,正是这种亲近,是应该避免的。我们的武器爆破声不大,对这些土著只能产生轻微的效果,他们只对轰隆作响的武器心怀敬畏。没有雷霆的滚动声,霹雳也不怎么吓人。虽然闪电是危险的,但没有太大声响。

这时,那些独木舟更靠近鹦鹉螺号了,箭如乌云般落向潜艇。

"见鬼!下冰雹了!"康赛议说,"说不定是有毒的冰雹呢!"

"必须通知尼莫船长。"我说着,进了舱口。

我来到客厅,找不到人。我壮着胆子去敲船长的房门。

里面应了一声"请进"。我走了进去,发现尼莫船长沉浸在他的计算之中,面前全是X和其他代数符号。

"我打扰您了吧?"我有礼貌地问。

"确实如此,阿洛纳克斯先生,"船长回答我,"但我想您一定是有什么要紧事来找我吧?"

"非常要紧的事。土著的独木舟把我们包围了,过几分钟,我们肯定会受到几百个野蛮人的围攻。"

"啊!"尼莫船长沉着地说,"他们驾着独木舟来的吗?"

"是的,先生。"

"那么,先生,把舱盖关上就足够了。"

"正是,我就是来告诉您……"

"再简单不过了。"尼莫船长说。

他按了一下电钮,把命令传达给值班水手。

"办妥了,先生,"过了一会儿,他对我说,"小艇放回了原处，舱盖关上了。您不必害怕，我想，连你们驱逐舰的炮弹都不能损坏的钢铁壁垒，这些先生能打穿吗？"

"打穿不了，船长，但是仍然存在一个危险。"

"什么危险，先生？"

"就是，明天，在同样时间，必须重新打开舱盖给鹦鹉螺号换空气……"

"毫无异议，先生，因为我们的潜艇像鲸鱼一样要呼吸。"

"可是，如果这时巴布亚人占据平台，我看不出您有什么办法阻止他们进来。"

"所以，先生，您是觉得他们会登上潜艇吗？"

"我对此很确定。"

"那么，先生，让他们上来吧。说到底，这些可怜虫，这些巴布亚人，我不希望我来访格博罗阿岛，要让哪怕一个不幸的人付出生命！"

听他说完，我正要告退。但是尼莫船长留住了我，并邀请我坐在他边上。他饶有兴趣地问我到陆地探索的情况，我们的打猎，而且好像不明白为什么那个加拿大人会如此激动地渴求吃肉。然后，谈话涉及了各个方面，虽然尼莫船长不比以前更有情感表露，但却显得更加亲切了。

除了别的事，我们谈到鹦鹉螺号的现状，我们恰好停在当年杜蒙·杜维尔差点儿出事的地方。由此引出他的一段话：

"这个杜维尔是你们伟大的，也是最聪明的航海家之一！他是你们法国人的库克船长。不幸的学者！他挑战南极大浮冰、大洋洲的珊瑚礁、太平洋的食人族，却惨死在一辆火车里！如果这个强有力的人在生命的最后时刻能够思考，您猜想他最后的思考会是什么？！"

这样说着，尼莫船长显得很激动，我把这种激动看作是积极的表现。

然后，我们拿起航海图，重温这位法国航海家的业绩：他的环球旅行，那两次南极旅行的尝试，最后使他发现了阿德里陆地和路易·飞利浦陆地，最后是他在大洋洲主要海岛进行的水文测量。

"你们的杜维尔在海上所做的事，"尼莫船长对我说，"我在海底下也做了，我做得更容易，比他更全面。星盘号和泽莱号受到风暴的不断颠簸，抵不上鹦鹉螺号这间工作室，真正的水中隐士！"

"但是，船长，"我说，"在杜蒙·杜维尔的两艘三桅船和鹦鹉螺号之间，有一点相似之处。"

"什么相似之处，先生？"

"就是鹦鹉螺号像它们一样搁浅了！"

"鹦鹉螺号没有搁浅，先生，"尼莫船长冷冷地回答，"鹦鹉螺号本来就能够停在海床上，而杜维尔需要费尽力气才能让他的三桅船浮起来，我却不需要。星盘号和泽莱号差点儿遇难，但我的鹦鹉螺号却安然无恙。明天，在我说过的日子，说过的时间，潮水会使它安然地浮起，它会重新起航，穿过海洋。"

"船长，"我说，"我不怀疑……"

"明天，"尼莫船长站起来，又补上一句，"明天，下午2点40分，鹦鹉螺号会漂浮起来，完好无损地离开托雷斯海峡。"

这句话说得很干脆，尼莫船长微微弯一下腰。这是示意我可以离开了，我便回到了自己房间。

房间里，我看到康赛议，他很想知道我和船长会面的结果。

"我的好小伙儿，"我说，"当我表示以为他的鹦鹉螺号会受到巴布亚的土著威胁时，船长的回答充满了讽刺的口吻。所以我只有一件事可以告诉你：相信他吧，安心睡觉。"

"先生不需要我做什么吗？"

"不需要，我的朋友。尼德·兰德在干吗？"

"请先生原谅，"康赛议回答我，"尼德·兰德在做袋鼠肉糜，这会是一道佳肴！"

剩下我一个人，我躺下睡觉，但难以入眠。我听到土著的吵闹声，他们在平台上跺脚，发出震耳欲聋的喊声。这一宿就这样过去了，船员还是一如既往地了无生趣。他们完全不担心这些食人族的存在，就像结实的装甲车不关心在它护板上爬的蚂蚁一样。

早上6点钟，我起床。舱盖没有打开，因此没有新鲜空气进入潜艇。但找到机会就装满的储气罐运作良好，给鹦鹉螺号的缺氧空气注入了几立方米的氧气。

我在房间里一直工作到中午，哪怕一会儿也没看到尼莫船长。潜艇似乎没有做任何出发的准备。

我又等了一会儿，然后去到大客厅。挂钟指着下午2点半。再过10分钟，潮水就要达到最高点，如果尼莫船长的诺言不至于太鲁莽的话，鹦鹉螺号应该马上就要起航了。否则，它要离开珊瑚礁，就要再等上好几个月。

不久，艇身可以感到震动的前兆。我听到底部珊瑚礁凹凸不平的石灰质在船壳上摩擦的咯吱声。

下午2点35分，尼莫船长出现在客厅里。

"我们就要出发了。"他说。

"啊！"我说。

"我已经下达命令打开舱盖。"

"巴布亚人呢？"

"巴布亚人？"尼莫船长回答，微微耸了耸肩。

"他们不会冲进鹦鹉螺号吗？"

"怎么？"

"通过您让人打开的舱盖。"

"阿洛纳克斯先生，"尼莫船长平静地回答，"即使鹦鹉螺号的舱盖开着，也不那么容易进来。"

我望着船长。

"您不理解吗？"他问我。

"完全不能。"

"那么，您来看看。"

我走向中央梯子。尼德·兰德和康赛议在那里非常困惑地看着几个船员打开舱盖，而外面愤怒的喊声和可怕的叫骂声已经震耳欲聋。

舱盖朝外打开。二十几张凶神恶煞的脸显露出来。但是，第一个把手放在梯子栏杆上的土著，被一种不可见的我也说不上来是什么的力量抛向后面，逃逸而去，一面发出可怕的喊声，乱蹦乱跳。

他的10个同伴步他的后尘。10个人遭遇了同样的命运。

康赛议看得发呆。尼德·兰德生性暴力，冲向楼梯。可是，当他双手抓住栏杆时，也被掀翻了。

"真是见鬼！"他嚷道，"我被雷劈了！"

这句话使我茅塞顿开。这不再是栏杆，而是一根金属电缆，接通了潜艇上的电，通到平台。不管是谁，只要碰到它都会感到强烈的打击——要是尼莫船长把潜艇上所有的电都通到这根导体上，这种电击将会是致命的！甚至可以说，在攻击者和他之间，他铺开了一道电网，谁想通过都得受到惩罚。

受了惊吓的巴布亚人被击退了，惊魂未定。我们半开玩笑地安慰着可怜的尼德·兰德，给他按摩，他像个恶魔附体的人一样咒骂。

但这时候，鹦鹉螺号被最后的涌浪抬了起来，离开了珊瑚礁的凹槽，时间正好是船长确定的下午2点40分。螺旋桨缓慢而稳当地拍打海水。潜艇在洋面上航行，速度逐渐加快，安然无恙地甩开了托雷斯海峡的危险通道。

第二十三章

AEGRI SOMNIA[1]

第二天，1月10日，鹦鹉螺号又在水面下航行，不过速度惊人，我估计不低于35海里每小时。螺旋桨的速度快得我都跟不上它的旋转，也数不出转的圈数。

我想，这神奇的电力不仅仅给予鹦鹉螺号动力、热和光，甚至还保护它不受攻击，把它变成一个圣约柜[2]，任何冒犯它的人一触到它，无不受到电击。我对这台机器的赞赏之情已经无限膨胀，随即这种赞赏又转移到创造这台机器的人身上。

我们直接往西驶去。1月11日，我们绕过维塞尔角，它位于东经135度，北纬10度，构成卡庞塔利亚海湾的东端。暗礁依然众多，但分布比较稀疏，都极其精确地被标在了地图上。鹦鹉螺号轻而易举地避开了左舷那边的摩尼暗礁，右舷那边的维多利亚暗礁。后者位于东经130度，北纬10度，我们严格地沿着这第十条平

1　拉丁语：一个病人的梦魇。出自古罗马诗人贺拉斯的代表作《诗艺》。
2　圣约柜：又称法柜，是古代以色列民族的圣物，"约"是指上帝跟以色列人所订立的契约，约柜就是放置这份契约的柜子。因为是圣物，所以任何人不得擅自触摸，根据《圣经》记载，有人因为擅自触摸约柜而被雷击致死。

行线行驶。

1月13日，我们到达了帝汶岛海面。尼莫船长对这座位于东经122度的岛有所了解。这个岛面积是1625平方法里，由印度王公统治。这些王公自称是鳄鱼的子孙，就是说出生于人类能够追溯的最古老的起源。因此，他们那些披着鳞片的祖先在岛上的河流里大量繁殖，成为特别受崇拜的对象。大家保护它们，宠爱它们，奉承它们，供养它们，还要献上面团做的年轻姑娘，让敢于把手伸向这些圣蜥蜴的外来人倒霉。

但鹦鹉螺号和这些丑陋动物没有任何纠葛要梳理。帝汶岛在中午大副测量方位时露了一下脸便隐匿不见。同样，我只瞄了一眼罗地小岛，它属于帝汶群岛。岛上女人的美貌已经享誉马来市场。

从这里开始，鹦鹉螺号改变了航向，朝西南行驶。这个海角面向印度洋。尼莫船长心血来潮，会把我们带往何方？他要重回亚洲海岸吗？他要靠近欧洲海岸吗？对于一个要逃避有人居住的大陆的人来说，不太可能下定这样的决心！那么他是要南下吗？他要绕过好望角和合恩角，推进到南极吗？他最终还要返回太平洋吗？在那里，他的鹦鹉螺号航行轻松自如，独立自在。未来会告诉我们。

过了卡地亚暗礁、海博尼亚礁、塞林加帕坦礁、司各特礁这些陆地和海洋相争的最后据点，1月14日，我们就远离陆地了。鹦鹉螺号的速度却古怪地放慢了，上下反复无常，时而潜入水中，时而浮上海面。

在这段航行里，尼莫船长在不同深度、不同水温中做有趣的实验。在通常情况下，测量数据是用相当复杂的仪器获得的，但数据结果却是值得怀疑的，因为温度探测器的玻璃往往在水压下破碎了，而有的仪器则根据通电流的金属抵抗的变化来测定。这样获得的结果得不到充分的控制。相反，尼莫船长亲自到深海去测量温度，他的温度计和各层海水接触，马上准确地显示出测量度数。

就这样，有时靠储水罐注水，有时靠侧翼倾斜下沉，鹦鹉螺号相继下到3000米、4000米、5000米、7000米、9000米和10,000米的深度。这些实验的最后结果是，在不同纬度，1000米深的海水是一样的温度4.5摄氏度。

我以最强烈的兴趣关注着这些实验。尼莫船长可以说是乐此不疲。我往往寻思着，他做这些观察的目的何在。为了让人类利用吗？显然不可能，因为有朝一日，他的工作成果会随着他一起葬身不知哪个海里！除非他把实验的结果留给我。但这就得承认，我这次奇特的旅行会有一个期限，而这个期限，我目前还看不出来。

无论如何，尼莫船长同样让我知道他所获得的数据，这些数据形成了地球主要海洋水密度的报告。从这种交流中，我得出与科学无关的个人教诲。

1月15日上午，我和船长在平台上散步。他问我，是不是知道海水的不同密度。我说不知道，我还补充说，这方面科学缺乏精确的观察。

"这些观察我已经做过了，"他对我说，"我可以肯定这些观察的可靠性。"

"好，"我回答，"但是鹦鹉螺号是一个特殊的世界，船上学者的秘密传不到陆地。"

"您说得对，教授先生，"他沉默了一会儿，对我说，"这是一个特殊的世界，它和陆地格格不入，就像太阳周围和地球相伴的那些行星和地球不相干那样，地球上的人永远不会了解到土星或者木星上的学者们的研究。但是，既然命运把我们这两个生命联结在一起，我可以把我的观察结果告诉您。"

"我洗耳恭听，船长。"

"教授先生，您知道海水比淡水密度大，但海水密度不是处处一样的。事实上，如果我把淡水的密度用1来表示，大西洋海水的密度就是1又千分之28，太平洋海水的密度是1又千分之26，地中海海水的密度是1又千分之30……"

"啊！"我想，"他还去地中海冒险过吗？"

"爱琴海的海水密度是1又千分之15，亚得里亚的海水密度是1又千分之29。"

可以断定，鹦鹉螺号没有躲开欧洲船只经常往来的海域。我得出结论——或许过不了多久，他会带我们去更加文明的大陆。我想，尼德·兰德知道这个特殊情况自然会很满意。

有几天，我们就在各种实验中度过，有关于不同深度的海水含盐度，有关于海水带电的情况，关于海水的颜色，关于海水的透明度。在所有这些实验过程中，尼莫船长表现出的机敏，只有他对我的好意能与之相比。然后，我又有好几天见不到他，重新孤孤单单地在潜艇上待着。

1月16日，鹦鹉螺号似乎停在海面下只有几米处沉睡了。它的电动设备没有启动，螺旋桨一动不动，任由潜艇顺着海流漂荡。我想，由于机器的激烈机械运动，潜艇忙于内部修理，这是必然的。

于是我的两个同伴和我，目睹了有趣的一幕。客厅的舷窗护板打开了，由于鹦鹉螺号的舷灯没开，海水一片朦朦胧胧。风雨欲来的天空布满厚厚的云层，使大洋的表层也缺乏亮度。

我在这种条件下观察海面，最大的鱼在我看来也只是朦胧的影子。这时，鹦鹉螺号内部突然转而灯火通明。我起先以为舷灯又亮了，将电灯光投射到海水里。迅速观察之后，我发现了自己的错误。

鹦鹉螺号漂浮在一层被磷光照亮的海水里，在这片黑暗中，磷光变得光彩夺目。它来自数不胜数的发光微生物，在闪光潜艇的金属壳上滑动，增加了亮度。于是我发现，发亮的海水的光，就像熔炉里熔化了的铅水，或者白热化的金属块。这样，在对比之下，某些明亮的部分在火红之中反倒显得阴暗，而一切阴暗似乎应该从火红中排除出去。不！这不再是我们习惯的照明灯发出的平静辐射！那里有一种奇特的活力和运动！这种光，会让你觉得有生命！

其实，这是一群无数的深海纤毛虫、粟粒状夜光藻。它们是真正的半透明小水母球，拥有极细的触角，30立方厘米的水里竟然能容纳25,000个。由于水母、海星、海月水母、海笋和其他发磷光的动物形植物所特有的光，光亮加倍增加。这类动物形植物浸透了海水分解的有机物油脂，或许还浸透了鱼分泌出来的黏液。

几小时里，鹦鹉螺号漂浮在这种发光的水里。看到大型海洋动物，比如蝾螈，在水里嬉戏，我们便越发赞羡了。在这片不燃烧的火中，我看到优雅而动作迅速的鼠海豚，它们是海洋中不知疲倦的小丑。还有三米长的剑鱼，它们是风暴的机智预言家，有时它们会用巨大的鳍敲击客厅的舷窗玻璃。然后出现的是比较小的鱼，各种箭鱼、跳跃的皇后鱼、狼鱼，以及其他上百种鱼，它们游过这片发光的水时，划出一道道水纹。

这种令人炫目的景象充满魅力！或许是某种大气条件增加了这种现象的强度？又或许是海上风暴骤起？但在几米之下的深度，鹦鹉螺号觉察不到狂风暴雨，它在平静的水中安然地摆动着。

我们就这样前进着，不断为新的奇景所陶醉。康赛议观察着这些动物形植物、节肢动物、软体动物和鱼，并进行分类。日子一天天飞逝如梭，我也不再计算。尼德，照旧想要改变船上的日常。我们成了真正的蜗牛，成天待在我们的壳里，我断言，变成一只真正的蜗牛是很容易的。

所以，这样的生存方式对我们来说是容易的、自然的，我们甚至不再去想着和我们生活在陆地表面时有什么区别。这时发生一件事，使我们想起我们处境的奇异。

1月18日，鹦鹉螺号位于东经105度、南纬15度的海域。天气恶劣，海面状况艰险，波涛汹涌。大风从东面刮过来。气压计几天以来一直在下降，预示着一场风暴即将来临。

我爬上平台，这时大副在测量时角。我像往常一样，等着他说出每天那句话。但是这一天，这句话被另一句我同样听不懂的句子代替了。我几乎立刻看见尼莫船长出现了，他举着望远镜，目光朝天际那边望去。

有几分钟，船长矗立不动，没有离开视域封闭的那个点。随后，他放下望远镜，和大副交流了十来句话。大副看起来非常激动，但还在努力克制，不过显然也是徒劳。尼莫船长比他还能克制，始终保持冷静。另外，看起来船长提出了一些反对，而大副非常确凿地给出了回应。至少，从他们语气和手势的差异中，我可以这样理解。

至于我，我仔细注视他们观察的方向，却什么都没有发现。水天一色，清晰地混合在天际。

　　尼莫船长从平台的这一头走到另一头，没有看我，也许是没有看见我。他的步履坚定，但没有平常的规整。他有时停下来，双臂抱在胸口，观察着海面。他在这广袤的空间里寻找着什么呢？鹦鹉螺号这时离最近的海岸也有几百海里啊！

　　大副又拿起望远镜，固执地瞭望天际，走来走去，跺着脚，他神经质的躁动和他的上司形成鲜明对比。

　　再说，这个秘密必将真相大白，因为不久，按照尼莫船长的命令，机器加大了驱动力，让螺旋桨转得更快。

　　这时候，大副又把船长的注意力吸引了过去。船长停止了走动，将望远镜对准那个指定的点观察了很久。我呢，受到好奇心的驱使，回到客厅，取来我平时使用的高倍望远镜。我把它靠在平台前面突出的舷灯外罩上，准备好观测海天相接的画面。

　　但是，望远镜还没架上我的眼睛，就被人从我手里一把夺了过去。

　　我转身。尼莫船长站在我面前，但我认不出他来了。他的面容完全变了个样。他的眼睛闪耀着阴沉沉的火花，深陷在皱起的眉毛下面，牙齿半露出来。他的身子僵直，双拳紧握，脑袋缩在肩膀之间，表现出强烈的仇恨，他整个人将这种仇恨袒露无疑。他一动不动。我的望远镜从他手中跌落下来，滚到他脚边。

　　难道是我刚刚在不知不觉中，引起了这种愤怒的姿态吗？这个难以理解的人，难道他以为我发现了什么鹦鹉螺号上面禁止客人知道的秘密吗？

　　不！这种仇恨不是冲着我来的，因为他根本不看我，他的眼睛执着地盯住天际那个谜一般的点。

终于，尼莫船长恢复了自我克制。刚才剧变的面容回到了往日的平静。他用我听不懂的语言对大副说了几句话，然后向我转过身来。

"阿洛纳克斯先生，"他用相当威严的口气对我说，"我要求您遵守您和我之间缔结的一个约定。"

"什么约定，船长？"

"必须把您和您的两个同伴关起来，直到我认为可以还你们自由。"

"您是主人，"我边回答边盯着他的眼睛，"但是我能向您提一个问题吗？"

"不能提任何问题，先生。"

听到这句话，我再也没有什么可争论的了，只有服从，因为任何反抗都无济于事。

我重新下到尼德·兰德和康赛议共用的那个舱室，把船长的决定告诉他们。我让读者自己去想加拿大人是怎么对待这个信息的。再说，也来不及什么都解释了。四名水手等在门口，他们把我们带到之前在鹦鹉螺号度过第一夜的那个房间。

尼德·兰德提出要求，可是门在他身后关上了，算是给他的回答。

"先生能告诉我这是什么意思吗？"康赛议问我。

我把刚才发生的事情告诉我的两位同伴。他们像我一样惊奇，也一样莫名其妙。

然而我陷入了沉思，尼莫船长奇怪的忧虑表情始终在我脑际挥之不去。我不能把两个符合逻辑的想法联结在一起，我陷入最荒唐的假设中。这时，尼德·兰德的一句话让我从沉思中拖了出来："看！午饭都准备好了！"

桌上果然都准备好了食物。显然，尼莫船长在让鹦鹉螺号停航时，也做出了这个吩咐。

"先生允许我劝告一句吗？"康赛议问我。

"可以，我的好小伙儿。"我回答。

"那么，先生先吃午饭吧！这样谨慎一点儿，因为我们不知道会发生什么事。"

"你说得对，康赛议。"

"真倒霉，"尼德·兰德说，"他们给我们吃的总是那一套船上的东西。"

"尼德老兄，"康赛议反驳，"如果索性连午饭也全免了，您会怎么说呢？"

这个理由把捕鲸手的非难干脆地堵了回去。

我们开始吃饭，大家沉默不语。我吃得很少。康赛议总是出于谨慎，"自我克制"着，而尼德·兰德不管有天大的事，照样一口也不少吃。接着，午饭吃完后，我们大家都靠在自己的角落里。

这时，囚室里那盏球形灯熄灭了，让我们陷入一片漆黑中。尼德·兰德很快睡着了，让我吃惊的是，康赛议也沉沉睡去。我思索着，是什么让他这样迫切地需要睡觉呢，这时我感到自己的脑子也麻木昏沉起来。我的眼睛尽管想睁开，却不由自主地闭上了。我陷入痛苦的幻觉中。显而易见，我们刚才吃的食物里，掺了催眠物质！为了不让我们知道尼莫船长的计划，把我们关起来还不够，还必须要我们睡着！

这时我听到舱盖重新关上的声音。使潜艇轻轻荡漾的海浪，平息了。鹦鹉螺号难道离开了洋面？它回到静止不动的水层了吗？

　　我想抗拒睡意，但这是不可能的，我的呼吸减弱了，我感到要命的寒冷把我沉重的、仿佛瘫痪的肢体给冻住了。我的眼皮犹如戴上了铅帽，盖住我的眼睛，睁不开。病态的睡意，充满了幻觉，把我整个虏获了。然后，幻觉消失了，我就彻底昏睡过去，一无所知了。

第二十四章

珊瑚王国

第二天，我醒来的时候头脑异常清醒。使我大为惊奇的是，我在我自己的房间里。我的两个同伴，大概也和我一样，在自己一无所知的情况下，被送回了自己的舱室。这一夜发生的事，他们像我一样一无所知。为了揭开这个秘密，我只能指望将来碰上机会了。

我想要离开房间。我是又一次自由了呢，还是依然是个囚徒？完全自由了。我打开门，走到纵向通道，登上中央梯子。盖板昨天已经关上，现在却是打开的。我来到平台上。

尼德·兰德和康赛议在那里等着我。我问他们，他们一无所知。他们沉睡了一夜，勾不起任何记忆，醒来发现又待在自己的舱室里，无比惊讶。

至于鹦鹉螺号，我们觉得像往常一样沉静和神秘，依然安稳地漂浮在海面上。船上看起来没有任何变化。

尼德·兰德用犀利的眼睛观察着大海。海面辽阔，一望无际。加拿大人在视野范围内没有发现任何新东西，既没有风帆，也没有陆地。西风呼啸着，刮起长长的波浪，使潜艇明显地颠簸着。

鹦鹉螺号更换了空气后，一直维持在水下15米的平均深度，以便能够立即返回海面。在1月19日这一天，一反常态，潜艇几次这样反复运作。大副这时登上平台，通常的那句话在潜艇内又回响起来。

尼莫船长没有露面。船上的人，我只看到那个冷漠的侍者，他像平常那样准时给我送饭，一言不发。

下午2点钟左右，我在客厅里，忙着整理我的笔记。这时船长打开了门，走了进来。我向他致意。他给我还礼，动作几乎看不出来，但没有对我说话。我重新工作，期待着他也许会向我解释前夜发生的事情。他什么也没说，我望着他。他看起来一脸倦容，他的眼睛通红，缺乏睡眠。他的面容显出一种深深的痛苦，真正的烦恼。他走来走去，坐下又站起，随便拿起一本书，随即又放下，察看仪器，却又不像平时那样记录，似乎一刻也待不住。

最后，他朝我走来，对我说："阿洛纳克斯先生，您是医生吗？"

我没有料到他会这样问我，我盯着他看了一会儿，没有回答。

"您是医生吗？"他又问了一遍，"您的同事里有好几位学过医，像格拉蒂奥莱、莫坎·唐东和其他人。"

"确实，"我说，"我是医生，也当过住院实习医生。在进博物馆之前，我当过几年医生。"

"很好，先生。"

我的回答显然令尼莫船长满意。但是由于我不知道他想干什么，所以打算等他提出新问题，再根据情况回答。

"阿洛纳克斯先生，"船长对我说，"您同意给我的一名水手治疗吗？"

"您有病人？"

"是的。"

"我现在就可以跟您去。"

"来吧。"

我承认，我的心怦怦直跳。不知道为什么，我看出这个水手的病和前一天的事件有某种关联，而这个秘密至少和病人一样使我关注。

尼莫船长把我带到鹦鹉螺号后部，让我走进水手舱边上的一间舱室里。

房间里，床上躺着一个40多岁的人，五官充满力量，是真正的盎格鲁-撒克逊人。

我俯身看他。这不仅仅是一个病人，他受了伤。他的头部，裹着鲜血染红的纱布，枕在两个枕头上。我取下纱布，受伤的人两只大眼睛直愣愣地看着前方，任凭我在他头部操作，一声不吭。

伤口很可怖。头盖骨被钝器砸碎，脑浆都露了出来，脑髓受到深重的损伤。流出来的东西中形成血块，像红酒的颜色。脑子不仅被损伤，而且受到了震荡。病人呼吸缓慢，肌肉痉挛了几下，使他的脸抽搐。大脑大面积存在炎症，导致感觉和行动能力瘫痪。

我给伤者把脉，脉搏是间歇的。身体的顶端部分已经凉下来，我看到死亡临近，感觉自己已经无能为力了。我给这个不幸的人缠好绷带，又整理了他头上的纱布，朝着尼莫船长转过身来。

"他是怎么受伤的？"我问他。

"这有什么关系呢！"尼莫船长含糊地回答，"鹦鹉螺号撞了一下，折断了机器上的一根杠杆，砸了这个人。您觉得他情况怎么样呢？"

我犹豫着没说话。

"您可以说，"船长对我说，"这个人听不懂法语。"

我最后看了一眼受伤的人，然后回答："这个人过两小时就要死去了。"

"没有办法救他吗？"

"没有。"

尼莫船长的手部肌肉收缩了一下，几滴眼泪流下来，我还以为他生来不会流泪呢。

我继续观察了一会儿这个垂危的人，生命正在逐渐流逝。他的灵床浸浴在电灯光中，使他的脸色更显苍白。我注视着他聪慧的面相，上面布满了一条条早熟的皱纹，这可能是不幸和苦难早早就刻下了的。我试图听他嘴里吐出临终的话，从而捕捉他生命的秘密！

"阿洛纳克斯先生，您可以走了。"尼莫船长对我说。

我让船长留在垂死者的舱室里，回到自己的舱室，想着这个场面，心绪依然不能平复。一整天，我都被一种不祥的预感弄得心神不安。夜晚，我难以入睡，梦境也常常被打断，感觉听到了远方的叹息，像是葬礼上的赞美诗。难道他们用一种我听不懂的语言为死者吟诵着祷告？

第二天早晨，我登上甲板。尼莫船长已经在我之前到了。他一看到我，便向我走来。

"教授先生，"他对我说，"今天到海底一游，您觉得如何？"

"和我的两位同伴一起？"我问。

"如果他们乐意的话。"

"我们听您吩咐，船长。"

"那就请穿上你们的潜水服吧。"

他绝口不提那个垂死者，或者已经死去的人。我去找尼德·兰德和康赛议。我告诉他们尼莫船长的提议。康赛议忙不迭地同意了，这回，加拿大人表现得非常乐意和我们同去。

这时是早上8点。我们穿好为这次徒步准备的衣服，装备了两套照明和呼吸设备。双重门打开了，在尼莫船长和跟随他的12名船员的陪同下，我们踏在海面下10米深的地上，鹦鹉螺号就停在上面。

一道缓坡通到一个高低不平的底部，大概有15英寻的深度。这个底部和我们第一次在太平洋底部徒步时的海底完全不同。这里没有细沙，没有海底草地，没有深海森林。我马上看出，尼莫船长今天让我们光顾的这个神奇区域，是珊瑚王国。

在动物形植物门和海鸡冠纲里，有个柳珊瑚目，该目包括三个科：柳珊瑚科、木贼科和珊瑚科。珊瑚就属于最后这个科。它非常有趣，先后被归类为矿物界、植物界和动物界。在古人那里是药物，在现代人眼里是珠宝，直到1694年，马赛人佩索内尔才把它最终列入动物界。

珊瑚是聚集在易碎的石质珊瑚骨上的微小动物群。珊瑚虫有独特的生殖器官，通过萌芽来繁殖，它们有各自的存在，同时又拥有共同的生活。所以，这是一种天然的社会主义。我读过关于这种动物形植物的最新著作，根据博物学家极其准确的观察，珊瑚虫在模仿树木的同时，就在矿化。对我来说，没有什么能比参观大自然在海底种植的石化森林更有趣了。

路姆考夫灯开始运作，我们沿着一个正在形成的珊瑚礁走去。假以时日，这个珊瑚礁总有一天会封闭印度洋的这个部分。道路两边是错综复杂、缠绕不清的珊瑚丛，上面开满了白色花瓣的星状小花。只不过，和陆地上的植物相反，这些附在地面岩石上的树枝状结晶，是从上往下生长的。

　　灯光照在这些色彩鲜艳的珊瑚枝叶上，产生千百种迷人的效果。我仿佛看到这些膜性的圆柱体管在水的涌动下摇曳。我真想采集带有纤细触角的新鲜花冠，有的刚刚盛开，有的含苞待放。其间穿梭的，是一些轻巧的鱼儿，快速摆动着它们的鳍，像鸟儿掠过一样，擦着珊瑚枝而过。但是，我的手一旦接近这些有生命的花，这些有生命的含羞草，整个珊瑚群体就立即处于戒备状态。白色的花冠会缩进红色的花套里，花儿便在我的注视下消失，珊瑚丛变成了一堆圆形的石头。

　　命运的偶然把我带来这里，让我看到这些品种最为珍贵的动物形植物。这里的珊瑚可以和地中海、法国、意大利和野蛮人[1]地区沿海采集到的珊瑚媲美。这些珊瑚因色彩鲜艳，无愧于交易市场给它们最美的产品所起的充满诗意的美名——血红花、血红泡沫。珊瑚卖到一千克500法郎。此地的各层海水覆盖着能让整个世界采集珊瑚的人发财的珊瑚。这种宝物往往和其他珊瑚骨混在一起，形成密集得难以理清的整体，被称为"马奇奥塔"，我在上面看到一些粉红珊瑚的出色标本。

　　但不久，珊瑚丛变得更密了，树枝状结晶也变大。真正石化了的矮林和长跨度的奇特建筑出现在我们眼前。尼莫船长踏入一

1　野蛮人：19世纪称呼地中海沿岸的北非人。

条昏暗的长廊，缓坡把我们带到100米的深处。我们的蛇形管灯光，照在天然穹顶的粗糙表面和点燃的分支吊灯一般的岩坠上，有时产生魔幻的效果。在这些矮珊瑚林中间，我观察到其他也很有趣的珊瑚虫，比如海虱珊瑚和节叉鸢尾珊瑚。然后是几丛珊瑚藻，有绿的，还有红的，这是些带咸石灰质硬皮的真正海藻。博物学家经过长期争论，最终把它们纳入植物界。但是，按照一位思想家的意见，"这里也许是真正的起点，生命从石头似的睡眠中昏昏沉沉地崛起，还未脱离这艰难的起点。"

两小时的跋涉之后，我们终于来到300米左右的深处，也就是说，珊瑚开始形成的极限深度。但那里已经没有孤立的珊瑚丛，也没有普通的矮珊瑚林。这是广袤的森林，是巨大的矿化植物，是变成了化石的参天大树。这些石化的树木被优雅美丽的缅栀花环聚集起来，那是一些海洋藤类植物，千变万化，倒影各异。我们从大树伸进昏暗水中的高大枝叶下自如地通过，而在我们脚下，笙珊瑚、脑珊瑚、石珊瑚、星形贝和菌贝，形成一片鲜花铺成的地毯，缀满了耀眼的宝石。

真是无法用语言描述的壮美景观啊！啊！如果我们能交流我们当下的感受该有多好！为什么我们要被禁锢在这个金属和玻璃的头盔里呢！为什么我们彼此不能说话呢！至少也要像生活在水里的鱼那样生活啊，或者就像两栖动物，随心所欲，可以长时间地往来于陆地和水里！

但尼莫船长停了下来。我的两个同伴和我，我们也停下了脚步。我回过身来，看见他手下人在他们老大周遭围成一个半圆形。我更仔细地看，看到他们之中四个人在肩上扛着一个狭长的东西。

我们来到一块宽阔的林中空地中央，周围是海底森林的高大树枝状结晶。我们的灯在这片空间投射出一种黄昏似的光亮，在地上拉出长长的影子。在林中空地边缘，昏暗又变得极为深沉，只在珊瑚有活力的棱脊上泛出星星点点的光芒。

尼德·兰德和康赛议在我身边。我们旁观着，我突然感觉到，自己就要看到一个奇特的场面。我观察地面，看到好几个点上，地面是鼓起来的，因为石灰沉淀物而略微隆起，排列规整，看得出是人为的。

林中空地中央，在一个垒得有些粗糙的岩石底座上，竖着一个珊瑚十字架，两边伸得很长，好像是石化的血做成的。

尼莫船长做了个手势，他的一个手下人往前走去，离十字架几步远的地方，他从腰带上取下一把十字镐，开始挖坑。

我全明白了！这个林中空地是一个墓地，而这个坑，是一个坟，这个狭长的东西，就是那个夜里死去的人的尸体！尼莫船长和他的手下人来这里，是为了安葬他们的同伴，在这人迹罕至的海底公墓里！

不！我的精神从来没有像此刻这样激动过！我的头脑中从来没有过如此强烈的想法！我不愿看到眼前的景象！

但是，坟墓挖得很慢。鱼儿从它们被打扰的栖居地四窜出来。我听到石灰质的地上，十字镐遇到落入海底深处的燧石时发出的声响，有时还冒出火星。坑在变长、变宽，不久，就深得可以容纳尸体了。

于是，抬尸体的人走上前去。尸体被裹在白色足丝里，放进潮湿的坟墓。尼莫船长，双臂交叉在胸前，死者生前的所有朋友都跪下，做起祷告……我的两位同伴和我也虔诚地低下了头。

坟墓被刚挖出来的土重新填上，形成一个不大的坟头。

做完这些以后，尼莫船长和他手下的人站了起来；然后又走近坟墓，所有人再次跪下，伸出手做出诀别的手势……

于是，丧葬队伍又踏上回鹦鹉螺号的路，再次从森林拱顶下经过，沿着矮树林和珊瑚丛，一直往上爬。

潜艇舷灯终于出现了。拖长的灯光引导我们返回鹦鹉螺号。下午1点钟，我们回到了潜艇上。

一换好衣服，我就登上平台，满脑子各种可怕的想法。然后走去坐在舷灯边上。

尼莫船长找到我。我站起来对他说："这个人真的如我所料，在那天夜里死去了？"

"是的，阿洛纳克斯先生。"尼莫船长回答。

"现在他是和他的同伴们一起安息在这个珊瑚公墓里了？"

"是的，他被所有人遗忘了，但不会被我们遗忘！我们挖了坟墓，珊瑚负责把我们的逝者永远封存在那里！"

船长突然用痉挛的手掩住他的脸，徒劳地想止住呜咽。然后他又说："那里是我们安宁的墓地，在海浪之下几百英尺的地方！"

"船长，您逝去的人至少在那里安眠，避免鲨鱼的侵犯！"

"是的，先生，"船长严肃地回答，"避免鲨鱼和人的侵犯！"

第二部

第一章

印度洋

　　海底旅行的第二部分从这里开始。第一部分停在了珊瑚墓激动人心的场面，在我心底留下了深刻印象。因此，尼莫船长的生活，全都是在这片广阔的海洋里展开的，就连坟墓，他都在深不可探的深渊里准备好了。那里，没有海洋怪物去打扰鹦鹉螺号的主人们和那些朋友的长眠，他们不论生死都紧紧相连！"也不受人的侵犯！"船长当时加了这么一句。

　　始终是对人类社会势不两立、难以平息的不信任！

　　对我来说，我不再满足于使康赛议觉得满意的假设。这个高尚的小伙子坚持认为鹦鹉螺号的船长只是被埋没的学者中的一个，他们用蔑视来回敬人类社会的冷落。对他来说，这是一个不被理解的天才，厌倦于对陆地的一再失望，不得不躲到这个人迹罕至的地方。在这里，他的天才可以得到自由的发挥。但是，在我看来，这个假设只解释了尼莫船长的一方面。

　　事实上，那天晚上把我们关起来并把我们催眠的谜团，船长夺走我的望远镜、阻止我瞭望海面，这些粗暴行为所表现出来的谨慎，以及那个水手因为鹦鹉螺号不知缘由的撞击而受到的致命伤，这一切，导致我有了新的思路。不！尼莫船长不仅仅是在逃避人类！他了不起的设备不仅服务于他爱自由的本性，而且也服务于他想要进行的我不知道是什么的可怕报复。

眼下，我什么都不清楚，在黑暗中，我只瞥见一点儿亮光，可以说，我应该只限于记录事件的发展经过。

此外，没有什么能把我们和尼莫船长联结在一起。他知道从鹦鹉螺号上逃跑是不可能的。我们甚至不是凭口头保证而假释的囚犯。没有任何荣誉的担保约束住我们。我们只是几个囚徒，勉强出于礼貌，才被称为是客人的几个俘虏。但是，尼德·兰德没有放弃重获自由的希望。只要命运给他一个机会，他一定会好好把握。我也无疑会像他一样做。不过，我把船长出于慷慨让我们洞彻的鹦鹉螺号的秘密带走，不是完全没有遗憾的！因为，说到底，应该恨这个人还是赞赏他？他是个受害者还是个刽子手？而且，说实话，在永远离开他之前，我想完成这海底环游，毕竟它的开端是如此华美壮观。我想要观察这地球的海底之下积聚的全部奇妙美景。我想看到任何人都没有看到过的东西，为了满足这难以填补的求知欲，我宁愿付出我的一生！至今我发现了什么呢？什么也没有，或者几乎什么也没有，因为我们在太平洋中才航行了6000海里！

然而我清楚地知道，鹦鹉螺号正接近有人居住的陆地，如果一旦我们遇到逃生的机会，为了我探索未知的热情而牺牲我的两个同伴，那就太残忍了。我必须跟随他们，甚至也许要引导他们。但这个机会会出现吗？作为一个被强行剥夺了自由的人，我渴望这个机会。但是作为学者、好奇者，我又害怕这个机会。

1868年1月21日，这天中午，大副来测量太阳的高度，我登上平台，点燃一支雪茄，看着他测量。我明显觉得这个人不懂法语，因为有几次，我大声说出了自己的思索，如果他听懂了，应该能够引起他不由自主的注意，但是他无动于衷，默不作声。

正当他用六分仪进行观测时，鹦鹉螺号的水手，也就是我们第一次到克雷斯波岛进行海底旅行时曾陪同我们一起的那个健壮的男人，他在擦拭舷灯玻璃。于是我观察这个装置的安装，它的强度强了百倍，由于透镜圆片像灯塔那样安置，因而能把光集中在有用的平面上。电灯组装的方式，使它能发挥全部光亮。事实上，它的光是在真空中产生的，这就保证了光的均匀和强度。真空还能节省石墨的尖端，光弧就在尖端中间释放能量。对尼莫船长来说，这种节约很重要，因为石墨不是那么容易更新的。但在这种真空状态下，石墨棒的损耗微乎其微。

当鹦鹉螺号准备在水下航行时，我又下到客厅。舱盖重新关上，航向直接指向西面。

于是我们在印度洋上乘风破浪，这一大片液体的平原，面积达到5亿5000万公顷，海水非常清澈，俯身看着海面时，人会产生眩晕感。在印度洋里，鹦鹉螺号一般是在100米至200米的深度航行。几天里都是这样。若是换了别人，不像我这样对海洋有一种痴迷的热爱，他们可能都会觉得日子漫长而单调。但是我每天在平台散步，浸润在大西洋充满活力的空气中，通过客厅的玻璃窗观看蕴藏丰富的水景，阅读图书馆中的书籍，还有编撰回忆录，这一切占据了我所有的时间，不给我片刻感觉倦怠和无聊。

我们的健康状况保持着非常令人满意的状态。我们非常适应船上的饮食，就我而言，我不需要翻新花样，而尼德·兰德则带着抵触情绪，绞尽脑汁想搞创新。再者，在这样的恒温中，甚至不用担心会感冒。另外，那种在普罗旺斯叫"海茴香"的树形石珊瑚，潜艇上存了不少，和珊瑚虫的嫩肉放在一起，可以做成极好的止嗽糖浆。

几天里，我们看到大量的蹼足类海鸟，有海鸥或者大海鸥。我们灵巧地打下来几只，用某种方式烹调，成了很受欢迎的海上野味。一些大鸟，在陆地之间做长距离飞行，飞得累了，就在海面上栖息。我还看到一些漂亮的信天翁，像驴子一般发出不和谐的叫声，它们属于长翼科。蹼足科的鸟，有飞得很快的军舰鸟，灵活地捕捉海面上的鱼；有大量的鹲或者麦草尾巴鸟，其中有像鸽子一样大的麦草似的红毛鹲，白色的羽毛间夹杂着粉红色，使翅膀的黑色更为突出。

鹦鹉螺号的拖网打上来好几种玳瑁属海龟，背上隆起，它的壳非常值钱。这种爬行动物轻而易举潜下水去，闭上鼻孔外边那块肉阀门，能够长时间待在水下。有几只玳瑁，被我们捉上来的时候，还缩在龟壳里睡觉，为的是躲避海里的动物。海龟肉一般来说不怎么样，但它们的蛋却是一道美味佳肴。

至于鱼，它们总是使我们赞叹。当我们透过打开的舷窗板，发现它们在水中生活的秘密时，我注意到好几种在此之前都没有机会好好观察过的品种。

我主要可以举出红海、印度洋和大西洋赤道附近、美洲海岸特有的贝壳鱼。这类鱼像鳖、犰狳、海胆和甲壳纲动物一样，都有甲壳保护，这些壳既不是白垩的，也不是石质的，而是真正骨质的。有时甲壳呈三角形，有时呈四角形，呈三角形之中，我可以举出长五厘米、肉有营养、味道鲜美、棕尾黄鳍的几只，我甚至建议在淡水里养殖，再说，有些海鱼很容易适应淡水。我还可以举出背上长着四个大包的四边形鳞甲鱼；身体下面有斑斑白点的能像鸟一样驯养的鳞甲鱼；有三角形带针刺的鳞甲鱼，针刺由骨质硬皮的延长构成，它们因奇特的叫声得名"海猪"；然后是像单峰驼的鱼，长着个锥形大包，肉很硬，很难对付。

我还要从康赛议每天的记录中摘录几种鱼：这片海域特有的单鼻鲀属动物，比如特点是有三条纵纹的红背白腹的豚鱼，身长七英寸色彩艳丽的电豚。然后是其他类型的品种，有卵形鱼，像一只黑褐色的蛋，有一条条细带子，没有尾巴；有河豚，这是海里真正的豪猪，身上带刺，能够鼓成一个浑身带刺的球；有各个大洋都有的海马；有会飞的海蛾鱼，长嘴，胸鳍很宽，长成翅膀的形状，即使不能飞，至少也能跃到空中；有扁阔的鸽子鱼，尾巴上带着许多环形鳞片；有着大嘴巴，长25厘米，闪烁着令人愉悦的色泽的长颌鱼；有脑袋凹凸不平、青灰色的美首鱼；有数不胜数的会跳的鲻鱼，身上有黑色条纹，胸鳍很长，以惊人的速度在海面上滑行；有味道鲜美的帆鱼，能够将鳍像帆那样竖起，随波逐流；有华丽的彩鱼，大自然给这种鱼施以黄色、天蓝色、银色和金色；有翅膀像是长了许多丝的绒翼鱼；有杜父鱼，总是被淤泥弄脏，发出一种咝咝声；有鲂鮄鱼，它的肝通常被看成一种毒药；有普提鱼，眼睛上长个活动的眼罩；最后是哨子鱼，嘴长得像管子，是大洋里真正的猎手，身上有一种无论是沙塞波家族[1]还是雷明顿家族[2]都设计不出来的枪，用它来杀死昆虫，只需要往昆虫身上洒上一滴水。

按拉塞佩德的分类，第八十九属的鱼属硬骨鱼第二亚纲，特

---

1 沙塞波：法国武器制造者，他发明的沙塞波枪1866年后在法国军队使用。
2 雷明顿：美国武器制造者，他发明的雷明顿枪1867年后在美国军队使用。

点是有鳃盖和鳃膜，我发现其中有鲉鱼，它的头有刺，只有一个背鳍。这类鱼有的有小鳞片，有的没有，这取决于它是属于哪个亚属的。第二亚属中有一些二指鱼的品种，长3分米至4分米，身上有黄色条纹，脑袋的形状很奇特。至于第一亚属，也有一些外号称为"海蟾蜍"的怪鱼品种，脑袋很大，有时有一条条深沟，有时膨胀得很大。身上长刺，分布着隆起的小块，长着不规则而丑陋的角，身体和尾巴长满像老茧一样的皮。海蟾蜍的刺造成的伤很危险，这是一种令人讨厌又可怕的鱼。

从1月21日到23日，24小时内，鹦鹉螺号行驶了250法里，也就是540海里，或者说22海里每小时。如果途中我们能够认出各种各样的鱼，这是因为鱼受到电灯光的吸引，想要和我们做伴。大部分鱼，由于船速过快，不久就落在后面。但有一些鱼，在一段时间里能够跟得上鹦鹉螺号。

24日早上，在南纬12度5分，东经94度33分，我们看到基灵岛，这是一个石珊瑚岛，上面长满美妙的椰子树，达尔文先生和菲兹·罗伊船长曾经访问过这里。鹦鹉螺号离这座荒凉海岛的大陆架不远。拖网打捞上来许多类型的珊瑚虫和棘皮动物，以及软体动物门的有趣甲壳类动物。几个珍稀动物丰富了尼莫船长的宝库，我又往里增加了一种星点状珊瑚，这种寄生的珊瑚骨往往固定在贝壳上。

基灵岛很快消失在天际线，潜艇朝着西北方向印度半岛的尖端驶去。

"这些已经开垦过的土地，"这天尼德·兰德对我说，"比巴布亚的那些岛强多了，那里遇到的野蛮人简直比狍子还多！在印度这块土地上，教授先生，有公路，有铁路，有英式的、法式的和印度式的城市。我们走不到五英里就能遇到一个同胞。哼！和尼莫船长不辞而别的时刻还没有到来吗？"

"没有，尼德，没有，"我语气坚定地回答他，"就像你们这些水手所说的，随波逐流吧。鹦鹉螺号接近有人住的大陆。它朝欧洲返回，就让它把我们载到那儿去吧。一旦到了我们的海上，我们就要看看该怎么谨慎行动了。另外，我不认为尼莫船长会像在新几内亚的森林中那样，让我们到马拉巴尔海岸或者科洛曼德尔海岸上去打猎。"

"好吧！先生，我们不能不经他允许吗？"

我没有回答加拿大人。我不想讨论这个问题。说到底，我心里想的是既然命运把我抛到鹦鹉螺号上来了，我就要用尽这机会直到最后一秒。

从基灵岛开始，我们总体上放慢了速度。鹦鹉螺号的航行也变得越来越随心所欲，常常把我们带到很深的地方。有好几次使用侧翼斜板时，都是艇内的杠杆操纵使潜艇与海面形成侧斜面的。我们就这样达到两三千米的深处，但是从来没有查实过印度洋的深度，13,000米长的探测器没有探底。至于下层水层的温度，温度计总是不变地指着4摄氏度。我只观察到，在上层，水总是比大海深处的更冷。

1月25日，由于洋面荒凉一片，鹦鹉螺号在海面上行驶了一天，大功率的螺旋桨拍击着波浪，溅起万丈的浪花。在这样的情况下，人们怎么会不把它当成一条鲸鱼呢？我在平台上度过了四分之三的白天。我望着大海。天际线处什么都没有，将近下午4点钟，才有一艘长长的大汽船从西边迎面而来。有一阵子可以看见它的桅杆，但它应该看不见太过贴近水面的鹦鹉螺号。我想这艘汽船应该属于半岛和东方航线，航行于锡兰岛和悉尼之间，经过乔治国王角和墨尔本。

热带地区连接白天黑夜的黄昏是很短暂的。傍晚5点，在这黄昏降临之前，康赛议和我被一个有趣的场面惊呆了。

这是一只迷人的动物，按照古人的说法，遇到这种动物，预示着会有好运。亚里士多德、阿泰那奥斯[1]、老普林尼[2]和奥皮安[3]，都研究过它的习性，对它穷尽了希腊和意大利学者的整个诗学。他们把它叫作鹦鹉螺和庞贝螺。但是，现代科学没有认可他们的名称，这种软体动物现在叫作船蛸。

谁若是去请教过康赛议，就会从这个好小伙子那里知道，软体动物门分为五个纲：第一纲，头足纲，它们有时裸露，有时带壳，又包括两个科，两鳃科和四鳃科，以鳃的数目来区分；两鳃科包括三个属：船蛸、枪乌贼和乌贼，而四鳃科只有一个属，即鹦鹉螺。说了这一通术语之后，如果一个叛逆的人还是要把船蛸和鹦鹉螺搞混，那就不可原谅了，因为船蛸是二鳃目，也就是说带着真空吸盘的，而鹦鹉螺是有触手的，也就是说携带触须的。

当时，游动在洋面上的是船蛸。我们可以数出几百只。它们属于结状船蛸，是印度洋特有的。

这些优雅的软体动物是倒退着来行动的，靠的是动力管，把它们吸进去的水从管中排出。八根触须中，六根又长又细，浮在水面上，另外两根有蹼，圆圆的，像轻帆一样迎风伸展。我可以

---

1 阿泰那奥斯：古希腊语法学家，著有《诡辩学家的宴会》。
2 老普林尼：古罗马作家、博物学家、军人、政治家。以《自然史》一书留名后世。
3 奥皮安：古希腊诗人。

清楚地看见它们的螺旋波纹状的壳，居维叶[1]的比喻很恰当，他把这壳比作一只精美的划桨小船。的确，这壳正是一艘船。船蛸自身把这壳分泌出来，这壳便承载着它，但船蛸本身并不用紧紧依附在壳上。

"船蛸可以自由地离开它的壳，"我对康赛议说，"但它从来不会抛弃它的壳。"

"尼莫船长就是这样，"康赛议恰如其分地回答，"所以最好把它的潜艇称为船蛸号。"

大约一小时，鹦鹉螺号就漂浮在这群软体动物中间。随后，我不知道它们突然被什么惊吓到了。它们好像听到信号一样，所有的帆都一下子卷了起来。触须回收，身体挛缩，贝壳翻转，重心改变，整个"船队"消失在水波之下。这就是一瞬间的事，从来没有哪支舰队可以如此整齐划一地行动。

这时候，黑夜突然降临了，海浪被微风轻轻掀起，在鹦鹉螺号的舷侧顶列板下，平静地形成了长长的波浪。

第二天，1月26日，我们在东经82度上穿过了赤道，回到了北半球。

这一天，一大群角鲨与我们同行。这些可怕的动物在这一带海中繁殖，使这一带变成很危险的海域。这是烟灰角鲨，棕色的背，白色肚皮，嘴里有11排牙齿；有眼睛角鲨，脖子上有一块被白色圆圈围绕的大黑点，看上去像是一只眼睛；浅栗色鲨，圆嘴，分布着暗点。这些强大有力的动物常常冲击客厅的玻璃，来势猛烈，让人恐慌。尼德·兰德终于忍不住了。他想要回到海

1　居维叶（1769—1832），法国博物学家、比较解剖学家与动物学家，也被称为"古生物学之父"。

面，用鱼叉叉住这些怪物，尤其是嘴里长满了马赛克似的牙齿的星鲨和五米长的大虎斑鲨，因为它们特别坚持不懈地挑衅他。但不久，鹦鹉螺号加快速度，轻而易举地把这些哪怕是游得最快的鲨鱼都甩在了后面。

1月27日，在宽阔的孟加拉湾入口，我们几次遇见了可怕的景象！有很多尸体浮在水面上。那是印度城市中的死人，被恒河水冲到大海，还没有被这个国家里唯一的下葬者——秃鹰——吃完。但海中鲨鱼很多，可以帮助这些秃鹰来完成这件丧事。

晚上7点左右，半露出海面的鹦鹉螺号航行在乳白色的海中。大洋一望无际，呈现乳白色。这是月光的力量吗？不会的，因为新月还不到两天，这时还沉在水平线下，太阳的余晖还未散去。整片天空，虽然星光点点，但与水面的白色对比，显得很暗淡。

康赛议不能相信自己的眼睛，他问我是什么原因造成这奇怪的现象。很幸运，我可以答得上来。

"这就是所谓的牛奶海，"我对他说，"广阔的白色水流，在安博亚纳海岸和这片海域，经常可以看到。"

"但是，"康赛议问，"先生能不能告诉我，是什么原因产生的这种现象呢？因为我想这海水没有变成牛奶吧！"

"没有，我的小伙子，这种让你感到吃惊的白色只是因为无数的纤毛虫导致的，这是一种会发光的小虫子，外表无色，成胶状，像根头发那么细，长度不超过五分之一毫米。这些小动物互相粘连在一起，长达几法里。"

"几法里！"康赛议大声说。

"是的，我的小伙子，不要试图计算这些小动物的数目！你做不到的，因为，如果我没有搞错的话，有些航海家在这样的牛奶海里航行过40海里。"

我不知道康赛议是不是接受了我的建议，但是他看起来陷入了沉思，像是努力在计算40海里中能容纳多少个这样五分之一毫米的纤毛虫。至于我，我继续观察这个现象。鹦鹉螺号的船首冲角在几小时里划破这乳白色的波浪。我注意到潜艇悄无声息地在这肥皂般的海水中滑行，就像浮动在海湾的水流和逆流之间有时会出现泡沫的漩涡里。

午夜时分，海水突然恢复平常的颜色，但在我们后面，一直到海面的尽头，天空映照出白色的海水，似乎长时间浸润在北极光的朦胧光辉里。

第二章

尼莫船长的新提议

1月28日，当鹦鹉螺号在北纬9度4分回到海面时，恰逢正午时分，可以望见西面八海里处的陆地。我首先观察到的是一片山峦，约2000英尺高，形态长势非常任性。测定完方位，我回到客厅，在地形图上标出方位后，我认出我们面对着的是锡兰岛，这颗挂在印度半岛下边的珍珠。

我去图书馆找关于这个岛的书，这座岛是地球上最肥沃的岛之一。我正好找到一本H.C.西尔先生的书，书名是《锡兰和锡兰岛人》。回到客厅后，我先是记下了锡兰岛的地理位置，古时候的人慷慨赐予了这个岛众多美名。它地处北纬5度55分至9度49分之间，东经79度42分至82度4分之间；它的长度为275英里；最大宽度为150英里，周长900英里；面积24,448平方英里，也就是说比爱尔兰略微小一些。

尼莫船长和他的大副这时候出现了。

船长看了一眼航海图。接着，转身向我，"锡兰岛，"他说，"以珍珠采集场闻名。阿洛纳克斯先生，您想不想参观其中一个采珠场呢？"

"毫无疑问,船长。"

"好的,这很容易。只不过,我们只能看采珠场,但见不到采珠人。采珠季节还没有开始。不过无所谓。我吩咐靠近马纳尔海湾,入夜就能到达。"

船长对大副吩咐了几句,大副很快就出去了。很快,鹦鹉螺号潜回海里。气压计显示,潜艇保持在30英里深的水中航行。

于是我比照着航海图,寻找马纳尔海湾。我在锡兰岛的西北海岸,第九道纬线那里找到了它。海湾是由马纳尔岛的一条延长线围成的。要到达那里,必须要沿着锡兰的整个西海岸上行。

"教授先生,"尼莫船长于是对我说,"在孟加拉湾、印度洋、中国和日本海、美洲南部的海、巴拿马湾、加利福尼亚湾都有人采集珍珠。但只有在锡兰,采到的珍珠最为上乘。我们无疑是来得早了一点儿。采珠人要到3月才到马纳尔海湾采集珍珠,30天内,他们的300艘船在这里进行这项利益颇丰的海中珍宝开采活动。每只船上有10个划船的,还有10个采珍珠的。采珠人又分为两组,轮流去到海面下12米的深度,靠着他们两脚之间绑着的一块沉石和一根拴着船的绳子。"

"这么说来,"我说,"始终都是用的这种原始的方式咯?"

"一直都是,"尼莫船长回答我,"虽然这些采珠场属于地球上工业化最发达的民族——英国人——1802年的《亚眠条约》让给他们的。"

"但是我觉得,像您使用的那种潜水服,对于采珠工作一定会有更大的帮助。"

"是的,因为这些可怜的采珠人不能长时间待在水下。英国人帕斯瓦尔旅行到锡兰时，提到一个名叫卡佛尔的人，这个人在水里待了5分钟没有回到水面，但我觉得不太可信。我知道有的潜水者能待到57秒，身手极为矫健的能待到87秒。不过这样的人极为少见，而且回到船上以后，这些可怜人鼻子和耳朵里会淌出血水。我认为，采珠人能够承受的时间平均为30秒，他们在这30秒里，急匆匆地把抓到的牡蛎放进一个网兜里。但是，一般来说，这些采珠人都活不到太老；他们的视力很容易衰退；眼睛溃疡；身上都是伤疤，甚至常常会在海底发生中风。"

"是的，"我说，"这是一个心酸的职业，只不过是满足一些人的心血来潮。但是，告诉我，船长，每天一艘船能采到多少牡蛎呢？"

"四五万只吧。有人甚至说，1814年，英国政府派人为国家采珠，潜水者在20天内，采集了7600万只牡蛎。"

"至少，"我问，"这些采珠人得到了可观的报酬吧？"

"差强人意，教授先生。在巴拿马，他们一周只赚一美元。最常见的，是每采到一只含有珍珠的牡蛎，他们可以得到一苏[1]。而他们采回的牡蛎多数是没有珍珠的呀！"

"一苏给这些让他们主人发财的可怜人！这也太卑鄙了。"

"因此，教授先生，"尼莫船长对我说，"您的两个同伴和您，你们可以参观马纳尔沙洲，如果碰巧有个提前过来的采珠人，那么我们就看看他们怎么干活儿。"

"就这么说定了，船长。"

---

1 苏：法国旧用钱币，是最小的钱币单位，1法郎=20苏。

"顺便说一声，阿洛纳克斯先生，您不怕鲨鱼吧？"

"鲨鱼？"我惊叫。

这个问题在我看来显然是多余的。

"怎么了？"尼莫船长又问。

"我老实跟您说，船长，我对这种鱼还不是太熟悉。"

"我们这些人已经习以为常了，"船长回答说，"过一段时间，您也会熟悉起来的。另外，我们会带武器，途中我们或许还能打到一条鲨鱼。这会是一场有趣的狩猎。那么就这样，明天一早见，教授先生。"

尼莫船长语气轻松愉快地说完这些话，便离开了客厅。

如果有人邀请您去瑞士的山里猎熊，您也许会说："太棒了！明天我们去猎熊。"如果有人邀请您去阿特拉斯平原捕猎狮子，您或许会说："啊！啊！看来我们要去捕猎老虎或者狮子了！"但是如果有人邀请您去海里捕猎鲨鱼，在接受邀请之前，您可能是会需要考虑一下的。

至于我，我用手摸摸额头，摸到几滴冷汗渗出。

"我们考虑一下吧，"我心想，"不用操之过急。在海底森林捕猎水獭，像我们在克雷斯波岛的森林里所做的，还说得过去。但是在海底跑来跑去，而且几乎肯定会在那里遇到鲨鱼，就是另一回事了！我很清楚，在某些国家，尤其是在安达曼群岛，黑人们一手拿着匕首，一手拿着绳子，攻击鲨鱼的时候连眼睛都不眨。但我也知道，许多迎战这种可怕动物的都一去不复还！况且，我不是黑人。即便我是黑人，我相信，在这种情况下，我有一点儿犹豫也不算不合时宜。"

我满脑子鲨鱼，想到它们的血盆大口，里头一排排的牙齿，能把人切成两半。我已经感到腰部隐隐作痛。于是我就不能理解船长提出这种可怕邀请时的轻松自如！我们并不是在说去树林里追捕一只无害的狐狸！

"好吧！"我想，"康赛议是铁定不想去的，这样我也就有理由不去作陪了。"

至于尼德·兰德，我只能承认说，我对他的明智没有把握。一个危险，不论多大，对他好斗的天性总是有着吸引力的。

我重新开始阅读那本西尔写的书，但我只是机械地翻阅着。我在字里行间看到的都是可怕的大嘴张开着。

就在这时，康赛议和加拿大人走了进来，神态平和，甚至有些欢乐。他们不知道等待着他们的事情。

"说实话，先生，"尼德·兰德对我说，"您那位尼莫船长，刚刚向我们提出一项极其可爱的提议——让他见鬼去吧！"

"啊！"我说，"你们知道了……"

"先生可别不高兴，"康赛议回答，"鹦鹉螺号的船长邀请我们明天陪着先生，去参观锡兰岛美妙的采珠场。他邀请时用词极为得当，举止像个真正的绅士。"

"他没有再对你们说些别的吗？"

"没有，先生，"加拿大人回答，"只说他已经和您谈过这趟行程了。"

"确实，"我说，"他没有和你们谈任何细节，关于……"

"没有，博物学家先生。您会和我们一块儿去的，不是吗？"

"我……当然！我看出您对此饶有兴味，兰德师傅。"

"是的！很有趣，太有趣了。"

"也有可能很危险！"我意味深长地加了一句。

"危险？"尼德·兰德说，"只是去布满牡蛎的沙洲走走而已！"

很显然，尼莫船长觉得没有必要在我的两个同伴脑海里唤起鲨鱼这个念头。而我，用不安的眼神看着他们，仿佛他们已经缺胳膊少腿一般。我是不是该预先告诉他们？当然，毫无疑问，但我不知道该怎么说。

"先生，"康赛议对我说，"先生想告诉我们采珠的细节吗？"

"关于采珍珠，还是关于可能会出现的危险……"

"关于采珍珠，"加拿大人回答，"进入现场之前，最好是了解一下情况。"

"那么，请坐吧，我的朋友们，我来告诉你们，英国人西尔刚刚教会我的一切。"

尼德和康赛议坐在一张沙发上，加拿大人首先问我："先生，珍珠是什么呀？"

"我的好尼德，"我回答，"对诗人来说，珍珠是大海的一滴眼泪；对东方人来说，这是一颗凝固的露水；对女人们来说，这是一件椭圆形首饰，有透明光彩，螺钿质，她们把它戴在手指上、脖子上或者耳朵上；对化学家来说，这是磷酸盐和石灰碳酸盐的混合物，还带一点儿明胶；最后，对博物学家来说，只不过是某些双壳类软体动物产生螺钿质器官的一种病态分泌物。"

"属于软体动物门，"康赛议说，"无头纲，甲壳目。"

"非常准确，博学的康赛议。可是，在甲壳目动物中，彩虹鲍、大菱鲆、砗磲和海江珧，一句话，所有那些分泌珍珠的，也就是说这种蓝色、淡蓝色、紫罗兰色或者白色的物质，把自身的瓣膜内壁覆盖起来的软体动物，都有可能产生珍珠。"

"贻贝也可以吗？"加拿大人问。

"是的！苏格兰、威尔士、爱尔兰、萨克森、波西米亚和法国的一些河流里的贻贝，都能产生珍珠。"

"好！今后在这些地方要好好注意一下了！"加拿大人回答。

"但是，"我又说，"分泌出珍珠最好的软体动物，是珍珠牡蛎，乳白珠贝和珍贵的珠母。珍珠只是一种呈小球状的螺钿质凝结物。它要么黏附在牡蛎壳上，要么嵌在动物的肉褶里。在壳上的珍珠是固定不动的，在肉里的是活动的。但是它的核心总是一个小小的坚硬的物体，要么是一颗不孕的卵，要么是一粒沙子，在它周围，螺钿质经年累月地沉淀下来，渐渐形成很多同心圆的薄层。"

"能在一只牡蛎中找到几颗珍珠吗？"康赛议问。

"可以，我的小伙子。有些珠母就像真正的珠宝盒。甚至一只牡蛎，虽然我对此有所怀疑，里面容纳不少于150条鲨鱼。"

"150条鲨鱼！"尼德·兰德大声说。

"我说了鲨鱼吗？"我也急忙大声说，"我想说150颗珍珠。跟鲨鱼没关系。"

"确实是，"康赛议说，"但是先生现在能告诉我们，用什么办法能把珍珠取出来吗？"

"有好几种方法，通常，如果珍珠是黏附在壳上的，采珠人就用钳子夹出来。但是，最常用的方法，是把珠母铺开在海边的草席上。珠母就这样在流动的空气中死去，10天之后，珠母就达到令人满意的腐烂状态了。这时，它们会被放入装满海水的大蓄水池里，然后被打开，清洗。就是这时候，开始双重的刮削工作。首先，采珠人要区分开商业上所说的银白、混杂白和混杂黑等不同的螺钿质，然后装箱，每箱125至150千克。然后，把珠母的肉都取出来，煮沸，再用筛子筛，直到把最小的珍珠都取出来。"

"珍珠按照大小，价格不同吧？"康赛议问。

"不仅按照大小，"我回答，"也是按照它们的形状、它们的水色——也就是说它们的颜色、它们的光泽——也就是它们闪耀夺目的多彩光芒。最美的珍珠被称为处女珠或者黑珍珠；它们单独在软体动物的纤维里形成；白色，通常是不透明的，但有时呈乳白色的透明，最常见的是圆形或者梨形的。圆形的做手链；梨形的做耳坠；作为最珍贵的珍珠，都是按颗卖。其他珍珠黏附在牡蛎壳上，形状更加不规则，按分量卖。最后，最末等的是小粒珍珠，称为种子珍珠；它们卖得相对廉价，经常用在教堂装饰用的刺绣上。"

"但是，按照大小来区分珍珠的这种活儿，应该非常漫长而又艰难。"加拿大人说。

"不，我的朋友。这个工作用11只洞眼个数不一的滤网或者筛子就能完成。用20到80洞的筛子筛选出来的是一等品。用100至800洞筛选出来的是二等品。最后，用900至1000洞筛选出来的，是种子珍珠。"

"真是精妙，"康赛议说，"我明白了，珍珠的分门别类是机械式的。先生能不能告诉我们，开采沙洲的珍珠，收益怎么样？"

"根据西尔的书，"我回答，"锡兰采珠场的年收益是300万条角鲨的总数。"

"是法郎！"康赛议纠正说。

"是的，是法郎！300万法郎，"我继续说，"但我相信这些采珠场收益不如从前了。美洲的采珠场也是一样。在查理五世的统治下，美洲采珠场年产量是400万法郎，如今缩减到三分之二。总之，世界采珠的年产量大约是900万法郎。"

"但是，"康赛议问，"是不是没有算上一些标价极高的珍珠呢？"

"是的，我的小伙子。据说恺撒献给他的情妇塞薇利娅的一颗珍珠，按现在的货币来算，价值12万法郎。"

"我甚至听人说过，"加拿大人说，"古代有个女人喝浸着珍珠的醋。"

"那是埃及艳后克里奥帕特拉。"康赛议回答。

"肯定很难喝。"尼德·兰德加了一句。

"是恶心，尼德老兄，"康赛议回答，"但一小杯醋值到150万法郎，这价格可真漂亮。"

"我真遗憾没能娶到这个女人做老婆。"加拿大人边说边挥了一下胳膊，令人不安。

"尼德·兰德，克里奥帕特拉的丈夫？"康赛议喊道。

"但我的确应该结婚了，康赛议，"加拿大人继续说，神情严肃，"可是这事情不成，并不是我的错。我甚至还给我的未婚妻凯特·唐德尔买了串珍珠项链，而她呢，却嫁给了别人。好吧，这条项链只花了我不到1.5美元，但是，教授先生请相信我，上面的珍珠都是通不过20洞的筛子的一等品。"

"好尼德，"我笑着回答，"这些都是人造珍珠，是在珍珠液里浸过的普通玻璃球。"

"嘿！这种珍珠液，"加拿大人回答，"应该很贵吧。"

"一点不值钱！这只不过是欧鲌鱼鳞上的银色物质，从水里搜集起来，保存在氨水里。它毫无价值。"

"可能就是因为这样，凯特·唐德尔嫁给了别人。"兰德师傅看得很开。

"但是，"我说，"再说回到高价珍珠，我不相信有哪个君主能拥有超过尼莫船长拥有的珍珠。"

"就是这一颗。"康赛议说，一边用手指着锁在橱窗里的一颗美丽首饰。

"我确定它值200万，不会有错的。"

"200万法郎！"康赛议紧接着说。

"是的，"我说，"200万法郎，毫无疑问，船长只需要把它捡起来而已。"

"嘿！"尼德·兰德喊道，"谁说我们明天散步时不会遇到同样的呢！"

"算了吧！"康赛议说。

"为什么不呢？"

"几百万法郎在鹦鹉螺号上又有什么用呢？"

"在潜艇上，是没什么用，"尼德·兰德说，"但是……可以用在别的地方。"

"哦！别的地方！"康赛议摇头说。

"事实上，"我说，"兰德师傅说得没错。即使我们不能把一颗值几百万法郎的珍珠带回欧洲或者美洲，它至少能给我们的冒险故事增加很大的真实性和巨大的价值。"

"我相信是这样。"加拿大人说。

"但是，"康赛议说，他总是回归到事情有教益的方面，"这采珠的活儿危险吗？"

"没有，"我赶紧回答，"尤其是采取了预防措施。"

"这一行当能有什么危险？"尼德·兰德问，"顶多也就喝几口海水吧！"

"就像您说的那样，尼德。对了，"我说，试图采用尼莫船长那种轻松愉快的口气，"勇敢的尼德，您会害怕鲨鱼吗？"

"我，"加拿大人回答，"一个职业捕鲸手！嘲笑鲨鱼是我的职业！"

我说："我不是说，用一个旋转钩把鲨鱼钓起来，再把它们拖到船的甲板上，用斧头切掉尾巴，剖开鱼肚，掏出心脏，再扔回海里！"

"那么，是……"

"是的，正是你想的。"

"在水里？"

"在水里。"

"我的天，那得用一把好鱼叉！您知道的，先生，这些鲨鱼，它们是构造愚蠢的畜生。它们必须肚子转到上方才能咬人，趁这个时候……"

尼德·兰德在说出"咬人"这两个词的时候，语气让人背脊发凉。

"那么，你呢，康赛议，你对这些鲨鱼有什么看法？"

"我嘛，"康赛议说，"我对先生总是坦诚的。"

"那就好。"我想。

"如果先生要和鲨鱼搏斗，"康赛议说，"我看不出为什么他忠诚的仆人会不和他一起搏斗！"

第三章

一颗1000万的珍珠

夜幕降临。我睡下了，睡得并不踏实。我的梦魇里，鲨鱼扮演了重要角色。法语中鲨鱼这个词的词源来自安魂曲，我觉得既准确又不准确。

第二天，凌晨4点，我被尼莫船长特意派来伺候我的侍者叫醒。我很快站了起来，穿好衣服，来到客厅。

尼莫船长在那里等我。

"阿洛纳克斯先生，"他对我说，"您准备好出发了吗？"

"准备好了。"

"请跟我来。"

"我的两个同伴呢，船长？"

"他们已经得到通知，在等我们呢。"

"我们不穿潜水服吗？"我问。

"还不需要。我没让鹦鹉螺号太靠近这个海岸，我们现在离马纳尔沙洲还有相当的距离。不过我让人准备了小艇，把我们带去指定的下船点，免得我们走太远。小艇载着我们的潜水设备，等我们开始这次海底探险的时候再穿就行。"

这贪婪的动物（鲨鱼）用力地摆了一下鳍，冲向印度人。他往边上一躲，避开了鲨鱼的血盆大口，但还是被它的尾巴打到了，尾巴拍打在他的胸口，打得他躺倒在地上。

　　这个场面只持续了几秒钟。鲨鱼游回来，翻了个身，准备把印度人咬成两段，这时，我感到待在我身边的尼莫船长猝然站了起来。他手中握着匕首，径直朝着鲨鱼走去，准备和它展开近身肉搏。

尼莫船长领着我走到中央楼梯，楼梯通往平台。尼德和康赛议已经在那里，对这场一切准备就绪的"感官盛宴"满心欢喜。五名鹦鹉螺号的水手，手里握着桨，已经在靠着船系着的小艇里等候我们。

　　夜色更深了。乌云一片片，遮住天空，只露出稀疏的星光。我放眼望向陆地那边，但只看到一条模糊的线，封住了从西南到西北四分之三的地平线。鹦鹉螺号，在夜里沿着锡兰的西海岸上行，停在海湾西边，或者更确切地说，停在陆地和马纳尔岛形成的海湾西面。那里，昏暗的海水下面，伸展着珠母沙洲，一个取之不竭的珍珠场，长度超过20海里。

　　尼莫船长、康赛议、尼德·兰德和我，我们坐在小艇后面。小艇的船长掌舵，他的四个同伴压住桨。船的缆绳被解开了，我们离去。

　　小艇朝着南方驶去。水手们并不着急。我观察到，他们的桨在水里有力地划动，每隔10秒钟才划一下，这是一般在海战时使用的划船方式。当船靠着惯性滑行时，水滴拍打着黑黢黢的海面，像是墨黑的熔铅。一个波浪，从外海涌来，使小艇轻轻涌动了一下，几个浪尖拍打着船头。

　　船上很安静。尼莫船长在想什么？也许在想他正在接近的这块陆地，他觉得离他太近了，和加拿大人想的恰恰相反，他想必是觉得还离得太远。至于康赛议，他只是纯属好奇。

　　将近凌晨5点半，地平线的第一道曙光更加清晰地勾勒出海岸高处的轮廓线。海岸东边地势相当平缓，南边略微隆起。还有五海里，海岸和雾蒙蒙的海水交融在一起。没有一条船，没有一个人采珠。这片采珠人的聚集地，现在是一片深深的寂静。正如尼莫船长跟我说过的，我们到这片海滩早了一个月。

早上6点钟，白昼突然显现。昼夜骤然降临是热带地区特有的自然现象，既没有黎明，也没有黄昏。阳光穿透东方地平线上厚厚的云层，耀眼的恒星迅速奔涌而出。

我可以清晰地看见陆地，上面还散布着树木。

小艇朝马纳尔岛前进，小岛南部呈圆弧形。尼莫船长从座位上站起来，观察洋面。

他做了个手势，锚被抛下了水，但铁链只下去了一点儿，因为底部不到一米。这个地方构成了珠母沙滩的最高点之一。小艇被海水的落潮推动了一下，立刻回转了一下。

"我们到了，阿洛纳克斯先生，"这时尼莫船长说，"您看到这个狭窄的海湾了。就是在这里，一个月后，就会有无数的船只聚集起来，都是采珠者的船。就是在这片水域，采珠者们要大胆地下去摸索。这片海湾得天独厚，特产这种类型的珍珠。强风吹不到它，大海从来不会太过波涛汹涌，这对于采珠工作极为有利。我们现在要穿上潜水服，开始我们的徒步。"

我没有回答，只是望着这可疑的海水。在水手的帮助下，我开始穿我那沉重的潜水服。尼莫船长和我的两个同伴也都在穿。鹦鹉螺号的船员中，没有人陪同我们进行这次新的旅程。

很快，我们脑袋以下整个人都被囚禁在橡胶服里，背带把氧气装置固定在我们的背上。至于路姆考夫装置，这里用不着。在我把脑袋伸进铜盔之前，问了一下船长为什么不带路姆考夫灯。

"这种装置对我们没用，"船长回答我，"我们不会去到太深的海底，阳光足够照亮我们的路。另外，把灯带到这片水域也不谨慎，它的光会出乎意料地吸引这片海域的危险生物。"

尼莫船长说出这些话的时候，我转向康赛议和尼德·兰德。但这两位已经戴上了金属头盔，他们既听不到，也没法回答。

我还有最后一个问题要问尼莫船长：

"我们的武器，猎枪呢？"我问他。

"枪？干吗用？你们的山民不就是拿一把匕首攻击熊的吗？钢刀不是比铅弹更保险吗？这是一把坚实的刀。别在您的腰带上，咱们出发吧。"

我看看我的同伴们。他们像我们一样武装好了，另外，尼德·兰德举着一把大鱼叉，那是他在离开鹦鹉螺号之前，放在小艇里的。

接着，我也照着尼莫船长的样子，让人把沉重的铜盔戴到头上，空气罐立刻运作起来。

过了一会儿，小艇的水手帮着我们一个个下到水里。在一米半水深的地方，我们的脚踩到了平整的沙地。尼莫船长给我们做了个手势。我们跟着他，经过一个缓坡，消失在水里。

到了水里，那些萦绕我脑际的想法便消失了。我重新变得惊人地平静。我的行动灵敏增加了我的自信，奇异的景象俘虏了我的想象力。

太阳已经把水下照得足够光亮，最小的东西都看得见。走了10分钟之后，我们来到五米水深的地方，地面变得几乎是平坦的。

随着我们的脚步，水里升腾起成群的单鳍属奇特鱼类，就像沼泽中成群的沙锥，这种鱼没有其他的鳍，只有尾巴上那一支。我认识爪哇鳗，真正和蛇一样，长八分米，肚子灰白色，要不是两侧有金黄色的线，很容易跟海鳗混淆起来。在硬鳍属的鱼中，我发现色彩鲜艳的燕雀鱼，身体很扁，呈椭圆形，背上插着镰刀一般的鳍，可以食用，晒干腌制后，就是一道叫作卡拉瓦德的佳肴。然后是特兰奎巴鱼，长轴属，身上覆盖着纵向八边形的鳞甲。

太阳冉冉升起，把海水照射得越来越透亮。地面渐渐变化。细沙被圆形岩石的堤道代替了，上面覆盖着一层软体动物和动物形植物。在这两个门的品种中，我注意到有贝壳瓣薄而不均匀的胎形贝，这是红海和印度洋特有的一种贝类。有环形壳的橙色满月贝、突锥状螺旋贝、波斯紫红贝，给鹦鹉螺号提供了美丽的色泽、有长角的骨螺，15厘米长，挺立在水中，像是随时准备抓人的手。有浑身长刺有角的犬齿螺、舌形贝、鸭科贝，这是可以食用的贝类，供给印度斯坦的市场，还有略微发光的水母。最后还有奇妙的扇形眼贝，是这一海域中最易繁殖的树枝形动物之一。

在这些有活力的动物形植物中，在水生植物形成的绿廊下，笨拙的节肢动物成群而过，特别多的是带牙齿的蛙类，甲壳像圆角三角形的长齿蟹、这个海域特有的椰子蟹、可怕的单性蟹。有种同样丑陋的动物，就是达尔文先生研究过的巨型蟹，我也见过不少次，大自然赐予了这种动物本能和必需的力气，以椰子为食。它们爬上岸边的树，让椰子落下来，砸开，它再用有力的钳子打开它。这里，清澈的海水中，螃蟹无比灵活地爬行着，而那些常常出没在马拉巴尔海滩的老实的大海龟，则在摇晃的岩石间慢慢挪动。

早上7点钟左右，我们终于踏上珠母沙洲，数以百万计的珠母在这里繁殖。这些珍贵的软体动物附着在岩石上，由褐色的足丝紧紧地固定在上面，纹丝不动。这就是为什么这些牡蛎不如贻贝，毕竟大自然没有剥夺贻贝的移动能力。

杂色珠母的两片壳瓣几乎相等，呈圆形，壳壁很厚，外表粗糙。其中有几只壳层层叠叠，上面有一道道淡绿色的花纹，顶部散射出光来，它们属于小牡蛎。其他珠母表面粗糙、发黑，有10年以上的年龄了，大的有15厘米宽。

尼莫船长指给我看这堆惊人的珠母。我知道，这个矿藏是真正的取之不竭，因为大自然的创造力超过了人类的破坏本性。坚持这种本性的尼德·兰德，忙不迭地把最美丽的软体动物塞进他挂在身边的网袋里。

但是我们不能停下来。必须跟随着船长，他似乎在朝着只有他认识的小径走去。地势明显走高，有时候，我的手臂抬起时，都露出了海面。然后沙洲的地面又任性地塌陷下去。我们常常在呈金字塔形的、细而高的岩石周围绕行。在它们昏暗的凹凸处，偌大的甲壳类动物把它们长长的爪子架起来，像是打仗的大炮，定睛看着我们。在我们的脚下，爬行着多组动物、藤须动物、卷须动物和环节动物，肆无忌惮地伸长它们的触角和触须。

这时，我们的面前出现一个巨大的石洞，周围是形状怪异的一堆堆岩石，岩石上铺满了各种高茎海底花草。首先，这个洞黑黢黢的深不可测，光线似乎逐渐减弱。朦胧的透明变成了被淹没的光。

尼莫船长走进洞里，我们跟在他后面。不久，我的眼睛习惯了这相对的黑暗。我分辨出那些任意扭曲的扶拱石，天然的石柱宽大地坐落在花岗岩的底座上，支撑着这些扶拱，仿佛托斯卡纳式建筑的廊柱。为什么我们难以捉摸的向导把我们领到这个海底地下室呢？我马上就能知道了。

我们走下相当陡的斜坡，脚踩到一种圆形井的底部。尼莫船长在这里停住了，他手指着一件东西，我还看不太清楚。

这是一个硕大的牡蛎，一只大砗磲，一只能够容纳一大盆圣水的圣水缸，一只宽度超过两米的承水盘，因此，比装饰在鹦鹉螺号客厅里的那只牡蛎还要大。

我走近这只惊人的软体动物。它用足丝附着在花岗岩的平台上，在岩洞平静的水中独自生长。我估计这只牡蛎重达300千克。然而，这样一只牡蛎有15千克的肉，要吃上几打，必须要有《巨人传》中巨人国王卡冈图亚的大胃。

尼莫船长显然知道这只双壳动物的存在。他不是第一次看到它，我以为他把我们带到这里来，只是为了向我们展示大自然的奇观。我搞错了。尼莫船长是特地想来看看这只砗磲当下的生长状况。

软体动物的两瓣壳半张着。船长靠近了，把匕首插进贝壳中，防止它闭上。然后，他用手把形成动物外套边缘带有流苏的膜掀起来。

在叶状褶之间，我看到一颗能活动的珍珠，像椰子核那么大。它呈球形，晶莹剔透，色泽令人赞美，做成首饰将是价值连城。我出于好奇，伸手想去抓住它，掂量它，抚摸它！但是船长阻止了我，做了一个否定的手势，迅速地抽回了他的匕首，让两瓣壳突然合上。

于是我明白了尼莫船长的意图。他要把这颗珍珠留在砗磲的外套膜里，让珍珠慢慢长大。每年，软体动物的分泌物，都要增加一个同心层。只有船长一个人知道这个岩洞，在它里面大自然的奇妙果实慢慢成熟。只有他一个人养育着它，可以说是为了有朝一日把它送回他珍贵的博物馆。他甚至可能会像中国人和印度人一样，往软体动物的壳里放几块玻璃和金属，它们会逐渐被螺钿物质覆盖。总之，和我所见过的珍珠相比，和尼莫船长的收藏品中那些闪闪发亮的珍珠相比，我估计它的价值至少是1000万法郎。这是自然界无与伦比的奇珍异宝，不是奢侈的首饰，因为我不知道哪个女人的耳朵能够承受得起它。

丰硕砗磲的参观结束了。尼莫船长离开了岩洞，我们又爬上珠母沙洲，来到还没有被采珠人搅混的清澈海水中。

我们各自分开走着，像是真正闲逛的人，每个人随心所欲地停下来或者走开去。至于我，也不再担心被我的想象力荒谬地夸大了的危险。浅滩明显接近海面，不久，我的头就超过洋面一米。康赛议走到我身边，把他的头盔贴到我的头盔上，用眼睛跟我打了个友好的招呼。但是，这个升起的平台只有几个托阿斯的长度。很快，我们回到了我们的水里。我相信现在我有权这样称呼海洋了。

10分钟后，尼莫船长突然停下。我以为他停下是想往回走。不，他做了个手势，命令我们蹲在他身边一个很大的坑里。他的手指着水里的一个点，我仔细地看着。

离我五米远的地方，出现了一个影子，贴着地面。鲨鱼的可怕念头划过我的脑际。但是我搞错了，这一次，我们依然不同海怪打交道。

这是一个人，一个活人，一个印度人，一个黑人，一个采珠人，无疑是条可怜虫，提前那么早就来了。我看到他的小船停在他头上几英尺的地方。他潜入水中，接着回到水面。他用脚夹住一颗糖块大小的石头，一根绳子把石头拴在他的船上，帮助他更快地潜入海底。这是他的全部工具。到达五米深的海底之后，他迅速跪下，将随意堆积的珠母装进他的袋子里。然后再浮上来，倒空口袋，再带着石头下去，重新开始这样的操作，每次最多30秒。

这个采珠人没有看到我们。岩石的阴影把我们遮住了。再说，这个可怜的印度人怎么会想到有人，有像他一样的人，在水中窥探他的活动，对他采珠的细节毫不放过呢！

好几次，他这样浮上来，又沉下去。他带回来不超过10只珠母，因为他必须从它们用强健的足丝附着的沙洲上把它们扯下来。而他冒着生命危险得到的这些牡蛎中，又有多少是有珍珠的呢？

我聚精会神地观察他。他的操作很有规律，半小时里，似乎没有什么危险能够威胁到他。于是我对这个有趣的采珠景象习以为常了。这时，突然，在印度人跪在地上时，我看到他做出一个恐惧的动作，起身，猛力往上蹿回海面。

我明白他的惊恐。一片巨大的阴影出现在这个不幸的采珠人头上。这是一条庞大的鲨鱼，斜角冲过来，眼睛里像是冒着火，大嘴张开！

我吓得说不出话，一动不动。

这贪婪的动物用力地摆了一下鳍，冲向印度人。他往边上一躲，避开了鲨鱼的血盆大口，但还是被它的尾巴打到了，尾巴拍打在他的胸口，打得他躺倒在地上。

这个场面只持续了几秒钟。鲨鱼游回来，翻了个身，准备把印度人咬成两段，这时，我感到待在我身边的尼莫船长猝然站了起来。他手中握着匕首，径直朝着鲨鱼走去，准备和它展开近身肉搏。

正当鲨鱼要咬不幸的印度人时，看到了新的对手，又翻过身来肚子朝上，快速冲向他。

尼莫船长的姿态我还历历在目。他曲着身子，极为冷静地等待可怕的鲨鱼。当鲨鱼冲向他时，尼莫船长以惊人的灵巧往边上一跳，躲开了冲击，把匕首插进鲨鱼肚子，但是一切还不确定。一场可怕的搏斗开始了。

可以说鲨鱼咆哮了。血从它的伤口汩汩涌出。海水染成了红色，透过这不再透明的水，我什么都看不见。

什么也看不见，直到那一刻，出现一道清澈的海水，我看到英勇无畏的船长，抓住鲨鱼的一条鳍，和这条怪物进行肉搏，用匕首在他敌人的肚子上捅了几下，但总是不能给出致命一击，就是说没有能够插进鲨鱼心脏。鲨鱼挣扎着，发狂地搅动着海水，掀起的漩涡几乎要把我冲倒。

我本想跑过去支援尼莫船长。但是，我被恐惧钉在原地，根本无法动弹。

我看着他，目光惊恐。我看到搏斗形势发生了变化，船长倒在地上，他是被鲨鱼巨大的身体压在身上而翻倒的。接着，鲨鱼的嘴巴像工厂的剪切机那样极大地张开，要不是尼德·兰德手握捕鲸叉，急速冲向鲨鱼，以可怕的尖端刺中它，船长就完蛋了。

海浪里浸染着一大摊血，鲨鱼带着难以描述的怒气急剧地拍打着海水，使海面波涛汹涌。尼德·兰德一击即中，怪物奄奄一息，击中的是心脏，它在可怕的痉挛中挣扎，掀起的浪推翻了康赛议。

此刻，尼德·兰德已经把船长解救了出来。船长没有受伤，站了起来，径直朝着印度人走去，急忙割断系住石头的绳子，把那人抱在怀里，脚后跟使劲一蹬，浮上了水面。

我们三个人跟着他，在短暂的时间里，我们奇迹般地得救了，来到采珠人的小船旁。

尼莫船长第一件关心的事，是让这个不幸的人苏醒过来。我不知道他是否能成功。我希望他成功，因为这个可怜虫浸在水里的时间不是很长，但是鲨鱼尾巴的一击可能会是致命的。

幸运的是，在康赛议和船长使劲的按摩之下，我看到溺水者逐渐恢复了知觉。他睁开眼睛。他是惊讶的，甚至是惊恐的，可想而知，因为他看到四个铜制的大脑袋俯向他！

尤其是当尼莫船长从衣服口袋里掏出一小袋珍珠，放到他手里时，他会怎么想呢？这海中之人慷慨大度的施舍，被这个锡兰的可怜印度人用颤抖的双手接了过去。他惊慌失措的眼睛也表明，他不知道这些既救了他的命还给了他钱的人，是怎样的一种超人类的存在。

船长做了个手势，我们回到珠母沙洲，按原路返回，走了半小时，我们碰到了把鹦鹉螺号的小艇固定在地上的锚。

一到艇上，我们每个人在水手的帮助下，把沉重的铜头盔取下来。

尼莫船长的第一句话是对加拿大人说的。

"谢谢，兰德师傅。"船长对他说。

"船长，这是对您的报答，"尼德·兰德回答说，"我欠您的。"

一丝微弱的笑意划过船长的嘴唇，仅此而已。

小艇在波涛上飞驰。几分钟后，我们碰到了漂在水面上的鲨鱼尸体。

从它鳍尖上的黑色，我认出这是印度洋里可怕的黑鲨，是真正的鲨鱼。这种鲨鱼身长超过25英尺，它的大嘴占据身体的三分之一。这是一条成年鲨鱼，这一点从它上颚排列成等边三角形的六排牙齿可以看出。

康赛议望着它，完全出于对科学的兴趣，我确信，他有理由把它归为软骨纲，固定鳃软骨翼目，板鳃科，角鲨属。

在我凝视这一堆无活力的死物时，一打同样凶恶的黑鲨突然出现在小艇周围。但它们没有搭理我们，而是直扑鲨鱼的尸体，争夺肉块。

早上8点半，我们回到鹦鹉螺号上。

在潜艇里，我开始思考我们在马纳尔沙洲徒步时发生的意外。很容易得出两个观点：其一，是尼莫船长无与伦比的勇敢；其二，则是他为他人献身的精神。他是人类的一个表率，却为了躲避人类而躲到海底。不管他怎么说，这个奇怪的人还没有到人性泯灭的地步。

我把这个观点告诉了他，他却用有些激动的语气回答我："教授先生，这个印度人是一个被压迫的国家的子民，我也是，并且直到我咽下最后一口气，我永远都属于这个国家！"

第四章

红 海

1月29日那一天，锡兰岛消失在我们的视线。鹦鹉螺号以每小时20海里的速度，行驶在分开马尔代夫群岛和拉克代夫群岛的迷宫一般的航道上。我们甚至沿着基坦岛航行。这是石珊瑚岛，瓦斯科·德·伽马在1499年发现，是拉克代夫群岛19个主要小岛中的一个，位于北纬10度至14度30分之间，东经69度至50度72分之间。

从我们的出发点日本海算起，我们已经航行了16,220海里，也就是7500法里。

第二天，1月30日，鹦鹉螺号升到海面时，没有看到陆地。它取道西北偏北，朝阿曼海驶去。这海位于阿拉伯半岛和印度半岛之间，是波斯湾的出海口。

这显然是一条死路，没有可能的出口。所以现在，尼莫船长要把我们带去哪里呢？我说不出来。那天加拿大人这么问我，我也这么回答，他很不满意。

"兰德师傅，船长的奇思妙想把我们带到哪里，我们就去哪里。"

"这奇思妙想，"加拿大人回答，"不会把我们带得太远。波斯湾没有出口，如果我们进去，很快就得返回。"

"好吧！那我们就返回吧，兰德师傅。如果在波斯湾之后，鹦鹉螺号想去看看红海的话，巴别尔曼德海峡就在那里，可以作为一条航道。"

"先生，不用我来告诉您吧，"尼德·兰德回答，"红海像波斯湾一样封闭，因为苏伊士地峡还没有打通，即使打通了，像我们这样的大船，也不该贸然到被闸门切断的运河里去。所以，红海还不是把我们带到欧洲去的路。"

"那您有什么想法呢？"

"我想，看过阿拉伯半岛和埃及的有趣水域后，鹦鹉螺号会回到印度洋，可能是穿过莫桑比克海峡，或许是穿过马斯卡雷涅群岛的外海，以便到达好望角。"

"一旦到达了好望角以后呢？"加拿大人特别坚持地问。

"那么，我们就进入了大西洋，我们还没有去过呢。啊！尼德老弟，您对这次海底旅行已经厌倦了吗？您对海底不断变幻的奇妙景观厌倦了吗？至于我，如果现在要结束这样一个不是谁都有机会经历的旅程，我可是会很恼火的。"

"但是，阿洛纳克斯先生，"加拿大人回答，"您知道我们被关在鹦鹉螺号上就快三个月了吗？"

"不，尼德，我不知道，也不想知道。我不算日子，也不算钟点。"

"但什么时候是个头呢？"

"该来的自然会来的。再说，我们也不能做什么，讨论也是白费力气。我的好尼德，如果您来跟我说：'我们有逃跑的机会了。'我会和您讨论一下。但眼下情况并非如此，老实说吧，我认为尼莫船长不会去欧洲海域冒险。"

从这场简短的对话可以看出，由于对鹦鹉螺号的痴迷，我俨然已经化身为船长了。

至于尼德·兰德，他自言自语，用这些话结束了对话："您说的都千真万确，但照我看来，哪里有拘束，哪里就不再有欢愉。"

一连四天，直至2月3日，鹦鹉螺号都在以不同的速度拜访不同深度的阿曼海。它好像漫无目的，像是在犹豫要走哪条航线，不过它从来没有越过北回归线。

离开阿曼海时，我们有一会儿看到马斯喀特，这是阿曼最重要的城市。我赞赏它奇特的外观，它被黑色的岩石环绕着，岩石上面是白色房屋和堡垒，黑白分明。我看到清真寺的圆顶，尖塔的挺拔塔尖，清新翠绿的露台。但这只是转瞬即逝的影像，鹦鹉螺号很快就潜入了这片海域的昏暗水里。

随后，潜艇沿着离马哈拉和哈德拉曼有六海里的阿拉伯半岛海岸继续航行，起伏的山岭耸立着古代的一些遗迹。2月5日，我们终于驶入亚丁湾，这是真正嵌入巴别尔曼德海峡的漏斗状洼地，把印度洋的海水灌入红海。

2月6日，鹦鹉螺号航行时能看到亚丁，它坐落在一个岬角上，一条狭窄的地峡把它和大陆相连，它像不可接近的直布罗陀，英国人在1839年占领了它以后，重新修建了堡垒。我看到这座城市的八角形清真寺尖塔，根据历史学家艾德里西[1]的说法，以

1　艾德里西：12世纪阿拉伯地理学家，他的著作《想跑遍全世界的人的消遣》在19世纪被翻译成法语。

前这座城市是这一带最富有、贸易最繁华的货物集散地。

我以为尼莫船长到达这里之后，会折回。但是我弄错了，令我吃惊的是，他完全没有这样做。

第二天，2月7日，我们驶入了巴别尔曼德海峡，在阿拉伯语里，这个名字的意思是"泪门"。海峡宽20海里，长只有52千米，对全速前进的鹦鹉螺号来说，穿越过去最多只是一小时的事情，但是我什么也没有看见，甚至连丕林岛都没有看见，这个岛是英国政府用来巩固在亚丁的地位的。从苏伊士去孟买、加尔各答、墨尔本、波旁岛[1]和毛里求斯的英国和法国汽船太多，在这个狭窄的通道往来如梭，鹦鹉螺号不便露面。于是它谨慎地在水面下航行。

终于，到了中午，我们在红海上乘风破浪起来。

红海是《圣经》中著名的湖，这里几乎没有雨水，也没有大河流入，过度的蒸发不断吸干海水，每年失去的水位高达一米半！这是个奇特的海湾，完全封闭。要是照一般湖泊的情况，它可能整个干涸了。这一点上，它还不如临近的里海或死海，它们的水平面，只下降到蒸发掉的水和接收到的水正好相等的程度。

红海长2600千米，宽度平均为240千米。在古埃及法老托勒密时期和罗马帝国时期，红海曾经是世界贸易的大动脉，苏伊士运河的开通会恢复它往日的重要性。这一点，苏伊士铁路已经部分体现了出来。

我甚至不想弄明白尼莫船长为什么会心血来潮，把我们带来

---

1 波旁岛：今留尼旺岛。

这个海湾，但我毫无保留地赞成鹦鹉螺号进入。潜艇以中速行驶，为了避免遇到船，有时待在海面上，有时下潜，于是我可以上上下下地观察这奇妙的海。

2月8日，从黎明开始，摩卡出现在我们面前。这座城市现在变成了废墟，一声加农炮响，城墙就会坍塌，上面稀稀拉拉有几棵绿油油的椰枣树。从前这也是个重要城市，有6个集市，26个清真寺，城墙长3千米，被14个堡垒守护着。

然后，鹦鹉螺号靠近非洲海岸，那里的海水更深。在晶莹剔透的海水之间，透过打开的客厅舷窗，我们可以欣赏光彩夺目的珊瑚丛，还有覆盖着绿角藻和墨角藻，华美如绿皮毛的大块岩石。毗邻利比亚海岸，销蚀的暗礁和小火山岛千变万化，这般美景真是让人难以形容！但是，这些树枝状结晶最为争奇斗艳的地方，要数鹦鹉螺号很快要驶向的东海岸。这是在德哈马海岸，海面下不仅铺展着盛放的动物性植物，而且纵横交错极为秀美，在海面上延伸出去足有10英寻。水面上的植物恣意生长，但水下的植物因为有水的润泽，所以更为鲜艳。

我在客厅的舷窗前这样度过的时光是如此迷人！在电舷灯的照耀下，我欣赏到多少动植物的新品种呀！有伞形菌类、深灰色的海葵，还有形状像长笛的笙珊瑚，等着牧神潘来吹奏。还有红海特有的贝类，生活在石珊瑚洞里，底部扭曲成短短的螺旋状。最后是我还不曾见过的千百种珊瑚骨，即通常说的海绵。

海绵纲是水螅型珊瑚虫的第一个纲，正是由这种奇特的产物构成，其实用价值毋庸置疑。海绵并不像有些博物学家仍然认为的那样是植物，而是海绵纲里最低等的动物，比珊瑚骨还低一等。它的动物性是没有疑问的，我们甚至不能采用古人的意见，把它看成是植物和动物之间的中介。但我应该说，博物学家对海绵的结构类型意见不一致。有的认为是珊瑚骨，还有的比如米尔纳·爱德华，认为是独立的、单一的个体。

海绵动物纲大约包括300个种，大多数海里都有，甚至某些河里也有，在那里，它们被称为"河流海绵"。但是，海绵偏爱地中海、希腊群岛、叙利亚海岸和红海的海水。这些地方生长和繁殖的海绵细腻柔软，每件价值150法郎，比如叙利亚的金黄海绵、野蛮人地区的硬海绵，等等。不过因为不可跨越的苏伊士地峡把我们分隔开来，所以我不能希望到近东各港湾去研究这些动物形植物，因此只能满足于在红海进行观察了。

我把康赛议叫到我身边，这时鹦鹉螺号正以平均八九米的深度，沿着东海岸所有这些美丽岩石慢慢行驶。

那里生长着各种各样的海绵，有带根的、有叶状的、有圆的、有手掌状的。采海绵的人比学者更有诗意，给海绵取了一些美妙的名字：花篮、圣餐杯、纺锤、驼鹿角、狮子腿、孔雀尾，还有海神手套，恰如其分。从海绵附有半液体胶质的纤维组织中，不断流出细丝一般的水，这是给每个细胞带去生命的水，又被海绵用收缩动作排出体外。珊瑚虫死后，这种物质也在排出氨水的同时腐烂、消失。于是，剩下的只有这些角质或胶质的纤维，构成家用海绵，近橙红色。按照海绵的柔软性、渗透性和抗浸泡性，用途也不同。

这些珊瑚骨附着在岩石上、软体动物的壳上，甚至在水生植物的茎上。它们甚至布满了最小的坑洼，有的摊开，其他的竖立或者像珊瑚石灰质凸出那样垂着。我告诉康赛议，这些海绵有两种采集方法，要么用网，要么用手。后一种方法需要用潜水员，也更好一点儿，因为可以保护好珊瑚骨纤维，能卖出高得多的价钱。

另外一些在海绵动物旁边大量繁殖的植物形动物，主要有形状优美的水母，软体动物则以各种各样的枪乌贼为代表。按照旅行家奥比尼的说法，枪乌贼是红海特有的，爬行动物则是条纹龟，海龟属，是餐桌上有益健康的美食。

至于鱼类，种类很多，通常惹人叹羡。鹦鹉螺号的拖网经常打上来的有鳐鱼，其中有椭圆形的丽穆鱼，砖红色，身上布满不规则的蓝色斑点，从它们双层的锯齿状棘刺可以认出它们；银脊鲟；尾巴上有斑点的赤鲟；身披两米斗篷、在水中起伏的锦带鲟鱼；没有牙齿但与鲨鱼是近亲的傲冬鱼；背上隆起成曲形针、长一英尺半的单峰驼鱼；银尾、蓝背、棕胸，但有一条灰色包边的海鳗；属于鳍科的松鱼，身上有金色狭长条纹，还有法国国旗一般的红白蓝三色；身长四分米的鳎鱼；有美艳的加朗鱼，身上装点着七条黑亮的横条纹，鳍是蓝色和黄色，鳞片是金色和银色；有团足鱼；有长着黄脑袋的耳状鱼；有鹦嘴鱼、隆头鱼、鳞鲀、虾虎鱼等，还有千百种我们去过的大洋里都有的鱼。

2月9日，鹦鹉螺号在红海最宽阔的部分航行，西岸是苏阿金港，东岸是贡富达港，两岸相距190海里。

这一天中午，测完位置之后，尼莫船长登上平台，我也在那里。我决定至少要试探到他以后的计划才让他下去。他一看到我便向我走来，优雅地给了我一支雪茄，对我说："好呀！教授先生！这片红海还合您心意吗？它里面包罗万象的鱼、动物形植物、遍地的海绵、珊瑚森林，您看够了吗？您看到海岸边矗立的城市了吗？”

"是的，尼莫船长，"我回答，"鹦鹉螺号完全准备好了，适宜做所有这些研究。啊！这是一条构造多么精妙的船！"

"是的，先生，精妙，大胆，坚不可摧！它既不惧怕红海可怕的风暴，也不惧怕海浪和暗礁。"

"确实，"我说，"这片海域被列为最可怕的海之一，如果我没有搞错的话，在古代，它就臭名昭著了。"

"糟透了，阿洛纳克斯先生。希腊和拉丁历史学家们不说它的好话，斯特拉蓬[1]说，在地中海季风期和雨季，它的状况极为险恶。阿拉伯人艾德里奇叫它科尔佐穆湾，说有大量的船沉没在海底沙洲上，没有人敢夜里在这里航行。他认为，这片海经常有可怕的风暴，散布着危险重重的小岛，'什么好东西都没有'，水底下没有，海面上也没有。确实，在古希腊作家阿里安、古希腊历史学家和地理学家阿加塔西德、古希腊地理学家阿尔泰米多尔的著作中，也是这样的观点。"

"很显然，"我说，"这些历史学家没有乘坐鹦鹉螺号航行过。"

"确实如此，"船长微笑着回答，"在这方面，现代人不比古人更进步。需要几个世纪才能发现蒸汽机的力量！谁知道再过一百年，能否看到第二艘鹦鹉螺号呢！进步总是很缓慢的，阿洛纳克斯先生。"

"不错，"我回答，"您的潜艇超前了一个世纪，甚至可能

1　斯特拉蓬：古希腊地理学家。

是几个世纪。这样一个秘密要随着它的发明者的死去而一同死去，是多么不幸的事啊！"

尼莫船长没有应答。几分钟的沉默之后，他说："刚才您对我说到，古代历史学家关于红海航船的危险的观点吧？"

"不错，"我回答，"但是他们的担心并没有夸大吧？"

"既夸大了也没有夸大，阿洛纳克斯先生。"尼莫船长回答我，我觉得他非常深刻地了解"他的红海"。"现代的船装备齐全，结构坚固，由于蒸汽很听话，能对航向有很好的把握，所以对古代的船来说的危险，对现代船已经不算危险了。必须设想最初的航海家，坐在用棕榈绳绑在一起的木板船上去冒险，用捣碎的树脂嵌填船缝，再涂上一层鲨鱼油。他们甚至连测量航线的工具都没有，在不太熟悉的海浪中摸索着航行。在这种情况下，海难应该很多，经常发生。可是在我们的时代，那些来往于苏伊士和南海之间的轮船，就再也不用担心这个海湾的风暴了，哪怕遇到季风转换期的逆风。船长和乘客在出发前无须做祭祀求神明的保佑，回来的时候，他们也不用头戴花环，身披黄金带，到附近的神庙去谢神。"

"我同意您所说的，"我说，"蒸汽机在我看来，杀死了水手的感恩之心。但是，船长，您看起来像是专门研究过这片海，您能不能告诉我它得名于何处？"

"阿洛纳克斯先生，对此有许多说法。您想知道14世纪一位编年史学家的看法吗？"

"很想知道。"

"这位别出心裁的史学家认为，以色列人渡了海，而法老却在摩西[1]的声音中葬身于重新合上的海浪，于是就有了红海的名字：

奇迹已然临现，
海水赤红如焰。
唯有称它红海，
别无其他替代。"

"这是诗人的解释，尼莫船长，"我回答，"但是我不满足于此。我想知道您个人怎么想。"

"是这样。在我看来，阿洛纳克斯先生，必须要看到红海这个名字中有一个希伯来文Edrom的翻译，古人之所以称它这个名字，那也是因为它海水的颜色特别红。"

"但是至今我看到海水颜色清澈，没有一点儿特别的颜色。"

"毫无疑问，但是朝海湾前进，您就会看到这种特殊的模样。我记得托尔湾完全是红色的，像一片血湖。"

"这种颜色，您认为是由于微小海藻的存在吗？"

"是的。这是一种紫红色胶状物质，是从一种叫作三瓣藻的微小胚芽产生的，需要四万个三瓣藻才能占满一平方微米的空

1　根据《圣经》记载，摩西率领以色列人离开埃及，在红海用杖分开海水，海中出现一条路，以色列人走过去后，摩西又用杖指点海水，海水合拢，把追赶他们的法老淹没了。

间。我们到托尔港时，也许您能看到。"

"这样说来，尼莫船长，您不是第一次坐鹦鹉螺号过红海咯？"

"不是，先生。"

"那么，既然您刚才说到以色列人渡海和埃及人的海难，我想问您，是不是在海底证实了这个重大历史事件的遗迹？"

"没有，教授先生，而且有一个充分的理由。"

"什么理由？"

"就是，摩西率领他的民众渡海的地方现在已经淤积了泥沙，骆驼在里面也只能浸没到腿上。您明白，我的鹦鹉螺号去不了那里，水不够深。"

"这个地方在……"我问。

"这个地方位于苏伊士河上边一点儿，是海湾里以前的一个深水港。那时，红海一直延伸到咸湖。现在，不管这次过海是不是奇迹，以色列人仍然能通过那里到应许之地，而法老的军队正是在这个地方毁灭的。因此我想，在这片沙地进行发掘，能发现不少武器和来源于埃及的工具吧。"

"很明显，"我回答，"但愿考古学家迟早有一天进行发掘，在苏伊士运河开凿之后，很多新城市就要在这地峡上建立起来了。对鹦鹉螺号这样的潜水艇来说，一条运河完全没用！"

"显然，可是对全世界来说是有用的，"尼莫船长说，"古人早就明白了，把红海和地中海相通，对他们的贸易有好处，但是他们从没想过直接挖一条运河，他们以尼罗河作为中介。根据传说，连接尼罗河和红海的运河，可能在赛索斯特里[1]时代就开始有了。可以肯定的是，公元前615年，尼科[2]开展了一项运河工程，用尼罗河来供水，通过和阿拉伯相望的埃及平原。沿着这条运河上溯航行，需要四天的时间，宽度能让两艘三排桨的船并行。运河由希斯塔普[3]的儿子——大流士[4]继续开掘，可能在托勒密二世[5]时期完成。斯特拉蓬见过这条运河用于航行。但是，靠近布巴斯特[6]的出发点和红海之间的坡度太缓，一年里只有几个月可以通航。这条运河用于贸易，直到安敦尼王朝[7]时期，随后被废弃，泥沙淤积。然后哈里发奥马尔[8]下令重建，最后在公元761年或者公元762年，哈里发阿尔·芒索尔为了阻止把粮食运输到反叛他的穆罕默德·本·阿布达拉那里，而下令填平了这条运河。远征埃及时，你们的波拿巴将军在苏伊士的荒漠中发现了这些工程的遗迹，而且他受到海浪突袭，差点丧命。几小时后，他回到哈德雅洛特，就是在这里，摩西早他3300年驻扎过。"

"那么，船长，把这两片海连接起来，从加的斯[9]到印度的路程就能缩短9000千米，古人不敢做，德·雷塞布[10]先生却做了。用不了多久，他就会把非洲变成一个巨大的岛。"

1　赛索斯特里：公元前20—公元前19世纪，法老的希腊名。
2　尼柯：埃及法老尼柯，埃及人称为尼柯二世，公元前601年至公元前595年在位。
3　希斯塔普：公元前6世纪波斯帝国的总督。
4　大流士：公元前522年至公元前486年，波斯国王。
5　托勒密二世：公元前308年至公元前246年，古埃及国王。
6　布巴斯特：在下埃及，曾为埃及首都。
7　安敦尼王朝：公元96年至公元192年，古罗马帝国的一个王朝。
8　哈里发奥马尔：穆斯林的第二位哈里发（穆罕默德的继承者，伊斯兰国家的领袖）。
9　加的斯：西班牙西南部一座海滨城市。
10　德·雷塞布（1805—1894），法国外交家、实业家，开凿苏伊士运河。

"是的，阿洛纳克斯先生，您有权为自己的同胞感到骄傲。这个人比那些最伟大的船长，还要给一个国家增光。他最初和很多人一样，有担忧，遭拒绝。但是他胜利了，因为他有卓绝的意志力。想想也是可悲，这项本该国际合作、足以光耀一个朝代的事业，居然要靠一个人的力量来完成。所以，向德·雷塞布先生致敬！"

"是的，荣耀属于这个伟大的公民。"我回答，被刚才尼莫船长说话的语气震惊了。

"可惜，"他又说，"我不能带您通过苏伊士运河。但是后天，您可以看到塞得港的长防波堤。"

"在地中海！"我喊道。

"是的，教授先生。这让您那么吃惊？"

"让我吃惊的是，后天我们就能到那里。"

"真的吗？"

"是的，船长，虽然我自从到您船上之后，应该已经习惯了不再对任何事感到惊讶！"

"但是，这有什么可吃惊的呢？"

"因为这惊人的速度。如果您绕非洲一圈，绕过好望角，后天就到地中海，那就不得不让鹦鹉螺号高速行驶了！"

"谁说我们要绕过非洲的，教授先生？又是谁说要绕过好望角的？"

"可是，除非鹦鹉螺号是在陆地上行驶，或者从地峡上面过去……"

"或者从底下穿过去，阿洛纳克斯先生。"

"从底下穿过去？"

"当然，"尼莫船长语气平稳地回答，"很久以来，人们在这舌形地面上所做的，大自然早在它底下做了。"

"什么！原来底下还有通道！"

"是的，底下有一条地道，我称它为阿拉伯海底隧道。从苏伊士下面开始，通到佩鲁斯海湾。"

"那么，这地峡只是由流沙构成的吗？"

"只是到某个深度。但是到了50米以下，就有一层很坚固的不可动摇的岩石。"

"您发现这地道是由于偶然的机会吗？"我越来越惊讶地问。

"出于偶然和推理，教授先生，甚至出于推理多过出于偶然。"

"船长，我听着您说，但我的耳朵却难以接受它所听到的。"

"啊！先生！'人有耳，却听不进'[1]，人总是这样的。这条海底通道不仅存在，而且我还利用过好几次。如果不是这样，我今天也不来闯红海这条死路了。"

"能不能问问您是怎样发现这条海底通道的呢，不至于太冒昧吧？"

"先生，"船长回答我，"在永远不该再分开的人之间，不该有什么秘密。"

我没有理会他这句话里的暗指，只等着尼莫船长接着讲。

"教授先生，"他对我说，"这是一个博物学家的简单推理，它引导我，也只有我，发现了这个通道。我发现，在红海和

---

1 人有耳，却听不进：原文aures habent et non audient，拉丁语，出自《圣经》诗篇113：14。

地中海，存在一定数量品种绝对相同的鱼类：海蛇、车鱼、鲃鱼、绞车鱼、簇鱼和飞鱼。确定了这个事实之后，我就寻思着这两片海域之间是否有个地方是相通的。如果有的话，由于两海的水平面高低不等，地下水流势必要从红海流到地中海。于是我在苏伊士运河附近打捞了很多鱼。我把铜环圈在鱼尾巴上，然后把鱼放回海中。几个月后，在叙利亚海岸，我找到了一些我之前套上铜环的鱼。因此，两海之间的相通就这么被证实了。我用鹦鹉螺号去找寻它，发现它，然后冒险进到里面，教授先生，不久之后您也会穿过我这条阿拉伯隧道的！"

第五章

阿拉伯隧道

就在当天，我把这次谈话的一部分内容告诉了康赛议和尼德·兰德，他们立即就表现出了兴趣。当我告诉他们，再过两天，我们就要置身地中海时，康赛议激动得拍起手来，而加拿大人则是耸了耸肩。

"一条海底隧道！"他大喊道，"连通两片海！谁听说过这种事？"

"尼德老兄，"康赛议回答，"那您听说过鹦鹉螺号吗？没有！但是它存在。所以，不要那么轻率地耸肩吧，不要以没听说过为借口，就一棒子打死。"

"咱们走着瞧吧！"尼德·兰德回嘴，一边摇着头，"总之，我宁愿相信这条通道，相信这位船长，愿老天爷保佑，他真的能把我们带去地中海。"

当天晚上，坐标北纬21度30分，鹦鹉螺号漂在洋面上，靠近阿拉伯海岸。我看到吉达港，那里是埃及、叙利亚、土耳其和印度进行贸易的重要商埠。我能分清这个城市的整体构造，以及那些因为吃水深只能沿着码头停靠的船只。太阳已经快要落到地平线，给城市中的房屋镀上一层余晖，使它们的白色更加耀眼。城外的几间木屋或者茅屋表明那是贝都因人的街区。

不久，击达港消失在夜色中，鹦鹉螺号回到微微发出磷光的水中。

第二天，2月10日，好几艘船迎面而来。鹦鹉螺号重新在水下航行。但到了中午，在测量方位时，大海一片空寂，潜艇回到吃水线上。

尼德和康赛议陪着我坐在平台上。东岸在湿蒙蒙的雾气中，显得朦胧一团。

我们靠在小艇侧面，海阔天空地聊。这时，尼德·兰德伸手指着海上的一个点，对我说："教授先生，您看到那边有样东西吗？"

"没有看见，尼德，"我回答，"我视力不像您那么好。"

"仔细看，"尼德又说，"那边，左前方，和舷灯差不多高度！您没看见好像有一团东西在蠕动吗？"

"的确，"我仔细观察过以后说，"我看到水面上，像是有一条黑黢黢的身体。"

"另一条鹦鹉螺号？"康赛议说。

"不像，"加拿大人回答，"如果我没搞错的话，这是一条鲸鱼。"

"红海里有鲸鱼吗？"康赛议问。

"有，我的好小伙儿，"我回答，"有人遇到过几次。"

"这不可能是鲸鱼，"尼德·兰德又说，同时目不转睛地盯着那东西，"鲸鱼和我，我们是老相识了，它们的外形我不可能弄错的。"

"我们等着瞧吧，"康赛议说，"鹦鹉螺号向那边驶去了，我们很快就知道那是什么东西了。"

　　的确如此，这灰黑色的物体不久离我们就只有一海里远了。它很像搁浅在海中的一大块礁石。这是什么呢？我还说不上来。

　　"啊！它在往前！它潜下去了！"尼德·兰德大声说，"真奇怪！这是什么动物呢？它不像鲸鱼或者抹香鲸，它没有分叉的尾巴，它的鳍好像断肢。"

　　"那这是……"我说。

　　"好啊，"加拿大人说，"它这回翻了个身，把乳房挺向空中了！"

　　"这是一条美人鱼，"康赛议大喊，"一条真正的美人鱼，先生不会不高兴我这么说吧。"

　　美人鱼使我摸到了门路，我明白了，这条动物属于海洋生物目，传说中它一半是女人，一半是鱼。

　　"不是，"我对康赛议说，"这绝不是一条美人鱼，而是一种非常稀奇的动物，在红海中也没有多少了。这是儒艮。"

　　"人鱼目，鱼形类，单子宫亚纲，哺乳纲，脊椎动物门。"康赛议回答。

　　康赛议这样说过之后，我也就没有什么可说的了。

　　可是尼德·兰德一直注视着。他看着那东西，眼睛里闪着贪婪的光。他的手似乎准备好要投出捕鲸叉。那样子，好像随时要等待时机，跳入大海，在水中与它搏斗。

　　"噢！先生，"他用激动到颤抖的声音对我说，"我从没有捕杀过'这种东西'。"

　　这句话把捕鲸手表现得淋漓尽致了。

这时候，尼莫船长出现在平台上。他看到了儒艮，明白了加拿大人的态度，直接对他说："兰德师傅，您只要拿起那把鱼叉，手就痒痒吗？"

"您说得很对，先生。"

"将来您重操旧业，在您捕到过的鲸类动物里再添上一头，您不会不高兴吧？"

"绝不会令我不高兴。"

"很好，那么您可以试一试。"

"谢谢您，先生。"尼德·兰德回答，眼睛亮了起来。

"只不过，"船长又说，"我建议您别错过了这头野兽，这是为您着想。"

"攻击这儒艮危险吗？"我问，尽管加拿大人在边上耸肩。

"是的，有时候有危险，"船长回答，"这野兽会转身冲向攻击它的人，把它的小艇撞翻。但对兰德师傅来说，这种危险就不需要担心了。他的目光很敏捷，臂力又稳又准。我建议他不要错过这头儒艮，是因为人们把儒艮当作鲜美野味，而且我也知道兰德师傅并不厌恶上好的鲜肉。"

"啊！"加拿大人说，"这畜生也能让人大饱口福吗？"

"是的，兰德师傅。它的肉，是真正的好肉，非常被看重，在整个马来西亚，它只被留给王公贵族们的餐桌。因此，人们对这种稀罕动物拼命猎取，就像它的同类海牛一样，儒艮也变得越来越稀有。"

"那么，船长先生，"康赛议严肃地说，"如果这头儒艮碰巧是这个物种的最后一头，为了科学的利益起见，放过它不是更好一些吗？"

"或许吧，"加拿大人回答，"但是为了膳食起见，还是打它好些。"

"您打吧，兰德师傅。"船长回答。

这个时候，七个船员像往常一样悄不作声、面无表情地登上了平台。一个人拿着鱼叉和一根像是钓鲸鱼用的钓竿。小艇松开了，从它的窝中拉出，放到海里。六个划桨者坐在横木板上，小艇艇长掌舵。尼德、康赛议还有我，坐在后面。

"船长，您不来吗？"我问。

"不了，先生，我祝你们打猎愉快。"

小艇离开大船，六支桨把它划走，很快向儒艮驶去，那时儒艮正在鹦鹉螺号两海里的海面上游来游去。

到了距离这鲸科动物还有几链远的地方，小艇放慢了速度，桨悄无声息地放入平静的水中。尼德·兰德手拎鱼叉，站在小艇前端。用来打鲸鱼的鱼叉通常绑在一条很长的绳索一端，当受伤的鲸鱼带着离去时，绳子便很快放出去。但现在这根绳子只有不到10英寻，它的另一端只拴着一只小桶，小桶浮起来，可以指出儒艮在水里面游动的路径。

我站起来，很清楚地看见加拿大人的对手。这儒艮，也叫海马，很像海牛。它身体狭长，末端是一条很长的尾鳍，两侧的鳍是真正的手指。它和海牛的区别在于它的上颚长着两颗又长又尖的牙，分别在两边作为防御武器。

尼德·兰德准备攻击的这头儒艮，体形巨大，长度至少七米。它在水面上躺着不动，像是睡着了，这使得捕猎变得简单。

小艇小心翼翼地靠近儒艮，只有三英寻之远。桨都悬在了桨架上。我身子站起来一半。尼德·兰德全身有些往后仰，老练的

295

手举起了鱼叉。

忽然，一声呼啸声传来，儒艮消失不见。使劲扔出去的捕鲸叉可能只是打了水漂。

"见鬼！"加拿大人愤怒地喊道，"我没有打中它！"

"打中了！"我说，"这动物受伤了，这不是它的血吗？不过您的叉并没有钉在它的身上。"

"我的捕鲸叉！我的捕鲸叉！"尼德·兰德喊道。

水手们又划起桨来，船长指挥小艇向浮桶划去。捕鲸叉捞了起来，小艇开始追逐那头儒艮。

儒艮不时来到海面上呼吸。它的伤并没有削弱它，因为它游得极快。小艇在有力的手臂的操纵下，迅速追上去。有几次已经接近它，只有几英寻的距离。加拿大人准备好投掷，但儒艮立刻沉下去，逃脱了，简直不可能打中它。

大家可以自己判断急性子的尼德·兰德被激怒到了什么地步。他对这不幸的动物抛出了英语中最激烈的咒骂。至于我，我看到这儒艮躲避了我们所有的诡计，只是有些遗憾罢了。

一小时内，我们不停追逐它，我开始相信，我们应该很难捕捉到它了，正在这时，这动物起了报复的念头，这可是它之后要后悔的。它回过头来，轮到它来攻击小艇了。

这一举动没有逃过加拿大人的眼睛。

"小心！"他说。

艇长说了几句奇怪的语言，大概是让水手们小心警戒。

儒艮在离小艇20英尺的地方停住，突然用它宽大的鼻孔吸了口气，它的鼻孔不是开在口鼻部位的顶端，而是在嘴的上部。然后，它一鼓作气，朝我们冲过来。

小艇无法躲开它的冲撞。艇身翻了一半，海水跑进艇中有一两吨之多，必须把它们排出去。但是，由于艇长机灵，小艇只是斜着被撞而不是正面被撞，所以没翻船。尼德·兰德抓住船首，另一只手一下一下地向这巨大的动物戳去，这东西牙齿咬住小艇的边缘，把小艇拎出水面，像狮子咬狍子那样。我们一个个都被撞翻，若不是加拿大人坚持不懈地和它搏斗，最终刺中它的心脏，我都不知道这场冒险会如何收场。

我听到牙齿在咬钢板的声音，儒艮消失不见，把捕鲸叉也带走了。但是很快，小木桶浮上水面来，一会儿，那畜生的躯体出现了，肚子朝上。小艇向前，把它拖在后面，向鹦鹉螺号划去。

如果要把儒艮拖上平台，就不得不用很大功率的滑轮，因为它重5000公斤。当着加拿大人的面，大家就把它切碎了，他坚持要看所有操作细节。当天，侍者给我送来的晚饭里，就有几片这种肉，被船上的厨师烹饪得很好。我觉得它非常可口，甚至比小牛肉还好，虽然不一定比得上牛肉。

第二天，2月11日，鹦鹉螺号的食物储存室又增加了一种鲜美的野味。一群海燕落到鹦鹉螺号上面。那是埃及特有的尼罗河海燕，黑色的嘴，灰色带斑点的脑袋，眼睛周围是一圈白点，背脊、翅膀和尾巴是浅灰色，肚子和脖子是白色的，红色的爪子。我们抓到几十只尼罗河野鸭，一种味道上佳的野鸟，脖子和脑袋是白色的，有黑点。

鹦鹉螺号中速航行着，可以说是在遛弯儿。我注意到，红海的水越接近苏伊士，咸味越淡了。

傍晚5点左右，我们在北边测定了拉斯·穆罕默德角的位置。正是这个角，构成了阿拉伯·佩特雷的顶端，在苏伊士湾和阿卡巴湾之间。

鹦鹉螺号进入朱巴尔海峡，这海峡通往苏伊士湾。我清晰地望见一座高山，屹立于两湾之间，俯瞰着拉斯·穆罕默德角。那是霍烈波山，也就是西奈山[1]，摩西曾在山顶见到上帝，上帝总是被光环笼罩着。

晚上6点，鹦鹉螺号时而在海面漂浮，时而潜入水下，通过托尔的外海。托尔位于海湾的尽头，海水像是染上了一层红色，关于这事尼莫船长之前已经说过了。然后夜幕降临了，不时有鹈鹕和一些夜鸟的啼鸣、海浪拍击岩石的声音和远处汽轮拍击水面的呜咽声，打破凝重的寂静。

晚上8点到9点，鹦鹉螺号沉在水下几米的地方。据我计算，我们离苏伊士很近了。透过客厅的舷窗，我看到被我们的电灯光照得发亮的岩石根基。我觉得海峡越来越狭窄。

晚上9点15分，船又浮出水面，我也登上平台。我急不可待地想穿越尼莫船长说的隧道，我没法待在原地，我想呼吸夜晚的新鲜空气。

很快，在黑暗中，我看见在离我们一海里的地方，有一点儿微弱的火光，被雾气弄得有些模糊。

"一座浮在水上的灯塔。"有人在我身旁说。

我回过头来，是船长。

"这是苏伊士的导航灯，"他又说，"我们很快就到达隧道口了。"

"进入隧道不容易吧？"

1　西奈山：摩西领受《十诫》的地方。出自《圣经·申命记》。

"不容易，先生。所以，照惯例我是亲自待在驾驶室里，亲自指挥操作。现在，您得下去了，阿洛纳克斯先生，鹦鹉螺号现在要潜入水中了，直到通过阿拉伯隧道才浮上海面。"

我跟着尼莫船长。舱盖关上了，储水罐装满了水，潜艇下沉了十来米。

正当我要回到自己房间时，船长把我叫住了。

"教授先生，"他对我说，"您想陪我一起去驾驶室吗？"

"求之不得，我刚才还不敢向您提出呢。"我回答。

"那就一起来吧。这样您会看到这次既是地面下又是海面下的航行中所有能看到的一切。"

尼莫船长领我到中央楼梯。走到一半时，他打开一扇门，沿着上层的长廊走去，到达了驾驶舱。之前说过，驾驶舱在平台的末端。

这是一间六英尺见方的舱室，与密西西比河和哈德孙河上的汽轮舵手所占空间差不多大。中间有一架垂直放置的轮子正在运转，轮子的啮合与操舵链相连，一直通到鹦鹉螺号的舵链上。四面舷窗是透镜玻璃，嵌入舱室的四壁，让舵手能看到四面八方。

舱室昏暗，但不久我的眼睛就习惯了这种昏暗。我看见里面的领航人，这是个充满活力的男人，双手把住舵轮的轮缘。外面，大海看起来被舷灯照得亮晃晃的，舷灯在舱室后面，在平台的另一端。

"现在，"尼莫船长说，"我们来找地下通道吧。"

一些电线把驾驶室和机房相连，船长在那里可以同时指挥鹦鹉螺号的航向和运行。他按了一下金属钮，螺旋桨的速度就立即大幅度降低了。

我们此刻正沿着高墙航行，我默默望着，这是沿海的沙土高地不可撼动的基础。我们就这样沿着它航行了一小时，离石壁只有几米之远。尼莫船长两眼盯住那个挂在舱室里的同心圆指南针。他做一个简单的手势，舵手就立即改变鹦鹉螺号的航向。

我在左舷的船窗边，望见了奇妙的珊瑚底层结构，无数动物形植物、藻类和甲壳类动物舞动着大爪子，从岩石的凹处伸出来。

晚上10点15分，尼莫船长亲自掌舵。一条宽阔的长廊，幽深又漆黑，在我们面前出现。鹦鹉螺号大胆地开了进去。潜艇两侧响起了不同寻常的噪声。这是红海的海水顺着隧道坡泻入地中海发出的声音。鹦鹉螺号随着这激流下去，飞梭如箭，虽然它的螺旋桨逆向转动，想要抵挡冲力，但也没有用。

在通道的窄墙上，我只看到一束束光，一些直线，一些飞速的电灯光下的火光痕迹。我的心怦怦乱跳，我用手按住胸口。

晚上10点35分，尼莫船长放下舵轮，回过身来对我说："地中海。"

不到20分钟，鹦鹉螺号被激流推动着，刚刚通过了苏伊士地峡。

第六章

希腊群岛

第二天，2月12日，天蒙蒙亮，鹦鹉螺号又浮上了水面。我急忙冲向平台。在南面三海里处，呈现出贝鲁斯城的模糊轮廓。一股激流把我们从一片海域冲向了另一片海域，但这条隧道下行容易，逆流而上大概是不可行的。

将近早上7点，尼德和康赛议和我会面。这两个形影不离的伙伴睡得很安稳，完全不留心鹦鹉螺号的壮举。

"好吧，博物学家先生，"加拿大人用有点儿嘲讽的口气问，"地中海呢？"

"我们现在正在它的水面上，尼德老弟。"

"嗯！"康赛议说，"就这一夜之间？"

"对，就一夜之间，几分钟内，我们就穿越了这看似不可逾越的地峡。"

"我不相信。"加拿大人说。

"这就是您的不是了，兰德师傅，"我接着说，"南边圆弧形的低海岸是埃及海岸。"

"对别人说去吧，先生。"固执的加拿大人反驳。

"但是既然先生那么肯定，"康赛议说，"应该相信先生。"

"况且，尼德，尼莫船长给我面子让我看他的隧道，我就在他边上，在驾驶舱里，他亲自驾驶鹦鹉螺号，通过了这狭窄的通道。"

"您听到吗，尼德？"康赛议说。

"您眼力那么好，"我又加了一句，"尼德，您可以望见塞得港长堤延伸到海里。"

加拿大人仔细看了一下。

"的确，"他说，"您说得对，教授先生，您的船长真是个厉害人物。我们真的在地中海了。很好，我们来商讨一下我们的小事情吧，但不要让别人听见。"

我很明白加拿大人要谈什么事情。不管怎么样，我想既然他那么心心念念，那么谈一谈也好。我们三个人坐在舷灯边上，那里我们可以避免被浪花溅湿。

"尼德，"我说，"我们现在可以听您说了，您要说什么？"

"我要跟你们说的，非常简单，"加拿大人回答，"我们现在在欧洲，在尼莫船长任意妄为地把我们带到极地的海底之前，或者把我们带回大洋洲之前，我要求离开鹦鹉螺号。"

我承认，跟加拿大人谈论这件事总是使我心中为难。我一点都不想束缚我同伴们的自由，然而，我自己却没有一点儿要离开尼莫船长的意思。靠着这鹦鹉螺号，我每天充实着我的海底研究，而且能每天在深海里修改我那本书。除此之外，我还找得到这样好的机会，观赏海洋的奇观吗？当然不能！因此，在完成这次环球探索之前，我绝不会有离开鹦鹉螺号的念头。

"尼德老弟，"我说，"请您直白地告诉我，您在船上真的感到厌烦吗？命运把您抛到尼莫船长手里，您感到遗憾吗？"

加拿大人沉默了片刻没有回答。于是，他交叉双臂："说实话，"他说，"我对这次海底旅行并不后悔，我很高兴旅行过。不过，要使它变成'旅行过'，就要把它结束。我就是这么想的。"

"旅行会结束的，尼德。"

"在哪里？什么时候？"

"哪里？我不知道。什么时候？我说不上来，不如说，我设想，当海洋没有什么能再让我们学习的时候，旅行就结束了。在这个世界上，凡是开始的，就必然有一个终结。"

"我跟先生的想法一样，"康赛议回答，"很可能在跑遍了全球的海洋之后，尼莫船长就会让我们仨远走高飞。"

"远走高飞！"加拿大人喊道，"您是说驾鹤西归吗？"

"不用夸张，尼德师傅，"我回答，"我们一点儿也用不着害怕尼莫船长，但是我也不同意康赛议的说法。我们获得了鹦鹉螺号的秘密，我不觉得它的船长会为了我们的自由，让他的秘密满世界跑。"

"那么，您期待的是什么呢？"加拿大人问。

"我期待的是，六个月后，跟现在一样，出现一些我们能够利用，也应该利用的情况。"

"啊哈！"尼德·兰德说，"请问博物学家先生，再过六个月我们会在哪里？"

"可能还在这里，也可能在中国。您知道，鹦鹉螺号跑得飞快。它穿过海洋，就像燕子划过天际，或像快车穿过大陆。它绝不怕有船只来往的海洋，谁说它不会在法国、英国或者美洲靠岸呢，在那些地方，想逃跑难道不和这里一样容易吗？"

"阿洛纳克斯先生，"加拿大人回答，"您的观点在根本上犯了个错。您说的是将来'我们会在那里，我们会在这里！'而我说的是现在'我们在这里，必须好好利用机会。'"

我被尼德·兰德的逻辑紧逼，感觉自己说不过他。我不知道还能有什么理由来支撑我的观点。

"先生，"尼德·兰德又说，"我们做一个不可能的假定，假定尼莫船长今天就给了您自由，您接受吗？"

"我不知道。"我答道。

"如果他再补充一句，今天给出的这个提议，以后不会再提出，您会接受吗？"

我不回答。

"康赛议老弟怎么想呢？"尼德·兰德问。

"康赛议老弟嘛，"这个高尚的小伙子平静地回答，"康赛议老弟无可奉告。他对这个问题毫无兴趣。他就像他的主人一样，跟他的同伴尼德一样，他是个单身汉，没有妻子，没有父母，没有孩子在家乡等他。他伺候先生，想先生所想，说先生所说，他很遗憾，人们不能把他算上一票，凑成大多数。现在只有两个人出席，一边是先生，一边是尼德·兰德。这话说过后，康塞议老弟就默默听着，他准备计分。"

看到康赛议这样完全置身事外，我忍不住微笑。说到底，加拿大人应该高兴，毕竟康赛议没有反对他。

"那么，先生，"尼德·兰德说，"既然康赛议不存在了，那就我们俩来讨论这个问题吧。我说过，您也听到我说了。您有什么想回答的吗？"

显然，必须要给个结论，这种躲躲闪闪，我也是很反感的。

"尼德老弟，"我说，"这就是我的回答：您反对我不是没有道理的，我的观点在你的观点面前站不住脚。不该指望着尼莫船长大发慈悲。即便是出于最普通的谨慎，他也不会给我们自由的。反过来说，出于谨慎，我们也要利用这第一次机会，离开鹦鹉螺号。"

"对，阿洛纳克斯先生，这话说得明智。"

"不过，"我说，"我要提出一点，仅仅是一点。机会一定要很有把握。我们逃跑必须一次成功。因为，如果失败了，我们就不会有机会再次逃跑了，尼莫船长不会原谅我们的。"

"您这话很正确，"加拿大人回答说，"但是您的这句评论可以应用到所有的逃跑计划上面，两年后或者两天内做的，都合适。所以，问题的关键一直都是：一旦有好机会出现，就要好好把握。"

"我同意。现在请您告诉我，尼德，您所谓的好机会是指什么呢？"

"我所谓的好机会，就是指一个黑夜里，鹦鹉螺号离欧洲海岸不远的时候。"

"您打算游过去吗？"

"对，如果我们离海岸足够近，船又浮在水面的话。如果远一点儿，而船又在海面下行驶，就不行。"

"不行的话，那怎么办呢？"

"这种情况下，就想办法用那只小艇脱身。我知道如何操作它。我们走进小艇，把螺丝钉松开，我们就浮上水面来，就是在船头的舵手，也看不见我们逃走。"

"好，尼德。您小心窥伺这个机会吧。别忘了，一个失败就会断送了我们的希望。"

"我不会忘记，先生。"

"现在，尼德，您愿意知道我对于您的计划的想法吗？"

"很愿意，阿洛纳克斯先生。"

"很好，我想——我没有说我希望——我想这个有利机会不会到来的。"

"为什么不会到来？"

"因为我们并没有抛弃恢复自由的希望，尼莫船长不会假装不知道，他会保持警戒，尤其是在看得见欧洲海岸的海面上。"

"我赞同先生的看法。"康赛议说。

"我们走着瞧吧。"尼德·兰德回答，态度坚定地摇了摇头。

"现在，尼德·兰德，"我又说，"就说到这儿吧。在这个问题上，不要再多说一个字了。哪一天您准备好了，您就通知我们，我们跟着您走。我完全听您的。"

这次谈话谈到这里就结束了，可是后来却发生了严重的后果。现在我应该要说，事实证明了我的预感，这令加拿大人非常失望。尼莫船长在这些船只往来频繁的海洋上，对我们存着戒心，或者他只是想避开那些穿梭于地中海的为数众多的各国船只？我不知道，但是他总是保持在水下，或者离海岸很远的海面行驶。要么鹦鹉螺号浮出水面时只露出舵手的驾驶舱，要么潜入很深的地方，因为在希腊群岛和小亚细亚之间，我们找不到深两千米的海底。

因此，我没有看到斯波拉泽斯群岛[1]中的卡尔帕托斯岛，尼莫船长对我提到这个岛时，一根手指指着地球平面球形图上的一点，引用了维吉尔[2]的诗句：

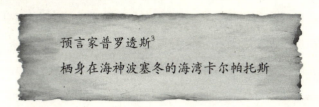

预言家普罗透斯[3]
栖身在海神波塞冬的海湾卡尔帕托斯

事实上，这是普罗透斯，也就是为海神波塞冬放牧的老牧人古时候住的地方，如今成了斯卡尔潘多岛，在罗德岛和克里特岛之间。透过客厅舷窗，我只看到这个岛的花岗岩基底。

第二天，2月14日，我决定用几小时来研究希腊群岛的鱼。但是不知道什么原因，舱门关得严严实实。在测定鹦鹉螺号的方位时，我注意到潜艇往坎迪岛，也就是原先的克里特岛前进。在我登上亚伯拉罕·林肯号时，这个岛上刚刚爆发了对土耳其暴政的起义。可是，从那时起，起义变得如何，我无从得知。尼莫船长和陆地断了一切联系，也不能告诉我。

所以，晚上和船长单独在客厅时，我丝毫没有提及这件事情。再说，我觉得他沉默寡言，若有所思。接着，他一反常态，下令打开客厅的两道护板窗，从这扇窗走到那扇窗，仔细凝视着

---

1 斯波拉泽斯群岛：希腊东海岸的一个群岛，位于爱琴海北部海域。

2 维吉尔：公元前70—公元前19年，古罗马诗人，著有《牧歌》《农事诗》《埃涅阿斯纪》。

3 普罗透斯：希腊神话中的海中老人，可以预测未来，但其外形经常变换，使人捉摸不透。

海水。出于什么目的我猜不透，至于我，则利用时间研究从我面前游过的鱼。

　　其中我注意到虾虎鱼，亚里士多德提到过这种鱼，俗称"海花鳅"，尤其在尼罗河三角洲附近的咸水里能遇到。在它们身边游动着半带磷光的大西洋鲷，一种被埃及人视作神圣的生物，它们一旦出现在尼罗河里，就预示着河水泛滥，要举办宗教仪式来祭祀。我同样记下了三分米长的雪鳞鱼，这是一种硬骨鱼，鳞片透明，青灰色，伴有红斑，大量吞噬海洋植物，这使得它们肉质鲜美，古罗马美食家十分看重。这种鱼的内脏伴以海鳝的鱼白、孔雀脑和红鹳舌食用，就构成一道只应天上有的佳肴，能让维特利乌斯[1]心醉神迷。

　　另一种海洋生物吸引了我的注意，使我回忆起古代的一系列事件。这是印头鱼，附着在鲨鱼的肚子上旅行。按照古人的说法，这种小鱼附着在船的水下部分，能够使行进中的船停下来，而且它们中的一条，在阿克提奥姆海战中拖住了安东尼的船，才使屋大维·奥古斯都取得了胜利。国家的命运竟是系于这条鱼啊！我同样观察到令人称羡的花鱼，属鲈鱼目。对希腊人来说，这是一种神圣的鱼，他们觉得这种鱼可以清除他们常去海域的海怪。它们的名字里有个"花"字，它们身上的颜色确实绚丽多彩，可谓名副其实，红色中就包含着淡一点儿的玫瑰红到闪亮的宝石红这一系列的细微差别，连背鳍上都闪烁着变化不定的光。我的眼睛离不开这些海中的奇迹，这时，意想不到地出现一样东西，让我大吃一惊。

1　维特利乌斯（公元15—公元69），罗马帝国第八任皇帝。

水中出现了一个人，一个腰带上挂着皮带的潜水员。这不是一具漂浮在水里的尸体。这是一个活人，正用有力的手臂划着水，有时消失不见，为了浮到海面呼吸，然后马上又潜下去。

我转身看向船长，声音很激动。

"一个人！一个海难者！"我喊道，"必须不惜一切代价救援他！"

船长没有回答我，走过来靠在舷窗上。

那人靠过来，脸贴在玻璃上，望着我们。

令我大吃一惊的是，尼莫船长向他做了个手势。潜水者也给他回了一个手势，马上重新浮到水面，不再出现。

"您不必担心，"船长对我说，"这是马塔潘角的尼古拉，绰号勒佩斯[1]，他在西克拉德群岛鼎鼎有名。一个有胆魄的潜水者！水就是他的栖居场所，他待在水里比待在陆地上的时间多，不断从一个岛游到另一个岛，一直游到克里特岛。"

"您认识他吗，船长？"

"为什么不呢，阿洛纳克斯先生？"

说完，尼莫船长走向客厅左舷窗旁的柜子。我在柜子旁看到一只箍了铁的箱子，箱盖上有一块铜牌，上面有"鹦鹉螺号"的标记，还有那句"动中之动"的格言。

这时，船长无视我的存在，打开箱子，这是一种保险箱，里面藏着大量金属锭。

这是些金锭。这一大笔珍贵金属，是从哪儿来的呢？船长是从哪儿弄来的这些金子呢？他要用它们来干吗呢？

---

1 勒佩斯：Le Pesce，意大利语中表示"鱼"。

我一言不发。我只是看着。尼莫船长把金锭一个一个拿出来，整齐地放在箱子里，全都填满了。我估摸着箱子里装了一吨重的黄金，也就是差不多500万法郎。

箱子紧紧地关上了，船长在箱盖上写了一个地址，用的文字应该属于现代希腊语。

写完后，尼莫船长按了一下电钮，按钮的电线和船员的舱室相通。四个男人出现了，他们费了好大力气把箱子推出客厅。然后我听到他们用滑轮把箱子吊到铁梯上的声音。

这时，尼莫船长朝我转过身来。

"您刚刚说什么，阿洛纳克斯先生？"他问我。

"什么都没说，船长。"

"那么，先生，请允许我祝您晚安。"

可以想象，我回到房间时内心有多困惑。我想睡觉，但只是徒劳。我寻找着那位潜水者的出现和这个装满金子的箱子之间的关系。很快，我感觉到船体有一阵晃动，我感到鹦鹉螺号离开下面的水层，回到水面。

然后，我听到平台上的脚步声。我明白有人取出了小艇，把它抛入海里。小艇碰到鹦鹉螺号的艇侧，就鸦雀无声了。

两小时之后，同样的声音，同样的来回走动声，重新响起。小艇被吊回潜艇上，放回原来的槽里，鹦鹉螺号重新潜入水中。

这样说来，这几百万法郎就转移到目的地。这是在大陆的什么地方呢？谁是尼莫船长的联系人呢？

第二天，我把夜里的事情告诉了康赛议和加拿大人，这件事引起了我极大的好奇心。我的两个同伴的吃惊也不亚于我。

"可是，他是从哪里搞到这几百万的呢？"尼德·兰德问。

关于这个问题，不可能有回答。我吃过早餐后，来到客厅，开始工作。直到傍晚5点，我一直在写我的笔记。这时候——由于我自己情绪的问题——我感到极度燥热，不得不脱掉我的足丝衣裳。真是奇怪，因为我们是在高纬度地区，再说，鹦鹉螺号潜在水下，没理由会感受到水温的升高。我看了看气压计，它指出水深60英尺，在这里，气温不会很高。

我继续工作，但是温度升高到难以忍受的地步。

"船上是着火了吗？"我纳闷。

我正要离开客厅，尼莫船长进来了。他靠近温度计，看了看，然后朝我转过身来。

"42摄氏度。"他说。

"船长，我感觉到了，"我回答，"温度要是再上升一点儿，我们就受不了了。"

"噢！教授先生，温度只有在我们想让它升高时才会升高。"

"您可以按您的意愿调节温度咯？"

"不，但是我能够离开热源。"

"所以是外面传来的热度吗？"

"当然。我们是在沸水中航行。"

"可能吗？"我嚷道。

"您请看。"

护窗板打开了，我看到鹦鹉螺号周围的海水完全是白色的。一股含硫黄的蒸汽在海水中翻滚，仿佛一锅炉的水在沸腾。我把手放在一面舷窗上，烫得我只好把手缩回来。

"我们在哪里？"我问道。

"在圣托里尼岛[1]附近，教授先生，"船长回答我，"正好在分开新卡蒙尼岛和旧卡蒙尼岛的海峡。我想让您看看海底火山爆发的奇观。"

　　"我还以为，"我说，"这些新岛的形成已经结束了。"

　　"在这片有火山活动的区域，一切都不会结束，"尼莫船长回答，"地球始终在受地下火的活动影响。按照卡西奥多罗斯[2]和普利尼的说法，公元19年，这些最近形成的小岛的同一地方，已经有一座新岛，即泰伊亚女神岛出现。接着，它又被海浪吞没，到公元69年重新浮出水面，接着又一次沉没。从那个时期开始，到今天，火山活动中止了。但是，1866年2月3日，一座新的小岛，被称为乔治岛，出现在硫黄蒸汽中，就在新卡蒙尼岛附近，并在同月6日，和它接合了。七天之后，2月13日，阿佛罗艾萨岛出现了，在新卡蒙尼岛和它之间，构成了一条10米宽的海峡。这个现象发生时，我正好在这片海域，才得以看到整个过程。阿佛罗艾萨岛呈弧形，直径有300英尺，高30英尺。它是由黑色玻璃质熔岩构成的，混杂着长石质碎块。最后，3月10日，一座更小的岛，叫作雷卡岛，出现在新卡蒙尼岛附近。之后，这三个岛连接成一片，构成同一个岛。"

　　"眼下我们所在的这个海峡呢？"我问。

　　"在这儿，"尼莫船长回答，给我指出一张群岛地图，"您看，我标出了新的小岛。"

1　圣托里尼岛：在希腊大陆东南200千米的爱琴海上，由一群火山组成的岛环起重要作用。

2　卡西奥多罗斯：中世纪初期罗马的政治家和作家，对中世纪初期的基督教发展有很大影响。

"但这个海峡有朝一日会填上吗？"

"很有可能，阿洛纳克斯先生。因为从1866年以来，有八座熔岩小岛出现在旧卡蒙尼的圣尼古拉港对面。所以很显然，新旧卡蒙尼岛在不久的将来会连接上。在太平洋里，是纤毛虫造出陆地。而在这里，是火山爆发现象造成的。您看，先生，看看这波涛之下的宏伟工程。"

我回到舷窗前。这时鹦鹉螺号不再行驶了。我们已经热得无法忍受。大海从白色变成了红色，这是铁盐造成的颜色变化。尽管客厅是密封的，一股难以忍受的硫黄气味还是钻了进来，我看到明艳的火焰，使电灯光都显得暗淡。

我汗流浃背，感到窒息，快要烤焦了。是的，说实话，我感觉自己要冒烟了！

"我们不能再待在这沸水里了。"我对船长说。

"的确，再待下去就太不谨慎了。"尼莫船长冷静地回答。

他下了一道命令。鹦鹉螺号转向左边，远离这火炉，再这么死撑下去，必定要受到惩罚。一刻钟后，我们升到海面上呼吸。

这时我想，尼德·兰德如果选择这片海域逃跑，我们是不可能活着逃出这片火海了。

第二天，2月16日，我们离开这个位于罗德岛和亚历山大港之间的海底盆地，深3000米。鹦鹉螺号经过西里各岛[1]海域，绕过马塔潘岛，离开了希腊群岛。

1　西里各岛：基西拉岛的旧称，希腊群岛最南面的岛屿。

第七章

地中海48小时

地中海，绝美的蔚蓝海洋，希伯来人的"大海洋"，希腊人的"海"，古罗马人的"我们的海"。周围种植着橘树、芦荟、仙人掌、海松树，弥漫着爱神木的芬芳，群山环绕，空气纯净清新，但是由于被地下火不断炙烤着，这仍然是个真正的战场，尼普顿[1]和普鲁托[2]依然在这里争夺世界霸权。"正是这儿，"米什莱说，"在地中海沿岸和海上，人类受着地球上最严酷气候之一的磨炼。"

但是，不管它多美，我也只能对这个面积200平方千米的海洋匆匆瞥一眼。我甚至没能请教得上尼莫船长个人关于这片海的认知，因为这个谜一般的人物，在这次高速穿越中，一次都没有露面。我估计鹦鹉螺号在海峡穿越的路程有600海里。这次旅程，走了两天两夜。2月16日早上从希腊海域出发，18日旭日东升时，我们已经越过了直布罗陀海峡。

---

1 尼普顿：海神，相当于希腊神话中的波塞冬。
2 普鲁托：罗马神话中的冥王，相当于希腊神话中的哈迪斯。它的词根为希腊语中的"财富"，因为冥王被认为掌管地下财富。

对我来说，很明显，这片地中海是属于尼莫船长所逃避的陆地范畴，所以他不喜欢。地中海的波浪和微风，就算不说是悔恨的话，也会带给他太多回忆。在这里，他再也没有那种海洋带来的自由神态和独立。他的鹦鹉螺号在非洲和欧洲接近的两岸之间行驶，也感到狭隘局促。

现在我们的航速是每小时25海里，也就是12海里又4000米。不用说，尼德·兰德非常懊恼地不得不放弃他的逃跑计划。由于潜艇每秒钟行驶12至13米，他没办法利用小艇。在这种情况下逃离鹦鹉螺号，那就像是从高速行驶的快车上往下跳，如果他真这么做，那就太过鲁莽了。另外，我们的潜艇只在夜里才浮上水面来，补给新鲜空气，它只根据罗盘的指针和测程仪的指示来行驶。

所以，我从地中海里看到的景象，就像快车里的旅客看到的景色一样，从眼前呼啸而过，也就是说，只是些远景，而不是像闪电一般掠过的近景。可是，康赛议和我，我们还可以观察几种地中海的鱼，它们强大有力的鳍能使它们在水中和鹦鹉螺号保持一段时间的同行。我们隐蔽在客厅的舷窗前做记录，这些记录使我们能修改一下对地中海鱼类的看法。

我只能看到一些栖居在地中海里的鱼，因为鹦鹉螺号的高速运行，大部分鱼类我都观赏不到。就允许我给这些鱼随性地分类一下吧，这能让我更好地快速观察。

在被电灯光照得一片通明的海水中，蛇行着几条一米长的七鳃鳗。这种鱼几乎能在所有的气候中生存。有些尖嘴鳐，宽五英尺，腹部呈白色，背脊灰色、有斑点，随着水流往前游，像是宽大的披肩。其他的鳐鱼飞快地游过，以至于我看不出它们是否配得上古希腊人所取的"飞鹰"这个称号，或者像现代渔民所取的老鼠、蟾蜍和蝙蝠的称号。有几条潜水员特别害怕的鸢鲨，长12英尺，在比赛谁游得快。有些海狐，8英尺长，嗅觉极其灵敏，看起来像大块的浅蓝色阴影。有些鲷属剑鱼，有的长达1.3米，裹着银色和天蓝色外衣，还裹着带子，在暗色鳍的衬托下分外醒目。还有用来祭祀维纳斯女神的鱼，眼睛镶嵌在金色眉毛里，这是珍贵的品种，所有水域中，不论淡水、咸水都能适应，可以生活在河流、湖泊和海洋里，也可以生活在各种气候下，受得了任何温度。这种鱼要追溯到远古时期，它们还保存着原始的全部美艳。有些华美的鲟鱼，9到10米长，能游很远的距离。它们用有力的尾巴敲击舷窗玻璃，露出带棕色斑点的浅蓝色背脊。它们还酷似鲨鱼，虽然力量不能与之抗衡，但在所有的海洋里都能遇到它们。春天，它们喜欢上溯到大江大河，喜欢沿着伏尔加河、多瑙河、波河、莱茵河、卢瓦尔河、奥得河逆流而上，以鲱鱼、鲭鱼、鲑鱼和鳕鱼为食。鲟鱼虽然属于软骨纲，却很细嫩，可以吃新鲜的，也可以晒干，醋渍或者腌制成咸鱼。从前，鲟鱼曾被隆重地摆上卢库鲁斯[1]的餐桌。当鹦鹉螺号靠近海面的时候，我在地中海的各种鱼中可以清楚地观察到鲭鲔鱼。它们属于硬骨纲的第六十三属，背脊蓝黑色，腹部有银白色的鳞，辐射状的背脊闪出金光，以追逐船只而著名。它们追逐凉快的阴影，以躲避热带的炎炎烈日。果不其然，它们陪伴着鹦鹉螺号，就像以前陪伴着拉佩鲁斯的船舰一般。很长一段时间里，它们和鹦鹉螺号比赛速度。我不

---

1 卢库鲁斯：古罗马将军，享乐主义，奢侈无度，他的名字成为浪费的同义词。

停地赞赏着这些天生的竞速者：它们的脑袋很小，身子光滑，呈纺锤形，有些身长超过三米，它们拥有强有力的胸肌，尾鳍岔开。它们呈三角形往前游动，像一些鸟群，速度也能与之媲美，所以古人说它们深谙几何与谋略。可是，它们根本逃脱不了普罗旺斯渔民的追捕。那里的渔民看重这种鱼，就像普罗波恩蒂斯海[1]边居民和意大利人一样。这些珍贵的鱼成千上万盲目又冒失地投入马赛人的渔网里去送命。

为了记忆，我还列举一些康赛议和我瞬间瞥见过的地中海的鱼。其中有浅白色的电鳗，像抓不住的蒸汽一般掠过；有海鳝鱼，像3至4米长的海鳗，身上点缀着绿、蓝、黄三色；有无须鳕鱼，长三英尺，其肝味道鲜美；有绦鱼，像细长的海藻一般浮来浮去；有鲂，诗人们称之为琴鱼，水手们称之为哨鱼，嘴上装有两块三角形锯齿状薄片，像是荷马老人的乐器；有燕子鲂鱼，因为游动起来快如飞燕而得名；有石斑鱼，头是红的，背鳍上满是细丝；有西鲱鱼，装饰着黑色、灰色、棕色、蓝色、黄色和绿色的斑点，这种鱼对银铃的声音很敏感；有色彩炫目的大菱鲆，它们是海里的锦鸡，菱形，鳍是淡黄色的，带褐色的小斑点，左边上部一般有褐色和黄色的大理石斑纹；最后还有成群的可爱的海绯鲤，这是大洋里真正的极乐鸟。古罗马人给每条鱼的价格出到了一万个小银币[2]，他们在餐桌上宰杀海绯鲤，就是为了残忍地看一眼鱼从活着时的朱砂色变成死后的苍白色。

我没有看到米拉莱鱼、鳞鲀、单鼻鲀、海马、芦昂鱼、向心

---

1 普罗波恩蒂斯海：马尔马拉海旧称，是亚洲小亚细亚半岛和欧洲巴尔干半岛之间的内海，具有重要的政治及军事战略地位。
2 小银币：古罗马小银币，相当于两个半罗马铜币。

鱼、鳎鱼、羊鱼、隆头鱼、胡瓜鱼、飞鱼、鲹鱼、鲷鱼、泥铲鱼、颌针鱼，以及鲽鱼目中的主要代表：黄盖鲽、飞鲽、箬鳎、舌鳎和菱鲆等大西洋和地中海都有的鱼，这得怪鹦鹉螺号在穿越这片丰富海域时令人目眩的速度。

至于海洋哺乳类动物，经过亚得里亚海的出口时，我相信我看到过两三条抹香鲸，长着和真甲鲸一样的背鳍；几条圆头属的海豚，这是地中海特有的，额头上有浅色的条纹；还有一打白色肚皮黑色毛海豹，它们以教士之名流传于世，因为它们绝对有着多明我会[1]教士的神情，身长有三米。

康赛议那边，他觉得自己看到了一只六英尺宽的海龟，有三条纵向凸起的棱骨。我没看到这爬行动物，真是遗憾，因为从康赛议给我的描述中，我觉得那是一只棱皮龟，品种相当罕见。而我只看到几只长甲龟。

至于动物形植物，我曾看到一只美丽的橘黄色唇形水蛭，它附着在左舷的窗玻璃上。这是一条细长线，像树一样分成无数的枝条，末端形成极致细腻的花边，就连能和阿拉克妮[2]匹敌的对手也绣不出来。可惜我没法捕捉到这出色的样品，要不是鹦鹉螺号在16日晚上奇怪地放慢了速度，地中海的其他动物形植物无疑也不能呈现在我眼前。当时是如下这样的情况。

我们正从西西里岛和突尼斯海岸中间穿过。在卡本半岛和墨西拿海峡间，海底几乎是突然升高了。那里形成了真正的山脊，水深只有17米，两侧深度达到170米。因此鹦鹉螺号要小心行驶，怕撞上这道海底栅栏。

1　多明我会：中世纪天主教派别之一，由多明我创立。
2　阿拉克妮：古希腊神话中擅长编织的女子，因为得罪雅典娜，化身成了蜘蛛。

我在地中海地图上，给康赛议指出过这道暗礁所在位置。

"但是，先生别见怪，"康赛议说，"这像是一条真正的地峡，把欧洲和非洲连接了起来。"

"是的，我的好小伙儿，"我回答，"它把利比亚海峡整个挡住了，史密斯[1]的探测也证明了这两片大陆以前是在博科角和富力娜角之间相连的。"

"我很乐意相信这是真的。"康赛议说。

"我要补充一点，"我又说，"相同的坝在直布罗陀和塞塔之间也存在，它们在地质年代曾经封闭了整个地中海。"

"啊！"康赛议说，"如果有一天火山爆发，把这两道大坝升上海面，那会怎样！"

"这不太可能，康赛议。"

"请先生让我把话说完。如果出现这个现象，德·雷塞布先生可要生气了，他可花了那么大工夫开凿这地峡呢！"

"我同意。不过，我再说一遍，康赛议，这种现象是不会发生的。地下力会一直减弱。地球初期，火山爆发非常频繁，随后都逐渐熄灭。内热减弱，地球里层的温度每个世纪都在明显下降，这对地球是有害的，因为这种热，是地球的生命。"

"但是，有太阳……"

"太阳不够，康赛议。太阳能使一具尸体再热起来吗？"

"不能，据我所知。"

"那么，我的朋友，地球有一天就会是冰凉的尸体。它将变得不能居住，就像月球不能居住一样，它早就失去了生命的活

1　史密斯（1769—1839），英国地质学家。

力。"

"要再过多少世纪呢?"康赛议问。

"要再过几千年,我的好小伙儿。"

"那么,"康赛议回答,"我们有时间完成我的旅行,如果尼德·兰德不来搅和的话。"

康赛议放心了,又开始研究这暗礁,鹦鹉螺号正贴着它以中速行驶。

这里,在多岩石和火山的土地之下,生长着一大片生机盎然的植物,有海绵、海参、海胆——长着淡红色卷须的透明海胆,散发着微弱的磷光;有俗称海黄瓜的海参,沐浴在七色阳光的照射中;有流动的海百合,长一米,它们的绛红色染红了海水;有树状的海水仙,绝世美艳;有长茎海罂粟;有大量各种各样可食用的海胆;还有绿色的海葵,淡灰色的茎,褐色花盘,躲在触角的橄榄绿长须里。

康赛议特别注意观察软体动物和节肢动物,虽然关于这部分的属有些枯燥,但我不想对不住这好小伙儿,把他的个人观察遗漏了。

在软体动物门中,他列举出大量的梳形扇贝,层层叠叠组成驴蹄状的海菊蛤,三角形的水叶贝,黄鳍透明壳的三叉玻璃贝,橙黄色的五壳侧鳃贝,布满淡绿色斑点的蛋形贝,俗称海兔的腹足贝,铲形贝,多肉的无触角贝,地中海特有的伞形贝,壳能产生一种宝贵的螺钿的鲍鱼,火焰扇贝,不等蛤,据说法国朗格多地区的人喜欢吃这种蛤胜过喜欢牡蛎。还有马赛人钟爱的缀锦蛤,又白又肥的双层帘蛤。还有盛产于北美海岸、在纽约销量巨大的帘蛤,五颜六色的带盖梳形贝,躲在洞里带有强烈胡椒味的石蛏，壳隆起、两侧突出、有细纹的帘心蛤，长着猩红色结节、有皮刺的辛提贝，弧形尖顶、像是威尼斯轻舟的食肉贝，带冠的费罗尔贝，螺旋壳的阿特朗特贝，有白色斑点、覆盖着带流苏面纱的灰色泰提贝，像小鼻涕虫的琴贝，用背爬行的龟螺，有椭圆形壳的勿忘我耳形贝，浅褐色的神仙鱼，滨螺，轮贝，瓜叶菊贝，岩贝，薄片贝，宝石贝，潘多拉贝，等等。

至于节肢动物，康赛议在他的笔记上很正确地把它们分为六纲，其中有三个纲是属于海洋生物，即甲壳纲、蔓足纲和环节纲。

甲壳纲分为九个目。第一目是十足目，就是头和胸通常是连在一起的动物，口腔由几对节肢构成，胸上长着4对至6对腕足。康赛议遵循我们导师米尔纳·爱德华的方法，将十腕足目分成三组：短尾组、长尾组和无尾组。这些名字稍微有点儿粗俗，但很准确。在短尾组里，康赛议列举了额角上长着两根叉开长刺的阿马提无尾虾。无尾蝎，不知道什么原因，这种动物在希腊人那里象征智慧。还有棍状海蜘蛛和带刺的海蜘蛛，它们可能是迷路才来了这浅滩，因为通常它们生活在深海里。十足蟹、矢形蟹、菱形蟹和粒状蟹——康赛议指出，这种蟹非常容易消化。另外，还有无齿伞花蟹、蹦蟹、西蒙蟹和毛绒蟹等。长尾组又被分成五科：鳞甲、掘足、鳌虾、长臂虾和足目。康赛议提到常见的龙虾，肉质受到女人的喜爱。还有虾蛄、沿海虾和各种可食用的虾。但他对包括龙虾在内的鳌虾科没有再细分，因为龙虾是地中海里仅有的鳌虾。最后是无尾组，他指出普通的德罗西纳虾，它们藏在彼此争夺的一只被遗弃的贝壳里。还有额头带刺的同源蟹、寄居蟹、波尔塞拉纳蟹，等等。

康赛议的工作就做到这里。他没有时间完整观察甲壳纲的所有目：鳌目、端足目、同源目、同孢目、三叶虫目、鳃足亚纲、介形亚纲和切甲目。为了完成对海洋节肢动物的研究，他本应举出剑水蚤和银色蚤所属的蔓足纲，也不该遗漏把环节纲再细分为管栖目和前肢目。但是，过了利比亚海峡的浅滩以后，鹦鹉螺号又以普通速度在更深的水中航行了。之后，更是没有软体动物、节肢动物和动物形植物，只有几条大鱼像影子一般掠过。

2月16日至17日夜间，我们进入了地中海的第二道水域，最深的地方有3000米。鹦鹉螺号受机轮的推动，顺着两侧的斜板，滑入最深的水层。

在最深的水层，虽然没有自然的奇观，但这大片的海水也让我看到了各种动人和可怕的场面。事实上，我们当时正在穿越地中海海难最频发的地段。从阿尔及利亚海岸到普罗旺斯海岸，有多少海难啊！有多少沉船啊！和太平洋的浩瀚洋面相比，地中海只不过是个湖，但这是一片任性的湖泊，波涛变化莫测。对那些仿佛漂浮在海天一色间的脆弱单桅三角帆船来说，它今天是仁慈温和的，明天就因为海风而变得狂暴易怒、波涛汹涌，惊涛骇浪拍打着船只，摧毁最坚固的航船。

因此，在深水处的这段快速航行，我看到多少沉船躺在海底，有的上面长满了珊瑚，有的上面只有一层铁锈，很多的锚、加农炮、炮弹、铁器设备、螺旋桨叶片、机器残片、破碎的气缸、洞穿的锅炉，还有漂在水中的船体，有的直挺挺地戳在那儿，有的已经翻倒。

这些沉船中，有的是互相碰撞而沉没的，有的是触到花岗岩暗礁的。我看到有的垂直下沉，桅杆直立，绳索被水泡得紧绷。这些船仿佛在一个巨大的外海锚地里，等待着起航时刻的到来。

鹦鹉螺号从沉船中间经过时，用电灯光包裹着它们，看起来像是这些船挥舞旗帜向鹦鹉螺号致敬，并报告自己的船号！但事实并非如此，这片灾难之地有的只是寂静和死亡！

我观察到，随着鹦鹉螺号接近直布罗陀海峡，地中海底部这些不祥的沉船就堆积得越多。非洲和欧洲的海岸收紧了，在这狭窄的空间里，相撞变得频繁。我看到许多铁船和汽船难以置信的残骸，有的躺着，有的直立，活像可怕的动物。有一条船船体开裂，烟囱弯曲，机轮只剩下轮框，舵和艉柱分离，但还是被一条铁链拖住，艉部的船板被海盐腐蚀，呈现出可怕的模样！沉船中有多少人丧生啊！有多少人葬身海底啊！是不是有水手幸存下来给人们讲述这次可怕的灾难呢？或者波涛仍然保守着这个灾难的秘密？不知道什么原因，我突然想到，这艘藏匿在海底的沉船，可能是阿特拉斯号——20年前连人带货一起失踪了，从此没有人再提起过它！啊！这地中海的海底，这大片尸骨埋葬地，该有着怎样可怕的历史啊！有多少财富散尽，多少遇难者葬身啊！

但鹦鹉螺号无动于衷，螺旋桨飞快地转动，从这些残骸中驶过。2月18日，将近凌晨3点，鹦鹉螺号来到直布罗陀海峡入口。

这里有两股水流：一股在上层，早就被确认了，把大洋的水引入地中海。还有一股逆流在下层，它的存在今天已经得到了证实。事实上，来自大西洋和河流的水，一直不断增加地中海的水量，应该逐年抬高地中海的海平面，因为蒸发不足以维持平衡。可是，事实并非如此，于是人们自然而然地认为，下层有一股逆流，通过直布罗陀海峡，把地中海多出来的海水注入大西洋盆地。

这是确定无疑的事实。鹦鹉螺号就是利用这股逆流，从狭窄的通道迅速驶过。有那么一瞬间，我可以瞥见沉没而宏伟的赫丘利神庙遗址，按照普利钠和阿维纽斯[1]的说法，神庙是和支撑它的那座海岛一起沉没的。几分钟后，我们漂浮在大西洋的波涛之上。

---

1 阿维纽斯：公元4世纪拉丁语诗人和地理学家。

第八章

维哥海湾

　　大西洋！浩瀚的大洋，面积达到2500万平方海里，长9000海里，平均宽度为2700海里。古代除了迦太基人和奔波在欧洲、非洲西海岸的荷兰商人以外，人们对这个重要的海洋几乎一无所知！大西洋两边蜿蜒曲折，环绕地区幅员辽阔，世界上的长河，如圣劳伦斯河、密西西比河、亚马孙河、拉普拉塔河、奥里诺科河、尼日尔河、塞内加尔河、易北河、卢瓦尔河、莱茵河都注入其中，给大西洋带来最文明国家和最荒野地区的水！宏伟壮观的海面，世界各国的船只往来，各国旗帜迎风招展，可是大洋两头却是两个可怕的海角，一个是霍恩角，一个是风暴角，都是令航海家望而生畏的！

　　鹦鹉螺号的冲角划破海面，在三个半月内越过了近10,000海里，比绕地球赤道一圈还多。现在我们要去哪儿呢，未来等着我们的是什么呢？

　　鹦鹉螺号驶出直布罗陀海峡之后，来到外海。它回到海面，我们每天又可以上平台散步了。

　　我在尼德·兰德和康赛议的陪伴下，登上平台。在距离12海里的地方，圣文森角隐约可见，它构成了西班牙半岛的西南端。一阵强劲的南风忽然刮起。海面波澜壮阔，浪潮汹涌，鹦鹉螺号颠簸剧烈，几乎不可能待在平台上，时刻都有大浪打来。于是我们吸了几口新鲜空气后，就又下去了。

我回到我的房间，康赛议回到他的舱室。但是加拿大人心事重重，跟在我后面。我们在地中海上快速地穿越，使他的计划不能得到实施，他丝毫不掩饰自己的失望。

我的房门关上了，他坐下，安静地望着我。

"尼德老弟，"我对他说，"我理解您，但是您没有什么需要自责的地方。在鹦鹉螺号行驶如此之快的情况下，想要逃跑那简直是发疯！"

尼德·兰德没有回答。他嘴唇紧闭，眉头深锁，表明在他心里有一个强烈的念头，坚定不移。

"您看，"我又说，"事情并不是完全没有希望。我们现在沿着葡萄牙海岸上溯。法国、英国都在不远处，我们很容易在那里找到庇护。啊！如果鹦鹉螺号出了直布罗陀海峡后绕过南面的海角，如果它把我们带去没有大陆的地区，我也会和您一样担心。但是我们现在知道了，尼莫船长没有逃避文明地区的海岸，再过几天，我相信您就可以安全地行动起来了。

尼德·兰德眼神更加坚定地看着我，终于开口说话了。

"就是今晚了。"他说。

我突然站了起来。我承认，我没有准备好这样的交流。我本想回答加拿大人，但是我说不出话。

"我们说好要等待机会，"尼德·兰德又说，"这个机会，我抓住了。今天晚上，我们离西班牙海岸只有几海里，夜色昏暗。风从外海吹来。您有言在先，阿洛纳克斯先生，我就指望着您了。"

因为我始终沉默不语，加拿大人站了起来，靠近我。

"今天晚上9点，"他说，"我已经通知了康赛议。那时候，尼莫船长已经关在他的房间里了，很可能已经睡下了。无论是机械师，还是船上的船员，都不可能看见我们。康赛议和我，我们会爬上中央梯子。而您，阿洛纳克斯先生，您就待在离我们两步路远的图书室中，等待我们的信号。桨、桅杆和帆都在小艇上。我甚至搞到了一些食物也放在上头。我弄到一把活动扳手，能旋开把小艇固定在鹦鹉螺号船体上的螺母。所以一切都准备好了，晚上见。"

"海上风浪不容乐观。"我说。

"我同意，"加拿大人回答，"可是必须冒险试一下。自由值得我们付出代价。再说，小艇很结实，在风浪里航行个几海里，算不了什么。谁知道明天我们会不会在100海里开外的外海呢？但愿情况对我们有利，再过11小时，我们就可能已经在陆地的某个地方上岸，或者已经送命。所以，只有靠着上帝的仁慈了。晚上见！"

说完，加拿大人就抽身走了，留下我几乎震惊得不知所措。我原来设想，如果发生这种情况，我会有时间思考和讨论。我固执的同伴却不许我这样做。说到底，我还能对他说什么呢？尼德·兰德一百个有理。这似乎的确是一个机会，他利用了。我能食言吗？完全出于个人兴趣而断送掉我伙伴们的未来吗？明天，尼莫船长难道不会把我们带到远离陆地的公海上去吗？

这时，相当响的呼啸声告诉我们，储水罐里装满了水，鹦鹉螺号潜入了大西洋底部。

我待在我的房间里。我想躲开船长，不让主宰着我的情绪暴露在他眼皮底下。我就这样度过了难熬的一天，夹在重获自由的渴望和离开这艘神奇的鹦鹉螺号的遗憾之间，放弃的话，我的海底考察就无法完成了！难道就这样离开这片海？我喜欢称呼它"我的大西洋"，我还没有观察过它的海底，还没有把它的秘密像印度洋和太平洋那样揭示开来！就像小说刚看完第一卷就从手中滑落，美梦正到高潮部分却戛然而止！在这最艰难的几小时里，我时而看到自己和同伴们安全着陆，又时而不顾理智地希望某些意外情况阻止尼德·兰德实现他的计划。

我去了客厅两次，我想看看罗盘，我想看看鹦鹉螺号究竟是带着我们接近还是远离海岸。结果都不是。鹦鹉螺号始终在葡萄牙的海域中，正沿着大西洋的海岸向北航行。

因此我必须下定决心，准备逃跑了。我的行李不重，除了我的笔记，没有别的东西。

至于尼莫船长，我思忖着他会怎么看我们的逃跑，这会引起他多大的不安，对他造成多大的伤害。还有，如果逃跑被发现或者失败了，这两种情况下他会怎么办！毫无疑问，我没有什么可抱怨他的。恰恰相反，没有比他更加真诚好客的人了。离开他，我也不能说是忘恩负义，因为没有什么誓言把我和他束缚在一起。把我们一直留在他身边的，是客观环境的力量，而不是我们的口头承诺。但他这种公然承认想要把我们永远囚禁在船上的意图，让我们任何想要逃跑的企图都变得合理。

我自从访问了圣托里尼岛之后，就没有跟船长见过面。会不会有偶然的机会，让我们在逃跑之前，再见他一面呢？我很想见他，但同时也害怕见他。我仔细听着，试图听到他在隔壁房间里走动的声音。不过没有任何声响传到我的耳朵里来。隔壁房里应该没有人。

于是我又在想，这个古怪的人究竟在不在船上。自从那一夜，小艇离开鹦鹉螺号执行一个神秘使命，我对他的想法就有了轻微的改变。我想，不管他怎么说，尼莫船长应该还是和陆地之间保持着某种关系。他真的从未离开鹦鹉螺号吗？常常是整整几个星期过去了，我都没有遇到过他。这期间他在做什么呢？我以为他是厌世，不愿见人，而事实上，他会不会是去远处，完成某种我一直都不知道内容性质的秘密行动呢？

所有这些念头，以及无数其他想法同时向我涌来。在我们所处的奇特情境中，胡思乱想是无穷尽的。我感到一种难以忍受的不安。等待的这一天好像被无限拉长了。我焦虑不已，时间却走得太慢。

我的晚饭像往常一样，还是在我自己房里吃的。我心里不踏实，吃得也不太好。晚上7点，我离开餐桌。120分钟——我心中计算着——距离我和尼德·兰德定好的见面时间还有120分钟。我心中越发激动了，我的脉搏激烈跳动，我没法镇静下来。我来回走动，希望运动可以把我的心绪平复下来。即使想到要在我们鲁莽的冒险中丧命，我也并没有太多焦虑。但是想到我们的计划在离开鹦鹉螺号之前就被发现，想到我们会被带到动怒的尼莫船长面前，或者更糟糕的，他因为我的背弃而伤心，我的心就怦怦直跳。

我要最后看一次客厅。我走过长廊，来到那间陈列室，在里头，我度过了那么多愉悦而有益的时光。我看着所有这些财富，所有这些珍宝，像是一个要永远流亡的人最后的一夜，离开之后，就永远不回来了。这些自然界的神奇珍品，这些艺术上的杰作，这么多日子以来，我的生命全部灌注其中。现在，我就要永远地放弃它们了。我还想透过客厅的玻璃窗，把我的目光投入大西洋的海水中，可是护板关得密不透风，一块铁板把我和这片我还不认识的大海隔开了。

这样把客厅走了一遍之后，我走到了门边。这门在屋子的多角墙面上，开向船长的房间。令我大为吃惊的是，这门半开着。我本能地退回来。如果尼莫船长在里面，他会看到我。然而，我没有听到任何声音，我走进去。房间里没人，我推开门，往里走了几步。一如既往的肃穆，隐修士的风格。

这时，墙上挂着的几幅铜版画抓住了我的眼球，这是我第一次参观时没有注意到的。这是一些肖像，历史上的伟大人物的肖像，他们的一生全部贡献给了人类的伟大理想：在"波兰完了"的喊声中倒下的英雄柯修斯科[1]、现代希腊的"莱奥尼达斯[2]"波扎里斯[3]、爱尔兰的保卫者奥康奈[4]、美利坚合众国的建造者华盛顿、意大利爱国者马宁[5]、倒在黑奴制维护者子弹下的林肯，最后还有为黑人解放而吊死在他的绞刑架上的约翰·布朗——就像维克多·雨果用他的铅笔所画的可怕模样。

在这些英雄主义的灵魂和尼莫船长的灵魂之间，存在着怎样的联系呢？我能最终通过这组肖像，理出船长的身世之谜吗？他

1　柯修斯科：18世纪波兰军官，爱国者，为复国而战。

2　莱奥尼达斯：斯巴达国王，在反抗波斯人的战斗中牺牲。

3　波扎里斯：18世纪末19世纪初希腊爱国者，希腊独立战争中的首领之一，在抗击土耳其人的战斗中牺牲。

4　奥康奈（1775—1847），爱尔兰政治家，推动爱尔兰独立。

5　马宁（1804—1857），意大利政治家，反抗奥地利人。

是被压迫人民的捍卫者、受奴役种族的解放者吗？他出现在本世纪最近的政治或社会动荡中吗？他是美国那场可怕、可歌可泣、永垂不朽的战争中的英雄之一吗？

突然，钟声敲响晚上8点。钟锤敲在铃上的第一声声响，把我从深思中拉了出来。我一阵颤抖，仿佛有一只看不见的眼睛，看透了我最隐秘的心思，我冲出房间。

我的目光停留在罗盘上。我们的航向一直是往北。计程仪指着中速，气压表指的是约60英尺深。情况看起来有利于加拿大人的计划。

我回到自己的房间。我穿得很暖和，穿好潜水靴，戴上水獭帽，穿上海豹皮里子的足丝外套，准备就绪。我等待着。只有螺旋桨的震动声打破了潜艇上的悄无声息。我竖起耳朵听着，会不会突然传来声音，告诉我说尼德·兰德在实施逃跑计划时被抓住了？致命的焦虑俘虏了我。我试图恢复冷静，但只是徒劳。

差几分钟就晚上9点了，我把耳朵贴在船长的房门上，没有声音。我走出我的房间，回到半明半暗的客厅，没有人。

我打开和图书室相通的门。光线同样暗淡，同样冷清。我站到门边，门对着中央楼梯间。我等着尼德·兰德的信号。

这时，螺旋桨的震动明显减弱，随后完全停止。鹦鹉螺号的行驶为什么会出现这种变化？这种停息对尼德·兰德的计划有利还是不利，我说不上来。

寂静只被我的心跳搅乱。

突然，我感到一下轻微的撞击。我明白，鹦鹉螺号刚刚停在大洋底部。我的不安增加了，加拿大人的信号一直没有传到我这里。我想去找尼德·兰德，劝他推迟计划。我感到航行不再处在平常条件下。

这时，大厅的门打开了，尼莫船长出现了。他看到我，开门见山地说："啊，教授先生！"他的语气是友好的，"我一直在找您。您知道你们国家和西班牙的那段历史吗？"

即使我彻底了解本国历史，但在当时我所处的那种状态下，心乱如麻、头昏脑涨，我说不出一个字来。

"怎么？"尼莫船长又说，"您听到我的问题了吗？您知道关于西班牙的那段历史吗？"

"不清楚。"我回答。

"这就是学者啊，"船长说，"他们什么都不知道。那么您请坐吧，"他又说，"我会告诉您一段有趣的历史。"

船长躺在一张扶手长沙发上，我不由自主地坐到他身边的昏暗中。

"教授先生，"他对我说，"您仔细听我说。这段历史在某个方面会使您感兴趣，因为它回答了一个您可能无法解决的问题。"

"船长，我听您说。"我说，不知道我的对话者想要干什么，我心想这段对话会不会和我们的逃跑计划有关。

"教授，"尼莫船长又说，"如果您不反对，我们要追溯到1702年。您不会不知道，那时候，你们的国王路易十四，以为一个专制君主大手一挥，就能将比利牛斯山缩回地下去，他把他的孙子安茹公爵强加给西班牙人做国王。这位王子，以腓力五世的名号统治得不太令人满意，和强大的外敌发生争执。

"事实上，就在前一年，荷兰、奥地利和英国王室在海牙签订了盟约，目的就是摘除腓力五世的西班牙王冠，戴在某位奥地利大公的头上，这三个王室事先给大公取名查理三世。

"西班牙不得不对抗这个联盟，但是缺乏士兵和海军。不过，如果武装商船能装满美洲的金银开进王国的港口，那是不缺钱的。将近1702年末，西班牙等待着一队满载金银的船队从法国前来，护送它的是由海军上将沙托·勒诺率领的23艘船，因为那时候敌方的联合海军正在大西洋上巡逻。

"这个船队本来要开到加的斯港[1]，但海军上将接到消息，说是英国舰队在这一带巡逻，便决定把船开到法国港口。

"船队的西班牙船长们反对这项决定。他们要求被护送到一个西班牙港口，既然加的斯不能靠岸，那就去维哥港湾，它位于西班牙的西北海岸，没有被封锁。

"海军上将沙托·勒诺软下心来，听从了这个意见，船队驶入了维哥海湾。

"不幸的是，这片海湾是一个敞开的锚地，根本无法设防。因此，必须趁敌军舰队到来之前，赶紧把船队的东西卸下来。如果不是突然出现一个可悲的争执，时间还是来得及的。

"您听清这一连串的事情了吗？"尼莫船长问。

"非常清楚。"我说，依然不知道为什么船长要给我上这样一堂历史课。

"我继续说下去。事情是这样的。加的斯的商人们有一项特权，所有从西印度来的货物都应该由他们收购。把船队的金锭卸在维哥港，这有违他们的权益。于是他们到马德里告状，从软弱的腓力五世那里得到了批准，船队不准卸货，要待在维哥港看管

---

1 加的斯港：西班牙面朝大西洋的港口。

货物，直到敌人的舰队离开。

"然而，就在做出这项决定时，1702年10月22日，英国舰队来到维哥港。海军上将沙托·勒诺尽管力量不占优势，却依然奋力战斗。他眼看着船队的财富就要落入敌手，便放了火，又凿沉了船队，船队带着无数珍宝沉入了海底。"

尼莫船长停了下来。我承认，我还是看不到这个故事为什么会令我感兴趣。

"然后呢？"我问他。

"然后，阿洛纳克斯先生，"尼莫船长回答我，"我们眼下就在维哥海湾，只能由您来揭开这个秘密。"

船长站起来，请我跟着他。我已经恢复过来，听从了他。客厅昏暗，但通过透明的玻璃，海水闪闪发亮。我凝望着。

在鹦鹉螺号周围，半海里的范围内，海水被电灯光照得透亮。海底的沙地清晰明亮。身穿潜水服的船员们忙于清理半腐烂的木桶、撑破的箱子。从箱子和木桶里，散落出金锭和银锭以及瀑布般的钱币和珠宝。然后，船员载满这些珍贵的战利品，回到鹦鹉螺号上，卸下重负，再去搬那些取之不尽的金银。

我明白了。这就是1702年10月22日的战场。就是这里，为西班牙政府而来的船队沉入海底。这里是尼莫船长根据需要，把几百万的财宝装箱，给鹦鹉螺号当压舱物的地方。美洲把这些贵重金属都给了他，只给了他一人。他成了从印加人[1]和费尔南·科尔泰兹[2]的战败者那里掠夺来的珍宝的唯一直接继承者！

"教授先生，您知不知道，"他微笑着问我，"大海容纳了

1　印加：南美洲古代印第安人。
2　费尔南·科尔泰兹：16世纪西班牙殖民者。

如此丰厚的宝藏？"

"我知道，"我回答，"据估计，泡在海水里的银子有200万吨。"

"毫无疑问，但是要提取这些银子，花费超过了利润。这里，恰恰相反，我只要收集起那些人丢失的，不仅仅在这个维哥湾，而且在千百个发生过海难的地方，我的航海图都已经标志出来了。现在您明白，我是个几十亿法郎傍身的富翁了吧？"

"我明白了，船长。但是，恕我冒昧，您在这个维哥湾开采，只不过比竞争公司早一步而已。"

"哪一家？"

"有一家公司，已经获得西班牙政府的特权，寻找沉没的船队。股东都被巨大的利润吸引住了，因为沉没的财富估计值五个亿。"

"五个亿！"尼莫船长回答我，"当时有那么多，但是现在没有了。"

"确实，"我说，"所以，告诉那些股东，是一桩善事。但是谁知道他们信不信呢。通常，最令赌徒觉得遗憾的，并不是输掉钱，而是他们疯狂希望的幻灭。比起他们，我更同情那些成千上万处在水深火热中的人，他们本可以好好利用这么多的财富，而现在它们只是白白浪费了！"

我本来不想表达这种惋惜，因为我觉得这可能会让尼莫船长伤怀。

"白白浪费！"他激动地回答，"先生，所以您认为，这些财富被我捡到就是白白浪费了？在您看来，我费那么大力气去收集这些财富，是为了我自己？谁告诉您，我没有好好利用它们？您以为我不知道世上有那么多人在受苦，那么多民族受着压迫，那么多苦难者需要救济，那么多受害者应该复仇？您不明白吗？"

尼莫船长说到最后停住了，也许是后悔说得太多了。但是我猜对了。不论是什么动机使他到海底来寻求独立，他首先还是一个人！他的心依然为人类的苦难而跳动，他宽大的仁慈是给予受奴役的种族和个体的！

于是我明白了，鹦鹉螺号在起义的克里特岛[1]海域航行时，尼莫船长派送出去的几百万法郎是给谁的。

1　起义的克里特岛：希腊的一个岛屿，1644年被土耳其人统治，当地人不断抗争，1866年有过起义，后回归希腊。

第九章

消失的陆地

　　第二天早上，2月19日，我看到加拿大人走进我房间。我等着他的来访，只见他一脸灰心丧气。

　　"怎么样，先生？"他问我。

　　"唉，尼德，昨天命运和我们作对。"

　　"是的！这该死的船长偏偏在我们准备逃跑的时候停了下来。"

　　"是的，尼德，他有事情要去找他的庄家。"

　　"他的庄家！"

　　"更确切地说是他的钱庄。我的意思是说，这片海洋，财富在海里比在任何国家的国库里更加安全。"

　　于是我把前一天夜里发生的事情告诉了加拿大人，暗自希望他打消抛下船长的念头。但是我的叙述没有产生任何别的结果，除了让尼德因为不能出于自己的利益去维哥湾转一圈感到遗憾。

　　"毕竟，"他说，"并不是一切都完了！只不过是一叉没有叉中！下一次我们会成功的，如果必要的话，今天晚上……"

　　"鹦鹉螺号是什么航向？"我问。

"我不知道。"尼德回答。

"那么，中午我们去观测一下。"

加拿大人回到康赛议身边。我穿好衣服，就去了客厅。罗盘显示的情况令人不安。鹦鹉螺号的航向是西南偏南，我们背对着欧洲。

我焦急地等待着方位在地图上显示出来。将近中午11点半，储水罐清空了，鹦鹉螺号升回了水面。我冲上平台，尼德·兰德已经冲到我前面。

再也看不到陆地，只有一望无际的大海。天际有几艘帆船，想必是到圣罗克角寻找顺风，好绕过好望角去的。阴天，风蓄势待发。

尼德非常气愤，极力想要望穿起雾的天际。他还是希望在这浓雾后面，有他渴望的陆地。

正午，太阳出现了一下子。大副利用这短暂的机会测定太阳高度。接着，海面越发汹涌起来。我们下了平台，护板又关上了。

一小时后，我看了一下地图，看见图上鹦鹉螺号的位置是西经16度17分，南纬33度22分，离最近的海岸还有150法里。这意味着我们没办法逃跑了。当我把情况告诉加拿大人时，大家可想而知他的愤怒。

至于我，倒没有过分懊恼。我感到如释重负，因为又可以相对平静地做我的日常工作。

晚上，将近11点，尼莫船长出乎意料地来看我。他非常亲切地问我前夜熬了一晚，是不是有点儿累。我回答说没有。

"那么，阿洛纳克斯先生，我向您提议一次有趣的旅程。"

"您请说，船长。"

"您只在白天太阳光的照射下参观过海底。我们夜里去看看，您觉得怎么样？"

"非常乐意。"

"这次旅程会很累，我必须事先告诉您，必须长时间徒步，还要爬过一座山，道路也不是很好走。"

"船长，您跟我说的话，反而增强了我的好奇心。我准备好了，跟着您走。"

"那就来吧，教授先生，我们去穿上潜水服。"

来到更衣室，我发现不论是船员还是我的两个伙伴，都没有陪同我们参加这次跋涉。尼莫船长甚至没有向我提议带上尼德和康赛议。

不一会儿，我们穿上了潜水服。有人把充满了氧气的储气罐放到我们肩上，但没有准备电灯。我向船长指出了这一点。

"我们不需要灯。"他回答。

我以为自己听错了，但我也没机会重复我的话了，因为船长的脑袋已经消失在金属罩子中了。我穿戴完毕，感觉有人往我手里塞了一根铁棍，几分钟后，做完照例的那套操作，我们就踏上了大西洋300米深处的海底。

午夜临近了。海水黑得深幽，不过尼莫船长指给我看，远处有一个淡红的点，是一大片微光，离鹦鹉螺号约两海里远。这光是什么？什么物质滋养着它？为什么它会这样在海中生生不息，它又是如何做到的？我说不上来。无论如何，它给我们照亮了前路，虽然的确有点儿朦胧，但我很快适应了这种特殊的昏暗，我明白了，在这种情况下，的确用不着路姆考夫灯。

尼莫船长和我肩并肩走着，直接奔向那显眼的光亮。平地不知不觉地升高了。我们在铁棍的帮助下，大步向前。但是我们走得很慢，因为我们的脚时常陷入充满海藻和扁平石块的淤泥。

我一边走着，一边听到头顶上有一种噼啪声。这响声有时候增强，产生连续的噼啪声。我很快明白了个中缘由。这是滂沱大雨落在海面上发出的爆裂声。我本能地想到，我要被淋湿了！在水中，被水淋湿！我不禁对这种怪诞的想法感到好笑。但是老实说，穿着那么厚的潜水服，是感觉不到水的，只感到自己待在比陆地空气更稠密一点儿的空气里，仅此而已。

走了半小时路之后，地面变得都是碎石。水母、微小的甲壳动物和刺胞亚门腔肠动物，以磷光微微照亮路面。我看到一堆堆石头，上面覆盖着好几百万个的动物形植物和杂乱的海藻。我的脚常常在这些黏糊的海藻铺成的地毯上打滑，要不是有我的铁杖，我应该已经跌倒好多次了。每次转身，我总是看见鹦鹉螺号微白的灯光，在远处开始变得越发苍白。

我刚才说到堆积的石块在海底遵循一定规律地排列着，对此我解释不了。我看到一条条巨大的海沟，消逝在远处的黑暗中，但无法估计它的长度。还有一些奇怪的地方，简直不敢相信。我觉得沉重的铅鞋底踩碎了一层枯骨，发出干脆的声响。我这样走过的大片平地究竟是什么地方呢？我真想询问一下船长，但是他的手语，虽然能让他和他的同伴跟他在海底跋涉时交谈，但对我来说仍然是不可理解。

给我们指路的淡红色灯光越来越强，照亮了地平线。这水下存在的光源使我无比好奇。这是一种放电现象吗？我是在走向一个地球上的学者们还不知道的自然现象吗？或者甚至——因为这个想法划过我的脑际——这火光是人为的吗？是人点的这红光？我会在如此深的水层，遇到尼莫船长的同伴和朋友们吗？他们也和他一样过着这种奇特的生活，而他是来拜访他们的吗？我会在那里发现一大片流亡者殖民地吗？他们厌倦了陆地上的苦难，而在海底最幽深处找到了独立吗？所有这些疯狂的、令人难以接受的想法追逐着我。在这种精神状态中，我不断地承受着眼前一系列奇妙景观所带来的极度兴奋，即便在海底遇到一整座尼莫船长梦寐以求的城市，我也不会惊讶的！

路越来越明亮了，泛白的光线在一座800英尺高的山顶上闪烁。但是，我所看到的只是反光，由晶莹剔透的海水而来。光源，无法解释的光源，在山的另一边。

在大西洋海底纵横交错的石头迷宫中间，尼莫船长毫不犹豫地前行着。他认得这条昏暗的路。无疑，他经常走这条路，不可能迷路。我坚定不移地跟着他。我觉得他像一个海里的精灵。他走在我前面时，我欣赏他的高大身形，在远处发亮的海底勾勒出黑色的轮廓。

凌晨一点，我们来到第一道山坡前。可是，为了到达山坡，必须冒险通过宽阔矮林中的艰难小道。

是的！一片枯木构成的矮树林，没有树叶，没有浆液，只是一些在水的作用下已经矿化的树。而俯瞰其上的是巨大的松树。这像是直立的煤，树的根部插入崩塌的土地，枝叶像精细的黑色剪纸，清晰地映照在海水天花板上。这场景让人想起攀附在山腰上的哈茨[1]森林，不过这是沉没在水里的森林。小径布满了海藻和

1　哈茨：德国中部的一片山脉。

墨角藻，两者之间爬满了甲壳类动物。我往前走，爬上岩石，跨过倒下的树干，折断在树与树之间晃动的海生藤本植物，惊动了在树枝间游动的鱼群。我跟着我的向导，而他不知疲倦地走着。

多么壮观的景象！简直难以言传。怎么描绘这些树木和岩石在水中的景象呢：下半部分阴冷可怖，上半部分因为水的反光增强了亮度，被镀上了一层红色。我们攀登着岩石，岩石随之大块崩塌，伴随着雪山崩塌似的轰鸣声。左右都是陷下去的阴暗长廊，望不到边际。这里出现大片的林中空地，似乎是人工开辟的。我有时心想，这片海底地区是不是会有居民突然出现在我面前。

但是尼莫船长一直往上爬，我也不想落到太后面，便壮着胆子紧随其后。铁棍帮了我的忙。狭窄的通道两侧便是深渊，一失足就有危险。但是我步履坚定，没有感到眩晕。有时我跳过一道裂缝，如果这裂缝是在陆地的冰面上，我想必会退缩的。有时我跨过架在深渊上摇摇晃晃的树干，我不看脚下，眼睛只顾着这个地区的原始景观。那里，巍然耸立的岩石，向不规则裂开的基座倾斜，仿佛向平衡规则挑战。树木在岩石的弯曲处长出来，像是在巨大的压力下喷射出来的，与岩石彼此支撑着。然后还有一些天然的石塔，削成尖峰的宽大墙壁像是两座城堡之间的护墙，倾斜的角度是陆地上的地心引力所不能允许的。

我自己也感觉不到那种因为海水强大密度所带来的不同压力，虽然身穿沉重衣服、头戴铜制头盔、脚蹬金属鞋底，但我还是爬上了崎岖得难以行走的陡坡，甚至可以说，我轻盈得像一只比利牛斯岩羚羊一般。

在讲述这次水下跋涉时，我感觉自己的经历可能听起来不真实！我是个历史学家，专门研究那些看起来不真实，实际上却千真万确、不容置疑的事情。我根本没有做梦。我亲眼目睹，亲身体验过！

离开鹦鹉螺号两小时后，我们越过矮树林，山峰在我们头顶100英尺的地方，对着山另一边的一片光明投下了阴影。一些石化了的灌木皱巴巴地四处蜿蜒着。鱼群从我们脚下涌起，像是高处的草丛中受惊吓的鸟儿。大片难以通行的岩石区凹陷进去，深邃的岩洞，不可测量的洞穴，我听到它们的底部有可怕的东西在搅动。当我看到一个巨大的触角挡住我的路，或者有只可怕的大螯在黑暗的洞穴里咔嚓一声合上时，我的血液便全部涌向心脏！成千上万的光点在黑暗中闪烁。这是蜷缩在窝里的巨型甲壳类动物的眼睛，巨大的龙虾好像持戟的士兵，张牙舞爪，发出废铁般的声响。巨大的蟹犹如架在炮座上瞄准的加农炮。令人望而生畏的章鱼，触角交错，像是一堆活生生的蛇。

这个我还不认识的世界是何等离奇啊？这些把岩石当成第二层外壳的节肢动物，属于哪个目呢？大自然是在什么状态下，发现它们这种植物性生命的秘密呢？它们像这样在大洋深处生存了多少世纪呢？

可是我不能停下来。尼莫船长对这些可怕动物相当熟悉了，不再对它们保持警惕。我们来到第一个高地，那里有别的惊喜等待着我。在那儿，我看到风景如画的废墟，显示出人工的痕迹，而不是出自造物主之手。一大堆又一大堆的石头，隐约可以看出城堡、庙宇的形状，上面覆盖着开花的动物形植物，海藻和墨角藻取代了常春藤，给石头披上植物的厚大衣。

地球的这部分，由于地壳的激变而被淹没，这究竟是什么地方呢？是谁把这些岩石和石块摆成史前石桌坟的模样？我这是在哪里？尼莫船长心血来潮把我带来的是什么地方？

我很想问问他。但是我问不了，于是我把他拖住了。我抓住他的手臂，但是他摇摇头，指向山顶，好像对我说："走！还得走！一直走！"

我铆足了最后一点儿力气跟上他。几分钟后，我爬上一座峭壁，这峭壁凌驾于一堆石头之上，有几十米高。

我望着我们刚刚穿越的那一侧。山只高出平地七八百英尺。但是在山的另一侧，它的高度是大西洋这部分深度的两倍。我的目光投向远方，看到一大片被强闪光照亮的地方。事实上，这是一座火山。在峭壁下50英尺的地方，石头和火山岩渣如雨点般下落，一个巨大的火山口，喷着岩浆，像火瀑布一般洒落到水中。这座火山处在这样一个位置，像一个巨大的火炬，照亮着下面的平地，一直到远方的地平线。

我说的是海底火山口喷出岩浆，而不是火焰。火焰需要空气中的氧气，不会在水中形成。但岩浆本身极度炽热，能达到白热化的程度，可以很好地跟水抗衡，一旦接触到水就汽化了。水流带着气体迅速消散，岩浆则一直流到山脚下，就像维苏威火山喷出来的熔岩流到托雷·德尔格雷科港一样。

事实上，我眼前看见的，是一座被摧毁的、落入深渊的城市，屋顶塌陷了，庙宇倾倒了，拱顶散架了，石柱崩塌了，但依然能从中感受到托斯卡纳式建筑的坚实比例。稍远一点儿，是一条巨大引水渠的遗迹。这边是一座升高了，也臃肿了的雅典卫城，形状像是漂浮着的帕特农神庙。那边是码头的遗迹，像是一个古代港口，曾在一个消失了的大洋边上庇护过商船和三层桨战船。更远的地方是倒塌了的长条形城墙，宽阔无人的街道。尼莫船长在我眼前简直复活了整座淹没了的庞贝古城！

我在什么地方？我在什么地方？我愿意不惜一切代价知道，我想说话，我想摘掉这困住我脑袋的铜盔。

但是尼莫船长向我走来，一个手势阻止了我。然后，他捡起一块白垩质的石头，朝着一块黑色玄武岩走去，写下这几个字：

一道光掠过我的脑际！亚特兰蒂斯，泰奥蓬波斯[2]笔下的梅洛皮德、柏拉图笔下的亚特兰蒂斯，但是奥利振[3]、波尔菲里奥斯[4]、杨布里科斯[5]、丹威尔[6]、马尔特·布戎[7]、洪堡[8]却否定它的存在，他们把它的消失当成传说，而波希多尼[9]、老普林尼、阿米阿努

---

1 亚特兰蒂斯：位于欧洲到直布罗陀海峡附近的大西洋岛，传说中拥有高度文明发展的古老大陆，最早的描述出现在古希腊哲学家柏拉图的著作《对话录》里，据说在公元前10000年被史前大洪水毁灭。

2 泰奥蓬波斯（公元前4世纪），古希腊演说家、历史学家。

3 奥利振（公元185—公元254），生于亚历山大港，卒于该撒利亚，是基督教中希腊教父的代表人物之一，为神学家和哲学家。

4 波尔菲里奥斯（公元234—公元305），古罗马新柏拉图主义哲学家，著有《柏拉图传》等。

5 杨布里科斯（约公元250—公元330），古罗马新柏拉图主义哲学家，著有《毕达哥拉斯传》等。

6 丹威尔（1697—1782），法国地理学家，著有《中国地图》等著作，收藏了1万张地图，现藏于法国国家图书馆。

7 马尔特·布戎（1775—1826），法国丹麦裔地理学家。

8 洪堡（1769—1859），德国自然科学家、自然地理学家，著有《宇宙》等。

9 波希多尼：古希腊斯多葛学派哲学家、政治家、天文学家、地理学家、历史学家和教育家。他当时被人称为通才，但其主要著作今天均没有完整留下，只有残段留下。

斯·马尔切利努斯[1]、特土良[2]、恩格尔[3]、塞雷[4]、杜尔科那[5]、布丰[6]、德·阿弗扎克都相信它的存在。它就在我眼前,仍然为那场灾难提供不容置疑的证据!因此,这个被淹没的地区不在欧洲、亚洲、利比亚,而在海格力斯之柱[7]之外,强大的亚特兰蒂斯人在那里生活过,而古希腊的头几场战争就是和他们交手的!

在自己的著作中记录这些英雄时代的丰功伟绩的历史学家,就是柏拉图本人了。他的《对话录》蒂迈欧篇和克里提亚斯篇,可以说是受诗人和立法者梭伦[8]的启迪而写成的。

有一天,梭伦和塞伊思城的几位智叟谈话。塞伊思城已经有800年的历史,正如城中寺庙里的圣墙上所镌刻的年鉴所表明的。其中一位老者谈到,另一座城市比赛伊思城的建立还早了1000年。这是雅典的第一座城市,有900个世纪的历史,曾被亚特兰蒂斯人侵略并部分摧毁过。他说,这些亚特兰蒂斯人占据着一片广袤大陆,比非洲和亚洲大陆合并起来还要大,覆盖的面积从北纬12度至40度。他们的统治甚至延伸到埃及。他们想一直统治到希腊,但是在希腊人不屈不挠的抵抗下,不得不撤退。几个世纪过去了,地壳剧变,洪水和地震频繁发生。一天一夜就足以毁灭这

---

1 阿米阿努斯·马尔切利努斯(约公元330—公元395),古罗马末期知名史学家。
2 特土良(公元150—公元230),生于罗马帝国阿非利加行省迦太基城,为基督教会主教,是早期基督教著名的神学家、哲学家和护教士。
3 恩格尔(1741—1802),德国哲学家、小说家,著有《给世界的哲学》等。
4 塞雷(1747—1804),法国将军。
5 杜尔科那(1656—1708),法国植物学家。
6 布丰(1707—1788),法国博物学家、作家,被誉为18世纪后半叶博物学之父。
7 海格力斯之柱:是在西方经典中,形容直布罗陀海峡两岸边耸立海岬的短语。一般认为,北面一柱是位于英属直布罗陀境内的直布罗陀巨岩,而南面一柱则在北非,但确切是哪座山峰一直没有一致说法。
8 梭伦(约公元前638—公元前559),雅典政治家、立法者、诗人,古希腊七贤之一。

个亚特兰蒂斯，只有它最高的几个山峰，马德拉群岛、亚速尔群岛、加纳利群岛和佛得角还露出海面。

尼莫船长写下的字令我精神颤动，于是就回想起来以上这些历史。我就是这样，被奇特的命运带来了这里，我竟然亲自踏上了这片陆地的一座高山！我用手去触摸这几万年历史的、和地质时期同年代的遗迹！我走在最早期的人类曾经走过的地方！在我沉重的鞋底下面，是那些传说年代的动物骨骼，那些现在已经矿化了的树木，以前还为那些动物投下过树荫！

啊！为什么我的时间如此有限！我本想沿着这座山陡峭的斜坡走下去，跑遍这整个广袤的大陆，它可能连接非洲和美洲，参观这些挪亚时代大洪水以前的伟大城市。那里，在我目所能及处，或许就躺着英勇善战的马基莫斯城和虔诚的欧塞比斯城。这些城邦的魁梧居民们曾在那里生活了几个世纪，力大无穷，垒砌起这些能够抵抗海水侵蚀的巨石。或许有一天，火山喷发现象会把它们重新领向海面。这些沉没的废墟！在大洋的这部分地区，有人已经发现了多座海底火山，很多船只在经过这动荡的海底时，都感受过异乎寻常的震动。有的船听到过沉闷的响声，表明海水深处的动荡。还有的船搜集到喷出海面的火山灰。这片土地，直到赤道，仍然受到地下岩浆的作用。谁知道在遥远的将来，通过火山喷发物的堆积，通过岩浆的一层层积累，火山顶不会冒出大西洋的洋面呢！

我力图把这宏伟景观的细枝末节都牢牢刻在我的回忆里。就在我遐思之际，尼莫船长靠在一块长满苔藓的石碑上，一动不动，在静默中心醉神迷，像是石化了一般。他在追忆那些消失了的先辈吗？向他们询问人类命运的奥秘吗？这个不愿接受现代生活的怪人，就是在这个地方重新浸浴在历史中，重新过一种古代生活的吗？我愿意不惜一切代价了解他的想法，分享它们、理解它们！

我们在这个地方足足待了一小时，凝视着熔岩照耀下的广阔平原，熔岩喷发的强度有时相当惊人。地底下熔岩的沸腾，在山体表面产生迅速滚动的震颤。来自深处的响声，被海水清晰地传递，在广阔的范围里产生回响。

这时候，月亮透过海水露了一会儿脸，在沉没的陆地上投下几道苍白的光。这只不过是一片光，却有难以描述的效果。船长站了起来，朝着广袤平原最后看了一眼。然后他做了个手势，让我跟着他。

我们很快下了山。刚走过石化的森林，我就看到鹦鹉螺号的舷灯，像一颗星星那样闪烁着。船长径直向前走去，就在最初的曙光照亮海面时，我们回到了潜艇上。

第十章

海底煤矿

　　第二天，2月20日，我很晚才醒来。夜晚的劳累延长了我的睡眠，使我一直睡到中午11点钟。我迅速穿好衣服，急忙要去了解鹦鹉螺号的航向。仪器向我指示，我们始终往南行驶，航速每小时20海里，深度在100米。

　　康赛议进来了。我把夜里的跋涉告诉了他，由于客厅的护窗板是打开的，他能看到一部分沉没的大陆。

　　事实上，鹦鹉螺号正贴着亚特兰蒂斯平原行驶，离地只有10米。潜艇像是被风承载着的气球，在陆地草原上飞行。不过，更真切地说，我们就像是坐在特快列车的火车厢里。近景从我们眼前掠过，有奇形怪状的岩石，有从植物界过渡到动物界的森林，那些静止不动的树影，像是在水下挤眉弄眼。还有一堆堆石块，上面盖着一层地毯似的轴形草和银莲花，耸起直立而狭长的水生植物，然后是奇形怪状歪歪扭扭的熔岩，它们证明了火山爆发的激烈。

　　正当这些神奇的景象在我们的电灯光下重现光芒的时候，我给康赛议讲述亚特兰蒂斯人的历史。这段纯属想象出来的历史，给巴伊[1]灵感，让他写出了许多迷人的篇章。我告诉他那些英雄民族的征战。我作为一个深信不疑的人，谈论着亚特兰蒂斯的问题。但是康赛议心不在焉，没听进去多少，他对这段历史无动于衷，原因我不久就弄明白了。

事实上，有很多鱼吸引了他的注意力，当这些鱼经过的时候，康赛议便会陷入分类的深思中，离开了真实世界。在这种情况下，我只能跟在他后面，跟他一起进行我们的鱼类学研究。

其实，大西洋中的鱼和我们之前观察到的鱼没有什么明显的不同。这是些大个头的鳎鱼，五米长，肌肉非常有力，能矫捷地跃出海面。还有些不同种类的鲨鱼，其中有一种海蓝色的鲨鱼，长15英尺，三角形的牙齿非常锋利，全身透明，在海水里几乎可以隐形。另外，有褐色的萨格尔，形状像棱柱、皮肤长着疙瘩的人头鱼，以及和地中海的鲟鱼类似的鲟鱼。最后还有一种喇叭海龙，长一英尺半，黄褐色，长着灰色的小鳍，既没有牙齿，也没有舌头，却像精细灵活的蛇一样游动。

在硬骨鱼中，康赛议记录的有：淡黑色的帆船鱼，三米长，上颚长着一把利剑；龙腾，色泽鲜艳，在亚里士多德时代以海龙的名字闻名，背脊上有刺，抓起来非常危险；还有一些属鲯鳅科的鱼，褐色的背脊上有蓝色条纹和金色的镶边；美丽的鲷鱼；月亮金口鱼，像有蓝色反光的盘子，阳光照在上面形成许多银点；最后是旗鱼，长八米，成群结队，淡黄色的鳍，形状像镰刀，身上的双刃剑长六英尺，非常大胆，吃草不吃鱼。而雄旗鱼像是模范丈夫，对雌旗鱼唯命是从。

1　巴伊（1736—1793），法国学者、政治家，著有《关于柏拉图的亚特兰蒂斯和亚洲远古历史的信件》等。

但是，在观察各种各样的海洋动物时，我也没有懈怠了对于亚特兰蒂斯漫长平原的研究。有时，地面的起伏不平迫使鹦鹉螺号减慢速度，像鲸类动物敏捷地穿梭在狭窄的海底山丘中。即使这个迷宫错综复杂，潜水艇还是像飞艇一样升高，越过了障碍，继续在离海底几米的地方高速行驶。这样的航行令人叹羡，让人感觉是坐着热气球在旅行，不同的只是鹦鹉螺号完全服从舵手的掌控。

将近下午4点钟，由厚厚的淤泥和矿化的树枝组成的海底逐渐有了变化，成了更多布满石子、砾岩和玄武岩的凝灰岩，还有散落的熔岩和含硫的黑曜岩。我想，山区很快要代替平原，果然，在鹦鹉螺号的位置变化中，我看到南面的尽头被高墙挡起来，好像完全没有出路似的。很显然，墙顶是超出海面了。这应该是一片大陆，或者至少是一个小岛，要么是加纳利群岛中的一个岛，要么是佛得角群岛的一个岛。由于没有测过方位——也许是故意的——我不知道我们的位置。总之，在我看来，这座高墙恐怕也只有一小部分了，标记出了亚特兰蒂斯的尽头，我们没有走过的，恐怕也只有一小部分了。

黑夜没有中断我的观察。我独自一人留下，康赛议回到了他的舱室。鹦鹉螺号放慢了航速，在地面看不清的一堆东西上漂浮，有时轻轻掠过这些乱石，像是要停在上面，有时又任性地浮出水面。于是我透过晶莹的海水，看到一些明亮的星座，正是黄道带的那五六颗星，拖在猎户星座的尾巴上。

护板又关上了，否则我会更久地待在窗前，欣赏大海和天空的美景。这时，鹦鹉螺号来到峭壁脚下。潜艇会怎么操作，我不得而知。我回到我的房间，鹦鹉螺号却停下不动了。我睡下了，决心睡几小时就起来。

但是第二天，我回到客厅时，已经是早上8点钟了。我看了看气压计。它向我表明，鹦鹉螺号浮在海面上。此外，我听到平台上有脚步声，而且潜艇没有晃动，这说明海上风平浪静。

我一直走到嵌板边上，板是敞开着的。但是并不是我想象的白天，我被浓浓的黑暗包围着。我们是在哪里？是我搞错了吗？还是黑夜吗？不对！没有一颗星星在闪烁，而且黑夜也不是这种绝对的黑暗。

我正摸不着头脑，一个声音对我说："是您吗，教授先生？"

"啊！尼莫船长，"我回答，"我们这是在哪里？"

"在地底下，教授先生。"

"地底下！"我惊叫，"鹦鹉螺号还漂浮着吗？"

"它总是漂浮着的。"

"但是，我不明白，这是怎么回事？"

"稍等片刻，我们的舷灯就要打开了，如果您喜欢明亮的环境，您会满意的。"

我踏上平台，等待着。周围黑得如此彻底，以至于我甚至看不到尼莫船长。然而，就在我头顶的制高点，似乎瞥见一道微光，一种充满整个圆形洞穴的微光。这时，舷灯突然亮起，它的强光使微光消失了。

电灯光太过刺眼，我把眼睛闭上了一会儿，然后又睁开去看。鹦鹉螺号停靠着。它漂浮在一个用作码头的岸边。这时承载着潜艇的海面，是个被峭壁围成圆圈所禁锢起来的湖，直径2海里，也就是周长6海里。压力表指出，它的水平面等于外海的水平面，这湖必然跟大海相通。周围的高墙，下部倾斜，拱顶变圆，像一个倒扣的巨大漏斗，高度有五六百米。顶上有一个圆形的开口，我刚才看到的微光显然是阳光从这个开口射进来的。

还没来得及更加仔细地观察这个巨大岩洞的内部构造，寻思究竟是天然还是人为作品，我就走向尼莫船长。

"我们在什么地方？"我问。

"在一个死火山正中心，"尼莫船长回答我，"由于地壳的剧烈运动，海水侵入了火山内部。就在您睡觉的时候，教授先生，鹦鹉螺号通过开在大洋下面10米处的天然通道，钻进了这个礁湖。这里是鹦鹉螺号的母港，安全、方便、隐秘，能躲避任何方向的风！您能在你们陆地或者海岛上给我找到任何一个比得上这个遮挡狂风暴雨的港口的锚地吗？"

"确实，"我回答，"这里，您是安全的，尼莫船长。谁能在一座火山中心找到您呢？不过，顶上我看到的，不是一个开口吧？"

"是的，是火山口，从前充满岩浆、蒸汽和火焰，如今成了一个通道，让我们呼吸的新鲜空气能够进来。"

"这座火山究竟是什么样的呢？"我问。

"它属于这片海上星罗棋布的小岛中的一个。对船来说，这只是一个普通的礁石；对我们来说，这却是个巨大的岩洞。我偶尔发现了它，这是命运在帮我。"

"但是，不能从火山口的洞下来吗？"

"不行，就像我也不知道如何爬上去。火山内壁从底部到100英尺以下可以攀登，但再往上，峭壁直立，这个坡度无法越过。"

"船长，我感觉大自然无时无地不在服务于您。您在这片湖上非常安全，除了您，谁也来不了这片水域。但是，何必要这个避风港呢？鹦鹉螺号不需要港口。"

"不，教授先生，但是鹦鹉螺号需要使它运行的电，需要燃料发电，需要钠产生燃料，需要煤产生钠，需要煤矿采集煤。而就是在这里，海底下有整片的森林，这些森林在地质时期就埋在泥潭里，现在已经矿化，变成了煤，成为我取之不竭的一座煤矿。"

"船长，您手下的人在这里做矿工吗？"

"正是。这些海底煤矿范围宽广，和纽卡斯尔的煤矿一样。正是在这里，我手下的人身穿潜水服，手拿十字镐去采煤，我甚至不向陆地提取煤矿。我烧煤产生钠的时候，烟就从这个火山口出去，别人会觉得看到了一座活火山。"

"我们看看您的伙伴们干活儿的样子吧？"

"不，至少这次不行，因为我急着继续我们的海底环游。所以，我只满足于提取我所储存的钠。装船的时间，仅仅是一天，我们便继续赶路。所以，如果您想在这个岩洞里逛一下，在礁湖转一圈，那就好好利用这一天吧，阿洛纳克斯先生。"

我谢过了船长，去找我的两个伙伴，他们还没有离开他们的舱室。我邀请他们跟随着我，没有告诉他们这是在哪里。

他们登上了平台。康赛议对什么都不惊奇，认为在水下睡了一觉后在一座山下醒来，是件再自然不过的事情。尼德·兰德没有别的想法，他只想知道这个岩洞有没有出口。

吃过早饭，将近10点钟，我们下船来到岸边。

"我们就这样又一次登上了陆地。"康赛议说。

"我不把这儿叫'陆地'，"加拿大人回答，"另外，我们也不在上面，而是在底下。"

在火山内壁山脚和礁湖的水之间，有一片沙岸，最宽的地方，有500英尺。在这片沙滩上，我们可以自由自在地绕着礁湖走一圈。不过，峭壁底部的土地坎坷不平，上面堆积了大块火山岩和巨大的浮石，风景如画。所有这些一堆堆的解体石块，因为地下火的关系，上面覆盖了一层光滑的珐琅质，在舷灯电灯光的照耀下，流光溢彩。岸边含云母的尘土，被我们的脚步扬起，像大片火星那样飞舞。

随着我们离开岸边，地势明显升高。不久我们就来到了曲折的长山坡，这是一个真正的斜坡，逐渐升高，但走在这些没有被水泥固定的砾岩上，必须小心。在这些由冰长石和石英晶体构成的玻璃质粗面岩上，脚很容易打滑。

这个巨大岩洞是由火山构成的，这已经在各处都得到证明。我向我的两个同伴指出这一点。

"你们想想吧，"我问他们，"这里充满沸腾的岩浆，白热的熔岩升到上面的洞口时，就像冶炼炉里的铁水满到炉口一样，这个漏斗该会是什么样子呀？"

"我完全想象得出，"康赛议回答，"但是先生能不能告诉我，为什么这位伟大的铸铁工停止了他的工作，那熔炉里面怎么又换上了静静的湖水？"

"康赛议，很有可能是因为海洋底下发生了地形的剧变，造成了现在作为鹦鹉螺号的航道的开口。大西洋的海水于是冲到了火山内部，在水火之间有过可怕的搏斗，最后以海神的胜利告终。不过，自此好多个世纪过去了，被淹没的火山变成了平静的

355

岩洞。"

"很好，"尼德·兰德回答，"我接受这种解释，但是我很遗憾，出于我们的利益，要是教授所说的这个洞口开在水平面之上就好了。"

"不过，尼德老兄，"康赛议回答，"如果这口不是在地下，那鹦鹉螺号就不能穿进来了。"

"兰德师傅，我又得加一句，如果海水不是从山底下穿进去，那么火山就仍然是火山。所以您的遗憾是多余的。"

我们继续往上走。山坡越来越陡峭和狭窄。有时有一些深沟切断道路，必须跨越过去。直上直下的大石块也要绕行，要匍匐着爬过去。在康赛议的敏捷和加拿大人的力量的帮助下，所有的障碍都被我们克服了。到了30米左右高度，地面性质起了变化，但也并没有变得好走一些。在砾岩和粗面岩之后，紧接着是玄武岩。它们一层层铺开，上面凝结着许多的气孔。砾岩和粗面岩形成有规则的棱柱，排列得像廊柱一样，支撑着这个巨大拱顶的起拱石，这是天然建筑的杰作。接着，在这些玄武岩之间，冷却了的岩浆逶迤蛇行，镶嵌着许多沥青条纹，有些地方铺着硫黄形成的宽阔地毯。一道更强烈的日光，从上面火山口射进来，模糊一片的光明淹没了这些火山喷发物，它们被永远地埋在这座死火山的怀抱里。

然而，我们上行的步伐很快就被阻止了，在大约250英尺的高度，有一道不可逾越的屏障。内部的拱形曲线垂直下降，我们不得不改成盘旋而上。在这个最后的坡度，植物界开始和矿物界斗争。几棵小灌木，甚至有些树，从峭壁的凹陷处长出来。我认出几棵大戟属植物，流出有腐蚀性的汁液。天芥菜，已经很难名副其实了，因为阳光永远照不到它们，它们忧郁地垂下失去一半颜色和香气的花束。在病恹恹的长叶子的芦荟脚下，羞怯地散落着一些菊花。但是，在一条条岩浆之间，我发现了一些小朵的紫罗兰，依然透露出淡淡的香气。我承认，我惬意地呼吸着这股花香。香气是花儿的灵魂，而海洋的花朵，这些绚丽的水生植物，却没有灵魂！

我们来到了一簇粗壮的龙血树脚下，粗大的树根把岩石都撑裂了，这时，尼德·兰德喊道："啊！先生，有个蜂窝！"

"一个蜂窝？"我问了一句，做出一个完全不相信的手势。

"是的！一个蜂窝，"加拿大人又说了一遍，"还有些蜜蜂在周围嗡嗡地叫呢。"

我靠近看，想要一探究竟。在一棵龙血树的树洞口上，确实有几千只这种灵巧的昆虫。它们在整个加纳利群岛都很常见，那里的蜂蜜尤其上乘。

加拿大人自然而然想储存一些蜂蜜，我要是反对，会显得不近人情。一堆混杂了硫黄的枯叶被他用打火机点燃了，他开始用烟熏蜜蜂。嗡嗡声逐渐停止，被掰开的蜂巢流出几磅芬芳的蜂蜜。尼德·兰德装满了他的军用背囊。

"等我用面包果粉和蜂蜜混合好，"他对我说，"就能给你们做美味的点心了。"

"当然！"康赛议说，"这会是香甜可口的面包！"

"暂时先别想你们又香又甜的面包了吧，"我说，"我们继续这趟有趣的旅行吧。"

此时，我们正绕过支撑拱顶的前排岩石的最高处。于是我看到蜜蜂并非是这座火山内部动物界的唯一代表。有些猛禽在阴影中飞行、盘旋，或者从它们筑在岩石突出处的巢里逃逸出来。这是一些白肚皮的雀鹰和叫声尖厉的红隼。几只美丽而肥硕的大鸨，也在斜坡上，迈着长腿，迅速逃离。大家可以自己想想，加拿大人看到这些美味的猎物，是有多么垂涎三尺了，还有他是多么后悔自己没带上猎枪。他试图用石头代替枪弹，几次尝试失败后，终于打伤了一只华美的大鸨。可以说为了捉住这只鸟，他不惜三番五次豁出命去，我没有任何夸大其词，不过他确实干得漂亮，这只大鸨和蜂蜜一起进了他的口袋。

我们于是不得不下坡，朝湖边走去，因为这山脊已经没法攀爬了。在我们的上方，张开的火山口就像一口大井。从那里，可以相当清晰地看到天空，我看到乱云被西风吹着掠过，雾蒙蒙的云片搁在山顶上。很显然，这些云并不高，因为火山的海拔不超过800英尺。

在加拿大人有所收获后的半小时，我们回到了火山内部的湖边。这里，有代表性的植物是海马齿，像宽阔的地毯，这是一种伞形花序的小植物，适合用糖水煮。它有好几种名字：虎耳草、海茴香。康赛议采集了几把海马齿。至于动物，这里有几千种各种各样的甲壳类动物，有龙虾、黄道蟹、瘦虾、糠虾、盲蛛、加拉提亚虾，还有数量多得惊人的贝壳类动物，如宝贝、骨螺和帽贝。

这地方有个很美的岩洞。我的伙伴们和我惬意地躺在细沙上。火打磨了珐琅质的亮闪闪的岩壁，上面撒满了云母粉。尼德·兰德敲了敲洞壁，想探测它的厚度。我禁不住微笑。对话于是落到了他念念不忘的逃跑计划上。我相信不用他费口舌，就能给他这个希望：那就是尼莫船长南下，就是为了补给钠。因此，我希望现在他会返回欧洲和美洲海岸。这就使加拿大人能再次尝试他曾经失败的企图，这次更有可能成功。

我们在这个迷人的岩洞里躺了一小时。谈话开始时兴高采烈的，渐渐就意兴阑珊了。睡意俘虏了我们。我们没有理由强撑着不睡，于是我们就任由自己沉沉地睡去。我做了个梦，不由自主地梦见自己成了一个有着植物性生命的简单软体动物。我感觉这个岩洞成了我的两瓣甲壳……

突然，我被康赛议的声音唤醒。

"小心！小心！"正直的小伙子喊道。

"怎么啦？"我半坐起身子问。

"水漫到我们身上来了！"

我站起来。海水像激流一样涌入我们栖身的地方，既然我们不是软体动物，那就必须赶紧逃走。

很快，我们就来到了岩洞顶上的安全地方。

"所以究竟发生了什么？"康赛议问，"这是什么新现象？"

"不是的！我的伙伴们，"我回答，"这是涨潮，只不过是差点儿把我们淹没的海潮，就像沃尔特·司各特[1]的主人公所遭遇的那样。大洋在外面涨潮了，根据自然平衡法则，湖面同样也会升高。咱们只不过是洗了半个澡而已。我们回鹦鹉螺号换衣服吧。"

45分钟以后，我们结束了环湖漫步，回到潜艇上。这时，水手完成了钠的装载，鹦鹉螺号随时可以起航。

1　沃尔特·司各特（1771—1832），苏格兰小说家。

但是，尼莫船长没有下任何命令。难道他想等到天黑，再秘密地从他的海底通道出去吗？也许吧。

无论如何，第二天，鹦鹉螺号离开了它的母港，航行在远离陆地的海洋上，潜入大西洋海面下几米深的水里。

第十一章

萨尔加斯海

　　鹦鹉螺号的航向没有改变。因此，返回海岸的希望应该暂时成了泡影。尼莫船长保持朝南的航向。他把我们带往何处？我不敢设想。

　　这一天，鹦鹉螺号越过大西洋的一个奇特地区。没有人不知道这里存在一股强大的暖流，名叫墨西哥湾暖流。这股暖流从佛罗里达海峡流出以后，一路奔向斯匹次卑尔根岛。但是在它涌入墨西哥湾之前，靠近北纬44度，暖流便一分为二：大的一股流向爱尔兰和挪威海岸，另一股折向南面，流向亚速尔群岛，然后抵达非洲海岸，画了一个狭长的椭圆形，再回到安地列斯群岛。

　　这第二股暖流，与其说像一条手臂，不如说像一条项链，用它的暖水环把这部分的海洋围了起来。这部分的海水冰冷、平静、肃然不动，被人们叫作萨尔加斯海。这是大西洋中的一片真正的湖泊，暖流的水围绕着它转一圈至少三年。

　　严格地说，萨尔加斯海覆盖了大西洋整个沉没部分。有些作者认为，这片海里散布的大量海草，就是从那片旧大陆的草原上拔下来的。但更有可能的是，这些海草、海藻和墨角藻，是从欧洲海岸和美洲海岸夺取过来的，被墨西哥湾暖流一直带到这个地区。这是促使哥伦布设想存在一个新大陆的理由之一。当这位大胆的探索者的船队到达萨尔加斯海时，他们艰难地在海草中航行，因为海草阻挡他们的行进，这引起船员的恐慌。最后他们耗费了漫长的三个星期才穿越了这片海草。

鹦鹉螺号眼下来到的就是这样一个地区。这是一片真正的草原，由海藻、墨角藻、热带葡萄所凑成的地毯，很厚，很密，船首要费好大力气才能把它冲开。所以，尼莫船长不愿把他的螺旋桨缠在这一堆草叶里，于是坚持在水面下几米深的地方航行。

萨尔加斯这个词来自西班牙语"sargazzo"，意思是一种褐色海藻。这种海藻，是浮水藻，或者承湾藻，构成了这一片的大部分。根据《地球自然地理学》的作者、学者莫里[1]的说法，这些水生植物聚集在大西洋这片平静的水域，是因为："对此我们所能做的解释，我觉得来自人人都知道的经验。把软木塞碎片或者其他浮体放在一盆水中，使盆中的水做圆形运动，我们就会看见那些分散的碎片成群地聚在水面的中心，也就是说最不受刺激的那部分。现在我们所谈论的现象中，容器就是大西洋，环流就是墨西哥湾，萨尔加斯海就是中心聚集的漂浮体。"

我同意莫里的看法，我可以在这个船只极少进入的特殊区域研究这个现象。在我们上方，漂浮着来自各处的浮体，堆积在淡褐色的海藻中间。有些树干从安第斯山脉和洛基山脉冲下来，被亚马孙河和密西西比河托起。还有无数遇难船只的残骸，残留的龙骨或者船底，穿了底的船板，上面爬满了贝壳和名荷儿，沉得

1　莫里：法国历史学家。

无法浮上水面。随着时间的推移，有朝一日莫里的另一个观点也会得到证实，那就是，几个世纪以来这样堆积的物质，在水的作用下会矿化，形成一个取之不竭的煤矿。那是有远见的大自然的珍贵储藏，是怕有朝一日人类耗竭了陆地上的煤。

在海藻和墨角藻理不清的组织中，我注意到一些玫瑰色的海鸡冠，拖着长触须的海葵，绿色、红色、蓝色的水母，特别是居维埃提到的巨大根足水母，淡蓝色的伞状膜，镶着紫边。

2月22日这一整天，我们都在萨尔加斯海度过，喜欢吃海洋植物和甲壳类动物的鱼在这里找到了丰富的食物。第二天，海洋恢复了惯常的面貌。

从这时起，在19天中，也就是从2月23日到3月12日，鹦鹉螺号待在大西洋中，以每天100海里的速度，载着我们航行。很显然，尼莫船长想完成他的海底航行计划。我认为，绕过霍恩角之后，他会回到南太平洋海域。

这样，尼德·兰德就有理由担心了。在这没有海岛的广阔海洋中，他就再也不用试图离开潜艇了，也再没有任何方法对抗尼莫船长的意志。唯一的态度就是顺从。但是既然不能期望用力量和诡计来获得自由，那我倒宁愿用说服的方式。这次旅行结束后，如果我们发誓永远不泄露他的存在，尼莫船长难道不会同意还给我们自由吗？我们会信守诺言的。但是必须和船长谈一下这个敏感问题。然而，我向他提重获自由的事情，真的合适吗？他本人一开始不就已经正式宣布过，出于他生活的秘密，他需要把我们永远囚禁在鹦鹉螺号上吗？我四个月来的沉默，在他看来，该不会是我默认了这种局面吧？重提这件事，会不会让他心生猜疑，以后一旦有机会逃跑，反而会有不利影响？所有这些理由，我都想到了，我再三斟酌着，还告诉了康赛议，他也和我一样困惑。总之，虽然我不容易泄气，但我明白，再次见到我的同胞们的机会在递减，尤其是现在，尼莫船长正大无畏地向大西洋南部进发！

在我上面所说的19天内，旅途中没有发生什么特别的事情。我很少看见船长，他一直在工作。在图书室里，我时常看见有些书，被他翻开在那里，尤其是一些自然历史书。我那本关于海底的著作，他也翻阅了，在空白处写满了他的批注，有时候是在反驳我的理论和体系。但船长只满足于这样提炼我的作品，而很少和我争论。有时候，我听到他的管风琴忧郁的琴声，他弹琴时满怀激情，不过只是在夜里，在神秘莫测的黑暗里，当鹦鹉螺号沉睡在茫茫一片的大海之中。

这段旅途中，我们整天在海面上航行。海好像是被人抛弃了似的，只有几艘帆船，运货到印度，驶往好望角。有一天，我们被几条捕鲸船派遣的小艇追逐，捕鲸船可能以为我们是一条价值不菲的巨型鲸鱼。但是尼莫船长不想让这些勇敢的人白费时间和力气，他潜入水下，结束了追捕。这件小事好像让尼德·兰德非常感兴趣。加拿大人应该非常遗憾，我们这头钢板鲸鱼没有被捕鲸者的鱼叉叉死，我觉得我这么说不会有什么错。

这段时间里，我和康赛议观察到的鱼类，和我们在其他维度研究过的鱼区别不大。主要有可怕的软骨鱼属，下面分三个亚属，这三个亚属包括不下32种：条纹角鲨，长五米，扁平的头比身体还宽，圆圆的尾鳍，背脊有七条平行、纵向的黑条纹；珠形角鲨，浅灰色，有七个鳃，只有一条背鳍，几乎位于身体中间。

也有一些大鲨鱼游过，可以说是一些贪吃的鱼。我们有理由不相信渔民的叙述，但他们的确是这样说的。有人在一头这种动物的体内，发现过一只水牛头和整头小牛。在另外一头鲨鱼的体内，发现两条金枪鱼和一个穿制服的水手，还在另外一头体内发现一个士兵和他的军刀。最后还有一头，里面装了一匹马和一个骑兵。这一切，说实话，都不太可信。总之，这种动物没有出现在鹦鹉螺号的渔网里，我也就无从证实它们的贪吃。

一群群优雅又爱嬉戏的海豚，整日整日地陪伴着我们。它们五六条一群，像是乡野里的狼，捕猎的时候成群结队。再说，它们的贪食也不亚于鲨鱼。因为我相信一位哥本哈根的教授所说的话，他曾从一头海豚的肚子里掏出过13条鼠海豚和15头海豹。这是条真正的逆戟鲸，是目前发现的最大动物，长度有时超过24英尺。这一科的海豚包括六个属，我看到的海豚属于逆戟属，以口鼻面极度狭长著称，是颅骨的四倍。它们的身长三米，背脊黑色，粉白色的肚子分布着零散的小斑点。

我还要在这片海域举出棘鳍类和石首科的奇特鱼类。有些诗人气质多于博物学家的气质的作者认为这些鱼唱歌悦耳，还说它们的声音合在一起，能形成一场合唱，而人声合唱根本无法与之媲美。我并不想反对这说法，但是在我们经过时，这些石首鱼没有给我们唱任何小夜曲，我为之感到遗憾。

最后，为了收尾，康赛议对一大批飞鱼做了分类。海豚以令人称羡的准确捕食飞鱼，没有什么比看这个更加有趣的了。不管鱼飞得多远，不管它画出什么样的飞行轨迹，甚至越过鹦鹉螺号，这些不幸的飞鱼却总是逃不过海豚为接住它们而张开的嘴。这是些海贼鱼，或者鸢形魨鲕，嘴巴发光。夜里，它们在空中划出一道道光亮，然后像流星一样潜入昏暗的水中。

我们的航行就是在这样的情况下继续着，直到3月13日。这一天，鹦鹉螺号被用来当作探测器，这让我非常感兴趣。

从太平洋公海海域出发，我们已经航行了大约13,000法里。我们的方位是南纬43度37分，西经37度53分。这里是先驱者号的德纳姆船长当年探测过的海域，他把探测器探入海里14,000米，也没测到海底。同样在这里，美国国会号驱逐舰的帕克中尉探测到15,140米，也没能探测到海底。

尼莫船长决定让鹦鹉螺号去到最深的地方，以便查实一下不同的探测数据。我准备好记录测试的所有结果。客厅的护窗板开了，开始操作潜艇，准备抵达令人叹为观止的水层。

可以想到，我们不用把储水罐灌满水的方式来潜水下降了，可能因为储水罐无法使鹦鹉螺号充分增加到特殊重量。再说，上浮时要排除多余的水，而水泵不会有足够的压强来抵抗外面的压力。

尼莫船长决定通过一条足够长的对角线，靠着和吃水线呈45度角的侧翼斜板，下潜到海底。然后，螺旋桨以最高的速度旋转起来，四瓣叶片疯狂地拍打着海水，激烈得无法形容。

鹦鹉螺号在这样强大的推动下，船体像铮铮作响的琴弦一样颤动着，有规律地潜入了水下。船长和我待在客厅里，我们凝望着气压计迅速转动的指针。不久，我们就越过了大部分鱼类平时生活的区域。如果说有些鱼只能生活在大海或者河流表层，那么另外少量的鱼则是待在相当深的区域。在后者之中，我观察到有六个呼吸口的鲨鱼；眼睛大得像望远镜的鱼；带甲的马拉马鱼，胸前长着灰色的鳍，后胸是黑色的，有淡红色的骨质护胸甲；还有长尾鳕。它们生活在1200米深的海里，所以承受着120个大气压。

我问尼莫船长，他有没有见过生活在更深处水中的鱼。

"鱼吗？"他回答我，"很少，但只是以现阶段的科学手段怎么推测呢？谁知道呢？"

"事情是这样的，船长。众所周知，接近大洋深处时，植物比动物消失得快。我们知道，在那些还有动物的地方，水生植物已经不再生长。据悉，有生活在2000米水深处的姥鲨、牡蛎等，北冰洋探险英雄麦克·克林托克还曾经从2500米的深处打上来一只海车盘。据悉，英国皇家海军军舰斗牛犬号的船员从2620英寻，即一法里多的深处打上来一只海星。但是，尼莫船长，也许您还要对我说，我们一无所知吧？"

"不，教授先生，"船长回答，"我不会这样不礼貌。尽管如此，我还是要请教您，这些生物是如何能够生存在如此深的深海里？"

"我有两个理由来解释，"我回答，"首先，由于海水的含盐度和密度不同，造成垂直的水流，产生的运动足以维持海百合类和海星的基本生命。"

"很对。"船长说。

"然后，还因为，如果说氧气是生命的基础，大家都知道海水里溶解的氧气是随深度而增加的，而不是减少，而且深水层的压力有助于把氧气压在那里。"

"啊，大家知道这个？"尼莫船长回答，语气中有一丝惊讶，"好吧，教授先生，人们有理由知道这个，因为这是事实。事实上，我还要补充，从海面上打上来的鱼，鱼鳔里氮气比氧气多。相反，从深海中打上来的鱼，鱼鳔里的氧气则要比氮气多。这说明您那一套是正确的。我们来继续我们的观察吧。"

我把目光又投向气压计。仪器指出的深度是6000米。我们已经下潜了一小时。鹦鹉螺号靠侧翼滑动，一直下沉。空荡荡的海水晶莹剔透，透明度难以描绘。一小时后，我们到达了13,000米，也就是三又四分之一法里的深度，但仍然感觉不到到了海底。

　　然而，到14,000米，我看见一些海水中凸显出来的黑色山峰。但这些山顶可能像喜马拉雅山或者勃朗峰那么高，甚至更高，这些深渊的深度还是难以估计。

　　虽然鹦鹉螺号承受着巨大的压力，却仍然在下沉。我感觉到潜艇的钢板在螺栓衔接的地方颤动，栅栏在弯曲，墙板在咯吱作响，客厅的舷窗玻璃在水的压力下鼓了起来。如果不是像船长所说的那样，这坚固机器能够像实心的物体一样抵抗压力，它应该早就已经折断了。

　　贴着水下岩石斜坡，我还看到一些贝壳、龙介、活螺旋，还有一些海星。

　　但不久，动物生命的这些最后代表也消失了。在三法里以下，鹦鹉螺号超过了海底生命的极限，像是气球升到了可呼吸的大气层之上。我们达到了16,000米的深度，也就是四法里，鹦鹉螺号的侧翼这时受到的压力为1600个大气压，也就是说潜艇表面每平方厘米受到的压力为160千克！

　　"多么可怕的形势啊！"我叫道，"我们这是徜徉在人类从未到达过的深度啊！您看，船长，您看这些妙不可言的岩石，这些无人居住的岩洞，这些地球最低的水库，这些地方，生命无法存活！多么奇妙的不为人知的地方啊，为什么我们能够保留的只有回忆呢！"

"您乐意带回一些比回忆更好的东西吗？"尼莫船长问我。

"您这话是什么意思？"

"我想说，拍一张海底这个区域的照片再简单不过了！"

我还没来得及表达这个新提议所引起的惊奇，在尼莫船长的一声招呼下，一台照相机就拿到客厅了。舷窗的防护板打开着，周围的水被电灯光照得通明，亮光均匀分布着。我们的人造光没有一丝阴影，也没有一丝减弱。照这幅照片的时候，阳光也没有更好。鹦鹉螺号在螺旋桨的推动和侧翼斜板的控制下，保持着静止不动。照相机瞄准了大洋底部这片景色，几秒钟的时间，我们就得到了一张非常清晰的底片。

从照片中可以看到这些构成地球强大基础的基层花岗岩从来没有见过天光。这些岩石中掏空的深洞，这些底色无比清晰地从黑色中显现出来，仿佛出自某个弗拉芒画家之手。远处，在天际线那边，是延绵起伏的山脉，构成了背景。我无法描绘这整体的光滑、黑色、平整的岩石，没有一点儿苔藓，没有一点儿斑点，形状切割得非常奇怪，稳固地坐落在地毯似的沙地上，沙子在电灯光的照耀下闪闪发光。

然而，尼莫船长在照完相后，对我说："咱们上去吧，教授先生。不要在这里停留太久了，也不要让鹦鹉螺号过久地承受这样的压力。"

"我们上去。"我回答。

"您站稳了。"

还没来得及理解为什么尼莫船长给我这样的建议，我就摔倒在了地毯上。

在船长发出信号之后，螺旋桨就转动起来了，侧翼斜板笔直地竖立起来，鹦鹉螺号闪电般迅速升起，像气球一样飞向了高空。它用一声响亮的颤声分开了海水，细节全都隐没不见。四分钟内，它就穿越了四法里，回到了洋面，像条飞鱼似的冒出洋面之后，它又落下来，把浪花溅到一个惊人的高度。

第十二章

抹香鲸和长须鲸

3月13日、14日夜里，鹦鹉螺号又朝南驶去。我以为，到达霍恩角后，潜艇会掉头向西，重回太平洋海面，完成环球航行。然而潜艇根本不是这样做的，而是继续开往南面。它这是要去哪儿呀？这是在发疯啊！我开始相信，船长的任性妄为足以证明尼德·兰德的恐惧是有道理的。

这个加拿大人，几天都没跟我谈他的逃跑计划了。他变得不爱说话，几乎是沉默寡言了。我看得出这种长期的监禁使他多么难受。我可以感觉到他心中所积累的愤怒是多么强烈。当他碰见船长的时候，他的眼睛里总有一团阴沉可怕的火光，我总是担心他的暴烈天性会把他推向极端。

这一天是3月14日，康赛议和他来我房间里找我。我问他们的来意。

"先生，我只向您提一个简单的问题。"加拿大人回答。

"请说吧，尼德。"

"您觉得鹦鹉螺号上一共有多少人？"

"我不知道，我的朋友。"

“我觉得，”尼德·兰德接着说，“操纵这艘潜艇不需要很多人。”

“的确是，”我回答，“在它所处的条件下，最多十来人就足以操纵它了。”

“那么，”加拿大人说，“为什么还要那么多人呢？”

“为什么？”我反问。

我盯住尼德·兰德，他的意图很容易猜出来。

“因为，”我说，“根据我的预感，如果我没有理解错船长的生存状况，鹦鹉螺号应该不仅仅是一艘船。这应该是给那些和船长一样——与陆地切断了联系的人的一座避难所。”

“或许是吧，”康赛议说，“但鹦鹉螺号毕竟只能容纳一定数量的人，先生能够估计出这个数字的极限吗？”

“这要怎么估计，康赛议？”

“计算一下。既然先生知道潜艇的容积，那也就是知道了它所承载的空气量。另外，我们也知道每个人在呼吸活动中所消耗的空气量，将这个结果和鹦鹉螺号每24小时就要上浮换气的需求比较一下……”

康赛议话还没说完，但我明白他的意思。

“我明白你的意思，”我说，“这个计算虽然很容易操作，但是只能得到一个相当不确凿的数字。”

“没关系。”尼德·兰德执着地说。

“这样算吧，”我回答，“每个人每小时消耗100升空气里的氧气，也就是24小时里要消耗2400升空气里的氧气。因此，需要知道鹦鹉螺号容纳空气，是2400升的多少倍。”

“非常准确。”康赛议说。

"然后，"我继续说，"鹦鹉螺号的容积是1500桶空气，每桶是1000升，也就是说，鹦鹉螺号容纳150万升空气，再除以24……"

我用铅笔迅速地计算："……除完以后是，625。也就是说，鹦鹉螺号上的空气容量，完全够625人用一天。"

"625！"尼德重复了一遍。

"但是，有一点可以肯定，"我补充说道，"船上人员中，水手和高级船员也好，我们连十分之一的份额都没有占到。"

"别说十分之一了，我们才三个人。"康赛议嘀咕。

"所以，我可怜的尼德，我劝您还是忍耐一下。"

"甚至比忍耐更好一点儿，"康赛议回答，"要屈服。"

康赛议用的词非常到位。

"毕竟，"他说，"船长不可能总是往南走！他总要停下的，哪怕是在南极大浮冰前，他总要回到更文明开放的海域！所以，到时候我们就能重新实施尼德·兰德的计划了。"

加拿大人摇摇头，用手摸了一下前额，一声不吭地走了。

"先生能不能允许我进言一句，"康赛议对我说，"这可怜的尼德成天在想他不可能得到的东西。他过去的生活都回到他脑海。不能做船长禁止我们做的事情，他觉得很遗憾。他的回忆压抑着他，让他心里不好受。我们应该理解他。他在这里有什么可做的呢？没有。他不像先生那样是个学者，他对这海里的东西不会有像我们一样的那种兴味。为了能回到家乡的小酒馆，他会不惜一切代价的。"

无疑，船上的单调生活，对加拿大人来说必然是难以忍受的。他已经习惯了自由而奔放的生活，这里能使他激动的事情太少了。可是，这一天，一件小事让他回忆起了作为捕鲸手的美好日子。

将近上午11点钟，鹦鹉螺号遇到一大群鲸鱼。这次相遇并不令我感到惊讶，因为我知道，这种动物一旦遇到激烈的追逐，便会躲在高纬度的盆地里。

鲸鱼在海洋世界所起的作用，对地理发现所产生的影响，都是不可估量的。正是鲸鱼，带着它们的追逐者，先是巴斯克人，然后是阿斯图里亚斯[1]人，再接着是英国人和荷兰人，使他们冒着航海的危险，从地球的一端到另一端。鲸鱼喜欢去南极和北极的海洋。甚至有古老传说认为，这些鲸类动物曾把渔民带往距离北极只有七法里的地方。即使这不是真的，有朝一日也会变成事实，也有可能是这样：为了追逐鲸鱼而来到北极和南极地区，人类有可能会因此到达地球上从未有人到过的地方。

我们坐在平台上，面对着风平浪静的大海。附近这个纬度，正是美好的秋日。加拿大人——在这点上他当然不可能搞错——发现东面天际处有一条长须鲸。我们仔细凝望，会发现在离鹦鹉螺号五海里的地方，鲸鱼黑色的背脊在海浪上起起伏伏。

"啊！"尼德·兰德大声喊道，"如果我在一条捕鲸船上，这次的相遇会让我乐开了花！这可是个大个子！看看它的鼻孔喷出的空气和水柱多有劲道呀！真他妈见鬼！为什么我要被锁在这个钢板上啊！"

"什么！尼德，"我回答，"您还没有从这些捕鲸的旧念头

---

1 阿斯图里亚斯：西班牙北部地区。

里出来吗？”

“先生，一个捕鲸手怎么可能忘掉自己的老本行呢？这样的追逐带来的刺激怎么可能让他厌倦呢？”

“您从来没在这片海域捕鱼过吗，尼德？”

“从来没有，先生。我只在北冰洋，还有白令海峡和戴维斯海峡捕过鱼。”

“那么，您还不熟悉这种南极的鲸鱼。您至今捕过的鲸鱼都是露脊鲸，这种鲸鱼不会大胆越过赤道的温热海水。”

“啊！教授先生，您怎么会这样对我说？”加拿大人用一种极度怀疑的口吻问道。

“我说的可是事实。”

“我给您举个例子！告诉您吧，在1865年，也就是两年半之前，我在格陵兰附近捕到过一条鲸鱼，肋部还带着白令海峡的一个捕鲸手投出的鱼叉。但是，我问您，一条在美国西部被叉到的鲸鱼，要不是绕过霍恩角或好望角，再穿过赤道，怎么可能在格陵兰东面被捕杀呢？”

“我和尼德老兄的想法一样，”康赛议说，“我等着先生来回答我们。”

“那就让先生我来回答你们。我的朋友们，鲸鱼根据种类的不同，是有地方局限性的，它们待在自己的海域不会离开。如果说白令海峡的鲸鱼来到了戴维斯海峡，那一定是因为在梅州海岸或者亚洲海岸，存在一条连接两片海域的通道。”

“非要相信您说的话吗？”加拿大人问，然后闭上一只眼睛。

“非得相信先生。”康赛议回答。

“就因为我没在这片海域捕过鲸鱼，”加拿大人继续说，

"我就对这片海域的鲸鱼一无所知了吗？"

"我已经告诉你了，尼德。"

"至少说明要继续了解更多一点儿。"康赛议回答。

"看呀！看呀！"加拿大人大喊，声音激昂，"它靠近了。它靠近了！它朝我们游过来了！它在嘲弄我！它知道我拿它没办法！"

尼德气得直跺脚。他牢牢攥住想象中的捕鲸叉，手开始颤抖起来。

"这些鲸鱼，"他问，"和北冰洋的一样大吗？"

"差不多吧，尼德。"

"因为我见过大条的鲸鱼，先生，长100英尺！我甚至听人说，阿留申群岛的乌拉莫克鲸和乌穆加里克鲸，有时候长度超过150英尺呢。"

"这在我看来有点儿夸张了，"我回答，"这不过是鳁鲸，有背鳍，和抹香鲸一样，通常比露脊鲸要小。"

"啊！"加拿大人喊道，他的眼睛死死盯着洋面，"它靠近了，到了鹦鹉螺号的水域！"

然后，又接过话头："您说，抹香鲸是一头小动物啊！但有人说它们是大型动物呢。这是些聪明的鲸类。据说有些抹香鲸用海藻和墨角藻盖住自己。有人把它们当作小岛。还在上面支起了帐篷，待在那里，生起了火……"

"在上面造房子。"康赛议说。

"是的，可会捉弄人了，"尼德·兰德回答，"然后，突然有一天，这畜生就潜入海底，把所有那些居民都带到深海里。"

"就像水手辛巴德[1]的旅行中那样。"我笑着回答。

"啊！兰德师傅，看来您喜欢那些奇思妙想的故事！您的抹香鲸可够奇幻的！我希望您不要去当真！"

"博物学家先生，"加拿大人严肃地回答，"关于鲸鱼，什么神奇的故事都得相信！比如，这条鲸鱼，它游得多快呀！它逃脱了！有人说这些动物可以15天内环游地球一圈呢！"

"我不否认。"

"但是，阿洛纳克斯先生，您可能不知道，在世界刚刚形成的时候，鲸鱼游得比现在还快呢！"

"啊！真的吗，尼德！那是为什么呢？"

"因为那时候，鲸鱼的尾巴和鱼一样是横甩的，也就是说，它们的尾巴是垂直压扁的，左右击水。但是造物主发现鲸鱼游得太快了，于是就把它们的尾巴拧了一下，从此它们上下击水，影响了它们的速度。"

"好吧，尼德，"我说，借用加拿大人自己的话，"非得相信您说的话吗？"

"也别太相信，"尼德·兰德回答，"尤其是，如果我跟您说，有一种鲸鱼长300尺，重10万斤，您就不用相信。"

"这确实是太大了。"我说，"但是，应该承认，有些鲸鱼长得相当大，因为，据说它能提供120吨鱼油。"

"这个，我是见过的。"加拿大人说。

"我很愿意相信这是真的，尼德，就像我相信有些鲸鱼有100头大象那么大。您可以自己想想，这样的庞然大物全速冲刺的时

1　辛巴德：《一千零一夜》中的故事《水手辛巴德历险记》的主人公。

候，会产生怎样壮观的效果！"

"它们真的会把船撞翻吗？"康赛议问。

"把船撞翻我倒不信，"我回答，"但有人说，1820年，恰恰是在南部海域，一头鲸鱼冲向埃塞克斯号，使船以每秒四米的速度往后倒退。海水从船尾侵入，埃塞克斯号几乎立刻沉没了。"

尼德以一种嘲弄的神态看着我。

"就我自己来说，"他说，"我被鲸鱼尾巴扫过一下——当然，是在我的小艇里。我的伙伴们和我，我们被甩出去六米之高。但是比起教授先生所说的鲸鱼，我那条只是一条鲸鱼幼崽了。"

"这种动物活得久吗？"康赛议问。

"1000年。"加拿大人毫不犹豫地回答。

"您是怎么知道的呢，尼德？"

"因为有人这样说。"

"为什么有人这么说呢？"

"因为有人知道。"

"不，尼德，不是知道，而是有人推测，我来告诉您这种推测依据的理由。400年前，当渔民们第一次追捕鲸鱼的时候，这些动物的个头比如今捕捉到的大。于是有人相当合乎逻辑地推测，如今的鲸鱼个头之所以小，是因为它们还没有达到完全发育。这也是为什么布丰认为鲸鱼能够，或者说应该活到1000年。您听明白了吗？"

尼德·兰德没有听明白。他也不再听下去。那头鲸鱼在不断接近。他用双眼吞噬着它。

"啊！"他惊叫，"这不是一头鲸鱼！是10头、20头，是整整一群鲸鱼！而我却什么都做不了！活生生在那里，束手束脚！"

"但是，尼德老兄，"康赛议说，"为什么不问尼莫船长要捕猎许可呢？"

康赛议还没来得及把话说完，尼德·兰德已经从护板滑下去，跑去找船长了。没多久，两人一起又出现在平台上。

尼莫船长观望着一海里外的地方，一大群鲸鱼在水中嬉戏。

"这是一些南极鲸，"他说，"足以让一整支捕鲸船队发财了。"

"啊！那么，先生，"加拿大人问，"我能不能去捕猎它们，哪怕只是为了不要忘记我作为捕鲸手的老本行？"

"何必呢，"尼莫船长回答，"这种捕杀仅仅是为了毁灭！我们在船上要鲸鱼油干吗呢？"

"但是，先生，"加拿大人又说，"在红海，您曾经允许我捕杀过一头儒艮啊！"

"那时候，是为了给我的船员弄到鲜肉。而现在，只是为了屠杀而屠杀。我很清楚，这是人类专有的一项特权，但是我不允许把这种杀戮作为消遣。残杀南极鲸和露脊鲸这些无害又善良的动物，兰德师傅，您同类的行为是应受谴责的。正因为他们，巴芬湾的鲸类数量已经减少了，他们这样会使这种有益动物灭绝的。因此，就让这些不幸的鲸类动物安生吧。您就是不插手，它们也已经有够多的天敌了，抹香鲸、箭鱼，还有锯鳐。"

在听取这堂道德课时，加拿大人的脸色如何，大家可以自己想象。给一个捕鲸手讲这样的道理，那是白费口舌。尼德·兰德看看尼莫船长，显然没弄明白他想说什么。但是，船长说得没错。捕鲸者野蛮、疯狂的捕杀，总有一天会使大洋里最后一头鲸鱼销声匿迹。

尼德·兰德吹起他的《洋基歌》[1]，双手插进口袋，对我们背过身去。

与此同时，尼莫船长在观察鲸鱼群，然后对我说："我刚才这样说不是没理由的，不算上人类，鲸鱼已经有很多其他天敌了。过不了多久，它们就要遇到强大的对手。阿洛纳克斯先生，在下风八海里的地方，有一些黑点在移动，您看到了吗？"

"是的，船长。"我回答。

"这是抹香鲸，一些可怕的动物。我有几次遇到过成群的抹香鲸，有两三百头！至于这些作恶多端的残忍动物，倒是应该灭绝的。"

加拿大人听到最后这话，激动地转过身来。

"那么，船长，"我说，"还来得及，即使是为了那些鲸鱼着想……"

"没有必要招惹它们，教授先生。鹦鹉螺号足以驱散这些抹香鲸。潜艇拥有钢冲角，我想，抵得上兰德师傅的捕鲸叉。"

加拿大人不以为然地耸耸肩。用冲角去攻击抹香鲸！谁听说过这种事儿？

"等一下，阿洛纳克斯先生，"尼莫船长说，"我们会让您看到一场您从未见识过的捕杀。别可怜这些凶狠的抹香鲸，它们只不过有大嘴尖牙！"

---

1 《洋基歌》：美国传统歌曲，起源于美国七年战争时期，被美国人视作一首爱国歌曲。

大嘴尖牙！描绘这些长着畸形大头的抹香鲸，没有什么比这几个字更好的了。它们有时候身长能超过25米。它们的大脑袋差不多要占身体的三分之一。它们比长须鲸装备得更好，长须鲸的上颚只有鲸须，而抹香鲸拥有25颗圆柱形、顶部呈圆锥形的大牙齿，长20厘米，每颗重2斤。就是在这个大脑袋上部，在被软骨分隔开的巨大脑腔里，那种所谓"鲸蜡"的宝贵油脂，多达三四百千克。按弗雷多尔[1]的说法，抹香鲸是一种丑陋的动物，与其说是一种鱼，不如说是蝌蚪。它的构造并不理想，可以说它整个左边的骨骼都是有缺陷的，几乎只能用右眼看东西。

这时，那群怪物一直在靠近。抹香鲸已经看到长须鲸，准备好要出击。我们可以预料到抹香鲸的胜利，不仅仅是因为它们比没有进攻能力的对手长得结实，便于攻击，更是因为它们能够长时间待在水下，不用回到水面呼吸。

是时候赶去救长须鲸了。鹦鹉螺号潜入水里，康赛议、尼德和我坐在客厅的玻璃窗前。尼莫船长到舵手身边去了，像操作毁灭性武器一样操作他的潜水艇。不久，我感到螺旋桨的拍打频率加快了，潜艇的速度提高了。

鹦鹉螺号到达时，抹香鲸和长须鲸之间的战斗已经开始。潜艇的行动方式是切开这群畸形的大头动物。它们起先对新怪物的搅和不予理睬。但不久，它们不得不提防着这头新怪物的攻击。

真是一场惊心动魄的战斗！尼德·兰德很快激动起来，最后

1　弗雷多尔：莫坎·唐东（1804—1863）法国动物学家、植物学家，巴黎医学院的自然博物学教授。以阿尔弗莱德·弗雷多尔这个笔名写了《海底世界》（1865），此书是凡尔纳创作《海底两万里》的主要参考书籍之一。

还鼓起掌来。鹦鹉螺号成了一把厉害的捕鲸叉，被船长牢牢握在手中挥舞。潜艇冲向这一团团的肉，横穿而过，所过之处留下两团胡乱攒动的半截动物尸体。抹香鲸可怕的尾巴拍击着潜艇的两侧，而潜艇丝毫感觉不到。它们只是产生了一些冲击，但也没有更多。一条抹香鲸被消灭了，潜艇冲向另一条。为了不要错过它的猎物，一会儿从前面，一会儿从后面，乖乖听从着舵的指挥。抹香鲸潜入深水层，潜艇也潜下去。抹香鲸浮出水面，潜艇也浮出水面，从正面或者斜侧攻击抹香鲸，拦腰截断或者撕成碎片，从各个方向，忽快忽慢，用它可怕的冲角刺穿抹香鲸。

多么惊心动魄的大屠杀！水面上发出了怎样的声音啊！那些被吓坏了的动物发出了多么尖厉的鸣声和多么特别的吼声啊！在往日如此平静的水中，它们的尾巴激起了真正的惊涛骇浪。

这场壮烈的大屠杀持续了将近一小时，这些畸形大头怪物在劫难逃。有好几次，十几头抹香鲸集合起来，试图把鹦鹉螺号压在它们身下。我们从舷窗能看到它们满嘴的大牙齿和凶煞的眼神。尼德·兰德已经激动得不能自持，威胁和咒骂着它们。我们感到它们想攀附上我们的潜艇，像是猎犬在矮树丛下咬住一头小公猪。但是鹦鹉螺号螺旋桨加了力，拖着拉着把它们带回海面，根本不在乎它们巨大的重量，也不在乎它们用力的攥紧。

终于，一大群抹香鲸变得稀稀拉拉。海水恢复了平静。我感觉我们回到了海面。舱盖打开了，我们冲上平台。

大海布满了支离破碎的尸体。就是威力强大的爆炸，也不能把这一大堆的肉如此暴烈地分割、撕裂和扯碎。我们漂浮在这些庞大躯体中间，它们背脊浅蓝色，肚子微微泛白，全身隆起一些大疙瘩。有几条吓坏了的抹香鲸逃到天边。好几海里的海面上，波涛被染红了，鹦鹉螺号航行在血海里。

尼莫船长和我们会合。

"怎么样，兰德师傅？"他说。

"不怎么样，先生，"加拿大人回答，他的激动已经平复下来，"这确实是个可怖的场面。但是我不是一个屠夫，我是一个猎手，而这只不过是一场屠杀。"

"这是一场对于为非作歹的动物的正法，"船长回答，"而鹦鹉螺号也不是一把屠刀。"

"我更喜欢我的捕鲸叉。"加拿大人回答。

"各人有各人的武器。"船长一面回答，一面盯住尼德·兰德。

我担心尼德会发火动粗，那后果就不堪设想了。但是他的怒火被转移了，因为他看到鹦鹉螺号正在靠近一条长须鲸。

这条鲸鱼没能逃过抹香鲸的牙齿。我认出这是一条南极鲸，脑袋扁平，全身黑色。从解剖学上来说，南极鲸和普通白鲸、诺尔·卡佩鲸不同，不同在于它们七节颈椎的连接方式，而且它们还比同类多了两根肋骨。这条可怜的鲸鱼侧躺着，肚子上被咬出了几个洞，已经死了。在它被咬伤的鳍上，还挂着一条小鲸崽，没能幸免于难。它的嘴巴张开着，任凭海水像是一股激浪，咆哮着流过鲸须。

尼莫船长将鹦鹉螺号驶向动物尸体。两个船员爬上鲸鱼肋部，我不无惊讶地看到他们从鲸鱼乳房里挤干所有乳汁，有两三桶那么多。

船长递给我一杯奶，还是热的。我忍不住流露出对于这种特殊饮料的反感。他向我保证，这奶是最好的，和牛奶毫无两样。

我尝了一口，便同意了他的说法。因此，鲸奶对我们来说是有用的储备，因为这种奶可以制成咸黄油或者奶酪，能给我们的日常饮食翻新花样。

从这天起，我不安地发现，尼德·兰德对尼莫船长的情绪越来越糟糕。于是我决心密切监视加拿大人的行为举止。

第十三章

大浮冰

鹦鹉螺号又坚定不移地朝南驶去。它沿着西经50度线高速行驶。它是想去南极吗？我不觉得，因为迄今为止，所有想要到达地球上这个点的尝试都失败了。况且，季节也已经很晚了，因为南极的3月13日相当于北极的9月13日，已经是秋分时期了。

3月14日，我在南纬55度处看见了浮冰，但都只是20至25英尺的灰白色碎片，构成一些暗礁，被海水拍击着。鹦鹉螺号维持在洋面上。尼德·兰德在北冰洋上捕过鲸鱼，对于这样的冰山景观可谓非常熟悉。康赛议和我，我们是第一次欣赏到。

在南面的天际，伸展着一条耀眼的白色带状物。英国捕鲸手们把这种现象命名为"炫目冰带"。不论云层多厚，都无法使它变暗。冰带预示着浮冰群或者大浮冰的存在。

果然不久，更大块的浮冰出现了，色泽随着雾气的变化而变化。有的浮冰呈现出绿色纹理，像是硫酸铜在上面留下了波浪状痕迹。还有的浮冰像巨大的紫水晶，让阳光渗透进去。有些浮冰用它们晶体的无数侧面把阳光反射出来。另一些具有石灰石的强烈光泽，足以建造一整座大理石的城市。

我们越是南下，这些漂浮的岛就越多越大。极地的鸟成千上万地在上面筑巢。这是些海燕、海鸽和剪水鹱，它们的叫声震耳欲聋。有些鸟把鹦鹉螺号当作是鲸鱼的尸体，飞到上面来休憩，还用嘴去啄钢板，发出当当的响声。

当船在冰块中间航行时，尼莫船长时常待在平台上。他仔细地观察这片人迹罕至的海域。有时，我看到他平静的目光兴奋起来。他难道是在想，极地的海域是人类的禁区，而他却在这里感到自在，就像这个不可逾越的地方的主人？也许是吧。但是他不说话，一动不动，只有在他船长的本能占上风时才回过神来。他灵活地驾驶着他的鹦鹉螺号，敏捷地避开大浮冰的撞击。有些大浮冰长好几海里，高七八十米不等，往往天际也会被完全遮住。在南纬60度，通道全部消失了。但尼莫船长仔细寻找，很快就找到了狭窄的开口，便大胆地钻了进去，虽然他明知道这开口会在他身后闭合。

鹦鹉螺号就这样，在这只巧手的操纵下，越过了所有的冰块。根据它们的形状和体积，康赛议兴奋地进行精确的分类：冰山、望不到边际的冰原、浮冰、打碎的浮冰群。环形的被称为冰圈，狭长的称为冰流。

这时，气温相当低。放在外面的温度计，指着零下2摄氏度到零下3摄氏度。但是我们穿着皮袄，非常暖和，这是海豹和海熊为我们做出的牺牲。鹦鹉螺号的内部，有电器规律的供暖，多冷都不怕。另外，只要下潜几米，就能找到可以忍受的温度。

我们若是早两个月来这个纬度，就能享受到极昼。但是现在夜幕已经降临了三四小时，随后，在这片环极地区，黑夜将要持续六个月。

3月15日，我们通过新设德兰群岛和南奥克尼群岛所在的纬度。船长告诉我，从前这里的土地上生活着许多海豹群。但是英国和美国的捕鲸手嗜杀成性，屠杀成年海豹和怀孕的母海豹。那原本是生机勃勃的地方，在他们之后却只剩下一片死寂。

3月16日，早晨8点左右，鹦鹉螺号沿着55度经线，切入南极圈。浮冰从四面八方围住我们，封闭了我们的视线。但尼莫船长在通道中穿行，一直出现在我眼前。

"他要去哪儿呢？"我问道。

"往前面去，"康赛议回答，"不管怎么样，直到他不能走更远，他就会停下来。"

"我可不敢保证！"我回答。

老实说，我承认，我一点儿都不讨厌这样的冒险旅行。这个新区域的美景带给我多大程度的惊艳，我简直无法表达。浮冰看起来极为壮观。这里看起来像是数不清的清真寺尖塔，它们整个地形成了一座东方情调的城市。那里，是一座被摧毁的城市，像是被一次地震击倒在地。斜阳不断地变幻着浮冰的外貌，或是消失在暴风雪灰蒙蒙的雾气中。四面八方都有浮冰坍塌的轰鸣声，背景不断变幻，像是19世纪的透景画。

这些冰山破裂的时候，鹦鹉螺号正潜在水下，声音传来，强烈得可怕，大冰块的崩塌产生了可怕的漩涡，一直波及深水层。于是鹦鹉螺号摇摆、颠簸，就像一艘任凭大自然摆布的船只。

有时我们常常看不到任何通道，使我以为我们就要彻底沦为囚徒了。但是，在直觉的引导下，尼莫船长总能凭借最细微的迹象，发现新通道。在观察布满冰原的淡蓝色细流时，他从来没有搞错过。因此，我不怀疑，他一定曾经驾驶鹦鹉螺号在南极海域历险过。

然而，3月16日那天，冰原彻底挡住了我们的道路。这还不是大浮冰，而是一个被冻成一大块的冰原。这个障碍没有能够阻挡尼莫船长，他用骇人的暴力冲向冰原。鹦鹉螺号像一个锲子一般凿进了这个易碎的冰原，随着可怕的咔嚓声，冰原碎裂了。像是古代的羊角锤，被一个无穷大的力推动。碎冰抛射到高空，像冰雹一般落在我们周身。仅靠着它本身的推动力，我们的潜艇就为自己开辟出一条航道。有时候，潜艇被冲力带到冰原上面，以自身的重量把冰原压碎。或者钻到冰原下面，只是颠簸一下，便产生一条很宽的裂缝，把冰原分开。

在这些日子里，猛烈的冰屑总是攻击我们。在浓雾中，从平台的这一端都望不到平台的另一端。风使得罗盘在各个点突然跳动。堆积的雪如此之硬，只能用镐去敲碎。只是零下5摄氏度，鹦鹉螺号的表面各个部分就被冰覆盖了。帆船就不可能操作了，因为所有的绳索都会冻在滑轮槽里。只有这艘没有帆，不用烧煤，而是用电力发动的潜艇，才能对抗这样的高纬度。

在这样的条件下，气压计的指针通常都保持在很低的位置，有时甚至降到73.5厘米。罗盘的指针也不再提供任何保证。接近地磁南极[1]的时候，它的指针胡乱指着矛盾的方向。事实上，根据挪威天文学家汉斯顿的说法，地磁南极差不多位于南纬70度，西经130度，但根据科学家杜佩雷的观察，地磁南极位于西经135度，南纬70度30分。必须把罗盘移放到船的不同位置，进行多次观察

---

1 地磁南极不能和地球南部混为一谈。

后得出一个平均值。但是人们往往根据估计，测定行进的路程。这个方法在蜿蜒的路径中并不十分令人满意，因为这些通道的基准点在不断改变。

终于，3月18日，在20次无效的冲击之后，鹦鹉螺号不能动弹了。周围不是冰流、冰圈和冰田，而是接合在一起，无穷无尽、岿然不动的一片冰山。

"大浮冰！"加拿大人对我说。

我明白，对尼德·兰德来说，就像对所有在我们之前来到这里的航海家来说，这是不可逾越的障碍。太阳在中午左右，出现了一会儿，尼莫船长做了一次相当正确的观察，证明我们正处在西经51度30分，南纬67度39分，这已经是南极地区靠前面的一个点了。

我们眼前，再也没有海水，没有流动的液体。在鹦鹉螺号的冲角下，伸展着一片崎岖不平的广大平原，夹杂了混乱不清的大冰块。再加上那种任性的无序状态，就像在解冻前不久，河面所显现出来的那样，不过面积十分巨大。到处都有尖锐的山峰，像是直升到200英尺高的细针。稍微远一点儿，是连续不断的、浅灰色的悬崖峭壁，像巨大的镜子，反射出半淹没在雾中的几缕阳光。在这一片荒凉的自然界中，一种旷野的沉静，勉强只能听到那海燕和剪水鹱拍打翅膀的声音。此刻一切都被冻住了，甚至连声音都冻住了。

探险的鹦鹉螺号不得不在这片冰原中停住。

"先生，"这天，尼德·兰德对我说，"如果您的船长要走得更远……"

"怎么？"

"他就是个大师。"

"为什么，尼德？"

"因为没有人能穿越大浮冰，您的船长是个厉害的人。但是，真见鬼！他也强不过大自然，凡是大自然设下的极限，就不管人类情愿与否都要停下。"

"确实，尼德·兰德，但我想知道大浮冰后面有什么！一堵墙，这是最让我恼火的！"

"先生说得对，"康赛议说，"障碍被设置出来只是为了来刺激学者的。任何地方都不应该有障碍。"

"好吧！"加拿大人说，"大浮冰后面是什么，大家都清楚。"

"所以是什么？"我问。

"是冰，始终是冰！"

"您确信这个事实，尼德，"我反驳他，"但是我不相信。所以我要去看看。"

"那么，教授先生，"加拿大人回答，"放弃这个想法吧。您来到大浮冰前，已经足够了，不能走得更远了，您的尼莫船长，他的鹦鹉螺号，都不行。不管他愿不愿意，我们要转向北边，也就是说，要回到老实人们居住的国度。"

我得承认，尼德·兰德说得对，只要潜艇不是为了在冰原上航行而建造的，就得在大浮冰面前停下。

事实上，不管我们做出什么努力，不管用什么方法，鹦鹉螺号都没法摆脱坚冰，始终动弹不得。一般来说，不能往前走了，那就只得原路返回。但是这里，返回和往前同样不可能，因为我们身后的通道已经封闭了，只要我们的潜艇稍微停留一下，很快就会被封死了。凌晨2点左右，出现的情况是这样的，船体两侧刚出现的冰以惊人的速度封上了。我不得不承认，尼莫船长的行为太不谨慎了。

这时，我正在平台上。船长观察了一会儿情况之后，对我说："那么，教授先生，您有什么想法？"

"我想，我们被困住了，船长。"

"被困住了！您这样想？"

"我想，我们既不能前进，也不能后退，还不能从边上走。我想，这就是所谓的'困住了'，至少在有人居住的大陆上是这样。"

"这样说来，阿洛纳克斯先生，您觉得鹦鹉螺号不能突破出来了？"

"很难，船长，因为季节已经太晚，冰块崩塌已经没什么指望了。"

"啊！教授先生，"尼莫船长用嘲讽的口吻回答，"您总是老样子！您总是只看到障碍！我呢，我跟您保证，鹦鹉螺号不仅能摆脱出来，还能走得更远！"

"更往南吗？"我望着船长问。

"是的，先生，能走到南极。"

"走到南极！"我惊呼，忍不住做了一个难以置信的动作。

"是的！"船长冷静地回答，"到南极，到这个汇集了所有经线，却不为人知的点上去。您知道我可以让鹦鹉螺号做一切我想做的事。"

是的，我知道。我知道这个人大胆到鲁莽的地步！但是南极甚至比北极还要不可接近，而世界上最大胆的航海家们都没有到达过北极。所以说要跨越这竖立在南极的重重障碍，难道不是个绝对的疯狂之举吗？只有疯子才想得出来！

于是我想问问尼莫船长，他是不是已经探索过这人类还没有涉足过的南极。

"没有，先生，"他回答我，"我们即将一起去探索。在那个地方，别人都失败了，而我不会失败。我的鹦鹉螺号从来没有航行到南极海这么远的地方。但我还要对您重复一遍，我们还要去得更远。"

"我愿意相信您，船长，"我用有点儿嘲讽的口吻说，"我相信您！我们继续往前走吧！对我们来说这些障碍都不算什么！我们去打碎这些大浮冰吧！把它炸得粉碎，如果它炸不开，我们就让鹦鹉螺号插上翅膀，让它从上面飞过去！"

"从上面？教授先生，"尼莫船长淡定地回答，"绝对不是从上面，而是从下面。"

"从下面！"我大喊。

船长的计划一说，我便立刻恍然大悟。我明白了。鹦鹉螺号上乘的质量，将再次为他这超人的壮举效劳！

"我看得出我们开始心有灵犀了，教授先生，"船长微微露出一丝笑容对我说，"您已经看到了这种尝试的可能性。我呢，我说这尝试必然会成功。普通的船办不到的事情，对鹦鹉螺号来说，却是轻而易举的。如果有一块大陆出现在南极上面，潜艇会在这块大陆面前停下。但是如果反过来，是自由的大海浸没着南极，那么它就能抵达南极点。"

"确实如此，"我说，我已经被船长的推理带走了，"如果海面被冰封住，它的下层还是能自由来往的，因为上天定下这样一条规则：密度最大的海水也要比结冰点高出一度。如果我没有搞错，大浮冰淹没在水下的部分，和露出水面部分之比，是四比一？"

"差不多，教授先生。冰山露出海面1英尺，就有3英尺在下面。既然这些冰山不超过100英尺的高度，那么沉没部分便只有300英尺。但300英尺对鹦鹉螺号算得了什么呢？"

"什么都不算，先生。"

"它甚至可以到更深的地方寻找温度均衡的海水，即使海面是零下三四十摄氏度，我们也丝毫不受影响。"

"对，先生，非常对。"我兴奋地回答。

"唯一的困难是，"尼莫船长接着说，"要下潜好几天，不能更换空气储备。"

"只有这一个困难吗？"我问，"鹦鹉螺号有大储气舱，我们可以充满空气，就能供应我们所需要的氧气。"

"设想很好，阿洛纳克斯先生，"船长微笑着回答，"可是，我不想让您指责我鲁莽，我先把所有的不利因素都跟您提出来。"

"您还有其他的吗？"

"只有一个。如果南极有海，这海有可能完全被冰冻住了。所以，我们很有可能不能回到海面上。"

"好吧，先生，您忘了鹦鹉螺号拥有可怕的冲角吗？我们不能用冲角沿着对角线划开冰原，把它撞裂吗？"

"啊！教授先生，您今天很有想法！"

"另外，船长，"我更加兴奋了，又加了一句，"为什么南极就不像北极，是能自由往来的大海呢？冰冷的两极和陆地的两极，无论在南半球还是北半球内，都不能混同起来，在还没有反面的证据之前，我们应该设想，地球的这两个点，要么是一片大陆，要么是没有冰封的海洋。”

“我想也是这样，阿洛纳克斯先生，”尼莫船长回答，“不过，我只想提醒您注意一点，就是您提出了许多反对我的计划的意见后，您又向我砸来许多赞成的理由。”

尼莫船长说得很对。我居然开始大胆地说服起他来了！好像是我要把他带去南极！我走在他前面，倒是把他甩在身后了……不！可怜的傻瓜。尼莫船长可比你清楚事情的利弊，他不过是看着你沉浸在这些不可能的幻想里，觉得好玩罢了！

然而，他一刻也没有耽搁。他发出信号，大副出现了。这两个男人用我听不懂的语言迅速交谈了一下，可能大副事先就接到了通知，也可能他觉得这个计划可行，总之他看起来没有一丝惊讶。

当我告诉这个高尚的小伙子，我们要一直去到南极的时候，康赛议表现出全然的无动于衷，就连镇定自若的大副也比不上。作为回应，他只是说了一句：“随先生高兴。”我也就此满足了。至于尼德·兰德，如果说有人把肩耸得老高，那就是这个加拿大人了。

“先生，您看，”他对我说，“您和您的尼莫船长，真是令我同情。”

“我们可是要去南极呢，尼德师傅。”

“这是可能的，但是你们回不来了！”

尼德·兰德回到他的舱房，离开的时候，他对我说：“为了不要丧命。”

但是，这个大胆企图的准备工作刚好开始了。鹦鹉螺号强大的水泵把空气吸入了储气罐里，并用高压把它储存起来。将近下午4点钟，尼莫船长告诉我，平台上的护板就要关闭了。我最后看了一眼我们就要穿越的厚浮冰，天气很晴朗，空气相当纯净，天寒地冻，气温是零下12摄氏度。但风安静下来，这个温度还不算太让人无法忍受。

十来个船员登上鹦鹉螺号两侧，手上拿着镐，他们凿开船身周围的冰，船的下部不久就能动了。这项工作很快完成了，因为新结的冰还很薄。我们全体回到了室内。常用的储气舱灌满了吃水线周围自由流动的水。鹦鹉螺号不久就潜了下去。

我和康赛议来到客厅坐下。透过打开的玻璃，我们可以看到南极海深处的水层。温度计的水银柱又上升了。气压计的指针在表面上移动。

到了300米左右，就像尼莫船长所预料的那样，我们就在延绵起伏的大浮冰下面行驶了。但是，鹦鹉螺号下沉得甚至更深，直到800米。水温，刚才在水面上是零下12摄氏度，现在不超过零下11摄氏度，也就是说，我们已经争取了2摄氏度。不用说，鹦鹉螺号的温度是因为它的供暖机器将保持在相当高的度数。船的这些动作都相当准确地完成了。

"我们会过去的，先生不要不高兴。"康赛议对我说。

"我也这么想！"我用深信不疑的语气回答。

在这片自由通行的海下，鹦鹉螺号沿着西经52度，一路向南极径直驶去。从67度30分到90度，还要越过22度30分的纬度，也就是说，还要行驶500多里。鹦鹉螺号这时是以26海里每小时的中等速度在行驶，也就是一辆特快列车的速度。如果它保持这个速度，那么40小时就可以到达南极了。

夜间一部分时间，由于所在环境新奇，康赛议和我便待在客厅的舷窗边。大海因为舷灯的电光探照，变得晶莹透亮，但是一片荒凉。鱼类不在这片监牢般的海域生活。它们只在这里找到一条通道，从南冰洋抵达南极那片自由的海域。我们行驶得很快，这一点，从长条形钢铁船身的震动就可以感觉出来。

凌晨2点左右，我准备去休息几小时。康赛议也回去休息。穿过长廊的时候，我没有遇到尼莫船长。我猜他待在驾驶室里。

第二天，3月19日，早晨5点的时候，我坐回了客厅里。电动测速仪显示，鹦鹉螺号放慢了速度。这时，它谨慎地浮向水面，慢慢排空储水罐里的水。

我心跳加速。我们是要浮出水面，重新呼吸到极地的自由空气吗？

不是。一次冲撞让我明白鹦鹉螺号撞上了大浮冰的下层表面，而且通过撞击声的沉闷来判断，浮冰应该很厚。确实，从航海的术语来看，我们确实是"触及"了，不过是反方向，而且是在1000英尺的深度。就是说，我们头上有2000英尺的浮冰，其中有1000英尺是浮出水面的。所以，这块大浮冰的高度，高于我们之前在船上测到过的高度。形势令人担忧。

这一天里，鹦鹉螺号反复这样试了好几次，总是撞到上面像天花板一样的冰墙。有几次，它在900米的地方碰到了，那就是说，冰山有1200米厚，有200米[1]是浮在洋面上的。跟鹦鹉螺号潜入水底的时候相比，大浮冰的高度增加了一倍。

1　200米：可能是计算错误。按照1:4的比例，应该是300米露在洋面外。

我仔细记录下这些不同的深度，这样就能获得这些不同高度的冰山在海下延绵的轮廓图。

这天晚上，我们所处的状况没有发生什么变化。总是有浮冰，在400到500米的深度。冰的减少是很明显的，但在我们和洋面之间，冰层仍然是那么厚！

这时是早上8点钟。按照船上每天的习惯，鹦鹉螺号四小时前就应该换内部的空气了。然而，虽然尼莫船长没有要求从储气舱放出补充氧气来，我也并没有觉得太难熬。

这天夜里，我睡得不太好。希望和恐惧轮番盘踞在我心头。我起来好几次。鹦鹉螺号继续反复探索。早晨3点左右，我发现我们在水下50米的地方，才碰到冰山的下层冰面。我们距离水面仅150英尺。大浮冰逐渐变成冰野，高山变成平原。

我目不转睛地看着气压计。我们始终沿着一条对角线上升着，在电灯光的照耀下，水面闪闪发亮。大浮冰的厚度在水面上和水面下都沿着斜坡在减少，一海里一海里地变薄。

终于，在3月19日这个值得纪念的日子，早晨6点，客厅的门打开了。尼莫船长出现了。

"自由海！"他对我说。

第十四章

南 极

我冲向平台。是的！自由的大海。海面上只有零星的冰块，一些浮动的冰山。大海伸展到远处，天空中有成群的鸟，水里有数不胜数的鱼。深浅不同的水，变幻出湛蓝色或是橄榄绿色。温度计指着3摄氏度。因为有大浮冰挡着，所以相对来说像是春天。远处的大浮冰一块一块，在北边的天际显现出轮廓。

"我们是在南极吗？"我问船长，心脏怦怦直跳。

"我不知道，"他回答我，"中午我们会测量一下。"

"但是太阳会穿过雾气显现出来吗？"我望着灰蒙蒙的天空问道。

"只要露出一点点，我就心满意足了。"船长回答我。

在南面，距离鹦鹉螺号10海里的地方，有一座孤零零的小岛，耸起200米高。我们小心翼翼地朝小岛驶去，因为这片海域布满了暗礁。

一小时以后，我们到达小岛。又过了两小时，我们绕了小岛一圈。小岛周长4海里到5海里。一条狭窄的水道，把它和一大片陆地分开，也许那是一片大陆，我们看不到尽头。这片土地的存在好像证实了莫里的假设。这个聪明的美国人确实指出过，在南极和南纬60度之间，海面上分布着面积很大的浮冰。而在北大西洋，这是从来看不到的。由此，他得出结论，南极圈里有大块陆地，因为冰山不能在大海里形成，只能形成于海岸。根据计算，覆盖着南极的冰像个大冰帽，宽度应该达到4000千米。

与此同时，鹦鹉螺号由于担心搁浅，停在了离沙滩三链远的地方，壮观的岩石层层叠叠堆砌其上。小艇被放到了海里。船长、他的两个带着工具的手下、康赛议和我一起上了小艇，时间是上午10点。我没有看见尼德·兰德。这个加拿大人，大概是不愿承认我们正面对南极。

划了几下，小艇就来到沙滩，在那里搁浅。正当康赛议要跳下地去的时候，我拦住了他。

"先生，"我对尼莫船长说，"第一个踏上这片土地的荣誉属于您。"

"是的，先生，"船长回答，"我之所以毫不犹豫地踏上南极这块土地，是因为迄今为止，还没有人在这里留下过足迹。"

说完，他轻快地跳上沙滩。异常的激动使他心跳加速。他攀登到一个小岬角顶端的陡峭岩石上，在那里抱起双臂，目光炽热，岿然不动，肃然静默，仿佛占有了这片南极土地。这样心醉神迷了五分钟后，他朝我们转过身来。

"先生，您下来吧。"他朝我喊。

我下地了，康赛议跟着我，把两个水手留在小艇里。

这长条的土地是淡红色的凝灰岩，仿佛是用捣碎的红砖铺成的。地面上铺满了火山岩渣、流出的岩浆和浮石。可以看出，这是火山喷发出来的。有些地方，一些散发出硫黄气味的轻微火山气体，证明火山内部有火，还保存着爆发的能量。可是，爬上一个高耸的峭壁之后，在方圆几海里的范围内，却看不到任何火山。众所周知，在南极地区，东经167度，南纬77度32分，英国航海家詹姆斯·罗斯曾经发现过正在活动的埃里伯斯火山和特罗尔火山的火山口。

我感觉这片荒芜的大陆上，植物极其稀少。黑色的岩石上延伸着一些松萝属地衣。某些微小生物的胚芽，像是退化了的硅藻，像蜂房一样分布在两个含石英的贝壳中间，紫红色和绯红色的长条墨角藻，挂在小小的鱼膘上，被海浪投掷到岸边。这个地区贫瘠的就只有这些植物了。

海岸上散布着软体动物、小贻贝、帽贝、甲壳光滑的心形贝，尤其是膜贝，长方形的身体上有一层膜，头由两个圆形的裂片组成。我也看到数不胜数的北极膜贝，三厘米长，鲸鱼一口能吞下成千上万只。这些迷人的翼足类动物，是真正的海蝴蝶，使海边自由激荡的海水生趣盎然。

在其他动物形植物中，浅滩上有几株乔木状的石灰质珊瑚。按詹姆斯·罗斯的说法，这种珊瑚在南冰洋里一千米的深处生活。还有一些小海鸡冠，以及大量海车盘和海星，散布在地上，它们是这种气候下特有的。

但是真正生机盎然的，是在天空。成千上万只各种各样的鸟，在翱翔、盘旋，鸣叫声使我们震耳欲聋。还有另外一些鸟，聚集在岩石上，毫无畏惧地看着我们走过，亲密地簇拥在我们脚边。这是些企鹅，它们在水里轻巧、灵活，有时候被人当作迅速的金枪鱼。但是在陆地上，它们却笨拙而沉重。它们发出古怪的叫声，成群结队，动作小心翼翼，但却发出吵吵闹闹的声音。

在鸟类中，我看到有涉水鸟科的南极水鸟。它们跟鸽子一般大小，白色，短喙，呈圆锥形，眼睛周围有红圈。康赛议储存了几只，因为这种飞禽如果烹饪得当，便是一道美味佳肴。天空中有烟灰色的信天翁飞过，翅膀有四米的幅度，被恰如其分地称为大海里的秃鹫。巨大的海燕中，有的拥有拱形的翅膀，喜欢吃海豹。有一种鸽燕，像小鸭子，背部黑白相间。还有各种各样的海燕，有灰白色的，翅膀边缘是褐色的；有蓝色的，是南极海域所特有的。这种海燕，"肥得流油，"我对康赛议说，"法罗群岛[1]上的居民只需要在这种鸟上插一根灯草，就可以用来点灯了。"

"还差一点点，"康赛议回答，"这就是个完美的灯了！毕竟我们不能要求大自然事先就在这些鸟身上插上灯草！"

走了半英里以后，地上布满很多洞，那是企鹅窝，为了下蛋所用，从里面逃逸出来很多鸟。尼莫船长后来叫人猎捕了好几只，因为它们黑色的肉很好吃。它们发出驴叫声，和鹅一般大小，身体呈板岩的灰色，肚子是白色的，脖子上有一圈柠檬色，就这么任人用石块砸死，也不求逃跑。

然而雾一直不散去，中午11点了，太阳还没有出来，我为此不无担忧。没有太阳，任何测量都是不可能的。那么，怎么测量我们是否到了南极了呢？

当我靠近尼莫船长的时候，我看到他默默地倚在一块岩石上，望着天空。他看起来焦虑又气恼。但能怎么办呢？这个大胆又强大的人不能像在海上那样呼风唤雨，他不能命令太阳。

中午了，太阳还是一刻都没有露面。我们甚至没法认出它在

---

1 法罗群岛：北欧国家丹麦的海外领地。

这雾幕后面的位置。不久，雾突然化成了雪。

"明天再测吧。"船长简简单单地对我说了一句，于是我们就在一阵旋风中回到了鹦鹉螺号里面。

就在我们缺席期间，渔网已经放入了海中，我饶有兴致地观察人们刚刚拉上船来的鱼类。南极海域是大量迁徙的鱼的避难所，它们逃避稍低纬度的风暴，可是却落到了鼠海豚和海豹的利齿下。我记录下几条长十厘米的南极杜父鱼，这是一种灰白色的软骨鱼，带有深灰色的横纹，有刺。还有南极银鲛鱼，身子细长，有三英尺，白色的皮，泛着银光，通身光滑，头圆圆的，背上有三个鳍，嘴的末端是个喷管，弯向嘴巴。虽然康赛议认为这种鱼非常好吃，我尝过后却觉得它淡而无味。

暴风雪持续到第二天。平台上是不可能待下去了。我在客厅里记录了这次南极旅途中遇到的一连串小事故。我听到海燕和信天翁的叫声，它们在风雪中嬉戏。鹦鹉螺号并没有静止不动，它沿着海岸航行，在太阳擦着天际边投下的半明半暗中，又往南航行了十几海里。

第二天，3月20日，风雪停了。天气冷得有些刺骨。温度计指的是零下2摄氏度。雾消散了，我期望这一天能够进行观察。

尼莫船长还没有出现，小艇先载了康赛议和我，把我们送到陆地上去。地上的土质一样是火山岩，到处是岩浆、岩渣、玄武岩留下的痕迹，但是我却看不到喷发这些东西的火山口。这里和那边一样，数不清的鸟儿使这片极地大陆生机盎然。不过，这个王国，是鸟类和大群海洋哺乳动物共享的，它们用温柔的目光望着我们。这是些不同种类的海豹，有的躺在地上，有的躺在漂流的冰块上，有的从海里出来，或者回到海里。它们看见我们靠近，也不逃走，因为它们从没有跟人打过交道。我看这里的海豹很多，可以装载好几百艘船。

"说实话，"康赛议说，"幸亏尼德·兰德没跟我们一起。"

"为什么这样说，康赛议？"

"因为这个狂热的捕鲸手会把它们统统杀死。"

"统统杀死，这有点儿言过其实了。但我相信，我们的确阻止不了我们的加拿大朋友捕杀几头可爱的鲸类动物。这会让尼莫船长不快，因为他不喜欢看与人无害的动物白白流血。"

"他是对的。"

"毫无疑问，康赛议。但是，告诉我，你是不是已经把这些美丽的海洋动物分类了？"

"先生知道的，我在实践上不太在行，"康赛议回答，"先生如果早告诉我这些动物的名字……"

"是海豹和海象。"

"这是两个属的动物，都归入鳍脚科，"我的学者康赛议毫不迟疑地说，"食肉目，趾甲群，单子宫动物亚纲，哺乳动物纲，脊椎动物门。"

"很好，康赛议，"我回答，"但是，海豹和海象，这两个属的动物又分成两个种，如果我没有搞错的话，我们在这里会有机会看到它们的。我们往前走吧。"

这时是早上8点钟。在能够有效观察太阳之前，我们还有四小时可以利用。我带着康赛议，朝一片广阔的海湾走去，海湾呈凹形，岸上是花岗岩的峭壁。

在那里，我极目远眺四周，陆地和浮冰上布满了海洋哺乳动物。我不由自主地用目光搜寻着普罗透斯，神话中的牧羊人，给神话中的海神尼普顿看守畜群。这里海豹很多，它们明显地分为雌雄两群，雄海豹看家，雌海豹给幼崽喂奶，一些已经相当强壮的幼崽自在地待在几步远的地方。当这些哺乳动物想要挪动地方时，便收缩它们的身体，轻微地蹦跳起来，用不完美的鳍笨拙地帮助自己。而这种鳍，在它们的同类海牛身上，便发展成了前臂。我得说，它们在海水里面生活非常适应，它们的脊椎可以活动，骨盆狭窄，毛短而密，脚上长着蹼，是游泳健将。休息时或者在地上的时候，它们的姿态都相当优雅。因此，古人们看到它们面容温柔、眼神灵动，毛茸茸的眼睛里目光清澈——女人最美的眼神也不如它们，加上姿态迷人，便以他们自己的方式把它们诗意化了，雄的被称为特里通[1]，雌的被称为美人鱼。

我给康赛议指出，这种聪明的鲸类动物，脑叶十分发达。任何一类哺乳动物，除了人类，都没有如此丰富的脑部物质。因此，海豹可能接受一定程度的教育。它们容易驯养成为家畜，并且我和某些博物学家一样，都相信这些海豹经过适当的调教，可以和猎犬一样为人类服务。

大部分海豹都睡在岩石或者沙地上。确切来说，在这些没有外耳的海豹中——这一点不同于海狗，海狗的耳朵是突出的——我看到几个海狗的变种，长3米，白色毛，脑袋像猎犬，上下颚各有10颗牙，上下各有4颗门牙，有两颗呈百合花状的犬齿。海象从这些海豹中滑过，这是一种长着灵活的短鼻子的海豹，巨型动物，身长10米，体围20英尺。我们走近时，它们一动不动。

1　特里通：希腊神话故事里，人身鱼尾的海神，诸神的侍从。

"这不是些危险动物吗？"康赛议问我。

"不，"我回答，"只要人家不攻击它们。当一头海豹保护它的幼崽时，它的愤怒是可怕的，它把渔人的小船弄成碎片，也不是稀罕事。"

"那是它的权利。"康赛议回答。

"我没有说不是。"

两海里以外，我们被一个岬角挡住了，这个岬角保护港湾不受南风的摧残。尖岬笔直地屹立在海里，惊涛拍岸，激浪翻涌。远处响起巨大的呼啸声，像是一群反刍动物发出的声音。

"好呀，"康赛议说，"是公牛在大合唱吗？"

"不是，"我说，"是海象在合唱。"

"它们在打架吧？"

"在打架或者在嬉戏。"

"先生不介意的话，我们应该去看看这场景。"

"是该去看看，康赛议。"

于是我们从出乎意料的崩塌间，越过黑黢黢的岩石，石头上还结了冰，非常滑。我不止一次地摔倒，还扭伤了腰。康赛议比我谨慎，或者说比我结实，几乎没有失足，他把我扶起来，说："如果先生愿意把腿分开，先生就能更好地保持平衡。"

来到岬角顶上时，我看到一片广阔的白色平原，上面躺满了海象。这些动物在嬉戏，发出的是欢乐而不是愤怒的吼声。

从海象躯体的外形和四肢的位置上来看，跟海豹很相像。可是它们的下颚没有虎牙和门牙，而上颚的犬齿，是两根80厘米的长牙，牙槽周长33厘米。这两颗牙质地紧密，没有纹路，比象牙还要结实，而且不容易变黄，十分珍贵。因此海象受到放肆的捕杀，不久便会濒临灭绝。因为狩猎者不加区分地屠杀有身孕的母海象和幼年海象，每年屠杀的数目超过4000条。

从这些新奇的动物边上走过，我可以从容地考察它们，因为它们并不会被我影响。它们的皮厚而粗糙不平，色调是类似褚红的茶褐色，皮毛短而少。有些海象长四米，比北冰洋的海象更安静，也更大胆，它们并不委派特别选出的哨兵来为它们的营地站岗放哨。

在观察了这座海象城之后，我想就原路返回了。这时是中午11点钟，如果尼莫船长觉得条件顺利，可以观察，那我要在现场。可是我不觉得这一天会出太阳。重重积压在天边的云使它避开了我们的眼睛。似乎这容易嫉妒的恒星，不愿意在这个地球上人迹罕至的地方向人类展示。

然而，我觉得应该回鹦鹉螺号去了。我们沿着悬崖顶的一条狭窄斜坡往下走。中午11点半，我们到达了下船地点，搁浅在那里的小艇已经把船长送上了陆地。我看见他站在一块玄武岩上，他的仪器就在手边。他望着北边的天际线，太阳在那边划出长长的曲线。

我站在他旁边，一言不发地等候着。正午时分，跟前一天一样，太阳不出来。

这是没办法的事。观察依然做不成。如果明天再不能完成，那恐怕只能全然放弃测定方位了。

事实上，我们恰好在3月20日。第二天，21日，是春分，如果不把折射光算在内，那么太阳要消失在地平线下六个月了，没有太阳，极圈的长夜期就开始了。到9月的秋分日，它在北方天际出现，沿着长长的螺旋线上升，直到12月21日。这时候是北冰洋地区的夏至日，它又开始下降，明天就是它射出光线的最后一天了。

我对尼莫船长说了我的看法和担忧。他说："您是对的，阿洛纳克斯先生，如果明天不能测太阳的高度，就六个月都不能测量了。不过，也正因为这次航行，偶然间把我在3月21日带到这片海域，如果正午太阳出现了，我们的方位是非常容易测量的。"

"为什么呢，船长？"

"因为，太阳沿着拉长的螺旋线走，想在水平线上确切测量它的高度是很难的，而且也容易犯严重错误。"

"那么，您怎样来进行呢？"

"我只是使用我的航海时计，"尼莫船长回答，"明天，3月21日，把折射光考虑在内，如果太阳圈轮正好切在北方的水平线上，那我就是在南极点上了。"

"是的，"我说，"但是，这样的断定在数学上来看并不精准，因为春分不一定在正午降临。"

"当然，先生，但是偏差不到100米，我们也不需要更精准。那么，明天见吧。"

尼莫船长回到船上去了。康赛议和我，我们一直留到下午5点，在海滩上肆意走动，观察和研究。我没有找到什么珍奇的东西，除了一只企鹅蛋之外，这只蛋大得出奇，一个珍奇收藏家可能会出超过1000法郎来收买它。它是浅栗色的，上面的条纹和字迹像是象形文字，使它成为一件稀有的珍玩。我把它交到康赛议手中，这个谨慎的小伙子步伐稳健，捧着它，就像是捧着珍贵的中国瓷器，把它完好无损地带到了鹦鹉螺号上。

到了船上，我把蛋放在陈列室的一个玻璃橱窗中。我晚饭吃得很香，吃了一块上好的海豹肝，味道让人想到猪肉。然后我回房睡觉，睡的时候还像印度教教徒那样，祈求太阳帮忙，明天能够露个脸。

第二天，3月21日，早晨5点，我走上平台，看见尼莫船长已经在那里了。

"天气晴朗了一点，"他对我说，"很有希望出太阳。吃过早餐，我们就去陆地上，选一个观测点。"

观测点确定后我去找尼德·兰德。我想拉他和我一块儿去。固执的加拿大人拒绝了，我看得出来，他的沉默和他的暴脾气一样，与日俱增了。本来，他在这种情况下固执地不愿意去，我也并不觉得遗憾。说真的，陆地上海豹太多了，我们不该把这个鲁莽的渔夫置身这样的诱惑下。

早餐吃完了，我就登上了陆地。鹦鹉螺号在夜间又向上航行了好几海里。它可以说是完全徜徉在广阔的海洋里，离海岸整整一海里。岸上有高四五百米的尖峰矗立着。小艇载着我和船长、两个船员，还有仪器，即航海时计、望远镜和气压计。

我们的船经过时，我看见数不清的鲸鱼，它们是属于南极海域特有的三种鲸：露脊鲸，背上没有鳍；座头鲸，肚子上多褶皱的翼鲸，宽大灰白色的鳍，虽然叫这个名字，但背上的鳍并没有真正形成翅膀；还有鳍背鲸，黄褐色，最活泼的鲸科动物。这些强大动物的声音有穿透力，远远就能听到，它们把混有水蒸气的气柱喷向空中，像是喷出阵阵浓烟。这些不同的哺乳动物在安静的海水中，成群结队地嬉戏玩耍，我看得出，南极这片海域，已经成了受猎人过度追捕的鲸科动物的避难所了。

早上9点，我们靠岸了。天空晴朗起来，云朵向南方飘逝。雾也从冰冷的水面上散去了。尼莫船长走向一座尖峰，他一定是想在那里做他的观察。上行的路很是艰难，因为脚下是尖锐的熔岩和浮石，空气中弥漫着火山气体的硫黄味。尼莫船长已经不习惯在陆地上行走，但他在爬最陡峭的山坡时，那种灵活和敏捷，我不能与之媲美，连比利牛斯山羊的追捕者都会嫉妒。

我们需要两小时，才能到达山顶。这山顶一半是斑岩，一半是玄武岩。从那里，我们的目光能饱览广阔的大海，朝北延伸，与天际线相交。我们脚下是白得耀眼的原野。我们头顶，是一片苍白的天宇，雾霭已经消散。北边，太阳的圆盘像火球一样，被地平线的利刃削去了一角。海水中绽放出千百束美妙的光柱。鹦鹉螺号远看像是一头沉睡的鲸鱼。我们身后，南面和东面，是广袤的陆地，杂乱地堆积着岩石和冰块，一望无际。

尼莫船长走到尖峰顶上，用气压计仔细测量尖峰的高度，因为在他的观察中要把它考虑在内。

中午12点差一刻，仅仅从折射光，太阳像只金色盘子一样升起，把它最后的光线洒向这荒芜的大陆，洒向人类还未驰骋的海洋。尼莫船长带着一架有十字丝的望远镜，上面有一块能够矫正反射光的镜片。他用望远镜观察着太阳，而太阳沿着一条长长的对角线，渐渐沉入地平线。我拿着精密时计，心跳剧烈。如果那半个太阳的消失正好和精密时计上的正午吻合，那我们就是在南极。

"正午！"我喊道。

"南极！"尼莫船长回答，声音庄重，把望远镜递给我，望远镜里显示，太阳正好被地平线切割成均等的两份。

我望着罩住山顶太阳的余晖，阴影逐渐笼罩了山坡。

这时，尼莫船长用手扶住我的肩膀，对我说："先生，1600年，荷兰人杰里特克被海流和风暴带到南纬64度，发现了新设德兰岛。1773年1月17日，大名鼎鼎的库克沿着西经38度线，到达南纬67度30分。1774年1月30日，他又沿着西经109度，到达了南纬71度15分。1819年，俄国人别林豪森到达南纬69度。1821年，他又沿着西经111度到达南纬66度。1820年，英国人布伦斯菲尔德在南纬65度被阻挠了。同年，美国人莫雷尔沿着西经42度线南下，在南纬70度14分发现没有结冰的海域。1825年，英国人鲍威尔没能越过南纬62度线。同年，一个捕海豹的普通渔民，英国人威德尔，沿着西经35度线南下，一直到达南纬72度14分，后来又沿着西经36度线直达南纬74度15分。1829年，雄鸡号船长，英国人福斯特在南纬62度26分，西经66度26分的南极大陆靠岸。1831年2月1日，英国人比斯科埃在南纬68度50分，发现恩德比地。1832年，2月5日，他又在南纬67度发现阿德莱伊德地，2月21日在南纬64度45分发现格雷厄姆地。1838年，法国人杜蒙·杜维尔在南纬62度57分遇到大浮冰，发现路易·飞利浦地。两年之后，1月21日，他在南纬66度30分发现一个新海角，命名为阿德里地。八天之后，在南纬64度40分，他又发现了克拉里海岸。1838年，英国人威尔克斯沿着西经100度线到达南纬69度。1839年，英国人巴尔尼发现南极圈边上的萨布里纳地。最后，1842年1月12日，英国人詹姆斯·罗斯登上厄瑞波斯[1]号和恐怖号，沿着东经171度7分到达南纬76度56分，发现维多利亚地。同月23日，到达南纬74度线，这是人类迄今为止到达过的最高纬度。27日到达76度8分，28日到达77度32分。2月2日，到达78度4分。1842年，他再次来到南纬71度，就过不去了。现在，我，尼莫船长，于1868年，3月21日，到达南

---

1 厄瑞波斯：混沌之子，永久黑暗的化身。阳界和阴界中的黑暗界。

纬30度的南极，这块占据了地球已知陆地六分之一的土地，现在属于我。"

"以谁的名义呢，船长？"

"以我自己的名义，先生！"

说完，尼莫船长展开一面黑旗，在罗底上有一个金色的N字。然后，他转向太阳，最后的日光抚慰着海面："再见，太阳！"他喊道，"消失吧，光芒万丈的星体！睡在这片能自由航行的海面下吧，让六个月的长夜在我的新领地上投下阴影吧！"

第十五章

事故还是小事？

　　第二天，3月22日，早上6点钟，鹦鹉螺号开始做出发的准备。晨曦最后的微光没入黑暗中去了，寒气逼人。各个星座在天空中闪烁，特别明亮。天顶上照耀的，是迷人的南十字星座，南极地区的极星。

　　温度计指着零下12摄氏度，风越来越凌厉，寒冷刺骨。冰在流动的水上越积越多，海面渐渐冻结。许多黑乎乎的冰块铺展在海面上，预示着新冰层即将形成。很显然，南极海域在冬天的六个月里将要冰封，绝对无法接近。在这期间，鲸鱼会怎么样呢？它们可能要从大浮冰下面通过，去寻找更适合生存的海域。至于海豹和海象，它们习惯了待在这最恶劣的气候中，所以留在这冰雪的海域。这些动物有在冰原上挖洞的本能，并且让这些窟窿始终敞开。它们来到这些洞里呼吸，当鸟类被寒冷驱赶往北边迁徙的时候，这些海洋哺乳动物就成了南极大陆唯一的主人。

　　这时，蓄水罐装满了水，鹦鹉螺号慢慢下沉。到1000英尺深的地方，它停了下来。它的推进器搅动海水，以每小时15海里的速度径直朝北方航行。接近夜晚，它已经驶到大浮冰广阔的冰壳之下。

为了谨慎起见，客厅的护板完全密封起来了，因为鹦鹉螺号的船身可能会撞上一些沉在水中的冰块。所以我这一整天都在整理笔记。我的精神世界里，整个都在想着南极点的情形。我们毫不费力地到达了这个未曾有人涉足的点，没有任何危险，就像漂浮的火车厢划过铁轨。现在，是真正的归途了。还有类似的惊喜在等着我吗？我想还有，海底的奇观真是层出不穷啊！可是，自从我们因为偶然机会被送来船上的这五个半月以来，我们已经行驶了14,000里，在这比地球赤道线还长的旅途上，有多少或新奇或可怕的事情，在使我们的旅程变得迷人呢：在克雷斯波海底森林的打猎，在托雷斯海峡搁浅，珊瑚墓地，锡兰采珠场，阿拉伯隧道，圣托里尼火山，维哥湾几百万法郎的财富，大西洋岛，南极！夜里，这些往事像梦幻般一个个掠过，使我无法入睡。

凌晨3点，我被一个猛烈的撞击惊醒。我从床上坐起，在黑暗中聆听。这时，我被抛到屋子中央。很明显，鹦鹉螺号撞上了什么东西，倾斜得厉害。

我靠着板壁，拖着步子，走过长廊，来到客厅。客厅天花板敞亮着。家具全都倒了。幸亏玻璃柜被座脚牢牢固定住了，稳稳矗立着。右舷墙上的油画垂直移位，贴在地铁上。而左舷墙上的油画，底边离开墙一英尺，悬空挂着。因此，鹦鹉螺号是向右倾斜的，而且完全不能动了。

我听到潜艇内部有脚步声，还有模糊的说话声。但是尼莫船长并没有出现。正当我离开客厅时，尼德·兰德和康赛议进来了。

"怎么回事？"我马上问他们。

"我正要来问先生呢。"康赛议回答。

"真是见鬼了！"加拿大人大声说，"我呢，我很清楚！鹦鹉螺号触礁了，从它倾斜的角度来看，我认为它不可能像上次在托雷斯海峡那样脱身。"

"但至少，"我问，"它回到海面上了吧？"

"我们不知道。"康赛议回答。

"很容易得到确认。"我回答。

我看了看气压表。出乎我意料的是，气压表的指数是360米深。

"这意味着什么？"我大声说。

"这得去问尼莫船长。"康赛议说。

"可是去哪里找他呢？"尼德·兰德说。

"跟我来。"我对我的两个同伴说。

我们离开客厅。图书室里没有人。中央楼梯那里，船员舱室里，都没有人。我估计尼莫船长是在驾驶室里。我们最好还是等待。于是我们三人回到客厅。

我默默地听着加拿大人的一通指责，这是他发脾气的好机会，我任由他发泄着他的坏情绪，并不回答他。

我们就这样待了20分钟，努力捕捉着鹦鹉螺号内部发出的最细微的声响。这时，尼莫船长进来了，他似乎没看我们。他平时冷静克制的面容，此刻显得有些不安。他安静地观察着罗盘和气压表，手指按住地球平面球形图上南极海域的一个点。

我不想打断他的观察。只是，几分钟后，他朝我转过身，我用他在托雷斯海峡说过的一个词反过来问他："船长，一件小事？"

"不，先生，"他回答，"这次，是个事故。"

"严重吗？"

"可能吧。"

"马上有危险吗？"

"没有。"

"鹦鹉螺号搁浅了吗？"

"是的。"

"这次搁浅是怎么来的？"

"来自大自然的任性，而不是人的没能力。我们的操作没有任何失误。但是我们不能阻止平衡规律产生作用。我们可以无视人类的法则，却不能抵挡自然法则。"

尼莫船长居然选择这种奇特的时刻来进行这番哲学思考。总之，他的回答没有告诉我任何东西。

"先生，我能知道这次事故的原因吗？"我问他。

"巨大的冰块，整座山翻转了过来，"他回答我，"冰山底部被温度更高的水侵蚀，或者被反复撞击，重心上移。这时冰山就大部分转了过来，翻了个身。这就是我们遇到的情况。其中一块冰塌下来，砸在水下航行的鹦鹉螺号上。然后，冰滑到潜艇下面，以无法抗拒的力量把潜艇托上来，带到密度较小的水层里，潜艇就侧躺在那里了。"

"但我们不能把储水罐里的水排干，让鹦鹉螺号恢复平衡，从而脱身吗？"

"这正是我们现在在做的，先生。您可以听到水泵在运转。您看看气压表的指针。它显示鹦鹉螺号正在上浮，但是冰块和它一起上浮。在遇到障碍止住冰块上浮之前，我们的处境不会有什么变化。"

事实上，鹦鹉螺号确实始终不变地向右倾斜。毫无疑问，冰块停止上浮时，潜艇才能重新挺直。但是当下，谁知道我们会不会碰到大浮冰的上部，我们会不会陷入被两块冰夹住的可怕境地呢？

　　我思索着这种处境的一切后果。尼莫船长始终看着气压表。鹦鹉螺号自从冰山崩塌以来，已经上升了150英尺左右，但是倾斜的角度一直没有变化。

　　突然，艇身轻轻一震。很明显，鹦鹉螺号挺直了一些。客厅里悬挂的东西明显地恢复了正常状态，板壁接近垂直了。我们大家都不说话。我们心里激动，观察着，感到船身在挺直。我们脚下的地板重新呈水平状态。10分钟过去了。

　　"我们终于挺直了。"我大声说。

　　"是的。"尼莫船长一面说着，一面向客厅的门走去。

　　"但是，我们还往上浮吗？"我问他。

　　"当然，"他回答，"储水罐的水还没有排净，排净之后，鹦鹉螺号就该浮上水面了。"

　　船长出去了，我很快发现他已经下令停止让鹦鹉螺号上浮。确实，潜艇很快就会撞上大浮冰的底部，最好还是让潜艇维持在海水的中部。

　　"幸亏我们脱险了！"这时康赛议说。

　　"是的，我们会在两层冰中间被压碎，或者至少被困住。那时，由于不能换空气……是的！幸好我们脱险了！"

　　"最好一了百了！"尼德·兰德嘀咕了一句。

　　我不想和加拿大人进行无用的讨论，便没有回答。再说，这时候，护板都打开了，外面的光线透过没有遮挡的舷窗投射进来。

　　我们被海水包围着，正如我刚才所说的。鹦鹉螺号两边10米开外，矗立着炫目的冰墙，而且上下都是冰墙。上面的冰墙是因为大浮冰的底部，就像广阔的天花板一样铺展开来。下面因为翻了个身的冰山逐渐滑下去，在两侧的冰墙上找到两个支撑点，使潜艇保持这个处境。鹦鹉螺号被锁在一个真正的冰隧道里，隧道宽20米左右，里面充满了平静的水。所以潜艇很容易从这隧道里前进或后退，然后再往下潜几百米，在大浮冰底下找到一条自由通道。

天花板上的灯熄灭了，但是客厅仍然被强光照得闪闪发亮。这是因为冰墙把舷灯的一片光强烈地反射进来。我无法描绘电灯光在随意裂开的大冰块上造成的效果，冰块的每个角、每个棱、每个面，都按冰块内部纹理走势的不同，而反射出不同的光，就像一座令人眼花缭乱的宝石矿，更像是蓝宝石矿，其中蓝光和祖母绿光交织闪耀。另外，钻石般明亮的、令人睁不开眼的炽热光点中，四处流淌着无限柔和、层次细腻的乳白色调。舷灯的亮度增加了百倍，像是灯光通过一流灯塔上的透镜折射出来一般。

"太美了！太美了！"康赛议叫道。

"是的！"我说，"这真是一幅令人赞叹的美景。不是吗，尼德？"

"呃！真见鬼！是的，"尼德·兰德回答，"真是美极了！真叫人恼火！我不得不承认，我从来没见过这般的美景。但这样的景象可能要我们付出极大的代价。如果非要说出来，我想，我们在这里看到的一切，是上帝想要禁止人看的！"

尼德说得没错，真是太美了。突然，康赛议的一阵叫声使我转过身来。

"怎么啦？"我问。

"先生还是闭上眼睛吧！请先生不要看！"

康赛议一边说，一边赶紧用手捂住眼睛。

"你怎么啦，我的好小伙儿？"

"我眼睛花了，我瞎了！"

我的目光不由自主地转向玻璃，但我忍受不住望向那像是要把舷窗吞没的火光。

我明白发生什么事了。鹦鹉螺号刚刚高速行驶起来。冰墙上所有静止的光都变成了闪光，无数的钻石光亮聚集起来。鹦鹉螺号在螺旋桨的推动下，在电光熔炉中行驶。

这时候，客厅的护板又关闭起来。我们仍然将手捂住眼睛，眼睛沉浸在这些漂浮于视网膜前的聚光，就像阳光过于强烈地照射眼睛时那样。我们需要一点儿时间来平息这种视力上的混乱。

我们的手终于放了下来。

"说实话，我简直无法相信。"康赛议说。

"我呢，我到现在都不相信！"加拿大人回应说。

"等我回到陆地上，"康赛议又说，"我们对大自然那么多奇迹都看得腻烦了，以后我们对那些可怜的大陆和出自人工的小东西会有什么感想呢！不！人类居住的世界已经不再配得上我们了！"

这样的话出自一个沉着镇定的弗拉芒人口中，足以表明我们的兴奋骚动已经到了何种程度。但是，加拿大人不会错过对此泼冷水。

"人类居住的世界！"他摇着头说，"放心吧，康赛议老弟，我们回不去了！"

当时是早上5点钟。正在这时候，鹦鹉螺号的前部发生了撞击。我明白它的冲角刚刚撞上了冰块。这应该是操作不当造成的，因为这海底隧道有冰块阻塞，航行并不容易。所以我想，尼莫船长会通过改变航道来绕过障碍，或者沿着隧道蜿蜒而行。不论如何，往前开绝对不会受阻。然而，出乎意料的是，鹦鹉螺号做了一个非常明显的后退动作。

"我们在后退？"康赛议说。

"是的，"我回答，"隧道的这一边应该是没有出路。"

"那怎么办呢？"

"所以，"我说，"操作非常简单，我们会原路返回，从南面的口出去。如此而已。"

我这样说着，想表现得比实际上更有把握。然而，鹦鹉螺号倒退的进程加快了，螺旋桨倒转着，把我们高速带走。

"这会耽误时间。"尼德说。

"无所谓了，早几个钟头，晚几个钟头，只要能出来就行。"

"是的，"尼德·兰德重复了一遍，"只要能出去就好！"

我在客厅和图书馆之间踱了一阵步。我的伙伴们坐着不吭声。我也坐到一个长沙发上，拿了一本书，眼睛机械地浏览起来。

一刻钟后，康赛议走近我，对我说："先生看的书很有趣吗？"

"很有趣。"我回答。

"我想也是。先生看的是自己的书！"

"我的书？"

事实上，我手里正拿着《海底世界》。我居然都没有意识到。我合上书，又开始踱步。尼德和康赛议站起来要走出去。

"别走吧，伙伴们，"我把他们叫住，"走出这个死胡同之前，我们待在一起吧。"

"听先生的。"康赛议回答。

几小时过去了。我不时观察挂在客厅护板上的仪器。气压计显示，鹦鹉螺号一直维持在300米的深度，罗盘显示始终往南，测速计显示潜艇航速每小时20海里，在这样一个狭窄的空间，这是过高的速度。但是尼莫船长知道，他不能太仓促，而且这时候，几分钟等于几个世纪。

早上8点25分，发生了第二次撞击。这回是在船的后部。我脸色刷白，我的伙伴们向我靠拢过来，我抓住了康赛议的手，我们用目光互相询问，这时目光比言语更能直接表达我们的想法。

这时候，船长走进客厅。我朝他走去。

"南面的路堵住了？"我问他。

"是的，先生。冰山翻转过来，把所有出口都堵了。"

"我们被封锁了？"

"是的。"

第十六章

缺 氧

　　就这样，鹦鹉螺号周围，不论上面还是下面，都是穿不透的冰墙。我们被大浮冰困住了！加拿大人用他的大拳头敲了一下桌子，一言不发。我望着船长，他的脸上又露出了惯常的冷静沉着，他交叉抱着双臂思考着。鹦鹉螺号已经一动不动了。

　　船长这时开口了：

　　"先生们，"他用一种平静的语气说，"在我们所处的情况下，有两种死法。"

　　这个谜一般的人物，说这话时带着一种数学教授般的神情，像是在给学生演示算法。

　　"第一种，"他继续说，"是被压死。第二种，是窒息而死。我不说饿死这种可能，因为鹦鹉螺号上的食物储备肯定比我们的生命持续更久。所以我们要担心的是被压死或者窒息而死。"

　　"说到窒息，船长，"我回答，"我们应该不需要担心，因为我们的储气罐是满的。"

　　"不错，"尼莫船长接着说，"但是它们只够供应两天的空气。但我们在水中已经待了36小时，鹦鹉螺号浑浊的空气需要换气了。再过48小时，我们的储备就会用完。"

"那么，船长，我们就在48小时内脱身啊！"

"我们至少会尝试着把包围着我们的冰墙凿穿。"

"从哪一面凿呢？"我问。

"测量一下就知道了。我会把潜艇搁浅在下面的冰块上，我手下的人会穿上潜水服，去凿最薄的冰壁。"

"能打开客厅的护窗板吗？"

"没有什么不可以的。船已经不行驶了。"

尼莫船长出去了。不一会儿，呼啸声告诉我储水罐在进水。鹦鹉螺号慢慢下沉，停在350米的水域，这是冰山下层的冰沉入水底的深度。

"朋友们，"我说，"情形不容乐观，但我相信你们的勇气和力量。"

"先生，"加拿大人回答我，"眼下不是用我的指责来惹您厌烦的时候。我准备为大家共同的安全不惜一切。"

"好，尼德。"说着，我向尼德伸出手去。

"我又要说，"他补充说，"我用镐头和鱼叉一样灵活，如果我可能对船长有用的话，请他尽管吩咐我。"

"他一定不会拒绝您的帮助。来吧，尼德。"

我带加拿大人到鹦鹉螺号船员穿潜水衣的房间里。我把尼德的建议告诉了船长，船长接受了。加拿大人穿上潜水服，和其他工作伙伴一样准备好了。他们每个人都背着一个卢凯罗尔储气罐，里面装满了纯净的空气。对鹦鹉螺号的储备来说，这是很大一笔消耗，但是必需的。至于路姆考夫灯，在电灯光照耀的明晃晃的水里，已经变得用不着了。

尼德装备好之后，我回到客厅里。厅中的护板都开了，我站在康赛议边上，仔细查看那顶着鹦鹉螺号的周围冰层。

几分钟后，我们看见十多个船员下到冰地上，其中有尼德·兰德，由于他的身材高大，很容易认出。尼莫船长跟他们在一起。

在进行穿凿冰墙之前，他让人先做种种探测，以确保开凿方向正确。长长的探测针插进边上的冰壁。但插入15米之后，探测针仍然停留在厚厚的墙壁中。头顶上的冰用不着探测，因为这是大浮冰本身，超过400米的厚度。尼莫船长于是叫人探测底下的冰层。那里，10米的冰层把我们与水隔开。这是冰原的厚度。那么，凿开的冰要和鹦鹉螺号吃水线周围那一圈面积大小相等。这就意味着差不多要凿掉6500立方米的冰，好挖出一个洞，让潜艇沉到冰原底下去。

工程立即开始了，大家都以不知疲倦的顽强精神坚持着。而在鹦鹉螺号周围开凿难度则更大。尼莫船长让人在潜艇左舷后半部八米处的地方画了个巨大的沟，然后他的水手在周围一圈同时钻入好几个洞开始挖凿。不久，镐头就凿进了这坚实的冰层，一块一块的冰从浮冰上被凿了下来。由于存在一种特殊重力的奇特效果，这些比水轻的冰，可以说是飞到了隧道顶上。底上的冰薄了多少，顶上的冰就厚了多少。但是没关系，底下的冰总算是变薄了。

经过两小时的努力工作，尼德·兰德疲惫不堪地回来了。有新的人员替代了他和他的同伴们，我和康赛议也加入其中。鹦鹉螺号的大副来指导我们。

我觉得海水特别冷，但我挥动镐头，不久就暖和了起来。虽然顶着30个大气压的压力，但我还是动作自如。

这么干了两小时后，我们回来吃点东西，休息一下。这时候我发现卢凯罗尔储气罐里的纯净空气和鹦鹉螺号里已经充满碳酸气的空气，真是差别显著啊！鹦鹉螺号已经有48小时没有换气了，艇内有生命力的空气已经被大大削弱了。可是，过了12小时，我们在画出的厚重冰面上，只挖去了厚1米的冰，也就是600立方米。就算每12小时都能完成同样的工作量，这个工程要圆满完成，也还需要四天五夜。

"四天五夜！"我对我的两个同伴说，"而我们储气罐里的空气只够用两天。"

"更不要说，就算我们脱离了这个该死的囚牢，"尼德说，"我们还是被禁锢在大浮冰下面，没法换气！"

这个考虑是对的。谁能预计我们脱身至少需要多少时间呢？在鹦鹉螺号能够浮上水面之前，我们会不会窒息而亡呢？鹦鹉螺号注定要带着船上所有人，葬身在这个冰地墓穴中吗？情况看起来非常糟糕。虽然大家都事先预想了这个局势，但还是决定把自己的义务履行到底。

就像我预料的那样，到了夜里，大洞中又凿掉了一米厚的冰层。但是，早上，我又穿上潜水服走在零下六七摄氏度的水里时，我发现两侧的冰墙在逐渐靠近。在远离这个坑的水层，由于不会被人们在干活儿和挥舞工具时产生的热量影响，有逐渐结冰的趋势。面对这迫在眉睫的新危险，我们重获安全的希望会变成怎样？两边的水结成冰，会把鹦鹉螺号的壁板像玻璃一样挤爆，要如何制止这一切呢？

我没有将这个新危险告诉我的两位同伴。他们正在做这项艰苦卓绝的拯救工程，何必去冒险打击他们的积极性呢？但是，当我回到潜艇上，我给尼莫船长指出了这个严峻的状况。

"这个我知道，"他用平静的语调跟我说，最可怕的情况也不能改变丝毫，"这是又一层的危险，但我看不出有什么情况可以来阻止这一切。唯一的获救机会是比结冰凿得快，先下手为强。仅此而已。"

先下手为强！毕竟，我应该已经习惯了这种说话方式。

这一整天，我坚持不懈地挥镐干了好几小时。再说，干活儿，就意味着离开鹦鹉螺号，意味着直接呼吸到储气罐里的纯净空气，离开缺氧的污浊空气。

傍晚时分，冰沟又挖掉一米的冰。我回到船上时，差点儿因为空气里浸满的碳酸气而窒息。啊！难道我们没有化学手段把这种有害的气体清除掉吗！我们不缺氧气。我们周围的水里就含有大量的氧气，用强力电池可以把它分解出来，这样我们就又能获得充满生命力的空气。

这天晚上，尼莫船长不得不打开储气罐的龙头，放出几股新鲜空气到鹦鹉螺号的内部。没有这项举措，或许我们早上就醒不来了。

第二天，3月26日，我又开始干矿工的工作，开始挖第五米深处的冰。隧道两侧和大浮冰的底部明显变厚了。很明显，在鹦鹉螺号脱身之前，冰层就会汇聚到一起。绝望一下子俘虏了我，镐头几乎从手中滑落下来。还有什么开凿的必要呢？如果我注定要憋死，被变得像石头一样的冰碾碎，这简直是一种连野蛮人都没有发明出来的酷刑。我感觉自己置身在一头可怕动物的上下颌之间，它的嘴正在不可抵抗地渐渐合拢。

这时候，领导这项工作并且亲自参加劳动的尼莫船长来到我身边。我用手碰了他一下，指给他看我们这间牢房的墙壁。右舷的冰墙距离鹦鹉螺号的艇身至少前进了四米。

船长明白我的意思，做了个手势，让我跟他走。我们回到艇上。我脱下潜水服，陪他来到客厅。

"阿洛纳克斯先生，"他对我说，"必须尝试某种更为激进的方式，不然我们就要被这水结成的冰封住了，就像封在水泥里一样。"

"是的！"我说，"但是怎么办呢？"

"啊！"他大喊，"如果我的鹦鹉螺号足够强大，能承受住压力而不被压碎呢？"

"是吗？"我问，不太明白船长的想法。

"您不明白吗？"他又说，"水的结冰会帮助我们啊！您没看到，水结冰之后，会使禁锢我们的冰原崩裂，就像水在冻结时会把最坚毅的石头崩裂一样！与其说这是一个毁灭因素，不如说这是一个拯救我们的因素，您不觉得吗？"

"是的，船长，或许是吧。但是，不管鹦鹉螺号有多抗压，它也顶不住这种可怕的压力，会被压成一块钢板吧。"

"这我知道，先生。所以我们不能仅仅依靠大自然的援救，而是要靠我们自己。必须要阻止这种冻结，必须要阻止任何故障。现在不仅两边的冰壁在夹紧，而且在鹦鹉螺号的前后，只有不到10英尺的水。冻结的海水从各个方面向我们靠近。"

"船上储存的空气还能让我们呼吸多少时间？"我问。

船长直直地看着我。

"后天储存就会用光！"他说。

我吓出一身冷汗。然而，对于这个回答，我应该感到吃惊吗？3月22日，鹦鹉螺号是在南极能自由通行的海上下潜的！今天是3月26日。五天以来，我们靠着艇上储存的空气生存着！剩下可以供以呼吸的空气，必须留给干活儿的人。在我记叙这些事的时候，我的感受依然是那样地强烈，以至于不由自主的恐惧占据了我的全身，似乎我的肺里依然缺少空气！

然而，尼莫船长不动声色地思考着。很明显，他的脑际划过一个念头。但他又想把这个念头推开。他对自己做出了否定的回答。最后，这些话从他嘴里说出："沸腾的水！"他嗫嚅着说。

"沸腾的水？"我大声问。

"是的，先生。我们被关在一个相对狭窄的地方。从鹦鹉螺号的水泵喷出沸腾的水，难道不能提高这里的气温，延缓水的结冰吗？"

"必须试一下。"我坚决地说。

"我们就试一下吧，教授先生。"

温度计指出，当时外面是零下7摄氏度。尼莫船长把我带到厨房里，那里有巨大的蒸馏设备在运转，通过蒸馏提供饮用水。蒸馏器装满了水，电池发出的电热，通过泡在水里的蛇形管往外散发。几分钟内，水就到达100摄氏度。开水被导向水泵，又有新的水逐渐替代。电池发出的热量非常高，以至于从海里吸进来的冷水，通过蒸馏器后，到水泵里时已经沸腾了。

喷水开始了，三小时后，温度计表示外面的温度是零下6度。我们争取到了1摄氏度。又过了两小时，温度计指的是零下4摄氏度。

"我们会成功的。"追踪了多项指标，并且监督了动作的进程后，我对船长说。

"我想也是。"他回答我，"我们不会被压死了。我们只需要担心缺氧了。"

夜里，水温升高到零下1摄氏度。喷水的力量不能使水温再往上升了。不过因为海水只有在低于零下2摄氏度时才结冰，我终于对结冰的危险放心下来。

第二天，3月27日，冰坑里的冰已经被挖去六米。只剩下四米要去掉。还要干48小时。鹦鹉螺号内部的空气不能再更新。因此，这一天，情况不断在恶化。

一种难以忍受的沉重让我不堪重负。下午3点左右，这种痛苦到了激烈的程度。我一直在打哈欠。我的肺急切地追寻着能供氧的空气，这是呼吸必不可少的东西，而现在越来越稀薄了。一种昏沉的感觉占据了我。我无力地躺下，差不多失去了知觉。我忠实的康赛议也是一样的症状，受着同样的苦，在我身边不离不弃。他拉着我的手，鼓励着我，还听我喃喃自语地说："啊！如果我可以不呼吸，让先生有多一点空气该多好！"

我听到他说这话，眼睛里泛起了泪水。

我们所有人，在潜艇里都憋得慌。所以轮到自己挖冰的时候，便很迅速、很高兴地穿上潜水服，立即出去工作了！镐头在冰层上砰砰回响。胳膊很快就累了，手也磨破了皮。但是，这点累算什么，这点伤又有什么要紧！活命的空气到了肺里！我们呼吸！呼吸！

不过，没有人延长在水底工作的必要时间。任务完成后，每个人就把储气设备交给自己的同伴，让生命流入他们的体内。尼莫船长做出了榜样，第一个遵守这项严格的纪律。时间一到，他就把自己的设备让给别人，回到空气浑浊的船上，他总是镇定自若，毫无懈怠，毫无怨言。

这一天，我们比平时更有力气地完成了日常的工作。冰坑的表面只剩下两米要挖掉。仅有两米的厚度，把我们和可以自由航行的大海分隔开，但是储气罐几乎是空的了。剩下的一些空气只能保留给工作的人使用。鹦鹉螺号上是一点儿也不能给了！

回到潜艇上以后，我处于半窒息状态。多么难熬的夜啊！我无法描绘。这样的痛苦是笔墨难以形容的。第二天，我感到呼吸压抑。头痛伴随着眩晕，让我感觉自己像是个醉汉，我的同伴们也是同样的症状，有几个船员发出嘶哑的喘气声。

这一天，是我们被困的第六天，尼莫船长觉得用十字镐挖得太慢，决定把那层将我们与水隔开的冰层敲碎。这个人保持着他的冷静和能量，他靠着精神力量克服着肉体的痛苦，他思索，他斗争，他行动。

根据他的命令，潜艇减轻负荷，就是说，通过改变特殊重力，使潜艇离开冰面。潜艇漂浮起来时，大家就拖着它，设法把它拖到根据它的吃水线所画的大坑上面。然后，把它的储水罐装满，它便下降，嵌入大坑里。

这时候，所有的船员都回到船上来，沟通内外的两重门都关上了。鹦鹉螺号于是停在冰层上，这层冰不到一米厚，而且已经被探测器凿得千疮百孔。

这时候，储水罐的所有龙头都打开了，100立方米的水直往里灌，使鹦鹉螺号的重量增加了100吨。

我们等待着，倾听着，忘却了我们的痛苦，依然心怀希望。

我们是否能得救，就在这最后一搏。

尽管这隆隆声充斥着我的脑袋，很快，我还是听到了鹦鹉螺号船身底下的震颤。潜艇倾斜了。冰发出古怪的碎裂声，像是纸撕碎的声音，鹦鹉螺号沉了下去。

"我们穿过去了！"康赛议在我耳边嗫嚅道。

我不能回答他。我抓着他的手，在一种不由自主的痉挛中，紧紧按住。

突然间，由于可怕的超重，鹦鹉螺号像一颗炮弹一般，沉入水里，也就是说，它坠入了，像是在真空中一般！

这时候，所有的电力都用到水泵上，立即开始排出储水罐中的水。几分钟后，我们的下坠止住了。甚至没多久，气压表就显示潜艇在上升。螺旋桨全速转动，使得钢板做的艇身甚至上面的螺栓都开始颤动，把我们带向北边。

但是，还要在大浮冰下航行多久，才能到达能够自由航行的海域呢？还要一天？在这之前，我就已经死了！

我半躺在图书室的长沙发上，感到窒息。我脸色发紫，嘴唇发青，感官都失灵了，我看不见，听不到，时间的概念在我的意念中消失，我的肌肉不能收缩。

时间就这样流逝，我不能估算过了多久。但我意识到临死的痛苦开始了，我明白我快死了。

忽然我苏醒过来，几口新鲜空气进入我的肺里，我们已经浮上水面了吗？我们越过大浮冰了吗？

不！是尼德和康赛议，我那两位忠诚的朋友，为了救我而牺牲了自己。储气罐底下还剩下一点儿空气。他们没有吸，而是保留给我，在他们自己也感到窒息的时候，他们却把生命一点一滴地灌输给我！我想要推开储气罐。他们按住我的手，有那么一阵子，我满足地呼吸着。

我的目光投向时钟，是上午11点，应该是3月28日。鹦鹉螺号以每小时40海里的惊人速度航行。它简直是在水中痛苦地扭动。

尼莫船长在哪里？他是支持不住了吗？他的同伴和他一起死了？

这时，气压表显示，我们离海面只有20英尺。把我们和大气隔开的，是普通的冰原。我们不能把它砸碎吗？

或许吧！不论如何，鹦鹉螺号要尝试一下。事实上，我已经感觉到，它采取了一个倾斜的姿势，尾部下沉，冲角扬起。只要注入一点儿水，就足以打破它的平衡。接着，在强大的螺旋桨推动下，它像一个巨大的羊角锤，从下面撞击冰原。它逐渐凿穿冰原，然后撤退，再全速冲向冰原，冰原裂开了。最后，潜艇猛力一冲，冲到冰原表面，用自身重力将它压碎。

舱盖打开了，可以说被一下掀开，纯净的空气涌入了鹦鹉螺号的各个部分。

第十七章

从霍恩角到亚马孙河

　　我是如何到了平台，我自己也说不清楚，可能是加拿大人把我背上去的。但是我呼吸着，贪婪地吸入海上的新鲜空气。我的两个同伴在我身旁，陶醉在这新鲜的空气分子中。那些不幸的、太久缺乏食物的人，当别人给他端上吃的东西，他们不能毫无节制地吞食。而我们正相反，我们不需要克制，我们可以满满地吸入这空气分子。这是和风，让我们心醉神迷的和风！

　　"啊！"康赛议说，"氧气真是好东西！先生不用怕呼吸。大家都可以吸个痛快！"

　　至于尼德·兰德，他不说话，但他张大嘴巴，足以吓跑鲨鱼。多么强有力的呼吸啊！加拿大人就像烧得正旺的火炉，拼命地吸着。

　　我们的气力很快得到了恢复。当我环视周围，看到只有我们在平台上，甚至没有看到尼莫船长。艇内流动的空气就已经满足了鹦鹉螺号的古怪水手，他们竟没有一个人来外面享受一下新鲜空气。

　　我说的第一句话是感谢我的两位同伴。尼德和康赛议在最后垂死挣扎之际，延长了我的生命。对于这样的献身精神，我如何感激都无以为报。

"好了！教授先生，"尼德·兰德回答我，"这没什么好说的！对此，我们有什么可称赞的？什么都没有。这只不过是一道算数题，您的生命比我们的更有价值，所以必须保住它。"

"不，尼德，"我回答，"我的生命并不见得更有价值。谁也比不上一个慷慨善良的人，而您就是这样一个人！"

"好了！好了！"加拿大人不好意思地说。

"而你，我忠诚的康赛议，你也受了不少苦。"

"还好吧，老实跟先生说。我的确缺几口氧气，但我相信我能适应的。再说，我看到先生晕厥过去，就使我一点儿也不想呼吸了。这使得我，怎么说来着，喘不过……"

康赛议怕自己落入陈词滥调，没有说完就停止了。

"我的朋友们，"我不无动容地回答，"我们从此要生死与共，你们对我有权利……"

"我会好好滥用这权利。"加拿大人揶揄我。

"怎么？"康赛议表示疑问。

"是的，"尼德·兰德接着说，"当我有一天离开这该死的鹦鹉螺号时，我有权利把您带走。"

"对了，"康赛议说，"我们走的方向对吗？"

"对的，"我回答，"因为我们是朝着太阳的方向走，而这里的太阳，在北面。"

"毫无疑问，"尼德·兰德又说，"剩下要弄清楚的是，我们是去太平洋还是去大西洋。也就是说，是去船只往来频繁的海域，还是荒无人烟的海域。"

对此，我回答不了，我怕尼莫船长宁愿把我们带到同时浸润着亚洲和美洲海岸的广阔大洋去。这样，他就能完成环游海底世界的计划，回到那片让鹦鹉螺号感到完全独立的海洋。但是，如果我们回到太平洋，远离有人居住的陆地，尼德·兰德的计划要怎么实施呢？

我们过不了多久，就能搞清楚这个重要的问题。鹦鹉螺号飞速地行驶着。不久我们就越过南极圈，朝霍恩角进发。3月31日，晚上7点，我们到达美洲南端附近。

这时，我们以往的一切痛苦都被遗忘。被困在冰里的往事从我们的脑海抹去。我们只想着未来。尼莫船长却不再出现，既不在客厅，也不在平台。大副测到的方位，每天都标在地球平面球形图上，使我能够准确把握鹦鹉螺号的方向。而那天晚上，我非常满意地发现我们明显是取道大西洋，回到北边。

我把我的观察结果告诉了加拿大人和康赛议。

"好消息，"加拿大人回答，"可是，鹦鹉螺号开往哪儿呢？"

"我不好说，尼德。"

"难道船长在去过南极之后，还想去北极冒险，再从那著名的西北通道返回太平洋吗？"

"不应该小看这种可能性。"康赛议回答。

"那么，"加拿大人说，"我们就趁早偷偷跑掉。"

"不论如何，"康赛议补充说，"这个尼莫船长是个了不起的人，结识他，我们绝不后悔。"

"我们离开他的时候更不后悔！"尼德·兰德回答。

第二天，4月1日，鹦鹉螺号在正午之前几分钟浮出水面，我

在我眼前活动着的是一头可怕的动物，应该被列入畸形动物传说中。

　　这是一条体形硕大的枪乌贼，长八米。它倒退着，极其敏捷地向鹦鹉螺号游过来。

们看到西面有一片海岸。这是火地岛，早期的航海家，因为望见岛上的土著人茅屋里，升起无数的炊烟，就赐予了它这个名字。这个火地岛形成了幅员辽阔的群岛，长30法里，宽80法里，在南纬53度至56度之间，西经67度50分至77度15分之间。海岸看起来很低，但远方矗立着高耸的群峦。我甚至觉得自己望见了海拔2700米的萨米恩托山。这是一座页岩的金字塔形山峰，峰顶尖耸。尼德·兰德告诉我，根据它周围是否有雾气，可以"预测天气好坏"。

"我的朋友，这是了不起的晴雨表。"

"是的，先生，一个天然晴雨表，当我在麦哲伦海峡航行时，它从来没有骗过我。"

这时候，这座山峰衬在天空的背景中，轮廓清晰。这是好天气的预兆。果然如此。

鹦鹉螺号又潜入水里，靠近海岸行驶，只间隔几海里。通过客厅的玻璃窗，我看见长长的藤本植物和巨大的墨角藻，就是那种带球褐藻，南极的自由海域中也有这种植物。这种墨角藻的纤维条很黏滑，长达300米，像是真正的绳索，比大拇指还粗，非常坚韧，时常被用作船上的缆绳。另外一种草，叫作维尔普，叶子长四英尺，被凝固在珊瑚黏糊糊的分泌物中，像地毯似的铺在海底，最后成了无数甲壳动物和软体动物，比如蟹和乌贼的窝和食物。海豹和海獭，像英国人一样，把鱼肉和海里的蔬菜混在一起，变成美食。

鹦鹉螺号飞速地驶过这肥沃丰饶的海底。临近傍晚，鹦鹉螺号接近福克兰群岛。第二天，我看到群岛上崎岖的山峰，海水不是很深。因此，我不无理由地想，这两个被大量小岛环绕的大岛，以前是麦哲伦陆地的一部分。福克兰群岛可能是著名的英国探险家约翰·戴维斯发现的，他给这个岛取名为南戴维斯群岛。之后，理查德·霍金斯把它称作为处女岛。18世纪初，圣马洛的渔民又把它称为圣马洛岛。如今，群岛归属英国，被英国人称为福克兰群岛。

在这片海域，我们的渔网打上来一些漂亮的海藻，特别是一些根部爬满贻贝的墨角藻，而这些贻贝是世上最好的。成群的鹅和鸭子落在平台上，很快就被送进了船上的配餐室。鱼类之中，我特别注意到属于虾虎鱼类的硬骨鱼，尤其是长两分米、身上长满黄白斑点的布尔罗鱼。

我也欣赏了无数的水母，其中最美的是茧形水母，是福克兰群岛海域的特产。有时，它们形如光滑的半球，布有红褐色条纹，边缘是12条规整的垂花穗；有时，它们又如同翻转过来的花篮，从里面优雅地散落出大片的叶子和红色的细枝。它们游动起来，摆动着它们四条叶状的胳膊，让自己丰满的触须任意漂浮。我本想收集一些这种精巧的动物性植物标本，但它们一旦离开赖以生存的水，便如云如影般消散无踪。

当福克兰群岛的最后高地从天际消失不见的时候，鹦鹉螺号便潜到水下20至25米，沿着美洲海岸航行。尼莫船长一直没有露面。

直到4月3日，我们都没有离开巴塔哥尼亚海域，有时在水下，有时在水面。鹦鹉螺号越过拉普拉塔河的宽阔河口，于4月4日来到乌拉圭附近，不过在外海，50海里开外。行驶方向保持往北，沿着南美洲漫长蜿蜒的海岸航行。从日本海登上潜艇起，我们已经航行了16,000法里。

临近上午11点，我们沿着西经37度，越过南回归线，来到弗里奥岬角的外海。尼莫船长不愿意接近巴西有人居住的海岸，因为他以令人眩晕的速度行驶，这使得尼德·兰德大为不悦。即便是游得最快的鱼、飞得最快的鸟，也跟不上我们，但因此我们也无法欣赏到这片海域的自然奇观。

　　这种高速保持了几天，4月9日晚上，我们看到了南美洲最东面的圣罗克角。但是，鹦鹉螺号这时候重新闪开，到最深的海底去寻找一个海底峡谷，这个海底峡谷位于圣罗克角和非洲海岸之间。这个峡谷在安地列斯群岛附近分叉，在北边以一个9000米的巨大深沟结束。在这个地方，直到小安地列斯群岛，在大洋的地质切面上，有一道长6000米的悬崖，非常陡峭。在佛得角群岛附近，也有另一面同样壮观的峭壁，两片峭壁就这样封闭了沉没的大西洋岛这片陆地。这宽广峡谷的底部，有山峦连绵起伏，为海底布置了如画的美景。我说这些海底的地质情况，主要是根据鹦鹉螺号图书室收藏的地图手稿来描述的。这地图显然是出自尼莫船长之手，是根据他个人观察描绘出来的。

　　两天内，鹦鹉螺号利用侧翼斜板，在这片清冷的深海中漫游。我们沿着漫长的对角线航行，可以到达海洋的各个深度。但是，4月11日，它突然浮出水面，陆地重新出现在亚马孙河的河口。这是一个宽阔的河口，水量充沛，把几法里内的海水都冲淡了。

　　我们越过了赤道。西面20里处，是法属领地圭亚那，我们很容易在那里找到一个栖身之所。但那里海风很大，海浪汹涌，普通的小艇对付不了。尼德·兰德想必也明白，因为他什么都没有对我说。至于我，我丝毫没有提到他的逃跑计划，我不想怂恿他做必然失败的尝试。

既然计划推迟，我便从有趣的研究中轻而易举地得到了补偿。在4月11日和12日这两天中，鹦鹉螺号没有离开海面，拖网打上来满满一兜奇妙的动物形植物、鱼类和爬虫类动物。

　　有些动物形植物以前也被拖网打捞上来过。大部分是美丽的茎须海藻，属苋葵科。在其他种类的海藻中，有一种须形藻，是大西洋这片海域的特产。短小的圆柱形枝干上，点缀着垂直的线条和红色的斑点，顶部的触须美妙地散开。至于软体动物，我已经观察过，有锥螺；有橄榄形斑岩斧蛤，条纹有规律地交叉，红棕色的斑点鲜明地突出在肉色的底壳上；有古怪的蜘蛛螺，活像石化了的蝎子；有半透明的玻璃贝、船蛸、味道鲜美的墨鱼；还有几种枪乌贼，古代博物学家们把它们归入飞鱼类，主要用作钓鳕鱼的鱼饵。

　　这片海域的鱼，我还没有机会研究，但我记下了不同品种。软骨鱼中，有化石花斑鱼，这是一种鳗鱼，长15英寸，淡青色的脑袋，紫色的鳍，蓝灰色的背脊，银褐色的肚子上布满鲜艳的斑点，眼睛虹膜周围镶着一圈金边。这是一种奇特的鱼，应该是被亚马孙河带到海里来的，因为它们是淡水鱼；有身上长疙瘩的鳐鱼，尖口鼻，尾巴长而散开，长着一根锯齿形的长刺；有仅长一米的小角鲨，灰白色的皮，牙齿排成几行，向后弯曲，俗称拖鞋匠鱼；有蝙蝠鲛鲸，一种淡红色等腰三角形的鱼，半米长，看起来有些像蝙蝠的形状，但在鼻孔边有带角的延伸部分，使它们多了个独角鲸的称号；最后还有几种驽炮，一种是身体两侧闪着金色斑点的鲕豚，一种是淡紫色、像鸽子喉部一般绚丽多彩的刺豚。

　　品名表有些枯燥，但非常准确。最后，我以一组观察到的硬骨鱼结束分类：帕桑鱼，属于无鳍属，口鼻圆钝形，颜色雪白，

鹦鹉螺号这时已经浮上水面。其中一个水手站在最高几级的楼梯上，在拧舱盖的螺丝。螺丝一拧开，舱盖就被猛烈地掀起，显然是被章鱼的一条腕足的吸盘吸起来的。

　　一条长长的腕足立刻像蛇一样滑入了开口，还有另外20条，在开口上面舞动。尼莫船长一斧子砍断了这可怕的触角，触角扭动着从梯级上滑落下来。

身体则是美丽的黑色，长着一条多肉的、长而细的带子；带刺的牙鱼；长三厘米、银光闪闪的沙丁鱼；长着两个肛鳍的青花鱼；黑色牙刺鱼，通身黑色，人们要燃起麦秆火把来捕捉它们。这种鱼长达两米，肉肥、色白、结实，新鲜的时候，味道和鳗鱼肉差不多，晒干后，味道就像熏鲑鱼；隆头鱼，身体有一半是红色，只在脊鳍和肛鳍的周围有鳞；金银鳞鱼，身上金银色和红宝石、黄玉色交相辉映；金尾鲷，肉味极其鲜美，身上的磷光会在水中出卖它；橙色波纹鲷，舌头纤细，身体橙黄色；长着黑色硬鳍的金尾石龙鱼；苏里南岛的突眼鱼，等等。

这个"等等"并不能阻止我再列举一种鱼，康赛议对它久久不能忘怀，不是没有道理的。

我们的一张拖网打到一种很扁平的鳐鱼，如果把尾巴去掉，就会形成一个完美的圆盘，重20千克。鱼身下面是白的，上面是淡红色，带有深蓝色的圆点，并且圆点周围有一圈黑色，皮肤很光滑，最后头是一根开裂的尾鳍。它躺在平台时拼命挣扎，全身抽搐，想翻过身子来，它费了这么大的力量，想要以最后一次蹦跳，回到海里。但康赛议想要这条鱼，便向它扑去。我要拦住他的时候，他已经双手把鱼抓住了。

康赛议立即被打倒了，两腿高举在空中，半身麻痹，大喊："啊！我的主人，我的主人！您快来救救我！"

这可怜的老实人对我说话不用"第三人称"，这是第一次。

加拿大人和我跑去把他扶起来，用力给他擦身，等他恢复了知觉。这个永远的分类学家用断断续续的声音嗫嚅着说："软骨纲，软鳍目，固定鳃，鲛亚目，酥鱼科，电鱼属！"

"是的，我的朋友，"我回答，"正是一条电鳐把你搞成这个可怜的模样。"

"啊！先生可以相信我，"康赛议回了一句，"我会找这畜生报仇的。"

"怎么报仇？"

"把它吃了。"

当晚他就这样做了，但是纯粹是属于报复行为。因为说实话，实在咬不动。

可怜的康赛议对付的是最危险的一种电鳐，叫伞鳐。这种奇怪的动物，在一种导电的环境中，比如说在水中，可以电击到几米开外的鱼。它们的放电器官非常大，两个主要放电器官的面积加起来不少于27平方英尺。

第二天，4月12日，白天的时候鹦鹉螺号接近荷兰海岸，驶向马罗尼河的河口。有好几族海牛在那里生活，它们和儒艮、海马一样，属于海牛目。这些漂亮的动物平和不伤人，长6到7米，至少重达4吨。我告诉尼德·兰德和康赛议，有远见的大自然给这种哺乳动物安排了一个重要角色。正是它们，像海豹一样，吞吃掉海底牧场上的草，这样就把堵塞热带江河河口的杂草清除了。

"你们知道，"我又说，"自从人类把这种有益动物几乎全部消灭，产生了怎样的后果吗？那就是，腐烂的草毒化了空气，被毒化的空气使黄热病在这些美好的地带肆虐。有毒的植物在炽热的海里繁殖，黄热病从拉普拉塔的里奥河口，势不可当地蔓延到佛罗里达！"

按照图斯内尔[1]的说法，如果海里充满了鲸鱼和海豹，那么我

1　图斯内尔（1803—1885），法国博物学家。

这是怎样一种惊心动魄的场面啊！这个不幸的人，被触须缠住，黏在吸盘上，被这庞大的卷筒随意在空中甩来甩去。他发出嘶哑的喘息声，就快窒息。

们后代要受的罪，可远比现在它们受的灾难来得大。到那时候，海里充斥着章鱼、水母和枪乌贼，将会变成一个巨大的污染源，因为海底不再有"大肚汉"来"清除海面渣滓"了。

尽管如此，鹦鹉螺号的船员虽不藐视这一理论，却还是捕获了六头海牛。实际上，这是为了给食品储备室配备一些上等的肉，这种肉胜过牛肉和小牛肉。这种捕杀并没有多大意思。因为海牛毫不防御，任人宰割。好几吨的肉，要准备晒干，储存到艇上。

这片海域的猎物是如此之多。因此这一天，为了进一步增加鹦鹉螺号的储备，特别进行了一次捕捞。拖网打上来一批鱼，后脑袋长着一块如同椭圆形小盘的肉块。这是印颈鱼，属于软鳍目第三科。这种鱼的扁平小盘由活动的横软骨组成，在横软骨中间可以制造真空，使之像吸盘一样附着在其他物体上。

我在地中海见到过的印头鱼也属于这一类型。但是这里的印颈鱼是软骨的，是这片海域特有的。我们的水手抓到它们的时候，把这些鱼放到装满水的水桶里。

捕鱼结束以后，鹦鹉螺号靠近海岸。在这个地方，有些海龟睡在海面上。但是很难抓到这些珍贵的爬行动物，因为一点点细微的声响就会把它们吵醒，它们结实的甲壳能抵抗住捕鲸叉。不过，用印颈鱼却能又稳又准地捕获海龟。这类动物的确是一种活鱼钩，即便是不会钓鱼的人也会幸运地得到发财机会。

鹦鹉螺号的水手在印颈鱼的尾巴上拴了一个足够大的环，不影响它的游动，环上系一条长绳，绳的另一头系在艇上。

印颈鱼被扔到海里以后，立刻开始扮演它们的角色，把自身吸附在海龟的胸甲上。它们坚韧不拔，宁可身体被撕裂了，也不愿意松开。水手把鱼拉上船，也就是把它们吸附着的海龟拉了上来。

我们这样抓到了好几只卡库阿纳海龟，宽达1米，重200千克。它们的甲壳覆盖着大块角质薄片，透明中带褐色，有黄白两色斑点，使这种海龟变得十分珍贵。另外，从食用角度来看，也是佳肴，就像甲鱼一样味道鲜美。

　　钓完海龟后，我们就离开了亚马孙出口的海域，夜幕降临了，鹦鹉螺号回到外海。

第十八章

章 鱼

　　一连好几天，鹦鹉螺号始终和美洲海岸保持着距离。显然，它不想出入墨西哥湾或者安地列斯群岛海域。这里的海域水很深，平均深度是1800米。但是，由于海岛星罗棋布，又有汽船穿梭往来，对尼莫船长来说，可能并不合适。

　　4月16日，我们看到马提尼岛和瓜德罗普岛在离我们约30海里的地方。有一阵子，我能看到它们高耸的山顶。

　　加拿大人本来打算在墨西哥湾里展开他的逃跑计划，要么登上一块陆地，要么靠近众多在岛屿之间穿行的船只之一。但是现在感到很沮丧。如果尼德·兰德避开尼莫船长的耳目弄到小艇，逃跑是非常可行的。但是在汪洋大海中，那就不用想了。

　　加拿大人、康赛议和我对此讨论了很久。六个月来，我们被囚禁在鹦鹉螺号上面，航行了17,000法里，就像尼德·兰德所说，这一切没有理由结束。因此，他给了我一个提议，是出乎我意料的。就是清清楚楚地向尼莫船长提出这个问题：船长是否想把我们永久地囚禁在船上？

　　这样的举措使我反感。在我看来，这不会达到目的。不应该对鹦鹉螺号的船长抱有任何希望，只能靠我们自己。再说，有一阵子了，这个人变得更加阴郁，更加离群索居，更加不愿社交。他看起来在躲避我，我很难得才碰到他一次。以前，他很乐意向我解释海底的奇观。现在他任由我沉浸在自己的研究里，不再到客厅来。

他身上发生了什么变故吗？是出于什么原因呢？我没有什么要自责的。难道是我们待在船上妨碍到他了？但我也不应该希望他会恢复我们的自由。

于是我请尼德让我考虑一下再行动。如果这次行动没有任何结果，那反而会重新勾起他的怀疑，使我们的处境更加困难，妨碍加拿大人实施他的计划。我还说，我绝对不能拿我们的健康作为说辞。除了在南极大浮冰下的那次艰苦磨难外，无论尼德、康赛议还是我，我们的身体从来没有这么好。船上的食物是健康的，空气是干净的，生活是规律的，温度是恒定的，这让我们免予疾病的侵袭。对一个对陆地生活毫无眷恋的人来说，对尼莫船长这样的人来说，他感觉自己自由自在，想去哪里就去哪里，并且独辟蹊径。别人眼中的秘密通道，在他便是了如指掌。我是可以理解他喜欢这样的生活方式的。但是我们，我们并没有和人类社会断绝关系。至于我，我不想和我如此有趣新奇的研究一起葬身鱼腹。我现在有权写一本真正关于海洋的书了。我希望这本书，越快出版越好。

在安地列斯群岛海域，海面之下10米，通过客厅打开的护板，我看到多少有趣的海洋生物，要记录在我的日常笔记中啊！在动物形植物中，有一种叫僧帽的深海水母，仿佛长条形的气泡，有珍珠质的光泽。它们的黏膜迎风招展，蓝色触角如丝线般在水中漂浮，像是十分炫目迷人的水母，但手触上是会分泌腐蚀性液体的真正荨麻。节肢动物中，有一些属于环节动物门，长1.5米，有一根玫瑰色的喷管，拥有1700个运转器官，在水里蜿蜒而行，一路上还洒下七彩的光。鱼类动物中，有蛇鲦鱼，那是长10英尺、重600磅的巨大软骨鱼，胸鳍是三角形，脊背中间有些凸起，眼睛长在头部的最前端，像船的残骸一样漂浮着，有时像不透明的护窗板一样，贴在我们的玻璃窗上。有美洲鳞鲀，对它们来说，大自然只有黑白两色。有虾虎鱼，纤长而多肉，鳍是黄色的，颌部突出。有长16厘米的青花鱼，牙短而尖，身上覆盖着小鳞片，属于白金枪鱼。接着，是一大群羊鱼，从头到尾裹着金色条纹，摇摆着光彩夺目的鳍，这是从前捕鱼人奉献给狩猎女神戴安娜的真正珠宝杰作，深受罗马人青睐，因此有谚语说："捕鱼人自己吃不到羊鱼！"最后还有金黄色苹果鳍鱼，装饰着碧绿色的丝绒，像是委罗内塞[1]画作中的领主，在我们面前经过；有刺鲷，胸鳍快速舞动，一下闪开；有鲱鱼，15英寸长，全身闪着磷光；有鲻鱼，用多肉的大尾巴拍打海水；有红鲑，像是在用锋利的胸鳍切割着海浪；还有名副其实的银色的月亮鱼，当它们跃出水面，就像是浅白色的月亮。

要不是鹦鹉螺号逐渐潜入了深处的水层，我还能看到更多神奇又新颖的品种呢！它的侧翼斜板把它带往2000至3500米的深处。那里的动物只有海百合、海星、长着迷人水母头的五角海百合——笔直的茎顶着一个小小的花萼，还有马蹄螺、血红的齿贝、裂纹贝和大型软体动物。

1　委罗内塞（1528—1588），意大利文艺复兴时代画家。著作《迦纳的婚礼》，收藏于卢浮宫。

4月20日，我们上升到平均1500米的深度。这时离得最近的陆地是卢卡雅群岛，就像散布在海面上的一些石礁。那里耸立着高高的海底峭壁，就像安放在宽大地基上用粗糙石块垒成的陡峭墙壁，还有一些我们的电灯光都照不到底的深陷在峭壁之间的黑洞。

这些岩石上覆盖着高大的草木，巨大的海带，硕大的墨角藻，堪称巨人世界的水生植物铸成的把杆。

康赛议、尼德和我自然就从绝大的植物过渡到巨大的海洋动物。大型植物显然是大型动物的食物。但是，透过几乎不动的鹦鹉螺号舷窗，我在长纤维植物上面只看到腕足类的节肢动物，长脚蜘蛛、紫色海蟹，还有安地列斯海域特有的翼步螺。

中午11点左右，尼德·兰德提醒我注意，大型海藻中间，出现了可怕的骚动。

"好吧，"我说，"这里是真正的章鱼洞穴。如果在这儿看到一些这种怪物，我也不会觉得惊讶。"

"什么？"康赛议说，"是枪乌贼，头足纲的，最纯粹的枪乌贼吗？"

"不，"我说，"是那种巨型章鱼。但是，兰德老弟可能搞错了，因为我什么也没有看到。"

"那可太遗憾了，"康赛议回答，"我真想面对面看看这种久闻大名的章鱼，这种动物能把船拖到海底。人们把这种动物叫作海怪克拉……"

"就吹吧。"加拿大人嘲讽地回答。

"海怪克拉肯。"康赛议反驳说。他把这个词说完整了，不理会同伴的讽刺。

"谁都不能让我相信有这种动物的存在。"尼德·兰德说。

"为什么没有呢?"康赛议回答,"我们就信过先生的独角鲸。"

"康赛议,我们错了。"

"当然!但是别人可能还在相信呢。"

"有可能,康赛议,但是对我来说,除非我亲手把它们开膛破腹,否则我绝不相信这种动物的存在。"

"这么说来,"康赛议对我说,"先生也不相信巨大章鱼的存在了?"

"呃!谁见鬼了才会相信呢?"加拿大人大声说。

"很多人信,尼德老兄。"

"渔民是不会信的。可能只有学者会信吧。"

"不好意思,尼德。渔民们和学者们都相信!"

"但是我告诉您,"康赛议一脸正经地说,"我记得清清楚楚,曾经看到过一条大船被章鱼的触手拖进海里。"

"您看见过吗?"加拿大人问。

"是的,尼德。"

"亲眼看见?"

"亲眼看见。"

"请问在什么地方?"

"在圣马洛。"康赛议沉着冷静地说。

"在港口?"尼德·兰德讥讽地问。

"不,在一座教堂里。"康赛议回答。

"在一座教堂里!"加拿大人喊道。

"对,尼德老兄。那是一幅画,上面画着一条这样的章鱼！"

"好啊！"尼德·兰德说着大笑起来，"原来康赛议先生在逗我玩啊！"

"事实上，他是对的，"我说，"我听说过这幅画。不过画的主题是根据一个传说，您知道该如何看待博物史方面的传说！况且，一旦涉及怪物，想象力总是天马行空的。不仅有人说这些章鱼可以拉走船只，甚至有个名叫奥拉于斯·马格努斯[1]的人，谈到一条一千米长的章鱼，看上去更像是一座岛，而不是一头动物。也有人说尼德罗斯主教有一天在一块巨大的岩石上设了一个祭坛。做完弥撒以后，岩石动了起来，回到了海里。原来岩石是头章鱼。"

"就这些？"加拿大人问。

"不，"我回答，"另一个主教，荷兰贝格赫姆的彭托皮丹，同样谈到一头章鱼，在它身上可以操练一团骑兵！"

"从前的主教真棒！"尼德·兰德说。

"最后，古代的博物学家提到一些怪物，它们的嘴就像一个海湾，因为太大，不能通过直布罗陀海峡。"

"真是绝了！"加拿大人说。

"但是，在所有这些叙述中，有没有真实的成分呢？"康赛议问。

"没有，我的朋友们，至少那些因为超过了真实限度而成为神话和传说的东西中，丝毫没有。不过，在那些讲故事的人的想象中，即便不是有个充分的理由，至少也是有个机缘巧合的。不

---

1 奥拉于斯·马格努斯：挪威国王，1103—1115年在位。

能否认存在非常大型的章鱼和枪乌贼的可能性，不过比鲸类动物体形要小一些。亚里士多德确认过一个枪乌贼长五个肘，也就是三米。渔民常见的枪乌贼超过一米八。在意大利北部城市的里雅斯特和法国南部城市蒙彼利埃的博物馆里，保存着两米长的章鱼躯壳。另外，根据博物学家的计算，一条仅6英尺长的章鱼，触角就有27英尺长。这足以让人把它看成一头可怕的怪兽了。"

"今天还有人捕捉章鱼吗？"加拿大人问。

"就算他们不捕捉，水手至少也能看到。我的一个朋友，保罗·波斯船长，来自勒阿福尔，经常对我肯定地说，他在印度洋碰到过这样的一个大怪物。但是，最让人震惊的，也让人无法再否认这种巨大动物存在的，是发生在1861年的事情。"

"是怎么回事？"尼德·兰德问。

"事情是这样的。1861年，在特内里费岛的东北，差不多就是在我们眼下所处的纬度上，护卫舰阿莱克顿号的船员发现一条怪物般的枪乌贼在附近的水域里游动。船长布盖指挥着靠近动物，并用捕鲸叉和猎枪攻击它，但没有什么效果，子弹和捕鲸叉穿过软绵绵的肉，就像穿过软绵绵的果冻。几次尝试失败之后，水手终于用一个活结套住了软体动物的身体。这个活结一直滑落到尾鳍，便卡在了那儿。于是大家试图把怪兽拖到船上，但是它的重量太大，在绳索的牵引下，它的尾巴和身体分离了。没有了这个装饰物，章鱼潜入水中不见了。"

"总算有一件真事。"尼德·兰德说。

"是一件毋庸置疑的事，我的好尼德。因此，有人建议把这条章鱼称为'布盖'枪乌贼。"

"它有多长呢？"加拿大人问。

"它长六英尺左右吧？"康赛议说，他坐在舷窗前，重新观察蜿蜒的峭壁。

"正是。"我回答。

"它的脑袋是不是有八根触角，像一窝蛇在水里舞动？"康赛议问。

"正是。"

"它的眼睛长在头顶上，是不是发育得很好？"

"是的，康赛议。"

"它的嘴，是不是和鹦鹉的喙一样，但是大得可怕。"

"确实如此，康赛议。"

"好呀！先生别介意，"康赛议平静地回答，"如果这不是'布盖'枪乌贼，那么至少，也是它的一个兄弟。"

我望着康赛议。尼德·兰德冲向舷窗。

"多么恐怖的动物啊！"他惊叫。

我也跑过去看，不可遏制地做了一个厌恶的动作。在我眼前活动着的是一头可怕的动物，应该被列入畸形动物传说中。

这是一条体形硕大的枪乌贼，长八米。它倒退着，极其敏捷地向鹦鹉螺号游过来。它用它海蓝色阴森的大眼睛望着我们。长在头上的八只触角，或者不如说八只腕足，证明它属于头足纲动物，比身子发育得长一倍，像复仇三女神[1]的头发一般卷曲着。可以清楚地看到，250个半球形包膜般的吸盘被安置在触角内侧。这

1　复仇三女神：希腊神话里的复仇女神，传说她们身材高大，眼睛血红，长着狗的脑袋、蛇的头发和蝙蝠的翅膀，一手拿着火炬，一手拿着用蝮蛇扭成的鞭子，专门追捕并惩罚那些犯下严重罪行的人，无论罪人在哪里，她们总会跟着他，使他的良心受到痛苦的煎熬。

些吸盘有时候贴在客厅的舷窗上，形成真空。这怪物的嘴——角质的喙长得和鹦鹉的喙一样——垂直张开与合拢。舌头也是角质的，上面长着几排尖利的牙齿，伸出来时像真正的大剪子一样颤动着。真是大自然的奇妙幻想！一个鸟喙，长在一个软体动物身上！身子是纺锤形，中间部分鼓起，形成一大堆肉，应该有两吨到两吨半重。颜色不固定，受到刺激时，变色极快，相继从灰白色变成红褐色。

这头软体动物受到了什么刺激呢？可能是因为鹦鹉螺号的存在，比它还大，用它的吸盘和牙齿根本抓不住。但是，这种章鱼真是怪物，造物主赋予它们多大的生命力啊，它们的动作多么有力量啊，因为它们有三个心脏！

命运的巧合让我们碰到这条枪乌贼，我不想失去仔细研究这种头足纲动物的机会。我克服了它的外观使我感到的恐怖，拿起一支铅笔，我开始画起它的肖像。

"这或许是阿莱克顿号碰到过的那一条。"康赛议说。

"不，"加拿大人回答，"因为这条是完整的，而那一条失去了尾巴！"

"这不一定是理由，"我回答啊，"这些动物的腕足和尾巴是能够再生重整的，七年过去了，'布盖'枪乌贼的尾巴无疑有时间再长出来。"

"再说，"尼德回答，"就算不是那一条，也是它们中的一条！"

果然，其他章鱼出现在舷窗旁边。我数出七条。它们护送着鹦鹉螺号，我听到它们的喙在敲啄钢板船身的吱嘎声。我们是它们理想的盘中餐。

我继续画。这些怪物极其精准地始终保持在我们周围，几乎一动不动，我简直可以把它们贴在玻璃窗上的样子缩小了描摹下来。况且，我们的航速也不是很快。

突然，鹦鹉螺号停住了。一次撞击使整个船体都在震动。

"我们是触礁了吗？"我问。

"无论如何，"加拿大人回答，"我们已经脱险了，因为潜艇在漂浮着。"

鹦鹉螺号无疑是在漂浮着，但它不再前行。螺旋桨的叶片没有拍打海水。一分钟过去了。尼莫船长走进客厅，身后跟着大副。

我已经有一段时间没有见到他，我感觉他很阴沉，他没有和我们说话，可能没有看到我们，他径直走向护窗板，看向章鱼，并对他的大副说了几句话。

大副出去了。不久，护窗板重新关上了。天花板上的灯打开了。

我走向船长。

"一大群章鱼，真有意思。"我对他说，以一种爱好者站在水族馆玻璃面前的那种从容口气。

"确实如此，博物学家先生，"他回答我，"可是我们要跟它们进行肉搏。"

我望着船长。我以为没听清楚他的话。

"肉搏？"我重复了一遍。

"是的，先生。螺旋桨停了。我想其中一条枪乌贼的角质颌骨卷进了叶片中，这样我们就走不了了。"

"您准备怎么办呢？"

"浮出水面，把这些害虫都杀死。"

　　"这个任务不轻松啊。"

　　"的确。电子弹对这些软绵绵的肉无能为力，这种肉没有足够的阻力产生爆炸，但是我们用斧子去攻击它们。"

　　"还可以用捕鲸叉，先生，"加拿大人说，"如果您不拒绝我的帮忙。"

　　"我接受，兰德师傅。"

　　"我们陪你们去。"我说，一边跟着尼莫船长，我们走向中央楼梯。

　　那里，已经有十来个人，装备着近身搏斗的斧子，准备随时出手攻击。康赛议和我，我们也拿了两把斧子。尼德·兰德抓了一把捕鲸叉。

　　鹦鹉螺号这时已经浮上水面。其中一个水手站在最高几级的楼梯上，在拧舱盖的螺丝。螺丝一拧开，舱盖就被猛烈地掀起，显然是被章鱼的一条腕足的吸盘吸起来的。

　　一条长长的腕足立刻像蛇一样滑入了开口，还有另外20条，在开口上面舞动。尼莫船长一斧子砍断了这可怕的触角，触角扭动着从梯级上滑落下来。

　　正当我们彼此拥挤着要登上平台时，另外两条腕足鞭打着空气，落到站在尼莫船长前面的水手身上，以不可抗拒的力量，把他提了起来。

　　尼莫船长大吼了一声，冲了出去。我们随着他一起冲出去。

　　这是怎样一种惊心动魄的场面啊！这个不幸的人，被触须缠住，黏在吸盘上，被这庞大的卷筒随意在空中甩来甩去。他发出嘶哑的喘息声，就快窒息，喊道："救命啊！救命啊！"这些话，是用法语说出来的，这深深震惊了我！这么说来，我有一个同胞在船上，或许还有好几个呢！这撕心裂肺的喊声，将终生萦绕我耳畔。

这个不幸的人完蛋了。谁能把他从这强有力的束缚中解救出来？尼莫船长冲向章鱼，一斧头砍下去，又砍断一条腕足。他的大副正和其他攀附在鹦鹉螺号侧舷的怪物激烈搏斗。水手们一斧头又一斧头地砍去。加拿大人、康赛议和我一起用武器砍进这一堆堆肉中。一股强烈的麝香味在空气中弥漫，令人毛骨悚然。

有那么一瞬，我以为被章鱼缠住的那个不幸的人，会从强大的吸力中脱身。它的八条腕足中，有七条被砍断了。只剩下一条，仍在把受害者像羽毛一样在空中挥舞，扭来扭去。正当尼莫船长和大副扑向它的时候，这畜生从腹部的袋子里喷出一股黑乎乎的液体。我们就什么都看不见了。等到这层黑雾散去，我那不幸的同胞和这枪乌贼一起消失了！

于是我们内心的狂怒推着我们，扑向了那些怪物！大家再也控制不了自己。十几条章鱼向鹦鹉螺号的平台和侧翼袭来。这些像蛇一样的柱状肉体，在平台的血水和墨汁中颤动，我们在其中混乱地滚动。这些黏糊糊的腕足，仿佛是希腊神话中九头蛇的脑袋，又活了过来。尼德·兰德的捕鲸叉每一下都插进枪乌贼海蓝色的眼睛，并把那眼珠挖出来。可是我勇敢的伙伴突然被怪物的触角掀翻在地，来不及闪躲。

啊！我的心怎么能不因为激动和恐惧而碎裂呢！枪乌贼可怕的喙向尼德·兰德张开了，幸好尼莫船长赶在我之前出手了。他的斧头砍进了巨大的颌骨之间，加拿大人奇迹般地得救了，他振作起来，把他的捕鲸叉整个插入了枪乌贼的三个心脏中。

"我欠您一个报答！"尼莫船长对加拿大人说。

　　尼德欠了欠身，没有回答。

　　这场战斗持续了一刻钟。怪物战败了，肢残体破地阵亡了，最后战场上只剩下我们，其他怪物潜入水中消失了。

　　尼莫船长全身被血染红，站在舷灯旁一动不动，看着吞噬了他的一位同伴的大海，大滴的泪珠从他眼里滚落下来。

第十九章

墨西哥湾流

　　4月20日的可怕场面，我们全都终生难忘。我在极度激动的印象中写下这件事。写完之后，我又看了一遍。我读给康赛议和加拿大人听。他们觉得描述很准确，但不够动人心魄。描绘这样的场面，必须要有我们的诗人、《海上劳工》[1]作者的神笔。

　　我说过，尼莫船长望着海水流泪，他的痛苦是无尽的。自从我们到船上以来，这已经是他失去的第二个伙伴。死得多么惨烈啊！我们的这位朋友，被章鱼可怕的腕足缠紧、窒息、压断，被它的钢牙磨碎，不能在珊瑚墓平静的海水中安息！

　　对我来说，在这场搏斗中，这个不幸的人发出的喊叫声，让我心如刀割。这个可怜的法国人，忘记说约定的语言，在发出最后的呼救时，终于重新说起了他的母语！在鹦鹉螺号的船员中，这些身心与尼莫船长相连、逃避一切与人类的联系的人之中，我有一个同胞！在这个显然由不同国籍的个体组成的神秘组织里，只有他一个人代表法国吗？这又是一个不断萦绕在我脑海里，无

1　《海上劳工》：法国19世纪浪漫主义作家维克多·雨果的作品。其中描写过主人公和巨大章鱼搏斗并战胜的情景。

462

法解决的问题！

　　尼莫船长回到他的房间里。一段时间里，我都没有再见到他。如果从这艘和他心心相印的船来判断的话，想必他是非常痛苦、绝望、犹豫不决的。毕竟，他是这艘船的灵魂！鹦鹉螺号不再保持它既定的航向。它来来回回，在海浪中像一具浮尸般任凭摆布。它的螺旋桨已经清理过了，但几乎不用。它随波逐流，无法从最后一次搏斗的舞台，从吞噬了它一名船员的大海中摆脱出来！

　　就这样过了10天，直到5月1日，望到巴哈马海峡口的卢卡亚港以后，鹦鹉螺号才重新直接走北边的航线。于是我们随着最大的一股海流航行。这股海流有自己的边界、自己的鱼和温度。我称之为墨西哥湾流。

　　事实上，这是在大西洋中自由流动的一条河，它的水和大洋的水并不混杂。这是一条咸水河，比周围的海水更咸。它的平均深度是3000英尺，平均宽度是60海里。在某些地方，它的流速是每小时四千米。而且流量恒定，比世界上其他河流的流量都大。

　　莫里船长指出，墨西哥湾流的真正源头，或者说是它的出发点，是在比斯开湾。墨西哥湾流在那里开始形成，水温较低，颜色也较浅。它一路南下，沿着赤道和非洲，水流因为热带地区的阳光照射而变暖。它横穿过大西洋，到达巴西海岸的圣罗克角，一分为二，其中一股还要继续吸收安地列斯海域的热量。于是，墨西哥湾流承担平衡温度的角色，使热带海水和北极海水混合，发挥调节器的作用。暖流在墨西哥湾温度升到最高点，往北向美洲海岸流去，一直到纽芬兰。而且在戴维斯海峡冷水流的推动下，沿着地球最大圈子之一的等角线，重新奔向大洋。在北纬43度附近分成两股，其中一股在东北信风的推动下，回到比斯开湾和亚速尔群岛，另一股在挪威沿岸减温后，一直流到斯匹次卑尔根群岛开外，水温跌到4摄氏度，构成极地的自由海域。

这时，鹦鹉螺号就在大洋的这股暖流上航行。在巴哈马海峡14海里宽、350米深的出口，墨西哥湾流以每小时8千米的流速向前。随着它向北前行，这个速度均匀地递减下来，但愿递减能够持续。因为，正如有人指出的那样，如果流速和流向发生变化，欧洲气候就会发生紊乱，后果难以估量。

临近中午，我和康赛议在平台上。我想让他知道墨西哥湾流的相对特点。我解释完之后，便请他把手伸到暖流中去。

康赛议照做了，他感到很吃惊，因为他既不感觉水热，也不觉得水冷。

"这是由于，"我对他说，"墨西哥湾流从墨西哥湾流出以后，温度和我们的血液差别不大。这股墨西哥湾流是一个大暖炉，使欧洲海岸常年绿意盎然。如果相信莫里的说法，这股湾流的热量，完全可以被好好利用，用来提供足够的热量，使像亚马孙河、密西西比河这么大的铁水河融化。"

这时候，墨西哥湾流的流速是每秒2.25米。暖流和周围的海水泾渭分明，被挤压的暖流高出于海面，和周围的冷水不在同一水平面上。并且暖流水色深，富于盐分，纯净的靛蓝色在周围的绿色海水衬托下，分外突出。分界线极度清晰，以至于当鹦鹉螺号在加罗林群岛附近时，冲角劈开了墨西哥湾流的波浪，而螺旋桨拍打的依然是大西洋的海水。

这股暖流夹带着大量生物。地中海那种非常普通的船蛸，成群结队地游弋着。软骨鱼类中，最引人注意的是鳐鱼，尾巴细长，差不多占身体的三分之一。身体呈一个宽宽的菱形，长25英尺;还有一米长的小角鲨,头大,口鼻短而圆,尖利的牙齿排成几行,身上好像覆盖着鳞片。

在硬骨鱼中,我记录的有灰隆头鱼,是这一带海域特有的;黑三棱鱼,眼睛的虹膜像火光一样闪耀;石首鱼,长一米,大嘴,小牙耸起,发出轻轻的叫声;我已经提到过的黑色中脊索鱼;高里菲鱼,蓝色的身上有凸起的金银两色;鹦鹉鱼,大洋里真正的彩虹,能和热带最美的鸟儿媲美颜色;头呈三角形的灰白鱼;淡蓝色的无鳞菱形鱼;一种两栖鱼,身上覆盖着一条像希腊字母"t"的黄带;密密麻麻的小虾虎鱼,全身布满褐色斑点;银头、黄色尾巴的双翅鱼;各种各样的硅科鱼;身子细长、闪着柔和光彩的鲻鱼,拉塞佩德把它当作亲密的终身伴侣;最后是漂亮的美国高鳍石首鱼,身上装点着各种勋章和五颜六色的绶带,它们经常出没在这个国家的海岸,而这个国家中勋章和绶带并不被人重视。

我要补充一点。夜里,墨西哥湾流的水,磷光闪闪,和我们的舷灯灯光争相辉映,尤其是在经常威胁我们的暴风雨天气中。

5月8日,我们还在穿越北卡罗来纳附近的哈特拉斯岬角。墨西哥湾在这里的宽度是75海里,深度为210米。鹦鹉螺号继续随意漂流。潜艇上似乎没有人值班了。我承认,在这种情况下,逃跑能够成功。确实,有人居住的海岸上,到处都很容易找到藏身地。大海上,往返于纽约或波士顿和墨西哥湾之间的轮船川流不息。在美国海岸的各个点上进行贸易的小型双桅纵帆帆船,日夜穿梭往来。我们可以指望得到他们的救助。因此,尽管鹦鹉螺号离美国海岸有30海里,却仍然是逃跑的有利时机。

但是艰苦的自然环境绝对不利于加拿大人的计划。当时天气非常糟糕。我们接近的这个海域,风暴频繁,是龙卷风和飓风的发源地，这两种风暴都是由墨西哥湾流产生的。坐在一条经不起风浪的小艇上，迎击常常波涛汹涌的大海，那是自取灭亡。尼德·兰德自己也承认这一点。因此，他虽然思乡心切，只有逃跑才能治愈，却还是克制了自己的冲动。

"先生，"这天他对我说，"这事必须有个了结，我想心里有个底。您的尼莫避开陆地，北上而去。但是我对您说实话吧，我已经受够了南极，我不会跟他去北极的。"

"尼德，既然我们此刻不能逃跑，还能怎么办呢？"

"我说说我的想法，我们必须跟尼莫船长明说。我们在您国家的海域时，您什么也没说。既然我们现在是在我国家的海域，那么我想明说。我想，几天以后，鹦鹉螺号就要来到新苏格兰附近，那里，靠近纽芬兰岛，有一个宽阔的海湾，圣劳伦斯河流入这个海湾，这是我的河流，魁北克的河，我出生的城市。想到这一点，愤怒就升上我的头部，我的头发一根根竖起。您看啊，先生，我宁愿跳到海里去！我不能待在这里！我要窒息了！"

加拿大人的耐心显然是到了极限，他充满活力的天性不可能适应得了这无限期延长的监禁。他的脸色一天天地变差，他的性格越来越沉郁。我感受到他应该在忍受的痛苦，因为我自己也怀念起家乡来了。将近七个月过去了，我们没有一点儿陆地的消息。还有，尼莫船长的自我隔离，他性情的转变，尤其是那场章鱼大战之后，他的沉默寡言，都使我换了一个角度来看待事物。我不再感到最初几天的那种热情。只有像康赛议这样的弗拉芒人，才能接受这样的局面，待在鲸类动物和海洋生物栖息的地方。说真的，如果这个勇敢的小伙子有的不是肺，而是鳃，我想他会成为一条出色的鱼！

"怎么样，先生？"尼德·兰德看我不回答，又问了一句。

"好吧，尼德，您要我去问尼莫船长，他对我们打的什么主意？"

"是的，先生。"

"虽然他已经说过了，可还要问一下吗？"

"是的，我想最后再确认一次。如果您愿意，就只是以我的名义，替我来问。"

"可是我很少碰到他，他甚至在回避我。"

"那就更要去见他了。"

"尼德，我会问他的。"

"什么时候？"加拿大人紧追着问。

"我碰到他的时候。"

"阿洛纳克斯先生，您希望我去找他吗？"

"不，我会去的。明天……"

"就今天。"尼德·兰德说。

"好吧。今天，我去找他。"我回答加拿大人，若是让他亲自去，肯定会把事情搞砸的。

加拿大人离开了，剩下我一个人。既然要去问，我决定立刻把事情了结了。比起待办事项，我更喜欢办完的事。

我回到我的房间。我在房间里听到尼莫船长的房间里有人走动的声音，不该错过这个找他的机会，我去敲他的门，没有回应。我又敲门，然后拧了一下门把手。门打开了。

我走进去，船长在里面，他趴在办公桌上，没有听见我进来。我决心不问过他就不出去，我靠近他。他突然抬起头来，皱着眉，语气相当生硬地对我说："您怎么在这里！您找我有事吗？"

"我想和您谈谈，船长。"

"先生，我正忙着，我在工作。我给您独处的自由，难道我就不能有这种自由吗？"

这样的接待不算鼓舞人心。但我决心什么都听着，什么都回答。

"先生，"我冷冷地说，"我要和您谈一件事，刻不容缓。"

"什么事，先生？"他带着嘲讽的语气回答，"您发现了什么我漏掉的东西吗？大海向您展示了它新的秘密吗？"

我们是鸡同鸭讲。但是在我回答之前，他指给我看桌上一份摊开的手稿，严肃地对我说："这个，阿洛纳克斯先生，是一份用几种语言写成的手稿。它包含了我对于海洋研究的综述，愿上帝保佑，它不要和我一起消逝。手稿签上了我的名字，还附上了我自己的身世，我会把它装进一个不会沉没的小容器里。鹦鹉螺号上最后一个残存的人，会把这个容器扔进大海，它将随波而去。"

这个人的名字！他亲自写下的自己的身世！所以，他的秘密有朝一日会被揭开？但是，此刻，我只在这番谈话中看到切入话题的由头。

"船长，"我回答，"您这样做的想法，我只能赞成。您的研究成果不该被淹没。但您使用的方式在我看来很原始。谁知道风会把这个容器吹到哪里去？它会落到谁的手里呢？您找不到更好的方法吗？您或者您手下的人不能……"

"绝对不能，先生。"船长急忙打断我。

"但我呢，我的两个同伴们，我们保证会好好保存这份手稿，如果您肯给我们自由……"

　　"自由！"尼莫船长站起来说。

　　"是的，先生，这正是我想问您的事。七个月来，我们在您的船上，今天我以我的两个同伴和我自己的名义来问您，您是不是想永远把我们留在船上？"

　　"阿洛纳克斯先生，"尼莫船长说，"今天我给您的回答和七个月前的回答一样：谁登上了鹦鹉螺号，就永远不得离开。"

　　"您强加给我们的，是奴隶制啊！"

　　"只要您高兴，不论叫它什么都成。"

　　"但是不论哪里的奴隶，都有重获自由的权利！不论哪种机会到来，他们都会认为是好的！"

　　"这个权利，"尼莫船长回答，"谁说你们没有呢？我难道想通过一个誓约把你们束缚住吗？"

　　船长交叉抱起手臂，看着我。

　　"先生，"我对他说，"重提这件事，既不是您的意愿，也不是我的。但是既然我们开始谈到了，就让我们说说清楚。我再跟您重复一遍，事情关系到的不仅仅是我本人。对我来说，研究是一个解救，一种有力的消遣，一种训练，一种能使我忘却一切的热情。我像您一样，是个只求默默无闻的人，微小的希望就是有朝一日，我的研究成果能被放入一个靠不住的容器，交付给风浪的偶然性。一句话，我能够赞赏您，追随您，扮演一个在某些方面理解您的角色，而不感到不快。但您的生活有其他的方面，使我觉得它是很复杂、很神秘的。而这里，只有我和我的两个同伴，对此一无所知。甚至，当我们的心能为您而跳动，被您的一些痛苦所感动，为您的精神或勇敢而激动时，我们不得不压抑自己，尽可能不让我们看到的善和美在我们身上产生共鸣，因为不知道这是来自朋友还是来自敌人。唉，就是这种感觉使我们和触动您的事情隔绝开来，这使我们的处境变得难以接受，甚至连我都有些难接受，但最主要的是尼德·兰德。所有人，仅仅因为他是个人，都值得别人为他考虑。您扪心自问过，对于自由的热爱、对于奴役的憎恨，会使如此天性的加拿大人心中产生如何的复仇计划吗？他会怎么想？怎么做？尝试些什么呢？"

我不说话了。尼莫船长站起来。

"尼德·兰德想什么，尝试做什么，和我有什么关系呢？不是我把他找来的！把他留在潜艇上，也不是我的所愿！至于您，阿洛纳克斯先生，您是那种可以理解一切的人，甚至连沉默都可以明白。我没有什么别的可以回答您了。这是您第一次来找我谈这个话题，但愿这第一次也是最后一次吧，因为第二次，我甚至不会听您说话。"

我离开了。从这天后，我们的情形变得很紧张。我把我们的谈话告诉了我的两个同伴。

"现在我们知道，"尼德说，"我们不该对这个人有任何期待了。鹦鹉螺号正在靠近长岛，不管天气如何，我们逃跑吧。"

但是天气变得越来越糟糕。风暴的迹象已经显现。空气灰蒙蒙的，呈乳白色。天际处，雨云代替了束状卷云。低层的乌云飞驰而去。海水上涨，长浪汹涌。群鸟飞逝了，除了海燕，因为它是风暴的朋友。气压表显著下降了，表明空气中水蒸气极度的张力。大气中的电已经饱和，在电的作用下，晴雨表中的混合液分解了。大自然的猛烈斗争临近了。

大风暴在5月18日的白天爆发，当鹦鹉螺号跟长岛在同一纬度上，距离纽约水道只有几海里远的时候。我可以描绘这次风雨的激烈斗争，因为尼莫船长出于无从解释的任性，没有躲到海洋深处，而是想在海面上和风暴对抗。

风从西南方向吹来，开始时是强风，也就是说风速每秒钟15米。到了下午3点钟，转到每秒钟25米。这是暴风的速度。

尼莫船长待在平台上，在狂风中毫不动摇。他把腰部拴住，抵挡滚滚而来的惊涛骇浪。我也登上平台，把自己拴好，既欣赏这场风暴，也欣赏这个和风暴做抗争的无与伦比的人。

大块乌云沉浸到波浪中，横扫波涛汹涌的大海。我再也看不到在波谷深处形成的无数小海浪，只见到烟灰色的长浪，海浪如此密集，以至于波峰根本无法展开。鹦鹉螺号时而侧倒，时而如桅杆一般直立，可怕地摇摆和颠簸。

将近下午5点钟，下起了滂沱大雨，暴风和海浪也没有因此平息一点儿。飓风以每秒钟45米的速度席卷而来，也就是每小时将近40法里。在这样的情况下，飓风能够吹倒房屋，把屋顶的瓦片吹进门里，把铁栅栏吹散架，把24厘米口径的大炮移位。但是，在风暴中的鹦鹉螺号，证实了一个博学的工程师的这句话："建造精湛的船只，没有不能向大海挑战的！"这不是浪涛能摧毁的一块坚固岩石，这是一艘纺锤形的钢体潜艇，听从指挥，机动灵活，没有帆缆索具，没有桅杆，却能够安然无恙地顶住风暴的肆虐。

我仔细地观察着惊涛骇浪。巨浪高达15米，长达150至175米，推进速度是风速的一半，即每秒钟15米。其体积和力量随着水的深度的增加而增加。于是我明白，海浪的作用是把空气卷起来，再压到海里，把生命和氧气送到海里。它们极大的压强，有人计算过可以达到每平方英尺3吨。在赫布里底群岛，这样的海浪移动了一块重达84,000磅的岩石。1864年12月23日的那场暴风雨，也是这种浪涛，在摧毁了日本东京城的一部分之后，以每小时700千米的速度在当天抵达美洲。

随着夜晚的到来，风暴更加猛烈了。像是1860年在留尼旺岛那次一样，狂风中气压表降到710毫米。天色将尽的时候，我看到天际有一艘大船艰难地挣扎着经过。为了在浪涛中保持挺立，它顶着风低速前行。大概这是一艘来往于纽约和利物浦或者哈瓦那航线的汽船。它很快消失在夜色中。

晚上10点，天空一片火红。暴烈的闪电划过天际。我忍受不了闪电，而尼莫船长则直面着它们，看上去像是要吸收暴风的灵魂。可怕的声音充满空气，这是混合的声音，有海浪被击碎的呼啸声、风的怒吼和电闪雷鸣声。风转向天际的四面八方，从东面出发，经过北面、西面和南面，和返回南半球的回旋风暴方向相反。

啊！这条墨西哥湾流！它称得上它那风暴之王的名称！这可怕的飓风就是它产生的，是由于暖流上空的重叠气层的温差造成的。

继大雨之后而来的，是火——雨滴转变成咆哮般的电闪雷鸣。尼莫船长好像想要死得其所，让雷电击毙。在一阵可怕的颠簸中，鹦鹉螺号把它的钢质冲角像避雷针似的直立在空中，我看到长长的火花喷薄而出。

我形容枯槁，精疲力竭，匍匐着爬向舱盖。我将舱盖打开，下去回到客厅。这时风暴达到最大的强度，在鹦鹉螺号内部都不可能站稳。

尼莫船长在临近午夜的时候回来了。我听到储水罐逐渐灌满了水，鹦鹉螺号慢慢潜下水面。

　　透过打开的舷窗，我看到一些受惊吓的大鱼，像幽灵一样，在被闪电照得通红的水里掠过，有几条在我眼前被雷电击毙！

　　鹦鹉螺号一直下潜。我本来以为，在15米深处会重新找到平静，但是并不。上层的水搅动得太厉害了，必须到大海50米的深处去寻找平静。

　　那里，多么安宁，多么静谧，多么平和啊！谁会说此刻洋面上正风浪大作呢？

第二十章

北纬47度24分，西经17度28分

暴风雨过后，我们已经被抛到东边。因此，在纽约或者圣劳伦斯上岸逃跑的希望成为泡影。可怜的尼德感到绝望，像尼莫船长一样变得孤僻起来，而康赛议和我不再分开。

我说过，鹦鹉螺号已经走了歧路，到东边去了。更准确地说，应该是往东北去了。几天里，潜艇时而在水面游弋，时而下潜。海面上是令航海家感到恐惧的浓雾。浓雾主要是由于冰的融化造成的，在空气中保持了极大的湿度。有多少船只在这片海域以为认出了海岸不确定的灯火而迷失了呀！有多少凶险是由于这不透光的浓雾而引起的呀！由于风声淹没了拍击礁石的声音，有多少船只触礁啊！尽管有导航灯、汽笛声和警钟，但依然有多少船只相撞啊！

因此，这里的海底呈现的是一片战场，大洋所有的战利品依旧躺在那里。有些是很早以前的，已经变得黏糊糊的。还有一些是新近的，反射出我们的舷灯照在它们的金属配件和吃水线下铜质船身上的光。在这些船中，有多少是连船带货以及船员和大批移民一起沉没的啊！在统计资料中，这片海域的下列各点被指明是危险地：拉斯岬角、圣保罗岛、美丽岛海峡、圣劳伦斯河口。仅仅几年时间，在海难的年鉴中就增加了一些失事船只，包括皇家轮船公司、英曼公司、蒙特利尔公司的航线，苏尔威号、彩虹号、帕拉马塔号、匈牙利号、加拿大号、盎格鲁-撒克逊号、汉堡号、合众国号，都是触礁沉没的。还有阿尔迪克号和里昂号，相撞而沉没。总统号、和平号和格拉斯哥城号，原因不明地相继消失。鹦鹉螺号在这些阴森森的残骸中穿行，像是在检阅失事船只！

5月15日，我们到达纽芬兰浅滩的最南端。这片浅滩是海洋冲积的产物，堆积着大量有机物垃圾，要么是墨西哥湾流从赤道带来的，要么是北极一股寒冷的逆流沿着美洲海岸带来的。那里也堆积着崩塌的冰川所带来的不规则的漂砾。还有一片很大的枯骨堆，亿万条的鱼、软体动物和动物形植物葬身在这里。

在纽芬兰浅滩，海水不深，最多几英寻深。但靠南边突然出现一块洼地，深至3000米。墨西哥湾流在这里变宽，水面也变得宽广。它失去了一定的流速和温度，但变成了一片海。

在鹦鹉螺号驶过而惊起的鱼类中，我可以列举出硬鳍海兔，长一米，浅黑色背脊，橙黄色肚子，它给同类的鱼树立了一个忠于配偶的榜样，然而仿效的不多；大个子的于内纳克鱼是一种绿得像翡翠的海鳝，味道鲜美；大眼睛的卡拉克斯鱼，脑袋有几分像狗头；鳚鱼像蛇一样是卵胎生动物；两分米长的球形虾虎鱼或者叫黑鮈鱼；长尾鳕鱼，银光闪闪，游得很快，能千里迢迢去北极冒险。

拖网也打上来一种鱼，大胆、勇猛、强壮、肌肉发达、头上和鳍上都武装有刺，身长2至3米，这是真正的鲉鱼，鳚鱼、鳕鱼和鲑鱼的死敌。这是北方海域的杜父鱼，褐色的身体长满疙瘩，鳍是红色的。鹦鹉螺号上的捕鱼者捕捉这种鱼颇费了一番心血，因为这种鱼的鳃盖骨构造保留着与空气直接接触的呼吸器官，离开水后还能生活一段时间。

在我的记忆中，我现在还能列举出丛鱼，这是一种小鱼，它们会长时间在北极圈的海洋里陪伴着船只；尖头欧鲌，北大西洋所特有的鱼；还有伊豆鲉；然后我要说到一种主要的鳕鱼，我在它们最偏爱的海水中、在纽芬兰无穷尽的浅滩上发现的它们。

也可以说这种鳕鱼是山上的鱼，因为纽芬兰只不过是一座海底山峦。当鹦鹉螺号在密集的鳕鱼群中辟出一条通道时，康赛议忍不住发表这个评论。"这！这就是鳕鱼啊！"他说，"我原以为鳕鱼和黄盖蝶，或者和鳎鱼一样是扁的呢！"

"天真！"我大声说，"杂货铺的鳕鱼才是扁的呢，店里的人把鱼开膛剖腹后，摊在那里。但是在水里，鳕鱼和鲻鱼一样，都是流线型的，非常适合在水里游动。"

"我愿意相信先生的话，"康赛议回答，"多大一群啊，像多少蚂蚁啊！"

"哎！我的朋友，它们本可以有更多，如果没有伊豆鲉和人类这些天敌的话！你知道一条雌鳕鱼身上有多少卵吗？"

"我们好好算算吧。"康赛议说，"50万只吧。"

"1100万只，我的朋友。"

"1100万只。这我绝对不能相信，除非我亲自数过。"

"那么你数吧，康赛议。但是，相信我说的话，会比你数来得更快一点儿。再说，法国人、英国人、美国人、丹麦人和挪威人都是成千上万地捕捉鳕鱼。鳕鱼的消耗量大得惊人，要不是这种鱼会令人震惊地繁殖，大海中早就找不到这种鱼了。因此，仅仅英国和美国就有500条船，75,000人从事捕捉鳕鱼。每条船平均捕捉40,000条鳕鱼，就是2500万条。挪威沿岸，也是同样的结果。"

"很好，"康赛议回答，"我相信先生的话，我就不数了。"

"不数什么？"

"1100万只卵啊！但是，我要说一句。"

"说什么？"

"就是，如果每一只鱼卵都能孵化出鱼来，那么四条鳕鱼的卵就能供给英国、美国和挪威了。"

在我们掠过纽芬兰浅滩海底的时候，我清晰地看到那些长鱼线，每条线上都有200只鱼钩，每条船都能伸出十几条线。每根线的底端都有一个四爪锚，水面上靠一只固定在软木浮标上的浮标索拖住。鹦鹉螺号不得不在这海底的网中机敏地穿梭。

此外，潜艇也不会在这片船只往来频繁的海域中待太久，它一直朝着北纬42度上行。纽芬兰的圣约翰港和哈慈康坦特港都在这个纬度上，哈慈康坦特港是越洋电缆的中端。

鹦鹉螺号并不继续往北，而是转向了东面，仿佛想沿着铺设海底电缆的高地行驶。经过多次测量，人们已经极其准确地测到了这片海底高原的地形。

5月17日，在离哈慈康坦特约500海里，水深2800米的海底，我看到躺在地上的电缆。由于我事先没有告诉过康赛议，所以他把电缆当成了一条巨大的海蛇，准备按照通常的方法进行分类。但是我使这个好小伙子醒悟了过来，为了平息他的失望，我告诉他铺设海底电缆的各种特殊情况。

第一条电缆是在1857年至1858年铺设的。但是在传送了大约400份电报后，它就停止使用了。1863年，工程师建造了一条新电缆，长3400千米，重4500吨，是由大东方号轮船运载的。这次尝试又失败了。

可是，5月25日，鹦鹉螺号下降到3836米深的地方，正是在这里，当年电缆发生断裂，搞砸了整个工程。这里离爱尔兰海岸638海里。那天下午2点，美国人发现和欧洲的通信中断了。船上的电气技术人员决定把电缆切断了再捞上来。晚上11点，损坏的那部分电缆捞上来了，重新对接，然后再放回海底。但是几天后，电缆又断了，并且无法再从深海里捞起。

美国人没有泄气。这项工程的倡导者，无畏的居鲁士·菲尔德，赌上了他全部财产，发起了新的募捐，很快就募捐完成了。另一条电缆在更好的条件下建成了。成束的导线被隔离起来，放在马来树胶套子里，用撞在金属板片里的织物衬垫来保护。大东方号于1866年7月13日再次出海。

铺设工作进展顺利，然而一次意外发生了。好几次，电气工人们在拉电缆的时候发现，最近有一些钉子被打入电缆，目的是损坏电缆的芯线。安德逊船长和他的几个高级船员、工程师会聚起来讨论，派人贴出告示，一旦有罪犯在船上被查获，不经审讯，直接就扔进海里。此后，就再也没有如此的犯罪发生。

7月23日，就在大东方号离纽芬兰不到800千米的时候，有人从爱尔兰发来电报，告知在萨多瓦战役[1]之后，普鲁士和奥地利签订了停战协议的消息。27日，大东方号在浓雾中测定了哈慈康坦

---

1 萨多瓦战役：1866年普奥战争的决定性战役。

特港。铺设电缆的工程顺利结束，年轻的美洲向古老的欧洲发出第一份电报，是这样一句充满智慧却很少被人理解的话："光荣属于在天的上帝，和平属于地上怀着良好意愿的人。"

我没有期待看到一条完好如初的电缆，就像从制造车间刚刚出来的一样。因为这条"长蛇"由贝壳的碎片覆盖起来，长满了有孔虫类，裹上了一层黏糊糊的石质硬皮，保护它不受会钻孔的软体动物的侵袭。电缆静静躺着，不受海水运动的影响，而海水的压力却对电火花的传导有利，从美洲到欧洲只需要百分之三十二秒。这条电缆的寿命可能是无限的，因为有人观察到，马来树胶的套管经过海水浸泡，变得更加柔韧了。

再说，在这个精心挑选的高地上，电缆并没有沉到它能被冲断的深水层中去。鹦鹉螺号沿电线到了最深的水底，达到4431米的深处，在那里电缆仍然不受拉力的任何影响。然后，我们接近1863年发生事故的地方。

那里的海底形成一个宽120千米的峡谷，就是把勃朗峰放在那里，山峰也不会露出海面。这座峡谷在东面被一座2000米高的峭壁封住。我们在5月28日到达那里，鹦鹉螺号离爱尔兰只有150千米。

尼莫船长会往北抵达英国的几个岛吗？不。让我大吃一惊的是，他重新往南，返回欧洲海域。在绕翡翠岛行驶时，我有一阵看到克里尔岬角和法斯特奈[1]的灯塔，这座灯塔照亮了从格拉斯哥或者利物浦驶出的成千上万艘船的航程。

一个重要的问题在我脑际划过。鹦鹉螺号敢开进拉芒什海峡[2]

1　法斯特奈：又名灯塔岛，是爱尔兰西南海岸、位于大西洋海域的岛屿。

2　拉芒什海峡：又名英吉利海峡。

吗？自从我们靠近陆地，尼德·兰德又露面了，不停地询问我。怎么回答他呢？尼莫船长始终不见踪影。在让加拿大人隐约看见了美洲海岸之后，难道他还会让我看到法国海岸吗？

但鹦鹉螺号始终往南走。5月30日，潜艇从英国尽头和索林格群岛[1]之间经过，在右舷看得见兰兹角[2]。

如果尼莫船长想进入拉芒什海峡，他必须直接走东面。而他没有这么做。

5月31日整天，鹦鹉螺号在海上转了好多圈，这令我非常迷茫。他看起来像是在找一个地方，但这个地方很难找到。中午的时候，尼莫船长过来亲自测量。他没有对我说话。我觉得他看起来前所未有地阴沉。是什么能让他这样愁苦呢？是因为靠近欧洲海岸了吗？他有点儿追忆起被他离弃的故乡了吗？他感受到什么呢？是悔恨还是遗憾呢？这个想法久久盘踞在我脑海之中。我有一个预感，过不了多久船长的秘密就会偶然间泄露出来。

第二天，6月1日，鹦鹉螺号保持原来的航行路线。很明显，它在寻找大洋中某个特定的点。尼莫船长像前一天一样，来测量太阳的高度。大海风平浪静，天空澄净。在东面六海里处的天际，出现一艘大汽船。船上没有悬挂国旗，我认不出它的国籍。

在太阳经过子午线前几分钟，尼莫船长拿出六分仪，极其严谨地进行观测。海面波澜不惊，有利于操作。鹦鹉螺号纹丝不动，毫无摇晃颠簸。

这时我在平台上。观测结束以后，船长只说了这句话："就是这里！"

1　索林格群岛：锡利岛旧称，位于英国西南部的群岛。
2　兰兹角：英格兰主陆的最西端。

他通过舱口又下去了。他是不是看到了那艘汽船改变航向，似乎正在向我们靠近了？我说不上来。

我回到客厅。舱盖关上了，我听到往储水罐里灌水的声音。鹦鹉螺号开始垂直下沉，因为螺旋桨停止了，不再让船有任何动力。

几分钟以后，它在833米的深处停下，落在海底。

这时，客厅天花板的灯灭了，护窗板打开。透过玻璃窗我看到，半海里范围内，海水被舷灯照得透亮。

我朝左舷望去，只看到漫无边际的沉寂海水。

从右舷看，海底一个巨大的凸起的东西吸引了我的注意力，好像是残骸，被黏糊糊的乳白色贝壳覆盖着，仿佛披上了一层雪。仔细看这堆东西，我以为我看到了一条船的残骸变得臃肿的模样，桅杆没有了，大概是船头先沉的。这次海难想必是年代久远了。沉船上，结了这么厚一层水垢，想必在海底待了不少年。

这是怎样一艘船？为什么鹦鹉螺号来探访它的坟墓？难道是海难把这艘船带入深海的吗？

我正在思索着这些的时候，尼莫船长在我边上缓缓地说："这艘战舰从前叫马赛人号。有74门加农炮，1762年开始服役。1778年8月13日，在拉·柏娃普·维尔特利欧的指挥下，勇敢地抗战普雷斯顿号。1779年7月4日，它和海军元帅德·爱斯坦[1]的舰队一起，参加了攻占格拉纳达的战斗。1781年9月5日，它在切萨皮克湾参与了格拉斯伯爵指挥的战斗。1794年，法兰西共和国为它改了名字。同年4月16日，它在布列斯特加入维拉雷·日瓦于斯的舰队，负责为舰队运小麦的船护航，小麦是在海军元帅凡·斯塔贝

---

1 德·爱斯坦（1729—1794），法国海军元帅，1779年攻占西班牙城市格拉纳达。

尔的指挥下从美洲运来的。共和二年牧月[1]11日和12日，这支舰队和英国舰队相遇。先生，今天是牧月13日，阳历1868年6月1日。整整74年前，在相同的这个地点，北纬47度24分，西经17度28分，这支战舰，经过英勇的战斗后，三支桅杆被折断，船舱中涌入海水。它三分之一的船员失去了战斗力，但是全舰356位海员宁愿葬身海底也不愿投降，把国旗钉在船尾之后，高喊着'共和国万岁'，就沉入了海中。"

"是复仇者号！"我大喊。

"是的！先生。复仇者号！多美的名字！"尼莫船长环抱着双臂，嗳嘱道。

1　牧月：法兰西共和历的9月，相当于公历5月20日至6月18日。

第二十一章

大屠杀

　　这种说话方式，这个意外场景，这艘爱国战舰的历史事件，先是语气冷静地讲述，接着又怀着强烈的情绪，说出最后几句话，还有复仇者这个名字。这个名字的深意，我不可能忽略。这一切聚集起来，深深地震撼了我的心灵。我的目光没法从船长身上挪开。他呢，双手伸向大海，目光炯炯地凝视着这光荣战舰的残骸。也许我永远也不知道他的身份，从哪里来，到哪里去，但是我看到这个人逐渐摆脱了学者的面貌。

　　把尼莫船长和他的伙伴们封锁在鹦鹉螺号中的，不是一般的厌世，而是一种时间都无法磨灭的仇恨，这种仇恨不是骇人的，就是崇高的。

　　这种仇恨是不是还在寻求报复呢？用不了多久我就会知道了。

　　但鹦鹉螺号慢慢浮出水面，我看到复仇者号的模糊形状逐渐消失。很快，潜艇轻轻摇晃一下，让我知道，我们漂浮在自由的空气中。

　　这时候，传来一声沉闷的爆炸声。我看看船长，他岿然不动。

　　"船长？"我说。

他没有回答。

我撇下他，登上平台。康赛议和加拿大人已经在那里了。

"这爆炸声音是从哪里来的？"我问。

"是一声加农炮响。"尼德·兰德回答。

我朝刚才看到的汽艇方向看去。汽船在靠近鹦鹉螺号，可以看到，它在全速前进，离我们六海里。

"尼德，这是什么船？"

"从索具来看，从它的低桅杆的高度来看，"加拿大人回答，"我敢打赌，这是一条战舰。它试图开过来，而且如果必要的话，它将击沉这艘该死的潜艇！"

"尼德老兄，"康赛议说，"它能损伤得了鹦鹉螺号吗？会从水下攻击呢，还是会在海底开炮呢？"

"告诉我，尼德，"我问，"您能认出这条船的国籍吗？"

加拿大人皱起眉头，眯起眼睛，使出全部眼力，盯着那条船看了好一会儿。

"看不出来，先生，"他回答，"我认不出它属于哪一国的，它没挂国旗。但是我能够确定，这是一艘战舰，因为主桅杆上飘扬着一面狭长形小旗。"

足足有15分钟，我们继续观察这艘向我们驶来的大船。但我不觉得他们在这么远的距离能认出鹦鹉螺号，更不会知道这艘潜水艇是什么东西。

很快加拿大人向我宣称，这艘船是一艘大战舰，有冲角，是一艘有双层甲板的铁甲舰。两个烟囱冒出浓浓的黑烟，收紧的帆和一排横桁混在一起，斜桁上没有任何国籍旗。因为距离还远，所以还看不出像细丝一样飘扬的燕尾小旗的颜色。

这艘船行驶得很快。如果尼莫船长让它靠近,我们就有得救的机会。

"先生,"尼德·兰德对我说,"只要这艘船在离我们一海里的地方经过,我就跳下海去,我劝你们也和我一样做。"

我没有回答加拿大人的提议,我继续观察那艘在视野中越来越大的船。不论这是英国的、法国的、美国的还是俄国的船,可以肯定的是,如果我们来到船上,他们一定会收留我们的。

"先生应该记得,"康赛议说,"我们有过一些游泳的经历。如果先生决定跟着尼德老兄,先生可以依靠我,我会照顾先生,拖着他去那艘船。"

我正要回答,这时战舰面前冒出一股白烟。接着,几秒之后,一样重物坠落水中,水花飞溅到鹦鹉螺号的后部。不一会儿,一声爆炸传到我的耳朵。

"怎么?他们对我们开炮!"我惊叫。

"真是些勇士!"加拿大人嘬嚅道。

"他们并不把我们当作攀附在残骸上的海难者!"

"先生不要不高兴……好啊,"康赛议说着,抖掉又一发炮弹溅到他身上的水,"先生不用不高兴,他们只是认出了独角鲸,他们在向独角鲸开炮。"

"可是,他们应该好好看看,"我大声说,"他们是在和人打交道啊!"

"也许正因为这样吧!"尼德·兰德看着我回答说。

我醍醐灌顶。人们可能已经知道这个怪物是怎样一种存在了。无疑是这样了,当它和亚伯拉罕·林肯号接近时,加拿大人用捕鲸叉去攻击潜艇时,法拉古特船长已经认出,独角鲸其实是一艘潜水艇，比一头超自然的鲸类动物更危险。

是的，事情应该就是这样的。现在，大概人们正在所有的大洋上搜捕这可怕的毁灭性武器！

如果像人们所设想的那样，尼莫船长利用鹦鹉螺号进行一场报复，确实很可怕！在印度洋上，他把我们关在一间小屋子里那一夜，他是否在攻击一艘船？如今埋在珊瑚墓地里的那个人，难道不是鹦鹉螺号挑起的一次冲突的牺牲品？是的，我再说一遍。事情应该就是这样了。尼莫船长神秘生活的一部分已经显露出来了。即便他的身份还没有真相大白，至少现在各国联合追捕他，他不再是一个虚幻的形象，而是一个真实的人，和他们有着不共戴天之仇的人！

所有可怕的往事，整个呈现在我眼前。我们在这艘离我们越来越近的船上，不但找不到朋友，而且会遇到无情的敌人。

然而炮弹越来越多地落到我们周围。有一些落到水面上，像打水漂一样消失在很远的地方。但是没有一颗炮弹打中鹦鹉螺号。

装甲战舰这时离我们只有三海里之远。尽管炮声隆隆，尼莫船长还是没有出现在平台上。但只要有一发圆锥形的炮弹命中鹦鹉螺号的艇身，那将会是致命的。

于是加拿大人对我说："先生，我们应该不惜一切，试图摆脱这困境。咱们发信号吧！真是见鬼！他们也许会明白我们是好人！"

尼德·兰德掏出手绢，要在空中挥舞。但是他刚把手绢打开，就被一只钢铁一般的手击倒了，尽管他力大无穷，还是被摞倒在甲板上。

"混账东西！"船长喊，"你想在鹦鹉螺号撞击那艘船之前，让我先把你钉在鹦鹉螺号的冲角上吗？！"

尼莫船长说话的声音已经很吓人，而他的脸色就更加可怖。他心脏痉挛，可能停止了一下跳动，导致他脸色刷白。他的瞳孔吓人地收缩。他不是在说话，而是在咆哮。他的身体向前倾斜着，扭住加拿大人的肩膀。

然后，他丢下加拿大人，回过神来面向战舰，炮弹像雨点般落在他周围。

"啊！你知道我是谁吗，这条该死国家的战舰！"他气势如虹地喊道，"我，我都不需要看你们的国旗颜色，就能认出你！好好看着吧！我会让你看到我的颜色！"

于是尼莫船长在平台前面展开一面黑旗，和他已经在南极插上的那面旗帜一模一样。

这时候，一枚炮弹从斜里击中鹦鹉螺号的艇身，不过没有造成损伤，而是从船长身边弹跳着掠过，消失在海里。

尼莫船长耸耸肩。然后，他对我说："下去，"他言简意赅，"您和您的两个同伴都下去。"

"先生，"我大喊，"这么说，您是要攻击这艘战舰了？"

"先生，我要击沉它。"

"您不要这样做！"

"我要这样做，"尼莫船长冷冷地回答，"您不要肆无忌惮地来评判我，先生。命运让您看见了您不该看的东西。攻击来临了，反击也将是可怕的。您下去吧。"

"这艘战舰，是哪个国家的？"

"您不知道吗？那好吧！这样更好！至少它的国籍对您来说是个谜。您下去吧。"

加拿大人、康赛议和我只能服从。鹦鹉螺号的15位水手围着船长，怀着不共戴天的仇恨，望着这艘朝他们驶来的战舰。我们感到，同仇敌忾激励着所有人的心灵。

我下去的时候，又是一发炮弹擦过鹦鹉螺号的艇身，我听到船长喊："打吧，疯狂的战舰！浪费你没用的炮弹吧！你逃脱不了鹦鹉螺号的冲角攻击！不过，你的葬身地不该在这里！我可不想让你的残骸和复仇者号的残骸混在一起！"

我回到我的房间，船长和大副留在平台上。螺旋桨开始运作，鹦鹉螺号迅速远离，到了战舰大炮的射程之外。但是追逐仍在继续，尼莫船长仅仅是保持着距离。

下午4点左右，我克制不住那即将把我吞噬的焦躁和不安，我回到中央楼梯。舱盖开着，我参着胆子登上平台。船长还在那里焦躁不安地踱步。他望着下风五六海里之远的战舰，像一头猛兽一般命令鹦鹉螺号围着它转圈，把它引向东边，让它追逐自己。但是他没有攻击，或许他还在犹豫？

我想尝试最后劝说一下。但是，我刚和尼莫船长打了个招呼，他就让我别说话。

"我就是法律，我就是正义！"他对我说，"我是受压迫者，而这就是压迫者！我所热爱、依恋、尊敬的一切，我的祖国、妻儿、父母，我眼睁睁地看着这一切都被它毁灭了！我仇恨的一切就在这里！请您闭嘴！"

我最后向那艘战舰看了一下，它正在全速行驶。然后我回去找尼德和康赛议。

"咱们逃走吧！"我大声说。

"好的，"尼德说，"这艘战舰是哪一国的？"

"我不知道。不管怎样，它会在天黑以前沉没。无论如何，和它一起沉没总比成为这种报复的同谋来得好，我不能判断这场报复是否正义。"

　　"我也这么想，"尼德·兰德冷冷地回答，"我们等天黑吧。"

　　天黑了，潜艇上笼罩着一层深沉的寂静。罗盘表明鹦鹉螺号没有改变航向。我听到螺旋桨迅速而有节奏地拍打海水的声音。潜艇保持在水面上航行，轻微的摇晃使它时而侧向一边，时而侧向另一边。

　　此后三天的月亮应该是满月，月光皎皎。所以我的两个同伴和我决定在战舰离得足够近的时候逃跑，要么让他们听到我们的叫喊，要么让他们看到我们。一旦我们登上战舰，即使我们不能预测威胁着它的打击何时到来，至少我们也可以尝试情况所允许的所有办法。有几次，我以为鹦鹉螺号准备好要攻击战舰了。但它只是让对手靠近了一些，过了一会儿，它又做出了逃跑的姿态。

　　前半夜就这样安然无事地过去了。我们伺机行动，可是我们太过激动，所以很少说话。尼德·兰德早就想跳到海里，而我逼着他等待。在我看来，鹦鹉螺号应该留在海面上攻击双层甲板战舰，所以那时候不仅有可能逃跑，而且逃跑还会变得容易。

　　凌晨3点，我心中非常不安，便登上平台。尼莫船长没有离开。他站在那里，靠近前面他铺开的旗子，微风使旗子在他头顶飘动。他双眼盯着战舰，目光炯炯有神，像是在吸引战舰，迷惑它，比拖着它还稳妥地牵引着它走！

　　这时月过中天。木星在东方升起。在这安宁的大自然中，天空和大海在比赛着静寂，大海馈赠了夜月一面最美的镜子，映出它华美的形象。

当我沉思着这大自然深邃的宁静，再和隐没不见的鹦鹉螺号里边孕育的愤怒相比时，我感到全身战栗。

战舰离我们两海里。它重新靠近，始终朝着磷光的方向航行，因为那磷光代表了鹦鹉螺号的位置。我看见了战舰上红绿两色的航行灯和挂在前桅主索上的白色信号灯。模糊的反光照亮了战舰的帆缆索具，表明它已经开足了火力。一束束火星，一块块燃烧的煤渣，从它的烟囱中逃逸出来，星星点点地散入空中。

我就这样一直待到早上6点，尼莫船长好像没有看到我。战舰离我们一海里半，伴随着黎明的曙光，又开始了炮轰。鹦鹉螺号攻击敌人的时刻不会很远了，我的两个同伴和我，我们要永远离开这个人了，我不敢评判他的所作所为。

我正准备下去通知他们俩，这时候大副登上了平台，几个水手陪着他。尼莫船长没有看到他们，或者说不想看到他们。鹦鹉螺号已经做了可以被称为"战斗准备"的一些措施。这些措施非常简单。先是平台周围作为栏杆的扶手绳被放了下来。同时，舷灯罩和驾驶室缩进了艇身，和其保持水平。这条钢质雪茄一般的潜艇，表面已经没有什么突出的东西会妨碍它的操作了。

我回到客厅。鹦鹉螺号始终浮在水面上。几缕晨曦射入水中，在海浪的涌动下，舷窗玻璃泛起日出的红光。可怕的6月2日到来了。

晚上5点钟，航速表指出，鹦鹉螺号放缓了航速。我明白它是故意让敌人接近。另外，炮声也越来越响。炮弹滑入周围的水底，在那里打转，发出奇怪的咝咝声。

"我的朋友们，"我说，"时候到了。大家握一握手，愿上帝保佑我们！"

尼德·兰德很坚定，康赛议很冷静，而我有点儿神经质，就快无法自控。

我们走进图书室。当我推开那扇对着中央楼梯间的门时，我听到上面的舱盖突然关上了。

加拿大人冲向楼梯，我拉住了他。一个熟悉的呼啸声告诉我，储水罐里正有水在灌入。果然，不一会儿，鹦鹉螺号就潜入了水面下几米的地方。

我理解这个操作。采取行动已经为时过晚。鹦鹉螺号不想攻击这双层甲板战舰难以穿透的铁甲，但在吃水线以下，船身便没有了金属外壳的保护。

我们又一次被监禁了，被迫成为这即将发生的惨剧的见证人。况且，我们几乎没有时间思考。我们藏身于房间里，面面相觑，一声不吭。我的精神已经陷入一种深深的呆滞状态。我已经没有办法思考了。我处在如此痛苦的状态中，等待着可怕的炮弹爆炸声。我等着、听着，我的生命只剩下听觉！

可是鹦鹉螺号的航速明显加快了。它要这样获得它的冲击力，整个船身都在战栗。

突然，我叫了一声。撞击发生了，不过相对较轻。我感到了钢铁冲角的穿透力，也听到了刮擦的声音。但是鹦鹉螺号受到强大的动力推动，穿透战舰，就像帆船上的尖杆穿过帆布那样！

我控制不住了。我发了狂，神经错乱，从房间冲向客厅。

尼莫船长在那里，一言不发，脸色沉郁，义愤填膺。他透过左舷窗，向外望着。

一个庞然大物在水中下沉，为了一点儿不错过它的垂死挣扎，鹦鹉螺号也跟着它下潜到海底。离我10米远处，我看到开裂的船身，海水带着雷鸣般的响声涌入，接着淹没两排大炮和舷墙。甲板上满是骚乱不安的黑压压的人影。

水升了上来。那些不幸的人冲向帆索，攀住桅杆，在水中扭来扭去。这简直是被海水侵袭的蚂蚁穴中的人蚁！

我不得动弹，因为恐惧不安而身体僵直，头发直立，眼睛睁得老大，呼吸不顺，屏息凝神，一声不吭，我也和尼莫船长一样，就这样望着！一股不可抗拒的吸引力，把我贴在舷窗玻璃上！

巨大的战舰缓缓地下沉。鹦鹉螺号跟随着它，观察着它所有的动作。突然，一声爆炸发生了。受压制的气体掀飞了战舰的两层甲板，像是船舱着了火一般。海水涌入的力量非常强大，推得鹦鹉螺号改变了航向。

于是这可怜的战舰下沉得更快了。桅楼出现了，上面挤满了受难者，然后是一些横杆，已经被一大群人压弯了。最后是主桅杆的顶部。接着，这阴沉沉的庞然大物消失了，和它一起消失在强大漩涡中的，是一堆堆的船员尸体……

我向尼莫船长转过身去。这个可怕的伸张正义者，真正的复仇天使，始终在观望。当这一切结束时，尼莫船长朝他的房门走去，打开门进去了。我目送着他。

在房间尽头的板壁上，在他那些英雄的肖像下面，我看到一个还很年轻的女人和两个小孩子的肖像。尼莫船长对着他们凝视了一阵，向他们伸出双臂，跪了下来，呜咽着瘫软下来。

第二十二章

尼莫船长最后的话

护窗板就在这样可怕的景象之后关闭起来了，可是客厅中的灯并没有打开。鹦鹉螺号内部只有一片昏暗和寂静。潜艇离开了这个荒凉之地，在水下100英尺的深处以惊人的速度航行。他要去哪里？去北方还是南方？这个人在这场可怕的报复之后，要逃到哪里去？

我回到自己的房间，尼德和康赛议默不作声地坐在里头。我的心中对尼莫船长升起一股难以抑制的憎恶。不管他在世人那里受过什么苦，他也没有权力如此惩罚他人。即使他没有把我变成同谋，至少也把我变成了他这场复仇的见证者！这已经太过分了。

晚上11点，电灯又亮了。我到客厅里，里面空无一人。我看看仪器，鹦鹉螺号以每小时25海里的速度向北面逃逸而去，有时在海面，有时在水下30英尺。

从地图的记录来看，我们通过了拉芒什海峡的入口，以无与伦比的速度向北极海域驶去。

在快速游过的鱼群中，我只能看到长鼻角鲨、锤头鲨鱼、经常在这片水域出没的锚鲨、大个头的鹰石首鱼，以及和国际象棋中的马长得很像的成群的海马，像烟火中的金蛇一样蜿蜒而行的海鳗，将双螯交叉放在壳上、斜着逃跑的螃蟹军团，最后还有和鹦鹉螺号赛跑的成群的鼠海豚。不过，观察、研究和分类，已经不是当下的问题了。

这天晚上，我们在大西洋越过了200法里。夜色降临，海面被黑暗侵袭，直到月亮升起来。

我回到自己的房间。我睡不好觉，梦魇纠缠着我。战舰毁灭的可怕场景不断在我脑海里重复。

自这天起，谁能说得出鹦鹉螺号会把我们带到这北大西洋盆地的哪个地方呢？它始终以难以估计的速度航行！始终在极北地区的浓雾中！潜艇到过斯匹次卑尔根群岛的海角吗？到过新地岛[1]的暗礁附近吗？它是否穿越了那些被人忽略的海域——白海[2]、喀拉海[3]、鄂毕湾[4]和利亚洛夫群岛，以及亚洲那些不为人知的海岸呢？我说不出来。时间流逝，我也无法估量过了多久。潜艇上的钟已经停摆了。就像在极地一样，日夜不再有规律地交替。我觉得自己被带到一个古怪的地域，爱伦·坡过度的想象力可以在那里驰骋。时时刻刻，我就像虚构的主人公戈顿·皮姆[5]一样，等待着看到"这张面纱后面的人脸。这张脸比地球上任何一个人的脸都大得多，横放在水帘中央，守住极地入口！"

我估计——但也许是我搞错了——鹦鹉螺号这次冒险航行已

1　新地岛：俄罗斯在北冰洋内一群岛，终年冰封。

2　白海：北冰洋的边缘海，深入俄罗斯北部内陆。

3　喀拉海：位于俄罗斯西伯利亚以北，是北冰洋的一部分。

4　鄂毕湾：位于俄罗斯北部鄂毕河流入北冰洋的海湾。

5　戈顿·皮姆：爱伦·坡的中篇小说《亚瑟·戈顿·皮姆历险记》的主人公。

经持续了15至20天，我不知道它还要持续多少天，要不是那场灾难结束了这场旅行。尼莫船长一直没有露面，大副就更不用说了。哪怕是片刻，也不见任何船员出现。鹦鹉螺号几乎分秒不停地在水下航行。当它回到水面上换气时，舱盖自动打开关闭。地球平面球形图上再也没有标记，因此我不知道我们是在哪里。

我还要说，加拿大人已经精疲力竭，耗尽了耐心，也不再露面了。康赛议从他那里套不出一句话来，担心他在精神错乱和过度的乡愁里会自杀，所以时时刻刻尽心尽力地看守着他。

必须了解到，在这种情况下，我们的处境已经难以为继了。

一天早上——是哪一天，我说不清——约在天亮前几小时，我处于半睡状态，这是一种痛苦而病态的昏昏沉沉。醒来时我看见尼德·兰德俯身看着我，我听到他低声对我说："咱们逃走吧！"

我坐起身。

"我们什么时候逃走？"我问。

"今天夜里。鹦鹉螺号所有的监控好像都解除了，可以说是整艘潜艇都陷入了麻木状态。先生，您能准备好吗？"

"能。我们这是在哪儿了？"

"我今天早晨刚刚在雾霭中看到了陆地，就在东边20海里的地方。"

"这陆地是什么地方？"

"我不知道，但是不管是什么地方，我们可以在那里藏身。"

"是的！尼德。是的，我们今晚就逃跑，哪怕大海把我们吞没！"

"海面上的状况不容乐观，风很大。但是坐在鹦鹉螺号的轻型小艇上航行20海里，并不让我害怕。我可以瞒着艇上的船员，偷偷运一些食物和几瓶水上去。"

"我跟您一起去。"

"另外，"加拿大人又说，"如果我被抓住了，我就自我防卫，我宁愿被杀死。"

"我们一起死，尼德老弟。"

我决定破釜沉舟了。加拿大人出去了。我来到平台，几乎不能扛住海浪的冲击。天空阴沉沉地压着，但是既然在浓雾中看到了陆地，那就必须逃跑。我们连一天、一小时都不能丢失了。

我回到客厅，既害怕又希望遇到尼莫船长，既希望又不想看到他。我该对他说什么呢？我能不对他表现出他在我心中引起的、不由自主的憎恶吗！不能！最好还是不要让我面对面遇到他了吧！最好是忘了他吧！但是忘得了吗！

这天是多么漫长啊，鹦鹉螺号上的最后一天！我独自一个人。尼德·兰德和康赛议避免和我说话，担心会暴露。

晚上6点钟，我吃晚饭，但我不饿。我强迫自己吃饭，虽然很不想吃，但我不想让自己虚弱。

晚上6点半，尼德·兰德走进我的房间。他对我说："我们出发之前就不要再见面了。晚上10点钟，月亮还不会升起来，我们利用这黑暗，您到小艇来。康赛议和我，我们在那里等您。"

然后加拿大人就出去了，甚至没有给我时间回答。

我想核实鹦鹉螺号的航向，于是来到客厅。我们正以惊人的速度在50米深的水里朝东北偏北方向航行。

我最后再看一眼堆积在这陈列室的大自然的奇观，这些艺术瑰宝，这无与伦比的收藏，注定有朝一日要和它们的收藏者一起沉入海底。我想在脑海里留下一个最美好的印象。我就这样待了一小时，沐浴在灯火通明的天花板洒下来的光亮中，浏览着这些玻璃柜中光彩夺目的珍宝。然后我回到自己的房间。

我在房间里换上结实的航海服，收拢我的笔记，把它们珍藏在我身上。我心跳剧烈，我控制不住它的怦怦搏动。毫无疑问，我的慌乱和躁动，在尼莫船长的眼中，一定会暴露无遗。

这时候他在做什么呢？我在他的房间门口侧耳细听，听到里面有脚步声。尼莫船长在房里，他还没有睡觉。他每走一步，我都感觉他就要出现在我面前，问我为什么想逃跑！我感到无法平息的惊慌，我的想象力更是把这种惊慌放大了。这种感觉开始令人心碎，我甚至扪心自问，不如闯进船长的房间，和他面对面，用动作和目光当面质问他！

这是一个疯狂的念头。幸亏我忍住了，我平躺在自己的床上，平息一下身心的激动。我的神经平静了一些，但是我的大脑过于兴奋，在迅速的回忆中，我又看见了我在鹦鹉螺号上度过的所有日子，脱离亚伯拉罕·林肯号以来所遇到的所有快乐或是痛苦的意外：海底打猎、托雷斯海峡、巴布亚岛的土著民、触礁搁浅、珊瑚墓、苏伊士运河、圣托里尼岛、克里特的潜水者、维哥湾、亚特兰蒂斯、大浮冰、南极、被困在冰窟中、和大章鱼的搏斗、墨西哥湾流的风暴、复仇者号，以及那船和船员一同沉没海底的可怕场面！……所有这些事件从我眼前掠过，就像舞台背景在舞台深处一幕幕地展开。这时候，尼莫船长在这些奇怪的布景中，显得格外高大。他的形象越来越鲜明，显出超人的个头。他不再是我的同类，他是水中人、海中神。

时间是晚上9点半。我双手抱着头，防止它炸裂。我闭上眼睛，不愿再思考。还要等半个钟头！半小时的梦魇可能会把我逼疯！

这时，我听到管风琴模糊的和弦声，那是一首不知名的曲子，从中流淌出一种忧伤的和谐，是一个要和陆地斩断一切关系的灵魂真正的哭诉。我用尽我的感官，屏息凝神，全神贯注地倾听，和尼莫船长一样，沉醉在这使他脱离人世的音乐中。

最后，有个突如其来的想法使我吓了一大跳。尼莫船长离开了他的房间，现在就在我逃走时必须经过的客厅里面。我要在那里最后一次见到他。他会看见我，可能还会对我说话！他的一个手势就能毁掉我，一句话就能把我永远困在艇上！

但是，快要晚上10点了。该离开房间和我的两个同伴会合了。

就是尼莫船长站在我面前也没有什么可犹豫的了。我小心翼翼地打开房门，但是我觉得，当我转动铰链的时候，门发出了可怕的声响。也有可能，这种声响只是存在于我的幻想之中！

我沿着鹦鹉螺号幽暗的纵向通道，匍匐前行，每爬一步都要停下来，让心跳平息一下。

我来到客厅的边门前，轻轻打开门。此时客厅沉浸在一片深深的黑暗之中，管风琴声音微弱，尼莫船长在那里，他没有看见我。我觉得即使在明亮的灯光下，他可能也看不见我，因为他正在他的音乐中神游天外。

我在地毯上慢慢挪动，尽可能不碰到任何东西，以免发出响声暴露了我的存在。我花了五分钟，到客厅另一端的门边，那扇门通到图书室。

我正要开门的时候，尼莫船长的一声叹息把我钉在那里不得动弹。我知道他站了起来。我甚至隐约看到了他的身影，因为图书室的几缕灯光射进了客厅。他朝我走来，环抱着双臂，沉默不语，与其说是走过来，不如说是滑行过来，像个幽灵。他受压抑的胸脯因为啜泣而起伏。我听到他嗫嚅地说——这是他传到我耳朵里的最后的话："全能的主啊！够了！够了！"

这是从这个人的良心里流露出的——悔恨的自白吗？

我狂乱地冲向图书室。我爬上中央楼梯，沿着上层的过道，来到了小艇。我从开口处爬入艇中，我的两个同伴已经通过这个开口进去了。

"我们走吧！我们走吧！"我喊道。

"马上走！"加拿大人回答。

在鹦鹉螺号船身钢板上开的那个孔，事先被关闭了，尼德·兰德用带来的扳手把螺丝拧开。小艇的出口同样被封闭了，加拿大人开始卸下把小艇固定在潜艇上的螺丝。

突然潜艇内传来一声声响，热烈的说话声相互应和着。怎么回事？他们发现我们逃跑了吗？我感觉尼德·兰德往我手里塞了一把匕首。

"对！"我低声说，"我们不怕死！"

加拿大人停止了他手上的活儿。但是一个词，被重复了20遍，一个可怕的词，告诉了我鹦鹉螺号上蔓延开骚动的原因。船员们怨恨的并不是我们！

"迈尔大漩涡！迈尔大漩涡！"他们叫道。

迈尔大漩涡！[1]在这已经极为可怕的情形中，能有一个更可

---

1 迈尔大漩涡：挪威罗弗敦群岛的一条航道中海流造成的可怕漩涡，因为爱伦·坡的小说《迈尔海峡遇险记》而著名。

怕的名字传到我们的耳中吗？所以我们是在挪威海岸的危险海域了？鹦鹉螺号会在我们的小艇离开它的侧翼的时候，被卷入这个深渊中吗？

人们知道，在涨潮的时候，夹在法罗群岛[1]和罗弗敦群岛[2]之间的海水，会变得汹涌澎湃、势不可当。它们形成翻腾的漩涡，没有船只能从里边出逃。天际线的四面八方掀起了可怖的惊涛骇浪。它们构成了这个漩涡，非常恰当地被称为"海洋的肚脐"，它的吸引力一直延伸到15千米之远。被吸进漩涡的，不仅有船只，还有鲸鱼，也有北极的白熊。

鹦鹉螺号就是在那里——无意或是有意地——被它的船长驶入了。潜艇画着螺旋形的圈子，圈子越画越小。小艇还附在它身上，也和它一样，被这令人目眩的速度带走。我感觉到了，我感到一种长时间旋转后，病态的盘旋。我们处在惊慌失措中，恐惧到了极点，血液都要凝滞了，神经失去了反应，和垂死的人一样，全身冒着冷汗！在我们这条脆弱的小艇周围，响声多么可怕啊！几海里之外，都有海浪咆哮的回声！海水砸碎在海底尖礁石上的哗啦声令人害怕，最坚固的物体撞上礁石也会粉碎，树干在礁石上摩擦，按照挪威人的说法，也变成"毛皮上的绒毛"了！

多么危险的处境！我们被剧烈地颠来倒去。鹦鹉螺号像一个人那样自卫着，它的钢铁肌肉咯咯作响。有时候，它直立起来，我们也跟着它一起直立起来！

"要撑住，"尼德说，"必须拧紧螺丝！挂在鹦鹉螺号上，

---

1 法罗群岛：是北欧国家丹麦的海外自治领地。介于挪威海和北大西洋中间，处于挪威到冰岛之间距离一半的位置。
2 罗弗敦群岛：是挪威诺尔兰郡下辖的一个群岛，位于北极圈内。

我们还有机会得救……"

　　还不等他说完，只听咔嗒一声，螺丝掉了，小艇离开了艇槽，像一块投石机发出的石头一般，被抛入了大漩涡中。

　　我的脑袋撞上一根铁条，在这猛烈的冲击下，我丧失了知觉。

第二十三章

尾声

　　以下就是我们这次海底旅行的尾声。那天夜里发生了什么，我们的小艇是如何逃离了可怕的迈尔大漩涡，尼德·兰德，康赛议和我如何脱离了这个无底深渊，我说不上来。当我醒来时，我正躺在罗弗敦群岛上一个渔民的小木屋里。我的两个同伴安然无恙地在我身边，双手紧紧握着我。我们热烈地互相拥抱。

　　这时候，我们不考虑立即回法国。挪威北部和南部之间的交通工具是很稀少的。于是我不得不等半个月通行一次的汽船从北角过来。

　　所以就是在那里，在这些收留了我们的好人之中，我把这次历险的记录重新翻阅了一下。它们非常精准。没有记漏一件事，也没有夸张一处细节。这是忠实的记录，对于这场在人迹罕至的海底所经历的，难以置信的历险。当然有朝一日，科技进步会使人类能够在这些航线自由通行。

　　人们会相信我的记录吗？我不知道。说到底，也无所谓了。我现在可以确定的是，我有权利来讲述这些海洋，在不到10个月的时间中，我在这些海洋底下走过了两万里，我也有权利来讲述这次海底环球旅行，它带着我穿过太平洋、印度洋、红海、地中海、大西洋、南北极海域，向我揭示了大自然无限的奇观！

可是鹦鹉螺号怎么样了？它抵抗住迈尔大漩涡的压迫了吗？尼莫船长还活着吗？他在大洋底下继续着他的可怕报复吗？还是在上一次的大屠杀之后，他就收手了？海浪有一天能把那写满他一生经历的手稿带来人间吗？我最终能不能知道这个人的真实姓名？那艘隐没不见的战舰能不能展现出它的国籍，由此也揭示出尼莫船长的国籍呢？

我希望能，同时又希望他那强大的潜水艇战胜了海洋中最可怕的漩涡，希望在那无数船只遇难的地方，鹦鹉螺号能够绝处逢生！如果真的是这样，如果尼莫船长始终生活在这大洋中，生活在他选择的祖国，但愿仇恨能在这颗孤僻的心中平息！但愿观赏到如此多的海底奇观之后，他的复仇之心能被熄灭！但愿那个作为审判者的他就此抹去，作为学者的他继续进行这平静的海洋探索！尽管他的命运奇特，那也是崇高的奇特。我不是也通过我自身了解了他吗？我不是也经历了10个月的超自然生活吗？因此，对于6000年前，《传道书》[1]中提出的这个问题："谁能探索到这深渊的深处？"如今，世人中有两个人，有了回答这个问题的权利。那就是尼莫船长和我。

1　《传道书》：《旧约圣经·诗歌智慧书》的第四卷，为大多数基督教派系承认。

欢迎您从《凡尔纳科幻经典》走进
读客三个圈经典文库

亲爱的读者，感谢您选择读客三个圈经典文库。

我们的封面统一使用"三个圈"的设计，读者可以凭借封面上形式各异的"三个圈"找到我们，走进经典的世界。

你想成为什么样的人？

对你来说什么是重要的？

这个世界应该是什么样子？

我们在生命中遇到的这些问题，或许可以在浩如烟海的文学经典中找到答案。

跟随读客三个圈经典文库，认识世界、塑造自我，成为更好的人！

《漫长的告别》　《西西弗神话》　《人间失格》《人类群星闪耀时》　《鼠疫》

《小王子三部曲》　《局外人》　《月亮与六便士》《基督山伯爵》　《罗生门》

读客三个圈经典文库

精神成长树

你想成为什么样的人？
对你来说什么是重要的？
这个世界应该是什么样子？

    我们在生命中遇到的问题，每个时空的人都经历过，一些伟大的人留下一些伟大作品，流传下来，就成了经典。正是这些经典，共同塑造并丰富着人类的精神世界。

    我们重新梳理了浩若烟海的文学经典，为您制作了精神成长树。跟随读客三个圈经典文库，汲取大师与巨匠淬炼的精神力量，完成你自己的精神成长！

树干：

不同的精神成长主题，您可以挑选任意感兴趣的主题进行深入阅读

例如：
寻找人生意义
探索自己的内心
拥有强大意志力
理解复杂的人性
…………

枝丫上的果实：

我们为您精选的经典文学作品

精神成长树示意图

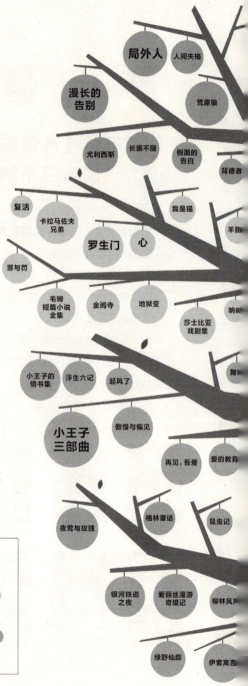

局外人　人间失格
漫长的告别　荒原狼
尤利西斯　长眠不醒　假面的告白　背德者
复活　我是猫
卡拉马佐夫兄弟　羊脂
罗生门　心
罪与罚
毛姆短篇小说全集　金阁寺　地狱变　呐喊　莎士比亚戏剧集
小王子的情书集　浮生六记　起风了　舞姬
小王子三部曲　傲慢与偏见
再见，吾爱　爱的教育
夜莺与玫瑰　格林童话　昆虫记
银河铁道之夜　爱丽丝漫游奇境记　柳林风声
绿野仙踪　伊索寓言

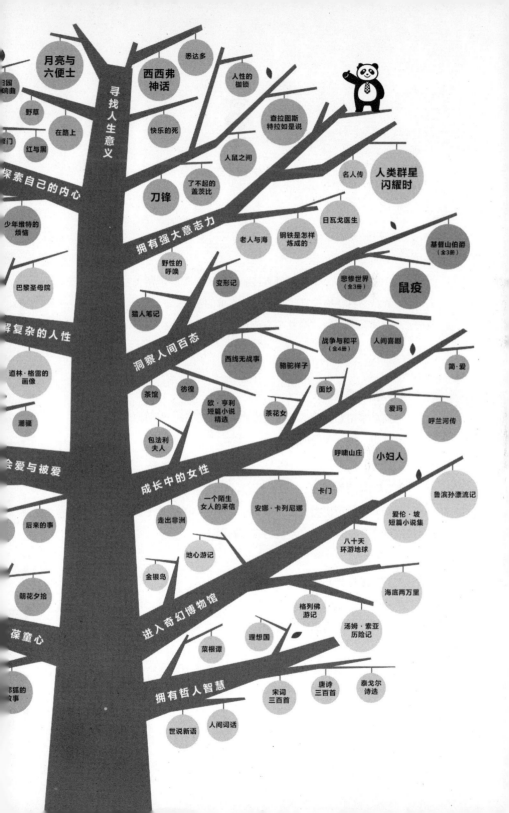

激发个人成长

多年以来，千千万万有经验的读者，都会定期查看熊猫君家的最新书目，挑选满足自己成长需求的新书。

读客图书以"激发个人成长"为使命，在以下三个方面为您精选优质图书：

1. 精神成长

熊猫君家精彩绝伦的小说文库和人文类图书，帮助你成为永远充满梦想、勇气和爱的人！

2. 知识结构成长

熊猫君家的历史类、社科类图书，帮助你了解从宇宙诞生、文明演变直至今日世界之形成的方方面面。

3. 工作技能成长

熊猫君家的经管类、家教类图书，指引你更好地工作、更有效率地生活，减少人生中的烦恼。

每一本读客图书都轻松好读，精彩绝伦，充满无穷阅读乐趣！

认准读客熊猫

读客所有图书，在书脊、腰封、封底和前后勒口
都有"读客熊猫"标志。

两步帮你快速找到读客图书

1. 找读客熊猫

2. 找黑白格子

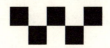

图书在版编目（CIP）数据

海底两万里 /（法）儒勒·凡尔纳著；金祎译 . --
南京：江苏凤凰文艺出版社，2018.9（2022.7 重印）
（凡尔纳科幻经典）
ISBN 978-7-5594-2512-6

Ⅰ . ①海… Ⅱ . ①儒… ②陈… Ⅲ . ①科学幻想小说
－法国－近代 Ⅳ . ① I565.44

中国版本图书馆 CIP 数据核字 (2018) 第 152452 号

海底两万里

［法］儒勒·凡尔纳 著　金祎 译

责任编辑	丁小卉　　姚 丽	
特约编辑	牟雪莲　　黄迪音	
装帧设计	读客文化　021-33608320	
责任印制	刘 巍　　江伟明	
出版发行	江苏凤凰文艺出版社	
	南京市中央路 165 号，邮编：210009	
网　址	http://www.jswenyi.com	
印　刷	河北鹏润印刷有限公司	
开　本	890 毫米 ×1270 毫米 1/32	
印　张	16.25	
字　数	352 千字	
版　次	2018 年 9 月第 1 版	
印　次	2022 年 7 月第 2 次印刷	
标准书号	ISBN 978-7-5594-2512-6	
定　价	338.00 元（全 9 册）	

江苏凤凰文艺版图书凡印刷、装订错误，可向出版社调换，联系电话：010-87681002。